btb
Aus Freude am Lesen

btb

Buch

Als Deena Daniel heiraten will, warnt ihr chassidischer Vater im fernen Jerusalem sie vor dieser Verbindung. Er glaubt nicht, dass seine Tochter mit diesem Mann glücklich werden wird. Doch Deena will in Amerika einen Neuanfang wagen. Sie ist überzeugt, dass in einer modernen Gesellschaft die unterschiedliche Herkunft keine Rolle spielt, solange die Liebe stark genug ist, und heiratet Daniel gegen den Willen ihrer Familie. Im siebten Jahr ihrer Ehe kaufen Deena und Daniel ein altes Haus bei New York und widmen sich hingebungsvoll seiner Renovierung, doch die Risse in dem Bild, das Deena sich von ihrer Ehe gemacht hat, sind unübersehbar geworden. Als sie erkennt, dass Daniel sie betrügt, zieht sie aus dem geliebten Haus aus. Sie verliert ihren Job bei einer Werbeagentur und muss zum ersten Mal in ihrem Leben ganz allein zurecht kommen. Erst der Entschluss, ihre Herkunft und ihre Familie nicht mehr zu verleugnen, sondern sich ihren Ansichten und Werten zu stellen, bedeutet für Deena eine Wende in ihrem Leben: Sie geht zurück nach Jerusalem, um versöhnt mit der Vergangenheit die Zukunft neu zu beginnen.

Autorin

Pearl Abraham wurde in Jerusalem als Tochter einer jüdisch-orthodoxen Familie geboren. Seit ihrem fünften Lebensjahr wohnt sie in New York. 1996 erschien ihr erster Roman, »Die Romanleserin«, der monatelang auf den amerikanischen und deutschen Bestsellerlisten stand und begeisterte Pressestimmen erntete.

Pearl Abraham bei btb

Die Romanleserin. Roman (72238)

Pearl Abraham

Abschied von Amerika

Aus dem Englischen von
Rosemarie Bosshard

btb

Die Originalausgabe erschien
1998 unter dem Titel »Giving up America«
bei Riverhead Books, New York.

Umwelthinweis:
Alle bedruckten Materialien dieses Taschenbuches
sind chlorfrei und umweltschonend.

btb Taschenbücher erscheinen im Goldmann Verlag,
einem Unternehmen der Verlagsgruppe Random House GmbH.

1. Auflage
Genehmigte Taschenbuchausgabe September 2002

Umschlaggestaltung: Design Team München
Umschlagfoto: W. Huber
Satz: Uhl + Massopust, Aalen
VS · Herstellung: Augustin Wiesbeck
Made in Germany
ISBN 3-442-72982-3
www.btb-verlag.de

לך לך מארצך וממולדתך ומבית אביך אל הארץ אשר אראך
בראשית-לך

Und der Ewige sprach zu Abram: Ziehe hinweg aus deinem Lande, von deiner Verwandtschaft und aus dem Haus deines Vaters in das Land, das ich dir zeigen werde.

1. Mose 12,1

Was also ist der Amerikaner,
dieser neue Mensch?

Crèvecœur

PROLOG

Sie begegneten sich zum ersten Mal an ihrem Arbeitsort, wo auch er einmal gearbeitet hatte. Er kam vorbei, um sich für das Semester mit Notizheften einzudecken und seinen alten Arbeitgebern, den Bluths, guten Tag zu sagen.

Hinter dem Ladentisch hervor beobachtete sie ihn, wie er zwischen den Regalen hin und her ging, in den Hüften ein genau richtiges Wiegen, die Schultern steif und gerade. Dann war er außer Sicht, und man vernahm nur noch den ausholenden Schritt seiner Stiefel.

Beim Weggehen winkte er und versank dann im Sitz seines braunen Honda Civic, der irgendwie zu ihm passte.

Eine Stunde später kam er wieder, um ihr seine Telefonnummer zu geben. »Werden Sie sie benutzen?«, fragte er.

Sie betrachtete seinen Namen und seine Nummer auf dem Blatt Papier in ihrer Hand, das schmale D und das beinahe verschwindende A, das männliche Gekrakel. Wie kam er nur auf die Idee, sie rufe ihn nicht an?

Er zögerte; sie lächelte. Er lächelte, und sie zögerte. Bis ihn Mr. Bluth hinauswarf, weil weder die Anrufe beantwortet noch die Bücher geführt wurden.

Ein halbes Jahr später betrachteten sich die Bluths als die unverhofften Kuppler. Wir hätten eine Belohnung verdient, meinten sie.

Ihr Vater war dagegen. Die Verlobung war angezeigt, es wurden bereits Pläne für die Hochzeit geschmiedet, und dennoch warnte er davor.

»Die hebräischen Buchstaben im Namen des Jungen ergeben fünfundneunzig«, sagte er. »Bei deinen kommt man auf neunundsechzig. Zusammen ergibt das hundertvierundsechzig, der Wert des Wortes בעצב, und das wird dir diese Heirat auch bringen: Schmerz. Wenn man die drei Ziffern zusammenzählt, erhält man elf. Eins und eins gleich zwei. Schon nach zwei Jahren wirst du wissen, dass es nicht hätte sein sollen. Aber es wird länger als zwei Jahre dauern, um deinen Irrtum wieder gutzumachen.«

Sie hielt ihm ihre eigene Numerik dagegen. »Neun und fünf gibt zusammen vierzehn, sechs und neun fünfzehn; der Unterschied beträgt eins, oder Alef, der erste Buchstabe des Alphabets, der erste Buchstabe der Zehn Gebote – geheiligte Anfänge. Außerdem«, argumentierte sie, »enthalten beide Namen hebräische Akronyme von Gott. Dieser Heirat ist der Stempel des Göttlichen aufgedrückt«, verkündete sie.

»Die Fähigkeit, Zahlen zu deuten, ist nicht jedem gegeben«, erwiderte ihr Vater und präsentierte ihr eine weitere Warnung: »Der Unterschied zwischen fünfundneunzig und neunundsechzig ist sechsundzwanzig, ein Lebensjahr, in dem du unglücklich sein wirst. Du lebst in einem Land, wo man glaubt, die Unterschiede zwischen den Menschen könnten überwunden werden. Diese Heirat wird dich bald eines Besseren belehren.«

Sie schlug seine Warnungen und Berechnungen in den Wind. Zahlen konnten nach Belieben gedeutet werden, als gutes oder schlechtes Zeichen. Es kam nur auf die Absicht an.

Man konnte darin Gesetzmäßigkeiten lesen und erkennen, oder auch nicht. Da war zum Beispiel die Alliteration ihrer beiden Namen, was ideal erschien, vorbestimmt. Während Monaten malte sie mit dem Finger ihre Namen auf jede glatte Oberfläche. Sie füllte die leeren Seiten eines kleinen Notizheftes damit. Sie probierte die Kombination in Druckschrift aus, in Handschrift, in Schnörkelbuchstaben, mit dem englischen und dem hebräischen Alphabet, auf beschlagenen Scheiben, vereisten Motorhauben, frischem Schnee und nassem Zement. Daniel und Deena. Deena und Daniel. Sie passten zueinander.

Sechs Jahre später waren sie immer noch zusammen; im siebten kauften sie ein altes Haus, das es ihnen angetan hatte, nahmen zwei Wochen frei und begannen mit dem Renovieren.

Erster Teil

SEPTEMBER

Am ersten Morgen hängte Daniel im Wohnzimmer die Türen und Fenster aus, die mit getöntem Spiegelglas verkleidet waren. Die alten Scheiben und die Bleiglasfenster, alles war damit überdeckt worden. »Zum Schutz der Privatsphäre«, hatte der vorherige Besitzer erklärt. Die Leute konnten uns direkt ins Wohnzimmer sehen.

Mit einer Heißluftpistole versuchte Deena, den Kleber zu verflüssigen, mit dem die Spiegelscheiben festgemacht waren, doch sie war zu ungeduldig mit dem Spachtel, und das Glas ging bald zu Bruch. Es löste sich jetzt in Streifen und Stücken, und sie musste mit Handschuhen arbeiten.

Beim Anblick der Streifen zerbrochenen Glases begriff sie die Bedeutung des Ausdrucks »dass die Fetzen fliegen«, eine so zutreffende Beschreibung, dass geradezu Schönheit in ihr lag. Daniel arbeitete an den Fenstern.

Am Abend gab es so viele Splitter und Scherben in allen möglichen gezackten Formen, dass sie nicht wussten, wohin damit. Sie würden einen Müllcontainer mieten müssen.

Sie tranken Wein und aßen Pizza und sahen sich das wenige an, das sie getan hatten.

»So viel zerbrochenes Glas muss ja Unglück bringen«, meinte Daniel.

»Nur wenn man daran glaubt«, erwiderte Deena.

Als sie am nächsten Morgen die Treppe hinunterging, bemerkte sie ein Dreieck aus Licht auf dem dunklen Holzboden. Es fiel durch ein Bleiglasfenster, und das Muster setzte sich, schmaler und länger werdend, fort. Sie stand Kaffee schlürfend außerhalb des Dreiecks und beobachtete, wie das Licht mit dem Lauf der Sonne wanderte. Immerhin hatten sie etwas zu Stande gebracht. Sie hatten die Sonne in ihr Haus gelassen.

Daniel erschien oben auf dem Treppenabsatz und blieb stehen. Deena blickte hinauf. Sah er auch, was sie sah? Das war ihr Haus; sie besaßen ein Haus mit Schlafzimmern im oberen Stockwerk, die Nacht getrennt vom Tag. Das war die Welt: die Sonne in ihrem Haus. Wenn er herunterkommen und sich neben sie stellen würde, dürfte er einen Schluck aus ihrer Tasse haben.

Er tat einen Schritt abwärts und stöhnte. »Aua, meine Beine.«

Deena krümmte ihre Zehe und streckte sie wieder. »Meinen Beinen geht es gut«, erklärte sie. »Aber meine Schultern und Arme.«

»Prima. Meine Arme und deine Beine geben zusammen eine ganze Arbeitskraft ab. Die andere kann auf dem Sofa sitzen und herumdirigieren.«

Deena reichte ihm ihre Tasse. Es würde ihm bitter schmecken, das wusste sie. Sie trank den Kaffee schwarz; er brauchte Milch. In allem anderen war er Purist; sie verwässerte die Dinge.

Draußen war die Luft frisch und das Licht klar. Alle Welt war an der Arbeit, und sie beide standen da und schlürften Kaffee. Aber es sollten ja keine Faulenzerferien werden. Tagelang würden sie Farbe abkratzen müssen.

Sie arbeiteten, Deena an den Fensterbänken, Daniel an den Türen, während Stunden nichts als das Geräusch der Heißluftpistole und der Geruch verbrannter Farbe.

Bei den dünnen Bleiglasscheiben mussten sie langsam wirkendes Abbeizmittel verwenden. Deena streckte sich, atmete ein und wieder aus, gähnte. An ihrem Schreibtisch sehnte sie sich danach, sich nicht auf ein bestimmtes Produkt konzentrieren zu müssen, nicht immer auf der Suche nach Wörtern zu sein, die zogen. Während der nächsten zwei Wochen, während des Wartens, bis sich die Farbe gelöst hatte und das Holz darunter zum Vorschein kam, würde sie frei sein zu denken, woran sie wollte. Aber das ging nicht so ohne weiteres. Damit die Gedanken frei schweifen können, muss auch der Körper befreit sein, muss man auf dem Sofa liegen oder aus dem Fenster schauen. Man sollte nichts Bestimmtes, kein Ziel vor Augen haben.

Sie arbeitete zu hart für etwas, was am Ende zu unbedeutend war. Die beste Reklame war eben doch nur Reklame – zum Einmalgebrauch bestimmt. Einen Monat später würde der Kunde etwas Neues verlangen, und wieder würde nur Kurzlebiges hervorgebracht, keine Chance, Großes zu schaffen.

»Nichts auf dieser Welt ist groß«, hatte ihr Vater immer gesagt. »Was du für die nächste Welt schaffst, das zählt.«

Doch sie lebte in dieser Welt; sie war eine Sklavin dieser Welt.

Daniel kam, um zu sehen, wie sie vorankam. »Du drückst zu fest mit dem Spachtel«, sagte er. »Du lässt die Hitze nicht richtig wirken.«

Er nahm ihr Pistole und Spachtel aus der Hand, um es ihr

zu zeigen, und sie stand da und sah seinen geschickten Händen zu, seinem geduldigen Vorgehen. Sie streckte die verkrampften Glieder ihrer Finger. Es tat gut, nichts in den Händen zu haben, doch es dauerte nur einen Moment.

»Da«, sagte Daniel und ging zurück, um an den Türrahmen weiterzuarbeiten.

Sie zählte. Es waren dreiundzwanzig Fenster, dreizehn Türen, insgesamt acht Zimmer, und jedes bedeutete mindestens eine Woche Arbeit. Und sie hatten eben erst mit dem Wohnzimmer begonnen. Aber es gab nur einen Weg, die Sache anzupacken: bei einem Fenster oder einer Tür zu bleiben und dabei mit engelhafter Geduld an nichts anderes als an den nächsten Zentimeter, an die nächste Stunde zu denken. Die Welt wurde nicht an einem Tag erschaffen.

Nachdem sie zwei Wochen lang jeden Tag geschabt, abgekratzt, geschmirgelt und angestrichen hatten, war es an der Zeit, das Vollbrachte zu zeigen.

Daniel wollte die neue Sekretärin in seinem Büro und ihre Wohnpartnerin einladen, zwei junge Südstaatlerinnen, eben aus North Carolina angekommen.

»Die haben keine Babysitterprobleme«, sagte er. »Und sie sind immer gut drauf.«

Deena schlug ein Abendessen am Freitag vor, Daniel rief an, um die beiden einzuladen, und der Abend war gebucht. Zu zweit stellten sie das Menü zusammen und gingen dann mit der Einkaufsliste aus dem Haus.

Die Metropolitan Avenue war immer noch neu für sie, und obwohl Deena das Einkaufen in Supermärkten eigentlich hasste, hier gefiel es ihr. Wegen der Hochbahn über ihnen war es immer dunkel. Im Sommer war es kühl. Dunkelheit und Kühle ließen die Dinge unverändert. Es war eine Gegend, die keine Immobiliengesellschaft renovieren wollte. Die Schilder der Geschäfte waren vergilbt, die Schaufenster schwärzlich geworden, doch drinnen war immer jemand an der Arbeit. Es schien für diese Ladenbesitzer nicht von Bedeutung zu sein, dass sie in einer Straße eines New Yorker Bezirks lebten und arbeiteten, dass sie alle zwanzig oder dreißig Minuten die Möglichkeit gehabt hätten, oben den J- oder den M-Zug zu nehmen und etwas von der Welt zu sehen. Sie hätten ebenso gut in einem süditalienischen Dorf, in einem Gässchen von Schanghai oder in einem Schtetl in Osteuropa leben können. Die Viertel hier glichen den Orten, aus denen sie kamen. Sie lebten unter sich, sprachen ihre eigene Sprache, gingen vom Haus zur Arbeit und wieder nach Hause. Das Leben war eigentlich gar nicht so anders.

Während sie im Dunkeln unter den Gleisen ging und das Licht hier und dort fleckige Muster warf, dachte Deena an den alten Suk in Jerusalem, wie dunkel und kühl er war nach der trockenen, heißen Sonne. Sie waren dort immer auf dem Weg zur Klagemauer durchgekommen, sie und ihre Schwestern, mit Mutter oder Tante, und ihre Schritte hallten unangenehm laut auf dem Kopfsteinpflaster der Straße. Das klatschende Geräusch der nackten Füße von arabischen Frauen und Kindern auf dem kühlen Stein klang verlockend. Deena wäre am liebsten aus ihren polierten weißen Schuhen und aus den Socken geschlüpft und auch mit klatschenden Schritten barfuß über die kühlen glatten Steine gegangen.

»Wie eine Arabke«, sagte ihre Mutter, und in ihren Worten schwang die ganze Verachtung der Europäer im kolonialen Palästina mit.

»Arabische Mütter härten die Hände und Füße ihrer Kinder vom Tag der Geburt an mit Olivenöl ab«, erklärte ihre Tante. »Deine Füße würden schon nach zwei Schritten zu bluten beginnen.«

Arabische Hände und Füße. Sie waren dunkel, ledern, hatten nicht die weiche, blasse Haut, wie Deena sie kannte. Sie rieb sich eine Woche lang jeden Abend die Fußsohlen mit Olivenöl ein. Aber wenn sie ihre Sohlen eingeölt hatte, konnte sie nicht mehr aus dem Bett, um die Hände zu waschen, die nicht abgehärtet werden mussten. Sie würde nicht mit bloßen Händen Kaktusfrüchte pflücken und schälen. Sie würde nicht einen schweren Korb auf dem Kopf balancieren und durch die gepflasterten Straßen im jüdischen Jerusalem gehen und dabei *Sabras! Sabras!* rufen, sich dann vornüber beugen, den Korb auf den Boden stellen, aus den Falten ihres Kleides ein schmutziges Messer hervorholen und mit bloßen Händen die stachelige Frucht aufschneiden.

Daniel und Deena spürten und hörten über ihren Köpfen einen Zug kommen, und inzwischen wussten sie, dass man beim Herannahen eines Zuges nicht redete. Jeder, der hier wohnte oder arbeitete, wusste dies. Der Ladenbesitzer hinter dem Verkaufstisch hörte auf zu sprechen und wartete, und wenn der Zug dann mit kreischenden Bremsen angehalten hatte, sprach er weiter, knapp und trocken, so als hätte es keine Unterbrechung gegeben. Man musste sich merken, was gesagt worden war, und es mit dem nun Folgenden verbinden.

Die beiden lernten rasch, sich zurechtzufinden, und versuchten, sich mit dem örtlichen Eisenwarenhändler, dem Schlossermeister, dem Mädchen in der Reinigung anzufreunden. Nur der Schuhmacher zeigte sich zugänglich, und das erst, nachdem Daniel all seine Schuhe hatte frisch besohlen lassen.

»Jetzt brauche ich ein ganzes Jahr lang keine neuen Schuhe«, sagte er.

Er war immer überglücklich, wenn er Geld sparen konnte. Zwar mussten sie tatsächlich sparen, aber Daniel liebte die Einschränkung an sich.

»Wir sollten einen Ausgabestopp beschließen«, konnte er sagen, und ihm fiel es leicht, sich daran zu halten.

Deena versteckte die Sachen, die sie gekauft hatte. Wenn sie doch bloß darauf verzichten könnte. Auf Daniels Seite des Schranks gab es nur das Notwendigste: Anzüge, zwei Paar Jeans, Hemden und zwei Pullover. Bei ihm war alles karg, diszipliniert: sein schmales Gesicht, seine scharf geschnittene Nase, seine Schlankheit. Seine Lippen jedoch waren voll und sinnlich. »Wenn wir zusammen ein Kind haben«, sagte er manchmal, »wird es nur aus Lippen bestehen.«

Den Heimweg nahmen sie die 68th Street hinauf, obwohl das einen Umweg bedeutete. Deena war überzeugt, dass man in dieser Straße nützliche Dinge finden würde, Dinge, die andere Leute wegwarfen. Das Haus war leer. Sie brauchten Stühle, Tische, Kommoden. Sie brauchten Betten.

»Gerümpel anderer Leute ist wohl das Letzte, was wir brauchen«, hatte Daniel gesagt, als Deena einen alten Lederkoffer direkt aus jemandes Dachboden nach Hause brachte. Er war voller Spinnweben und Spinnen, aber das Leder hatte mit den Jahren ein goldenes Ocker angenommen. Sie nahm den Staubsauger mit ins Freie hinaus.

Jetzt, da sie diesen Koffer besaß, wusste sie, in welchen Farben sie eines der Schlafzimmer streichen wollte. In einem gebrochenen Grün die Holzrahmen, und die Wände in einer leichten Ockertönung. Dieses Haus, es zu streichen und einzurichten, nahm ihr Leben, ihre Gedanken in Beschlag wie eine Krankheit. Sie hielt immer Ausschau. Beim Lauftraining nach der Arbeit rannte sie einen Häuserblock hinauf und den anderen hinunter. Ein Haufen Gerümpel um die Ecke, ein bunter Fleck irgendwo in dem Haufen, alles lockte und verlangte nach einem Halt. Schon aus einigen Häusern Entfernung stachen ihr Dinge ins Auge, die sie früher nie beachtet hätte. Die pure Möglichkeit zog sie an, die Wärme alter Farben, alles, was alt war.

Als sie mit einem alten eisernen Gartenstuhl nach Hause kam, meinte Daniel: »Du legst dir eine Müllsammlung an.«

»Du klingst wie deine Mutter«, erwiderte Deena.

Mrs. Binet warf allen Plunder weg, den ihr Mann nach Hause schleppte, alte Kinderwagen, Matratzen. Die Schlitten, die er fand, hölzerne Schlitten mit verblichenen Buchstaben, wurden außer Sicht unter der Veranda verstaut, bis der Schnee kam. Da gab es American Flyers, Flexible Flyers, Speedys, Cherokees.

»Ich führe eine Tradition weiter«, sagte Deena. »Ich mache, was dein Vater jahrelang gemacht hat. Damit du mehr wie deine Mutter sein kannst.«

»Hör mit meiner Mutter auf«, erwiderte Daniel. »Was hast du gegen sie?«

»Nur, dass sie nicht meine Mutter ist.«

Auf ihrem Schreibtisch lag ein Auftrag: Ladenwerbung für Swanson-Brathühnchen. Vor drei Jahren, an ihrem ersten Arbeitstag, hatte sie den gleichen Auftrag erhalten, und mittlerweile waren sechs Vorschläge gutgeheißen und ausgeführt worden. Doch jedes Jahr kam der Kunde wieder und verlangte neue. Konnten die zur Abwechslung nicht einmal einen anderen Texter damit beauftragen. Sie musste bereits auf zweit- und drittbeste Texte zurückgreifen. Sie musste besser werden. Es war September; ein Plakat zum Schulanfang wäre vielleicht etwas. Kinder lieben Hühnchen, und »Von der Pfanne in den Mund« kommt bei Müttern an. Aber, wie sagte man das am besten?

Sie deckten den Tisch gemeinsam. In diesem Haus war das Tischdecken sogar für Daniel zu etwas geworden, was er gern tat. Die Glastüren der weißen Schränkchen in der Anrichte zu öffnen, das Geschirr herauszunehmen und es sorgfältig auf der gekachelten Theke abzustellen, Irdenes auf Irdenes, das brachte ins Bewusstsein, was wesentlich war. Dies machte das Leben lebenswert. Sie blickten einander wortlos und glücklich an.

Von Daniels Mutter hatte Deena gelernt, wie man einen Tisch richtig deckt. Es zeugte von Kultiviertheit, wenn man sich hinsetzen konnte, und alles war an seinem Platz, kein Aufspringen wegen eines vergessenen Löffels. Eine Frau konnte sich die Zeit nehmen, mit den anderen am Tisch zu sitzen und zu essen, nicht hastig zwischen dem Auftragen und Abräumen, nicht später in der Küche. Zu Hause bei ihren Eltern kamen die Löffel mit der Suppe, die Gabeln auf der Platte mit dem Fleisch. Die Messer, Werkzeuge der Zerstörung, hielt man vom Tisch fern. Nur um das Brot zu schneiden, wurde eines hereingebracht und dann sofort wieder weggeräumt.

Deena schnitt Gemüse klein, und Daniel stand am Herd, rührte, briet. Es roch gut, und es war Platz genug für zwei in dieser Küche. Zusammenstöße gab es nur, wenn sie beabsichtigt waren. Er blickte ihr über die Schulter und erinnerte sie daran, dass er dünne Scheibchen, nicht Brocken benötigte. Deena stieß ihn beiseite. »Guck in deinen eigenen Topf«, sagte sie.

Er ging wieder zurück an den Herd. Sie brachte ihm das klein geschnittene Gemüse und lehnte sich an seine Schulter.

»Au«, sagte er. »Dieses spitze Stern-Kinn.«

»Was heißt denn da Stern-Kinn?«

»Ich habe deine Familie gesehen«, sagte Daniel. »Du hast das Kinn deines Vaters, und es ist spitz.«

»Du meinst seinen Bart«, sagte Deena. »Sein Kinn hast du noch nie gesehen.«

Daniel lächelte. »Würdest du dich rasieren, wüsstest du, dass die Form des Bartes automatisch die Linie des Kinns annimmt. Schon wieder etwas, was Frauen nicht wissen.«

»Etwas. – Erzähl mir was über Jill.«

»Sie ist echt sympathisch«, sagte Daniel. »Und nett. Sie ist seit Juli hier in New York. Sie war Mannequin für ein Warenhaus in North Carolina. Hier nimmt sie Schauspielunterricht, und ihr Agent möchte, dass sie am Miss-Amerika-Wettbewerb teilnimmt. Sie hat einen ziemlich hektischen Stundenplan. Zweimal am Tag trainiert sie, dazu lernt und übt sie Rollen, und dann arbeitet sie auch noch als Aushilfe ganztags im Büro.«

Deena verzog das Gesicht. »Eine Möchtegern-Miss-Amerika. Hat sie da Chancen?«

»Sie ist hübsch. Blond, langbeinig, süß auf eine südstaatlerische, beautyqueenhafte Art.«

»Ich kann sie schon jetzt nicht ausstehen«, sagte Deena.

»Du magst sie bestimmt«, meinte Daniel. »Sie hat sich über dich erkundigt, und ich hab ihr gesagt, ihr zwei werdet euch prima verstehen. Ihr seid euch in vielem ähnlich. Sie geht auch laufen.«

Deena füllte sich ein Glas mit Wasser und trank in kleinen Schlucken. Sie sah Daniel zu, wie er die Verpackung des Hühnchens wegräumte und in den Müllbeutel unter dem Spülbecken stopfte, die Arbeitsplatte abwischte, sich die Hände wusch und abtrocknete. Wenn er kochte, dauerte es immer länger, weil er schon während der Arbeit aufräumte. Jetzt stand er vor dem Gewürzschränkchen und überlegte, was er nehmen wollte. Er machte Paprikahuhn im Topf, aber er hielt sich nicht an Rezepte. Manchmal schmeckte das Essen gut.

»Nur keinen Zimt«, sagte Deena, ihn an ein missratenes Gericht erinnernd.

»Red dem Güschenschäff nicht drein«, sagte er.

Er bewegte sich mit Leichtigkeit zwischen Spülbecken, Arbeitsplatte und Herd. Diese Küche war ideal zum Kochen. Von nun an wollte sie öfter Leute einladen.

Während ihr in der Dusche das warme Wasser über den Rücken lief, kniff sie sich in den Bauch. War da zu viel Fett? Sie war in guter körperlicher Form, aber sie würde nie dünn wie ein Mannequin sein. Mit ihrem Schlüsselbein und ihren Handgelenken würde sie nie Herzen brechen. Sie war nicht so gebaut.

Jill und Ann trafen ein. Beide waren langbeinig und hatten ihre Jeans in niedrige Stiefel gesteckt; sie bewegten sich voller Selbstbewusstsein. Deena würde ihre Jeans nie auf diese Art in die Stiefelschäfte stecken. Trotzdem bewunderte sie die beiden. Cowgirls. Sie beobachtete, wie Daniel die zwei betrachtete, und fragte sich, was Männer eigentlich mochten. Im Bett liebte er es, sie mit dem Arm umfangen zu halten, ihren Kopf an seinem Körper. Es gefiel ihm, dass er sie so in einer Armlänge halten konnte. Es war alles so kompakt an ihr.

»Du bist klein gewachsen wie meine Mutter und meine Schwester. Aber du bist grazil.«

Deena schätzte das *Aber*. Heute trug sie ein kurzes dunkelgraues Kleid, das ihr knapp bis ans Knie reichte. Sie liebte einfache, unifarbene Sachen.

Daniel gefielen taillierte Strickkleider oder Röcke mit Pullovern. Er hatte ihr ein paar Sachen gekauft, ein taupefarbenes Strickkleid mit Tupfen und ein anderes mit blauen Streifen, doch sie blieben im Schrank. Deena zog sie nicht an.

»Warum nicht?«, wollte er wissen.

Als sie sich kennen lernten, trug sie wollene Faltenröcke und Clogs. Alle anderen an der Uni trugen Jeans, doch sie war in Röcken aufgewachsen, sie verstand es, sie zu tragen, und das gefiel ihm.

Aber Deena wollte Jeans, die Unkompliziertheit von Jeans, das angenehme Gefühl, nie überlegen zu müssen, was sie anziehen sollte. Allein schon der Stoff hatte etwas Demokratisches. Baumwolldrillich. Das Zeug der Bauern, nannte es ihr Vater. Er hatte es gern, wenn sie ein Kostüm aus feinem dunkelblauem Wollstoff trug, Rock und Jacke, so wie seine Mutter damals, so wie alle gebildeten Frauen in Europa. Wenn er sie in ihren ausgebeulten Jeans sah, nannte er sie einen Bauern. Auch die groben Stiefel, in denen sie herumtrottete, störten ihn. »Was lernst du eigentlich am College?«, fragte er sie dann. »Die Kunst, Schafe zu hüten?«

Daniel ging mit ihr in einen Jeansmarkt, wo man jedes jemals hergestellte Jeansmodell bekam. Sie probierte Levis und Lees und Wranglers. Sie passten ihr nicht richtig. Sie probierte es mit Sassoons.

»Designerjeans sind ein Widerspruch in sich«, sagte Daniel.

»Für Männer ist es einfach«, meinte Deena.

Aber es gab Frauen, die Jeans tragen konnten, die etwas über die Jeansepoche wussten, über die Art des Stoffs. Vielleicht musste man in Jeans aufgewachsen sein.

»Gib's auf«, riet ihr Daniel. »Dir stehen Kleider.«

Aber sie gab es nicht auf. Sie trug ihre Levis einfach weit.

Jill und Ann hatten lange Beine und lange Oberkörper und Hüften, die die Linie nicht allzu stark unterbrachen. Körper wie der Daniels. Sie saßen da, drei Paar Beine in Jeans unter dem Tisch; Deena trug Rock und Strumpfhosen.

Daniel entkorkte den Wein, einen koscheren Cabernet, und goss ihn in den silbernen Kidduschbecher. Er musste den Segen laut sprechen. Er blickte Deena an, zuckte die Schultern und begann, zuerst monoton, dann langsam melodiöser. Das klang besser. Seine Stimme wurde selbstsicherer, und er schloss mit einem Schnörkel ab.

»Amen«, sagte Deena.

»Amen«, erwiderten Jill und Ann.

Daniel und Deena lächelten. Jill und Ann blickten beunruhigt auf: Hatten sie etwas falsch gemacht?

»Und jetzt die berühmte jüdische Spezialität: Gefilte Fisch«, verkündete Daniel.

Er brachte aus der Küche die vier Teller, auf denen die Fischklößchen bereits angerichtet waren. Deena häufte drei Teelöffel Meerrettich auf ihren Teller und reichte den Topf Ann weiter.

»Mach's nicht wie sie«, warnte Daniel. »Sie isst Meerrettich mit etwas Fisch.«

Ann probierte ein wenig und nieste. »Vorsicht«, warnte sie Jill. »Das Zeug ist gefährlich.«

Jill schob sich ein wenig Fisch in den Mund, kaute, schluckte hinunter. Sie nickte und nahm ein größeres Stück. »Nicht schlecht«, sagte sie. »Etwas fade. Schmeckt überhaupt nicht nach Fisch.«

Sie versuchte ein bisschen vom Meerrettich und aß weiter. Ann aß ihren auf.

»Schmeckt's?«, fragte Daniel.

»Es gibt wirklich nichts daran auszusetzen«, meinte Jill und steckte sich einen weiteren Bissen in den Mund. »Und es schmeckt gar nicht nach Fisch. Komisch.«

Deena nickte. »Die Farbe trägt auch nicht gerade dazu bei. Wie Zement.«

»In der Grundschule war meine beste Freundin Jüdin, das heißt, sie ist es. Ich nehme an, dass sie immer noch jüdisch ist. Kannst du dich an Beth erinnern?«, fragte Jill Ann.

»Wir übernachteten manchmal bei ihr. Aber ich glaube nicht, dass ihre Familie je so was machte; die kochten keine traditionellen Mahlzeiten.«

Daniel nickte. »Das ist bei den meisten Juden in Amerika so. Wenn es nach Deena ginge, wäre es bei uns auch nicht anders.«

»Isst du auch nur koscher?«, fragte Jill Deena.

Daniel schnaubte. »Nur wenn ich dabei bin. Aber sie kommt aus einer chassidischen Familie; sie ist es gewohnt, die Gesetze nach Belieben zu beugen und umzudeuten und immer ein Schlupfloch zu finden, so wie man es bei den Steuern macht.«

»Meinst du das im Ernst?«, fragte Deena.

»Es stimmt doch, oder etwa nicht?«, sagte Daniel. »Um wie viel Uhr nachmittags ist dein Vater mit der Morgenandacht fertig?«

Jill lachte.

»Diese Leute haben Verspätung im Blut«, erklärte Daniel. »Sie können gar nicht anders.«

»Er übertreibt«, sagte Deena. »Aber Chassidismus ist anders als orthodoxes Judentum. Bräuche und Riten sind oft wichtiger als das Gesetz. Legenden und Mythen haben genauso viel Einfluss wie Tatsachen. Es ist mehr eine Lebensweise als bloß das strikte Einhalten religiöser Gebote.«

»Damit scheint es sich angenehmer zu leben«, meinte Jill.

Daniel lachte und stand auf, um die Teller abzuräumen. Als er zurückkam, ging Deena den Salat anmachen. Von der Küche aus hörte sie der Unterhaltung über Geschäftliches zu. Ann langweilte sich vermutlich, aber das ließ sich nicht vermeiden, es war nun einmal Daniels und Jills gemeinsames Thema. Sie brachte den Salat herein.

Daniel kam mit dem Eintopf, und die roten und gelben Peperoni glänzten.

»Mmmm«, machte Ann schnuppernd.

»Ohh!«, rief Jill mit einem Blick auf Deena.

»Du musst nicht mich ansehen«, sagte Deena, »ich war nur der Hilfskoch. In dieser Familie ist Daniel der Küchenchef.«

»Daniel?«, fragte Jill.

Deena nickte. »Er steht vor dem Schrank und wählt die Zutaten aus.«

»Letztes Wochenende habe ich einen Tunfischsalat gemacht, der wie geschnetzelte Leber aussah und schmeckte. Er war nicht übel«, sagte Daniel.

»Sogar prima«, meinte Deena, »wenn man zum Mittagessen Lust auf ein Lebersandwich hat.«

Jill und Ann lachten.

»Das Einzige, was Mike im Ressort Kochen tut, ist grillen«, sagte Ann.

»Ja. Er grillt alles, Käse eingeschlossen«, sagte Jill und lachte wieder. »Er behauptet, gebratener Käse sei etwas Griechisches.«

»Wer ist Mike?«, fragte Deena.

»Mein Mann«, erklärte Ann. »Er ist zu Hause geblieben. Er wollte nicht hierherziehen.«

»Na ja«, sagte Jill gedehnt, »am Broadway käme er nicht sehr oft zum Grillen.«

»Genau«, lachte Ann. »Mike ist kein Stadtmensch.«

Deena betrachtete Ann. Sie war kleiner als Jill, nicht so hübsch, älter. Sie lachte weniger oder nicht so unbefangen, nicht mit dem bestimmten Etwas einer Frau, die wusste, dass sie es noch weit bringen konnte. War es die Ehe, die sich so auf Frauen auswirkte? Und wie war das, verheiratet zu sein, aber getrennt zu leben? Sprachen sie bis spätnachts am Telefon miteinander?

Daniel begann, die Teller abzuräumen, und Jill stand auf, um mitzuhelfen.

Deena beobachtete sie. Irgendwie war sie anders, sanfter als die Frauen in New York City. Im einen Moment konnte sie keusch den Blick senken und gleich im nächsten wieder flirten.

Als der Tisch abgeräumt war, gingen sie ins Wohnzimmer. Deena brachte Kekse. Daniel schenkte den Tee ein. Sie sahen den Flammen des Feuers zu.

Daniel sah auf die Uhr. Es war nach elf.

»Ich würde euch nach Hause fahren, wenn ich könnte«, sagte er. »Wenn nicht Freitagabend wäre. Vielleicht bestellt ihr euch ein Taxi.«

»Es geht auch mit der U-Bahn«, meinte Jill. »Ich habe eine neue Aufnahme, die ich hören möchte.«

»Wir könnten sie begleiten«, sagte Deena. »Ich habe etwas Bewegung nötig.«

Jill fand auch, ein Spaziergang nach all dem vielen Essen täte gut. »Ich bin heute Morgen zwar gelaufen, aber für das Fitnessstudio hat's nicht mehr gereicht.«

»Du trainierst zweimal am Tag?«, fragte Deena.

»Eigentlich nicht zweimal«, erwiderte Jill. »Ich trainiere verschiedene Muskeln. Laufen ist Aerobic. Für den Oberkörper mache ich Krafttraining.«

Sie holte ihren Walkman für die Fahrt heraus.

»Sie nimmt ihren Walkman überallhin mit«, erklärte Daniel. »Wenn du im Büro mit ihr sprechen willst, musst du an ihren Schreibtisch, weil sie überhaupt nichts hört.«

Jill lachte. »Ich weiß schon, Pat hat's nicht gern, aber ich kann so mehr erledigen. Sie und Joe können mich nicht wegen jedem Kram unterbrechen. Es muss für sie schon so wichtig sein, dass sie aufstehen und sich aus ihren Stühlen bequemen. Und man weiß ja, für Joe ist das nicht so einfach.«

Daniel und Deena mussten lachen. Es war die Art, wie sie die Wörter aussprach und betonte. Daniel machte sie nach: »*Jiill*, nicht *Jill. Jiill* und *Äähnn*«, sagte er.

Jill und Ann lachten.

»Jilly«, sagte Ann, und sofort hielt ihr eine Hand den Mund zu.

»Jiilly«, sagte Daniel. »Du siehst aus wie eine Jiilly. Geht ihr zwei tanzen?«

»Klar«, sagte Ann. »Ständig.«

»Wir könnten an einem Abend zusammen gehen. Ich kümmere mich um ein Lokal mit guter Musik.«

»Der Mann hat noch nie im Leben getanzt«, sagte Deena.

»Noch nie?«, fragte Jill. »Nicht einmal in der Highschool?«

»Ich bin eben nicht in diese Art Highschool gegangen«, erklärte Daniel.

»Mit drei Frauen wirst du schon tanzen müssen«, sagte Jill.

Bei der Haltestelle wollte Daniel warten, bis der Zug da war. Dann gingen er und Deena Hand in Hand nach Hause.

»Das war toll«, sagte Daniel.

Deena nickte. Er war ungewöhnlich aufgeräumt gewesen. Es tat gut, ihn lachen zu sehen. So hatte sie ihn nur aus der ersten Zeit in Erinnerung. Sie waren einmal an einem Abend ausgegangen und danach beinahe jeden Abend. Es war Sommer, sie besuchten Vorlesungen, und nach den Vorlesungen hatten sie frei. Niemand sagte ihnen, was zu früh oder zu spät war, niemand erinnerte sie an den nächsten Tag. Am späten Nachmittag fuhren sie zur Smithpoint Beach, machten ein Feuer, legten unten in Folie gewickelte Kartoffeln hinein und oben saftige Steaks oder Fische, wenn sie an dem Nachmittag Glück gehabt hatten. Nachdem es dunkel geworden war, fuhren sie zurück ins Studentenheim und schleppten eine Menge Sand ins Bett.

Am Sonntag strichen sie die Holzrahmen im kleinen Schlafzimmer. Als Deena aufblickte, sah sie ein Lächeln auf Daniels Gesicht. Er saß auf dem Boden, ohne zu streichen, den nassen Malerpinsel in der Hand.

»Du tropfst«, sagte Deena. »Was lächelst du?«

»Ich habe nur nachgedacht.«

Deena wartete.

»Mir gefällt die Art, wie sie lachen. So hohe Stimmen und so unbekümmert«, sagte Daniel. Er tauchte die Bürste in die Farbe und strich weiter, der Bann war gebrochen.

»Man hat Spaß mit ihnen«, sagte Deena. »Wir haben nicht genug Freunde, mit denen man einfach nur Spaß haben kann.«

»Jiilly«, sagte er.

»Jiill und Äähnn«, erwiderte Deena.

Sie arbeiteten weiter. Es waren drei Türen und zwei Fenster, zu viel Holz für ein so kleines Zimmer, fand Daniel.

»Dieses Zimmer wird das Gästezimmer«, sagte Deena und konnte sich plötzlich gut vorstellen, dass sie Jill als ersten Gast hier hätten. Das Zimmer würde zu ihr passen, vor allem mit farbig getünchten Wänden, mit etwas Hellem, mit etwas, das zu Grün passte. Ein Rosa. Lachsrosa.

Sie hörte auf zu streichen: Rosafarbene Wände? Sie hatte immer neutrale Farben gemocht: Schwarz, Grau, Weiß, die Farben ihrer Kleider. Auch Dunkelblau. Sie tauchte den trockenen Pinsel ein, strich weiter und beobachtete, wie die weiße Fensterbank langsam dunkeloliv wurde. Sie liebte die Farben, wenn sie gebrochen waren: gebrochenes Grau, gebrochenes Schwarz, gebrochenes Blau, gebrochenes Grün.

Daniel stand auf, um mehr Farbe in seine Schale zu gießen. Er streckte Beine und Rücken.

»Überleg's dir gut mit dieser Farbe«, sagte er.

»Die Holzrahmen werden fantastisch aussehen. Sie sehen schon jetzt fantastisch aus.«

»Und was ist mit den Wänden?«, fragte Daniel und ließ sich Zeit, weil sich sein Körper dagegen sperrte, wieder in Kauerstellung zu gehen.

»Über die Wände bin ich mir immer noch unschlüssig«, sagte Deena. »Wenn sie überhaupt eine Farbe bekommen, dann nur eine Tünche. Also müssen wir sie ohnehin zuerst einmal weiß grundieren. Nachher sehen wir weiter.«

»Doppelte Arbeit«, meinte Daniel.

»Nein«, erwiderte Deena. »Laut Buch lässt sich eine Tünche gut auftragen, und sie trocknet rasch. Ich bin gespannt, wie es aussieht.«

»Tünche hat den großen Vorteil, dass sie sich auch für unebene Wände eignet. Die Wände hier sehen aus, wie wenn sie ein Besoffener gemauert hätte. Und sieh dir diesen Riss an; er beginnt im Wohnzimmer und ist dann hinaufgewandert. Dieses Haus steht schief; es senkt sich gegen den Schornstein hin. Deshalb ist die Treppe schief. Im Grunde genommen hält der Schornstein das Haus zusammen.«

»Es ist ein altes Haus. Was hast du denn erwartet?«

»Du wirst es weniger gemütlich finden, wenn du merkst, wie teuer uns das Stützen zu stehen kommt«, entgegnete Daniel.

»Was meinst du mit stützen? Das Haus senkt sich schon seit fünfundsiebzig Jahren. Es fällt nicht einfach zusammen.«

»Woher weißt du das so sicher?«, fragte Daniel.

Sie gab keine Antwort. Er sah immer nur das Negative, hob immer Kosten und Risiko hervor. Es war schon schwierig genug gewesen, ihn während der Kaufphase bei der Stange zu halten. Bevor sie unterschrieben, konnte er nicht schlafen, vor lauter Angst, jemand anders könnte ein höheres Gebot machen. Nachher bekam er kalte Füße. Jetzt, wo sie hier waren, ließ sie ihn einfach reden. Er war ein Schwarzmaler; er warnte, machte sich Sorgen und versicherte, was er nur konnte. Er bestand darauf, sich besser zu versichern, als es die Bank verlangte. Er versicherte das Haus, die Hypothek, sich selbst, sie und sogar die Stereoanlage.

Seine Vorsicht nervte sie. Sie war ein Hemmnis, ließ jede Entscheidung eine Tortur werden. Es störte sie, dass er alles, was er heiß begehrte, hoch einschätzte; besaß er es einmal, fand er immer einen Haken daran. Das Gleiche störte sie auch an sich selbst, wenn sie sich tagelang etwas Bestimmtes gewünscht hatte, und ihr, kaum hatte sie es gekauft, Zweifel kamen. Das Leben war so ein ständiges Erwägen, Schwanken, Bedauern und erneutes Erwägen. Der Kopf schmerzte sie davon. Sie würde überhaupt nichts mehr kaufen.

Aber bei diesem Haus war sie sich sicher. Schon im Augenblick, als sie vorfuhren, unter der riesigen Eiche parkten und durch die doppelflüglige Haustür eintraten, die der junge Besitzer für sie aufhielt, hatte sie sich in dieses Haus verliebt. Drinnen zitterte sie. Wenn man nur über den Preis diskutieren konnte. Sie wollte sich dieses Haus nicht wegen fünf-, nicht einmal wegen zehntausend Dollar entgehen lassen. Von den sechzehn Häusern, die sie sich angesehen hatten, war dieses hier das Einzige, das immer noch so aussah, wie es ursprünglich gedacht war. Das Haus hatte Eingänge, die diese Bezeichnung verdienten, Fenster mit wellig schimmernden Scheiben, dazu bestimmt, weit aufgerissen zu werden. Sturz und Rahmen jedes Fensters waren sauber gefügt, das Holz überall großzügig bemessen, redlich abgenutzt, echt. Alles in diesem Haus war so, wie es sein musste. Der Kamin hatte seinen originalen Sims, das Treppengeländer seine gedrechselten Stäbe. Die Esszimmerwände waren mit einer Schutzverkleidung versehen, und neben dem Zimmer gab es einen kleinen – den ursprünglichen – Anrichteraum. Dieses Haus ließ immer noch erkennen, wie es einstmals geplant war; es brauchte nur Ermutigung.

Im oberen Stock musste einiges abgerissen und neu gebaut werden. Die Besitzer hatten eine Wand zwischen zwei Zimmern entfernt und andere Wände eingezogen, um begehbare Schrankräume zu erhalten. Eines der hinteren Fenster reichte in den Schrankraum hinein, warf Licht auf die dort hängenden Kleider. Das Ganze wirkte völlig verunstaltet. Als Daniel den Teppichboden anhob, fand er auf dem Parkett die Spuren von Mahagonieinfassungen, die den ursprünglichen Grundriss erkennen ließen. Es waren nur zwei kleine Schränke gewesen, zu schmal, um darin ein Kleid aufzuhängen.

Deena tendierte trotzdem zu einer originalgetreuen Renovierung.

»Mit Regalfächern kann man diese schmalen Schränke als Kommoden benutzen«, sagte sie. »Für die Sachen zum Hängen kaufen wir alte Kleiderschränke.«

Sie erinnerte sich an einen großen Mahagonischrank mit in die Türen eingelassenen Spiegeln, der im Haus ihrer Großmutter in Jerusalem stand. Darin hingen die Kleider der Großmutter auf der linken Seite, die gestreiften Kaftane des Großvaters auf der rechten. Deena hatte die jugendlicheren Farben ihrer Mutter vor Augen, luftige Vagabunden zwischen den dunklen Blau- und Brauntönen. Es mangelte ihnen die Würde, die in einem solchen Schrank hängende Kleider aufzuweisen hatten. Der reiche Brokat und schwere Satin ihrer Großeltern gehörten hierher.

Selbst im traditionellen Jerusalem hat die moderne Welt einen gewissen Einfluss, und jede Generation ändert sich ein wenig. Deenas Mutter und ihre Tanten trugen bedruckte Stoffe und buntere Farben, etwas, was deren Mutter nie gewagt hätte. Aber eine Frau in Hosen, das hätte es nie und nimmer gegeben. Wenn Deena auf Besuch war, trug sie ausschließlich Röcke.

Beim Betrachten ihrer Kleider fragte sie sich, ob sie überhaupt etwas besaß, das es verdiente, in einen Kleiderschrank gehängt zu weden. Daniels Anzüge würden sich gut machen; Anzüge hatten etwas Würdevolles. »Für deine Anzüge ist Holz bestimmt besser«, sagte Deena.

»Wir werden nie genug Platz dafür haben«, hielt Daniel dagegen. »Meine Anzüge würden allein einen ganzen Schrank füllen.«

»Dann müssen wir uns eben angewöhnen, mehr zusammenzufalten«, meinte Deena. »Und was wir für die Jahreszeit nicht brauchen, verstauen wir auf dem Dachboden.«

»Wir leben nicht im neunzehnten Jahrhundert, wo eine Frau nur gerade zwei Kleider ihr Eigen nannte.«

»Ich werfe Überflüssiges weg, alles, was ich zwei Jahre nicht mehr getragen habe. Ich schränke mich ein. So findet man die guten Stücke besser.«

»Du träumst wohl«, sagte Daniel.

Am Nachmittag wurde Daniel unruhig. »Ich brauche frische Luft«, sagte er. »Kommst du mit?«

Deena sah ihn an. Es war nicht seine Art, mitten in einer Arbeit aufzuhören. Gewöhnlich war er es, der darauf drängte, etwas zu Ende zu führen.

»Machen wir doch zuerst fertig«, sagte Deena.

Sie arbeiteten noch drei Stunden, achteten jetzt aber weniger darauf, alles perfekt zu überdecken. Sie wollten nur das Weiß der Holzrahmen in dieses ausgefallene Grün verwandeln. Ausbesserungen konnten warten.

»Es ist eine aufreibende Arbeit«, sagte Daniel. »Ich arbeite schon während der Woche genug. An den Wochenenden möchte ich etwas anderes tun. Das Haus kann warten. Wir könnten noch das ganze Leben daran herumwerken. Ich bin jetzt neunundzwanzig, nächstes Jahr dreißig. In der Highschool waren für uns Leute in den Dreißigern alte Knacker.«

Er kam zur Ecke einer Wand und traf auf die bereits gestrichene Ecke der anderen. Endlich. Er stand auf und rieb sich die Knie. »Menschliche Wesen sind nicht dazu geschaffen, den Tag auf den Knien zu verbringen«, sagte er.

Deena strich die letzte Tür fertig. Das Grün glänzte; es war frisch. Es ging nichts über frische Farbe. Doch hier und dort schimmerte immer noch Weiß durch, und solange der Pinsel nass und die Farbkübel noch da waren, ging es ja in einem. Sie wanderte im Zimmer umher und trug Farbe auf. Einen Tupfer hier, einen Strich dort. Sie verbrachte eine weitere halbe Stunde mit Tupfen und Streichen.

»Komm schon«, sagte Daniel. »Du kannst einen Tag nur für Ausbesserungen einplanen.«

»Gut. Gehen wir«, erwiderte Deena.

Sie wuschen sich die Hände und verließen das Haus.

Es war später Nachmittag; die Sonne stand tief. Sie marschierten ostwärts, das Licht im Rücken. Sie kannten die Umgebung noch nicht sehr gut. Da war die deutsche Bar, von der es hieß, dass dort Fotografien und Karten aus der Zeit hingen, als es in der Gegend noch überall Milchfarmen gab. Das niedrige und düstere Gebäude im Tudorstil wirkte so abweisend, dass sie es noch nie betreten hatten. Aber von einer alten Eisdiele irgendwo in der Nähe der Gleise hatten sie gehört. Jahn's. Sie steuerten jetzt in jene Richtung, hofften, sie zu finden.

»Hoffentlich haben sie Sodamilch«, sagte Daniel.

Am Ende der Straße blieben sie stehen. An dieser Ecke gab es nur ein Blumengeschäft. Daniel ging hinein, um zu fragen. Deena beugte sich über einen Topf mit Geranien. Sie liebte den Duft, und es war eine Pflanze, die den ganzen Herbst und Winter blühen konnte. Für die Fenster im Haus brauchte sie unzählige Blumentöpfe. Sie hätte sich gewünscht, für mehrere hundert Dollar Pflanzen und Blumen als Geschenk zu bekommen, genug um das Haus damit gleich ganz zu füllen. Bei dieser Art zu kaufen, hin und wieder einen Topf, würde das Haus jahrelang kahl bleiben.

Daniel wurde es mit der Zeit leid, ihr zuzusehen, wie sie sich über jeden Topf beugte, ihn befingerte, ihn begehrte.

»Komm schon«, sagte er.

Sie bezahlte einen Topf mit roten Geranien.

Daniel ging voraus über die Straße und über einen ehemaligen Parkplatz. Sie wichen Haufen von zerbrochenem Glas und vor sich hinrostenden Wagenteilen aus und standen plötzlich vor Jahn's. Das Schild mit gotischer Schrift hing in einem dunklen Fenster.

Drinnen waren die Wände mit Mahagoni getäfelt. Daniel und Deena setzten sich in eine Nische, merkwürdig still geworden. Sie wussten nicht, was sagen. Nur ein paar Straßen von ihrem Haus entfernt gab es diese Eisdiele aus einem anderen Jahrhundert: rote Stühle mit reich verzierten schwarzen Lehnen; Tische mit runden Marmorplatten.

Die Serviererin in hellgrüner Uniform und Mütze nahm ihre Bestellung auf, und als Daniel und Deena ihre Drinks bekommen hatten, nippten sie daran und begutachteten die Auswahl an Eisbechern hinter der gewölbten Glastheke.

»Ein Bananensplit wäre jetzt genau das Richtige«, sagte Daniel.

»Lieber eine Waffel nur mit Ahornsirup«, meinte Deena genießerisch.

»Mit Vanille- und Schokoladekugeln«, sagte Daniel, in Gedanken immer noch beim Bananensplit. »Und mit flüssiger dunkler Schokolade, und zuoberst Nüsse. Ein Royal.«

Deena schüttelte den Kopf. »Nur Waffeln. Vielleicht ein paar frische Erdbeeren und Schlagsahne dazu.« Sie schloss die Augen. »Mmmm. Also dann«, sagte sie, jetzt mit offenen Augen, herausfordernd.

Er lachte. »Du bist einfach maßlos. Wenn ich nicht wäre, würdest du einfach drauflos essen, alles und jedes. Wir könnten mit Jill und Ann mal herkommen. Die wären begeistert von diesem Lokal.«

Deena nickte. Sie hatte das Gleiche gedacht: Jill und Ann würde es hier gefallen. Die könnten alles probieren: heiße Schokolade mit geschmolzenen Marshmallows, Waffeln mit Schlagsahne, einen Double-Fudge-Eisbecher.

Deena studierte immer noch die Speisekarte.

»Nichts davon ist koscher«, wiederholte Daniel mit fester, missbilligender Stimme. Nicht für dich, sagten seine Augen.

»Wir brauchen mehr Freunde wie Jill«, meinte Daniel. »Leute, die nicht verheiratet sind und mit denen man was unternehmen kann.«

Das stimmte. Die Paare, die sie kannten, hatten alle Babys oder erwarteten eins. Sie brauchten Freunde, mit denen man zusammen ein Glas trinken konnte, ohne sich über den ersten Zahn, die ersten Schritte, das erste Wort des Babys unterhalten zu müssen. Wenn man anrief, erreichte man nicht nur die Freundin, sondern auch ihr Kind, ihren Babysitter, ihre Putzfrau und ihren Mann. Alle waren sie da, und sie hörten, was gesagt und was erwidert wurde. Das Gespräch fand am anderen Ende statt; man durfte einfach auch daran teilnehmen: Jetzt will das Kind sich auch mal melden. »Hallo, hallo, hallo. Susie, bist du da? Hörst du mich?« Und Susie nickt, und nickt nochmals. Dann, gelangweilt vom Nicken, gibt sie den Hörer zurück, und ihre Mutter ist wieder da, doch unterdessen ist man selbst müde und hat vergessen, was man gesagt hat oder was man beim Anruf hat sagen oder fragen wollen, und da man es vergessen hat, kann es ja ohnehin nicht so wichtig gewesen sein. Man hängt auf und fragt sich, was passiert ist. Man hat zwar die Freundin angerufen, aber man hat nicht mit der Freundin gesprochen. Man hat mit einer Mutter und Ehefrau gesprochen, mit der Arbeitgeberin eines Babysitters und einer Putzfrau, aber nicht mit der Freundin.

»Woran denkst du?«, wollte Daniel wissen.

»Ich weiß es nicht. Über alles, über tausend Dinge«, sagte Deena. »Über das Leben, über Freunde, mit denen man Spaß haben kann.«

Daniel nickte. In seinem schmalen Gesicht zeigte sich Freude. Einen Augenblick lang kam auch in ihn Leben.

»Ja«, sagte er, und es stand ihm gut, ja zu sagen. Mit seinen funkelnden Augen war er wieder ganz der Mann, den sie kennen gelernt und geheiratet hatte.

Sie lächelten. Nach so vielen gemeinsamen Jahren, derselben Schule, gemeinsamem Studium, kannten sie einander. Sie wussten, woran sie waren, worauf sie sich verlassen konnten und was fehlte. Mit zunehmender Erfahrung würden sie sich vervollkommnen.

Sie verließen Jahn's und spazierten langsam heimwärts.

»Eckgrundstücke sind größer«, sagte Daniel. »Man hat ein größeres Haus und mehr Gartenfläche. Schau dir dieses hier an.«

Deena stimmte ihm zu. »Aber die haben keine Glasveranda.«

Sie hatten die Gewohnheit noch nicht abgelegt, jedes Haus, an dem sie vorübergingen, zu beurteilen, seine Vorzüge und Nachteile abzuwägen, so als suchten sie immer noch eins.

Ein schwarzes Eichhörnchen sprang ihre Auffahrt hinauf, und sie folgten ihm hinter das Haus zur Terrasse.

»Ich habe gesehen, dass die grauen Eichhörnchen dieses da bekämpfen; sie akzeptieren es nicht«, sagte Deena.

»Es sind Rassisten. Sie gehören in die Gegend«, erwiderte Daniel.

Deena lachte. Nach Vertragsabschluss hatte sie der ehemalige Besitzer informiert – gewarnt, dachte Daniel –, dass die Nachbarn über den Verkauf nicht sehr glücklich seien, nicht erfreut darüber, dass Juden in dieses katholische Viertel einzogen.

Niemand kam und begrüßte sie, als sie mit dem Möbelwagen vorfuhren und mit dem Ausladen begannen. Zu ihrer Rechten, im braunen Haus an der Ecke, gingen die Lichter jeden Abend an, aber die Bewohner benutzten einen Seiteneingang; Daniel und Deena sahen sie weder kommen noch gehen. Zu ihrer Linken wohnte ein alter Mann, dessen Tochter ihn jeden zweiten Tag besuchte.

Das schwarze Eichhörnchen kletterte den Baum hinauf. Niemand störte es jetzt; es hatte ihn für sich allein.

Deena saß auf der Treppe beim Hintereingang und zerrieb ein Geranienblatt zwischen den Fingern. Sie hatte einen schönen, ausgefüllten Tag gehabt. Am Vormittag Arbeit, am Nachmittag Sodamilch, den Sonnenuntergang auf der Treppe und dann noch die Geranie.

»Sie riecht wie eine alte Dame«, sagte Daniel. »Wie meine Großmutter.«

»Ich liebe den Duft«, erwiderte Deena. Sie fuhr dem rotbraunen Streifen nach, der das Blatt zwei Finger breit vom Rand mit einer Wellenlinie einfasste.

»Das war ein idealer Tag«, sagte sie. »Arbeit, Spiel und Ruhe. Ein bisschen von allem. Hätten wir doch lauter solche Tage.«

»Du würdest sie nicht mehr so schätzen«, erwiderte Daniel. »Du würdest dich mit der Zeit langweilen.«

Deena schüttelte den Kopf.

»Glaub mir, es wäre so«, sagte Daniel. »Ich würde gern öfter ausgehen. Wie heute Abend. Mal in ein Nachtlokal wäre toll. Nach zwei langen Tagen im Haus hat man das Bedürfnis auszugehen.«

»Es ist schon komisch. Als wir frisch verheiratet waren, wolltest du nie irgendwohin. Jetzt, wo es mir nichts mehr ausmacht, zu Hause zu bleiben, willst du plötzlich ausgehen.«

»Damals hatten wir kein Geld. Jetzt kann ich einen Drink bestellen, ohne mir Sorgen zu machen.«

»Aber jetzt haben wir das Haus«, sagte Deena.

»Die Dinge stehen trotzdem anders. Ich bringe einen schönen Lohn nach Hause. Wir verdienen beide anständig. Wir müssen uns keine Sorgen machen.«

»Gut, so mach mal schöne Pläne zum Ausgehen«, sagte Deena, »und dann gehen wir.«

Er hob einen Zweig auf und stocherte in einem Riss im Zement. Schwarze Ameisen strömten in alle Richtungen davon. »Mir wird ganz kribbelig.«

»Du vertreibst sie von Haus und Hof«, bemerkte Deena.

Daniel warf den Zweig weg. »Da«, sagte er, sich über den Riss beugend, »jetzt marschieren sie wieder hinein.«

Sie saßen schweigend da, spürten den Wind, lauschten den raschelnden Blättern. Es wurde jetzt allmählich dunkler; in den Häusern ringsum gingen die Lichter an, und immer noch rührten sie sich nicht von der Stelle.

»Was sollen wir zu Abend essen?«, fragte Daniel.

»Reste. Sehen wir uns doch mal das Zimmer an.«

Sie standen auf. Daniel schloss die Hintertür auf, und Deena bückte sich, um den Geranientopf hochzunehmen. Eine Nuss fiel vom Baum; sie drehten den Kopf und schauten hinüber. Das schwarze Eichhörnchen schaute zurück.

»Rühr dich nicht«, sagte Daniel ruhig.

Sie verharrten regungslos, das Eichhörnchen, die Pfötchen leer, ganz Wachsamkeit. Alle drei fuhren hoch, als der Alarm losging. Er war ohrenbetäubend. Daniel stürzte hinein, durch die Küche zur Kellertreppe und fingerte herum. Die Nachbarn hatten nun einen Grund, sich zu beschweren. Juden, die Lärm machten. Juden, die ihren Reichtum mit Alarmanlagen schützten. Das verfluchte Ding war laut.

»Drei, fünf, neun, sieben!«, schrie Deena. »Ich hab dir gesagt, du sollst ihn nicht einschalten. Wir waren nicht mal eine Stunde weg.«

Er drehte den Hauptschalter; Deena stand direkt hinter ihm, und sie blickten einander an, den Geranienopf zwischen sich. Deena sah auf den Topf hinunter, den sie lächerlicherweise noch immer in den Händen hielt, ging durch die Küche und stellte ihn auf die Fensterbank. Das Grün und das leuchtende Rot waren perfekt, aber es fiel schwer, sich in diesem Moment darüber zu freuen. Sie schob den Topf nach links, dann nach rechts, um die Mitte zu finden.

»Wollen wir uns eine Katze anschaffen?«, fragte Daniel, im Bemühen, den Frieden auf der Treppe hinter dem Haus, die Eichhörnchenstille des vorangegangenen Augenblicks zurückzugewinnen. »Eine Katze und ein Geranientopf, die würden einander Gesellschaft leisten. Oder junge Kätzchen, *zwei Katzen im Hof*«, summte er. »Wer hat das gesungen?«

»Ich weiß es nicht«, erwiderte Deena. Sie war noch nicht bereit, ihren Ärger hinunterzuschlucken.

»Komm schon«, sagte Daniel. »Von wem ist diese Melodie?«

»Crosby, Stills und Nash.«

»Gar nicht schlecht«, sagte er. »Du machst Fortschritte.«

Sie zuckte die Schultern, um zu zeigen, dass es ihr gleichgültig war, was aber nicht zutraf. Sie freute sich. Sie hatte einiges gelernt. Nachdem sie zwanzig Jahre lang nie etwas von den Beatles oder sonst jemanden gehört hatte, hatte sie nun ein wenig aufgeholt Und doch würde sie nie so wie er über Rock and Roll Bescheid wissen. Es interessierte sie zu wenig. Selbst wenn sie denselben Sender gehört hatten, denselben Ansager, wusste Daniel mehr, weil er auch auf musikalische Nebensächlichkeiten achtete; er sog sie auf.

Sie gingen hinauf. »Wie findest du's«, fragte sie.

»Düster«, sagte Daniel.

»Und langweilig. Es braucht Farbe. Weiße Wände sind zu hart neben diesem Grün. Wir streichen die Wände nächstes Wochenende. Bis dahin ist die Farbe trocken.»

»Welche Farbe?«, fragte Daniel. »Hast du dich schon für eine Farbe entschieden.«

»Ein dunkles Lachsrosa.«

Daniel sah sie an. »Du machst wohl Witze«, sagte er.

»Es wird heiter sein, fröhlich. Wenn wir schon kaum Möbel haben, brauchen wir etwas Farbe.«

»Wie du meinst. Vergiss nur nicht, es gibt keinen zweiten

Versuch. Wenigstens für eine Weile nicht. Du wirst damit leben müssen.«

»Wir hängen den Amish-Quilt hier auf. Er macht sich bestimmt gut. Rosa- und Grüntöne. Es wird ein helles Zimmer.«

»Das wird es«, sagte Daniel.

Daniel erklärte, dass er dieses Jahr Mitglied einer Synagoge werden wolle. Die hohen Feiertage standen bevor, Rosch haSchana war bereits in einer Woche, und da sie in der Gegend ein Haus besaßen, sollten sie einer Gemeinde angehören. In ihrem Quartier gab es keine, aber zwischen Bushwick und Atlantic Avenue oder quer durch ein Stück Forest Park in Woodhaven, da gab es Synagogen. Es würde in jedem Fall ein rechter Fußmarsch sein. Daniel entschied sich für Woodhaven, traf sich mit dem Rabbi, bezahlte den Mitgliedsbeitrag und erhielt zwei gekennzeichnete Plätze, einen für sich selbst in der Männerabteilung und einen für Deena in der Frauenabteilung, obwohl sie erklärt hatte, dass sie nicht hingehen werde.

Sie zweifelte an seinem persönlichen Interesse an einer Mitgliedschaft. Er betete zwar jeden Morgen – vermutlich hatte er keinen einzigen Tag ausgelassen –, aber er hatte nie an Gottesdiensten teilgenommen, nicht einmal, als sie nur ein paar Straßen von einer Synagoge entfernt wohnten. Nur wenn sie bei seinen Eltern waren, besuchte er mit seinem Vater den Gottesdienst. Seine Mutter ging am Samstagvormittag, und sie erwartete, dass ihre Schwiegertochter sie begleitete.

Anfänglich machte Deena mit; später widersetzte sie sich.

»Als ich noch zu Hause bei meinen Eltern wohnte, besuchte ich auch keinen Gottesdienst«, erklärte sie. »Von chassidischen Frauen wird so was nicht erwartet. An gewöhnlichen Samstagen sitzen nur alte Großmütter in den Synagogen.«

»Rosch ha-Schana ist nicht irgendein Samstag«, erwiderte Daniel. »Für die hohen Feiertage könntest du schon eine Ausnahme machen.«

»Was bedeutet dir Rosch ha-Schana?«, fragte Deena.

Er wusste keine Antwort. Er bereute nicht, noch machte er Versprechungen, noch fasste er Vorsätze, aber jedes Jahr war er dort, in der Synagoge mit anderen Juden, so wie im Jahr zuvor und in allen früheren Jahren.

»Warum gehst du in die Synagoge?«, wollte Deena wissen.

»Manche Dinge tut man einfach«, sagte Daniel. »Warum darf ich nicht eine Tradition pflegen, einfach weil es sie gibt, weil es bei den Juden so Brauch ist und ich einer von ihnen bin? Ich weiß nur eins: In der Firma schätzt man meine Charakterfestigkeit. Ich halte mich an gewisse Regeln, und zwar konsequent. Ich trage immer meine Jarmulke, und ich esse immer koscher. An den hohen Feiertagen gehe ich in die Synagoge, und das ist besser als gar nichts.«

»Ich denke an dem Tag über Verschiedenes nach«, sagte sie. »Und das ist etwas.«

»Das machst du jeden Tag das ganze Jahr«, entgegnete er. »An Rosch ha-Schana könntest du es mit etwas anderem versuchen. Tausende von Jahren kämpften und starben die Juden für das Recht, sich in der Synagoge zu versammeln und zu beten. Und das gibst du einfach so auf?«

Aber es war nicht einfach geschehen. Früher hatte sie sich auf den Sabbat und die Feiertage gefreut. Die Vorbereitungen hatten ihr gefallen: der Kauf von exotischen Früchten, das hastige Reinigen des Hauses. Ihr gefielen die weißen Tischtücher und die silbernen Kerzenständer, die besonderen Gesänge und die Gebete. Aber aus irgendeinem Grund konnten sie und Daniel das nicht nachmachen, sie wusste nicht, warum. Vielleicht weil sie keine Kinder hatten. Übrig geblieben war nur das, was sie nicht tun durfte. Sie durfte nicht laufen oder duschen, sie durfte sich keine Musik anhören oder fernsehen, sie durfte nirgendwohin reisen; es gab nichts, was sie durfte. Obwohl sie mit all diesen Du-darfst-Nicht aufgewachsen war, machten sie den Tag jetzt leer. Daniel erwachte an Samstagen spät, betete und aß, las ein wenig, ging wieder ins Bett, erwachte, um wieder zu beten und zu essen. Deena reichte das nicht. Bei der mechanischen Art, wie er sich an die Gesetze hielt, waren Verstöße durchaus vorstellbar.

Orthodoxie ohne die Freuden des Chassidismus ist eine sehr, sehr nüchterne Angelegenheit, hatte ihr Vater gewarnt. »Das Gebot verlangt, Gott mit ebenso viel Liebe wie Furcht zu dienen. Orthodoxe Juden neigen zur Furcht. Chassidim fehlen vielleicht auf Seiten der Liebe, die emotional und deshalb machtvoller ist. Du bist in dieser Liebe erzogen worden; ohne sie fürchte ich um deine Seele. Als Kind warst du nur dann eine ausgezeichnete Schülerin, wenn du deinen Lehrer liebtest; wenn nicht, warst du nicht bloß alles andere als ausgezeichnet, du warst miserabel.«

Nach zwei Jahren Ehe hielt Deena den Sabbat nicht mehr ein.

Sie bekam einen Brief mit der Post, eine Antwort auf die Bilder vom Haus, die sie gesandt hatte. Ja, sie und Daniel waren immer noch zusammen; sie hatten sogar ein Haus gekauft.

Ein Haus?, schrieb ihre Mutter. Ihr habt doch keine Kinder, wozu braucht ihr da ein Haus?

Ihr Vater zitierte aus der Kabbala: *Das Ziel der Heirat ist Vereinigung. Das Ziel der Vereinigung ist Befruchtung. Das Ziel der Befruchtung ist Gebären. Das Ziel der Geburt ist Lernen. Das Ziel des Lernens ist, das Göttliche zu begreifen.*

Das Ziel der Ehe. Nicht dass ihr Vater gewollt hätte, dass sie mit Daniel Kinder hatte. Er hob nur hervor, dass keine zu haben auf Versagen hindeutete, dass die Verhältnisse alles andere als idyllisch sein mussten.

Der Brief endete mit den Segenswünschen für ein gutes und süßes neues Jahr, und beim Lesen spürte Deena den feuchten Atem ihres Vaters, so als stünde er bei ihr, seine schweren Hände auf ihrem Kopf. Einen Augenblick lang wünschte sie, in Jerusalem zu sein, wo es im September wunderschön war. Man brauchte keinen Kalender, um zu merken, dass es nicht mehr lange bis zu einem Feiertag dauerte. Auf den Straßen von Mea Shearim roch man die grünen Blätter der Weiden und den Duft der aus Marokko und Algerien importierten Zitronen. Jeder Monat, ja selbst jeder Tag, unterschied sich irgendwie von den anderen. Die fetten Karpfen auf dem Markt und das eilige Kommen und Gehen der Hausfrauen bedeuteten, dass es Donnerstag oder Freitag war. Am Freitagabend zeigte der Klang eines Gongs vor Sonnenuntergang an, dass es Zeit war, Kerzen anzuzünden.

Am Vorabend von Rosch ha-Schana tunkten Daniel und Deena Apfelschnitze in Honig, tranken Wein und aßen zu

Abend. In weniger als einer Stunde waren sie fertig damit, die Rituale eingeschlossen. Dann wollte Daniel zu Bett gehen. Was immer man an Neujahr tut, das tut man das ganze Jahr.

Doch Deena wollte nicht das ganze Jahr über früh zu Bett gehen. Sie wollte lange aufbleiben, wenn möglich die ganze Nacht, um dem Tod des Schlafs zu entgehen. Die Art, wie Daniel unvermittelt die Zeitschrift, in der er las, weglegte, sich abrupt aus seinem Sessel erhob und erklärte, er gehe nun zu Bett, störte sie. Er meinte es als eine Aufforderung, dass sie mit ihm ins Bett kommen solle, und sie stieß sich an der Plattheit seiner Aufforderung, so als würde er eine Verabredung treffen. Auch missfiel ihr die Leichtigkeit, mit der er den Tag beendete. Er ging allzu willig zu Bett. In dieser Beziehung waren sie Gegensätze. Um neun oder zehn Uhr abends, wenn nur noch wenige Stunden des Tages verblieben, wurde sie hellwach und verspürte plötzlich das Verlangen, alles anzupacken, was sie im Lauf des Tages nicht erledigen konnte. Sie hatte noch kaum ein Kapitel ihres Buchs beendet, da bat Daniel sie schon, es beiseite zu legen und mit ihm ins Bett zu kommen. »Es ist ruhig, es ist Freitagabend, dafür ist der Sabbat da«, meinte er.

Als sie ihn fragte, ob er Sex nur wolle, weil man das an einem Freitagabend mache, zuckte er die Achseln.

»Ich hätte gern jeden Abend Sex«, sagte er. »Freitagabend eignet sich einfach besonders gut. Der Fernseher ist ausgeschaltet, das Telefon ausgesteckt. Wir haben gegessen, Wein getrunken. Was braucht man mehr? Samstag kannst du den ganzen Tag lesen.«

Doch an diesem Neujahrsabend las sie weiter, und er betrachtete sie, ihren über das Buch gebeugten Kopf. Sie spürte den Blick, aber sie sah nicht auf. Sie las den Satz zu Ende und begann mit dem nächsten, und Daniel bewegte sich zur Treppe hin. Erst dann hob sie den Kopf und beobachtete, wie er durch den Raum und dann die Treppe hinauf in Richtung Schlafzimmer ging. Sie sah seinem Schritt die Entschlossenheit an, sie beide hinauf ins Bett zu bringen, spürte die Erwartung in seiner Haltung, als er am Fuß der Treppe stehen blieb – und alle ihr in ihrem bisherigen Leben verordneten Schlafenszeiten zu früher Stunde kamen ihr in den Sinn, und das jahrelange Bemühen, die endgültige Stunde hinauszuschieben, die gebot, die Augen zu schließen, zu schlafen und sich damit abzufinden, dass ein weiterer Tag vergangen war. Es hatte ihr stets gegraut vor dem Zubettgehen. Sie saß jeweils hinter der Küchentür und lauschte dem Klirren von Teelöffeln gegen Glas: ihre Mutter, die Tee umrührte, ihr Vater, der ihn schlürfte und durch einen zwischen den Zähnen gehaltenen Zuckerwürfel einsog. Selbst ohne einen einzigen verräterischen Laut wusste ihre Mutter, dass Deena auf der anderen Seite der Tür stand. Sie hatte auch hinten im Kopf Augen. Ohne sich umzudrehen sagte sie dann plötzlich mit einer ruhigen, gelassenen Stimme: »Geh ins Bett, Deena. Morgen ist auch ein Tag.«

Im Bett folgten Deenas Augen dem Schatten die Wand hinauf und konzentrierten sich dann auf die Verzerrung, wenn er sich oben bog und auf der Zimmerdecke weiterkroch, ein Tier. Sie hatte Angst vor diesem Schatten. Sie blieb wach und beobachtete ihn, versicherte sich, dass er nicht näher kam. Sie hörte die Stille der Nacht, die Schlafgeräusche der anderen im Zimmer, das Fließen des Wassers in den Leitungen, die das Zimmer heizten, und von weiter her kamen gedämpft die gleichen schwachen Geräusche. Alles schlief. Sie schliefen gern. Wenn am Morgen der Wecker rasselte, wollten sie nicht aufhören zu schlafen. Sie hätten den ganzen Tag geschlafen, wenn es möglich gewesen wäre.

Daniel ging gern zu Bett und hielt sich gern darin auf. Er ging früh und schlief lange. Er verbrachte sein halbes Leben mit Schlafen. Und er wollte sie bei sich haben. Selbst im Tod sollten sie nicht getrennt sein.

An manchen Abenden ging sie mit ihm. Nachher zog sie einen Morgenrock an und begab sich wieder nach unten, um zu lesen, und sie war erleichtert, weil sie es gebracht hatte und wusste, dass sie den nächsten und vielleicht auch den übernächsten Abend für sich haben würde, bis sie sich wieder auf ihre Pflicht und Schuldigkeit besinnen musste. Sie war eine verheiratete Frau, Daniel war ihr Mann, er wollte von ihr, was Ehemänner von ihren Frauen erwarteten. Sie sollte ihm geben, was andere Ehefrauen regelmäßig gaben. Aber waren andere Frauen auch einfach gefällig? Sie genoss es. Sobald sie einmal angefangen hatten, gefiel es ihr. Warum vergaß sie das, wollte Daniel wissen. Warum wurde sie nicht so wie er von der Erinnerung an den Genuss getrieben?

Sie hatte seine dunkle Haut gern an ihrer Haut, seine Hände auf ihrem Körper. Aber dann kam die Bedrücktheit, dass es geschehen war, dass es nichts bedeutete, dass alles unverändert blieb. Sie hatte eine Stunde im Bett mit dem Befriedigen von Bedürfnissen zugebracht. Dann war sie wieder unten, und er war oben und schnarchte.

»Verheiratete machen es durchschnittlich viermal die Woche«, sagte er. »Gemäß Studien. Wir beide drücken den Durchschnitt problemlos hinunter«, sagte er.

»Durchschnittswerte«, sagte Deena. »Bei Umfragen lügen die Leute, das weiß doch jeder.«

Daniel war nicht zufrieden. Es war wichtig, sich dem Durchschnitt anzunähern, und nie gelang es ihnen.

Deena wunderte sich manchmal. Sie wunderte sich, ob es das war, was die Leute im Alter bedauerten, nicht genug Sex gehabt zu haben. Woran dachten sterbende Menschen? Wenn sie wie Daniel waren, dachten sie an all die Male, wo sie Sex hätten haben können und nicht gehabt hatten. Wie konnte sie nur bei jemandem landen, der so auf Zahlen versessen war?

»Ich bin ganz normal«, erklärte er.

Eine Tasse Kaffee in der Hand, sah Deena am Morgen vom Fenster aus Daniels langem geraden Rücken nach. Es war der erste Tag nach Rosch ha-Schana, und er ging zur Synagoge in Woodhaven. Er hatte einen guten Gang, bei Männern eine Seltenheit. Er verstand es, einen Anzug zu tragen. Das war etwas, was sie als Erstes an ihm bemerkt und gemocht hatte. Aber wenn man mit jemandem zusammenlebt, spielt das Aussehen keine Rolle mehr. Oder höchstens hin und wieder, für einen Moment, wenn man ihn von weitem erblickt oder wenn jemand anders es bemerkt. Er ist ein gut aussehender Mann, musste sie sich immer wieder sagen. Dennoch konnte sie ihn betrachten, ihm nachschauen, wenn er wegging, und dabei nichts empfinden. War dies das Leben der Verheirateten?

Er kam zur Ecke, bog um die Ecke und war außer Sicht. Es war gut, dass er außer Sicht war. Jetzt hatte sie das Haus für sich allein. Sie hatte mehrere Stunden der Stille, niemand sonst war da. Sie liebte die Ruhe, die in dem Augenblick herabsank, als er durch die Glasveranda und zur Haustür hinausgegangen war.

Draußen war es neblig. Sie hatte Daniel versprochen, bei schönem Wetter mit ihm in die Synagoge zu gehen, aber der Tag war regnerisch, und sie wusste genau, was sie tun wollte. Sie stieg die Treppe hoch zum Dachboden und atmete und sog den Geruch von Holz ein, ein alter Zedernwald an einem frischen Morgen. Sie fuhr mit den Händen über die dicken Balken und Dachsparren, die vom Alter honigrot geworden waren, viermal so dick wie heutzutage in den Bauvorschriften verlangt, hatten ihnen die Schätzer gesagt. Ein Bau, auf Dauer ausgelegt.

Dieses Haus würde sie überleben. Es hatte bereits mehrere Generationen überlebt.

Auch wenn sie hier oben nur leere Umzugskisten verstaut hatte, fand sie es doch schön, einen Dachboden zu haben. Sie war zum ersten Mal allein hier oben. Als sie dreizehn oder vierzehn war, hätte es nicht so lange gedauert. Aber sie war sechsundzwanzig, und jeden Morgen ging sie zur Arbeit, und jeden Abend ging sie laufen; dann kam das Abendessen und nach dem Abendessen der Abwasch. An den Wochenenden schabte und strich sie. Sie brauchte mehr Freizeit.

Sie schritt den Raum ab. An der Wand über einem Spalt war eine Spinne dabei, ein großes, feines Netz zu spinnen, ein kunstvolles, klebriges Gewebe. Deena sah ihr zu. Die Spinne lief den Faden hinauf, verkürzte ihn, so als würde sie ihn aufessen. Beim Hinabgleiten gab sie den Faden wieder von sich, und nun war er einen Zentimeter länger als zuvor. Sie lief auf und ab, webte und bewegte sich vor- und rückwärts, wie beim Nähen einer Hohlnaht, wie im Leben, zwei Schritte vorwärts, einen verzweifelten Schritt zurück, um dann am Ende größere Reißfestigkeit zu erlangen. Spinnen, so heißt es, hätten den Tempel in Jerusalem zerstört, deshalb sollte man sie im eigenen Heim vernichten. Nun hing aber da am Dachsparren diese geschäftige Spinne, speiend und spinnend, verwandelte Spucke in Flachs, ein Märchen. Sie wollte sie nicht herunterholen. Sie wollte nicht abergläubisch reagieren.

Sie stieg die Treppe hinunter und ging von einem unbewohnten Zimmer ins nächste, machte einen Rundgang durch den oberen Stock. Wessen Haus ist das?, fragte sie sich, und wiederholte laut: »Wessen Haus ist das?«

Sie schliefen hier oben, doch sie kannte diese Zimmer noch nicht. Sie stand am Vorderfenster, machte sich mit der Aussicht vertraut. Von hier oben konnte sie die obersten Äste der Eiche sehen. Die Blätter verfärbten sich gerade rot, ein wenig gelb da und dort. Im Frühjahr würde sie immer genau wissen, wie weit die Knospen schon waren. Das heißt, wenn sie überhaupt hinsah. Wenn sie daran dachte.

Sie wandte sich wieder dem Zimmer zu. Die Kommode war nicht gut platziert. Auch die Betten nicht. Nach all den Jahren schliefen sie immer noch in den Betten, die ihre Eltern ihr überlassen hatten, als sie wieder zurück nach Jerusalem zogen. Zwei Einzelbetten für eine Ehe, die sich an die Menstruationsvorschriften hielt, ein Bereich, den Daniels religiöse Disziplin aussparte. Das war seine Schwäche. Er verlangte nach Sex, wann immer er ihn haben konnte. Es spielte keine Rolle, ob sie blutete oder nicht. Sie trennten die Betten nie.

Deena drehte die Betten so, dass ihre Längsseite der Tür gegenüber war, und schob die Kommode in eine andere Ecke. Sie stellte den alten Lederkoffer am Fußende der beiden Betten auf und legte einen gefalteten Wollschal darüber. Das war schon besser. So blieb mehr Raum frei. Sie setzte den Spiegel auf die Kommode in der Ecke, und das Zimmer wirkte nun ganz harmonisch.

Daniel würde zu dieser Veränderung und ganz allgemein zu Deenas häufigen Umstellungen einiges zu bemerken haben. In der Nacht würde er mit der Zehe gegen ein Bein der Kommode stoßen. Hatte er sich einmal daran gewöhnt, seine Socken aus der dritten Schublade zu nehmen, erwartete er, sie auch in der dritten Schublade zu finden. Am Morgen, wenn er müde oder spät dran war, zu entdecken, dass sich seine Socken nicht mehr am gleichen Ort befanden wie am Tag zuvor, war sehr ärgerlich. Warum konnten Dinge nicht bleiben, wo sie waren? Er suchte in der Schublade darunter, aber da waren sie auch nicht. Er zog die nächst höhere heraus und schloss sie wieder, dann gab er es auf und begann zuoberst, riss jede Schublade hastig heraus und stieß sie wütend wieder zurück. Eine der Schubladen sprang aus der Schiene, und er musste einhalten, um die Sache in Ordnung zu bringen. Er musste die Schublade ganz herausnehmen und sie sorgfältig wieder in die Metallrille einpassen. Unterdessen tickte der Wecker auf der Kommode weiter, Viertel vor acht, und er stand immer noch barfuß da, noch nicht angezogen, noch nicht auf dem Weg zur Arbeit. Und während der ganzen Zeit lagen die Socken in der untersten Schublade, wo er zuerst hätte nachsehen sollen, wenn er es nur gewusst hätte.

»Aber warum müssen Socken so weit unten sein«, fragte er. »Sie sind doch wie Unterwäsche, etwas, das man täglich wechselt.« Frauen lieben es, Dinge zu ordnen und neu zu ordnen, aber ihre Ordnung hat kein System. »Nicht dass es mir wichtig wäre, wo die Sachen sind, solange sie am selben Ort bleiben.«

Deena zuckte die Achseln. Änderungen halfen ihr, etwas mit anderen Augen zu sehen, so, wie wenn man nach einer langen Reise wieder nach Hause kommt. Ein neuer Blickwinkel gab einem das Gefühl, dass sich im Leben etwas tat. Gewiss, man musste sich anpassen, aber man blieb dabei beweglich. Man stellte sich um. Wenn sie nachts das Bett verließ, würde sie sich daran gewöhnen müssen, sich nach links statt nach rechts zu wenden. Um sich anzuziehen, musste sie von nun an beim Fenster stehen. Während des Anziehens beim Fenster zu stehen, gab ihr Gelegenheit, mit der Aussicht vertraut zu werden. Und im Winter, wenn die große Eiche ihre Blätter verlor, würde auch sie nicht mehr abgeschirmt sein. Sie würde ein Rollo anbringen und daran denken müssen, es herunterzuziehen.

Aber Daniel war von Veränderungen nicht angetan. »Lass die Finger von meinen Kleidern«, sagte er. »Was die Frauen nur haben?«

»Ich bin nicht wie deine Mutter«, sagte Deena.

»Sie macht es genauso wie du«, erwiderte Daniel. »Mein Vater beschwerte sich, bis sie schließlich einwilligte, seine Kleider am Abend vorher bereitzulegen.«

»Deine Mutter legt deinem Vater die Kleider bereit?«

»So kann sie eine halbe Stunde länger schlafen. Dann steht sie auf und macht ihm das Frühstück und den Lunch.«

Daniel aß am Morgen gerne Hafer- oder Grießbrei, und auch er wünschte, dass Deena ihn zubereitete. Das tat seine Mutter für seinen Vater; das erwartete er auch von seiner Frau.

Deena kochte ihm im ersten Ehejahr Grießbrei. Sie schaute jeden Morgen mit starrem Blick in den Kochtopf, sah den Brei kreisen und kreisen und zur Mitte hinsinken, eine Falle. Dann fing sie an, Cornflakes und Kleieflocken und Rice Krispies zu kaufen, die Daniel in eine Schüssel geben und mit kalter Milch essen konnte.

Er war nicht zufrieden. »Und was ist mit dem Lunch?«, fragte er.

»Ich bin nicht deine Mutter, und du bist nicht dein Vater. Kümmere dich selbst um deinen Lunch.«

Eine zweite Tasse Kaffee vor sich, schrieb Deena am Küchentisch auf ein leeres Blatt Papier: »Vorsätze für 1987«. Sie unterstrich die Worte. Dann unterstrich sie sie nochmals. Sie fasste zweimal im Jahr Vorsätze: im Januar und dann wieder im September. Im September gab es einen Überblick über das während der letzten neun Monate Erreichte, dazu erneuerte Vorsätze, nachzuholen, was noch nicht erfüllt war.

Immer auf die Liste kam das Alltägliche: trainieren, mehr lesen, sich bei der Arbeit verbessern. Vor fünf Jahren war Französischlernen aufgeführt. Heute schrieb sie nicht mehr auf, was kaum einzuhalten war; sie tat nicht mehr so, als würde sie es je schaffen; sie würde es nicht einmal versuchen. Jedes Jahr wurde die Liste kürzer, und was blieb, änderte sich weniger. Sie konnte die Liste vom letzten Jahr nehmen, die Sechs in 1986 ausradieren und eine Sieben an ihre Stelle setzen. Bedeutete das, dass sie nichts erreicht hatte? Sie war gelaufen, sie hatte gelesen, sie hatte versucht, sich zu verbessern, aber alles erforderte ständige Anstrengung. Es würde ewig auf der Liste bleiben.

Im College war ihre Liste länger gewesen. Aber es war nicht etwa so, dass sie jetzt weniger erreichen wollte. Sie wünschte sich immer noch Veränderungen, aber wo und auf welchem Gebiet? Zuerst musste man sich eingestehen, dass da etwas war, was man erreichen wollte. Dann musste man dieses Etwas definieren. Wenn sie es nicht benennen konnte, würde es auch nicht erreicht werden. Am Anfang war nichts und das Blasen des Windes nach Süden und dann nach Norden, und immer im Kreis herum ging der Wind. Dann kam die Erschaffung des Himmels und der Erde, ihre Benennung, die Wörter. In der Benennung lag die Erkenntnis. Sie musste benennen, was sie erreichen wollte.

Sie betrachtete die Überschrift auf der Seite, unterstrich sie wieder. Sie war jetzt dreifach unterstrichen. Bald wurde sie siebenundzwanzig. Sie hatte ein Haus, eine Stelle, einen Mann. Sie besaß genug. Warum war sie dann nicht glücklich? Sie hatte nicht genug Zeit, die Dinge, die sie besaß, zu genießen. Sie brauchte mehr Freizeit, die Freiheit, Zeit zu haben, die Freiheit, sich nicht jeden Morgen von der Arbeit tyrannisieren zu lassen. Sie wollte erwachen und im Bett liegen und den Gedanken nachhängen, sich an Träume erinnern, jeden Morgen eine Stunde liegen bleiben, ohne Eile, allein zu sich selbst finden. Firmen bezahlten einen dafür, dass man sich selbst vergaß und sich nur für sie einsetzte, aber kein Gehalt war hoch genug, um abzugelten, was einem genommen wurde.

Sie wollte mehr als bloß den täglichen Gang zur Arbeit und zurück. Sie wünschte sich manchmal, an einem anderen Ort zu erwachen, sodass sie, wenn sie am Morgen das Haus verließ, um die Zeitung zu holen, durch die kopfsteingepflasterten Straßen einer fremden Stadt ginge; an der Ecke würde sie nicht wissen, welche Richtung sie einschlagen sollte, links oder rechts, und es käme auch aufs Gleiche heraus, niemand würde sie igendwo erwarten. Der Weg würde sie zum Pantheon oder zur Klagemauer führen und ihr bewusst werden lassen, dass schon vor Tausenden von Jahren Menschen auf denselben Steinen gestanden hatten, die sie jetzt unter ihren Füßen spürte.

Sie konnte noch nicht niederschreiben, was sie erreichen wollte. Es musste vorläufig genügen, darüber nachzudenken. Wenn ihr der Bleistift in der Hand beim Nachdenken half, reichte das. Sie würde keine Seiten vollkritzeln. In den letzten Jahren hatten sich die weiten Schleifen und großen Abstände zwischen den Wörtern und Buchstaben in ihrer Handschrift zu einer reifen, papiersparenden Form entwickelt. Sie hatte John Irvings *Gottes Werk und Teufels Beitrag* gelesen. Und ihr neues Schriftbild gefiel ihr: lange J und hohe t, die sie bewusst verlängerte, weil betonte Längen als Zeichen für hohen Wuchs und Charakter gelten. Ihre Körpergröße, kompakte ein Meter sechzig, konnte sie nicht ändern, aber sie konnte so schreiben, als wäre sie hoch gewachsen.

Sie sollte irgendwo hingehen. Sie sollte eine Reiseagentur anrufen, eine Notiz für Daniel zurücklassen und wegfahren. So musste man es machen, von einer Minute auf die andere, ohne dabei viel zu denken oder zu planen. Einfach handeln. Sie hatte immer das Verlangen wegzugehen. Während des Studiums schon wäre sie am liebsten einfach aufgebrochen, frei und allein, als wäre sie nicht verheiratet, als müsste sie am nächsten Tag keine Vorlesungen besuchen, keine Bücher lesen, keine Arbeiten schreiben, sich nicht um Geld sorgen. Als sie mit dem Studium fertig war, machte ihr die Arbeitssuche Sorgen. Außerdem war sie verheiratet, eine Ehefrau. Daniel würde ausrasten, wenn sie einen Flug buchte, ihm einfach eine Notiz hinterließe und sich dann hoch über den Wolken wiederfände, in Freiheit fliegend, an nichts und niemand denkend. Sie würde nicht zu Hause sein und seinen Wutausbruch nicht hören. War es Daniel, der sie all die Jahre zurückgehalten hatte? Irgendwie passte verheiratet sein und allein reisen nicht zusammen. Man musste Single sein. Käme sie allein in Jerusalem an, wüsste ihr Vater mehr, als ihr lieb war. »Du bist nicht glücklich«, würde er sagen. »Ich sehe es deinem Gesicht an, dass du nicht glücklich bist.«

Sie stand auf. Single sein – ein Vorsatz für 1987? War es das, was sie wollte?

Aber das Haus! Sie wollte dieses Haus, und zu ihm gehörte auch das Bedürfnis nach Zusammengehörigkeit. Sie hatten das Haus zusammen gekauft, sie würden es auch zusammen bewohnen.

Vorsätze oder nicht, man wusste nie, was kommen würde. Es gab das Glück oder das Schicksal oder auch Gott, wenn man an ihn glaubte. An jedem Rosch ha-Schana ging ihr das unvermeidliche Gebet im Kopf herum: … wer leben soll und wer sterben; wer durch Wasser und wer durch Feuer; wer durch die Seuche und wer durch das Schwert …

Sie stand still da und hörte aus meilenweiter Entfernung das Singen ihres Vaters. Sie sang mit ihm, mit kaum vernehmbarer Stimme, und am Schluss, nach dem letzten Wort, fügte sie ein unausgesprochenes Gebet hinzu.

Sie wusste nicht, was das Beste für sie war. Sie bat im Gebet um das Beste.

OKTOBER

Sie einigten sich auf einen Donnerstagabend, und Daniel reservierte für vier Personen. Als er und Deena eintrafen, waren Jill und Ann bereits am Tanzen, Jill in einem kurzen schwarzen Lederrock.

Zuerst einen Drink, sagte Daniel, und bestellte einen Scotch für sich und einen Schlehen-Ginfizz für Deena. Vor dem ersten Schluck hob er die Hand, um seinen Kopf für den Segen zu bedecken. Er hatte für den Abend seine Jarmulke abgenommen. Sie zum Trinken und Tanzen in einem Klub zu tragen, wäre unangebracht, hatte er in letzter Minute entschieden. Er ließ sie im Handschuhfach zurück, dann besann er sich anders und schob sie in die Hosentasche.

Deena zuckte die Achseln. Sie fand nicht, dass es eine Rolle spielte, ob er sie trug oder nicht. Ihr war es egal.

Sie blickten einander über den Rand der Gläser an und nahmen ein Schlückchen. Es war komisch. Seit Jahren waren sie nicht mehr zu einem Drink ausgegangen, nicht mehr seit ihren samstagabendlichen Rendezvous. Und sie hatten nie getanzt.

»Immer munter runter«, sagte Daniel und trank seinen Scotch aus.

»Ich geh, wenn du gehst«, sagte Deena herausfordernd.

Sie standen auf. Der Boden vibrierte. Man konnte die Musik und das Tanzen in den Füßen spüren. Der Rhythmus war ansteckend. Er riss einen mit.

Jill und Ann sahen gut aus auf der Tanzfläche, geschmeidig.

Deena zögerte. Konnte sie ihren Körper so bewegen?

Daniel war entschlossen. »Komm«, sagte er.

Sie schoben sich auf die Tanzfläche, stießen dabei gegen andere. Daniel bewegte sich ungelenk. Seine ausgreifenden Schritte, die gut aussahen, wenn er ging, waren beim Tanzen zu lang. Seine Füße schienen zu groß zu sein. Er müsste kleinere Schritte machen; er müsste lernen, mit den Füßen zu schleifen.

Deena blickte weg und versuchte, den Rhythmus zu erspüren. Sie tanzte, blieb stehen. Dann entdeckte Jill sie, winkte und bewegte sich mit schaukelnden Hüften auf sie zu. Sie nahm Daniel bei den Händen und führte ihn zur Mitte. Ihre Begeisterung steckte an. Daniel schien sich zu vergessen. Er tanzte. Es spielte keine Rolle, dass er ein wenig zu stark in die Knie ging und die Schultern zu sehr nach hinten drückte. Er merkte es nicht.

Deena hörte genau zu. Sie spürte die Musik durch die Schuhe hindurch, das dumpfe Schlagen des Basses. Sie wiegte sich, schleifte über den Boden. Es war gar nicht so schwierig, wenn man einmal begonnen hatte. Aber beginnen musste man. Sie bahnte sich einen Weg zur Mitte. Sie brauchte einen Partner. Das würde helfen. Sie blickte zu den Musikern, und der Gitarrist zwinkerte ihr zu. Sie lächelte und bewegte die Füße, und es ging ganz gut. Wenn sie nicht daran dachte, wenn sie sich vergaß, wenn sie sich ganz der Musik überließ, dann konnte sie es. Wenn sie Nacken, Arme und Beine von der Musik durchdringen ließ, wenn sie sie im Bauch spürte, dann kam Leben in sie. Um Leben in sich zu spüren, brauchte sie einen dröhnenden Bass.

Als sie Jill und Daniel wieder sah, war die Musik langsamer geworden. Jill hatte die Arme um Daniels Hals gelegt; Daniels Hände waren an ihrer Taille. Sie bewegten sich zusammen, ein Paar.

Dann wechselte die Musik, und jeder tanzte wieder allein. Der Boden bebte. Jill zog Deena zu sich, Ann schloss sich ihnen an, und zu viert tanzten sie in einem Kreis, zusammen, doch jeder für sich.

Sie blieben bis drei Uhr früh. Dann die schwarze Treppe hoch zur Straße und in die Nacht hinaus.

Deena atmete die frische Oktoberluft ein, reine Luft für diesen Monat hoher Feiertage, den Monat der Reue. Aspirin täte gut, aber auch so hatte sie einen klaren Kopf. Die Musik war ein Schofar, der sie wachrief. Die Musik konnte bewirken, was Beten und Fasten bewirken sollten. Sie erinnerte einen daran, dass jeder Tag wie ein heiliger Tag gelebt werden sollte, hellwach und mit klarem Bewusstsein. Sie sah Daniel an. Wusste er das?

Jill und Ann nahmen das erste Taxi, Daniel und Deena das nächste.

Zu Hause angekommen, beeilte sich Daniel, die Alarmanlage auszuschalten. Als das letzte Mal der Alarm losgegangen war, hatte jemand eine anonyme Mitteilung hinterlassen. Wenn er um halb vier Uhr morgens heulte, würden sich die Leute mit Sicherheit beschweren. Deena stellte sich auf die Zehenspitzen, um Daniel über die Schultern zu blicken, sich zu vergewissern, dass er den richtigen Code eintippte, dann eilte sie die Treppe hinauf zur Toilette.

Daniel setzte sich auf den Bettrand, knöpfte das Hemd auf und schnupperte daran. »Rauch«, sagte er. »Das ist das Problem mit Bars und Klubs.«

Er schlüpfte aus dem Hemd, knüllte es zu einem Bündel zusammen und warf es auf den Boden. »Zieh alles aus«, sagte er. »Ich bring's hinunter zur Waschmaschine. Es stinkt.«

Deena zog sich aus. Selbst ihre Unterwäsche roch nach Rauch. Daniel, immer noch in Jeans und Socken, nahm alles über den Arm und brachte es hinunter in den Keller, wo Waschmaschine und Trockner standen, ein Waschsalon im eigenen Haus. Sie spürte unter den Füßen den Boden vibrieren, als er die schiefe Treppe vom oberen Stock ins Erdgeschoss und dann um die Ecke die enge steile Treppe in den Keller hinabstieg. Ohne ihm zu folgen, konnte sie seinen Weg nachvollziehen. Er stellte die Maschine auf halb voll, drückte den Startknopf, schüttete Waschmittel hinein, schloss den Deckel. Am Morgen würde er alles in den Trockner füllen. Nach jahrelangem Frequentieren von Waschsalons konnte er seine Kleider jetzt zu Hause waschen. Er konnte in Unterwäsche und Socken vor der Maschine stehen und noch während er dastand beschließen, das, was er auf dem Leib trug, auch dazuzugeben. Nackt konnte er im Dunkeln die Treppe hochrennen, und die kalte Luft auf der bloßen Haut sagte ihm, dass er der Besitzer des Hauses war und dass er nur deshalb so rannte, weil es kalt war.

Es fröstelte sie. Es war kalt. Es würde auch zwischen den Betttüchern kalt sein. Aber ein sauberes T-Shirt auf stinkender Haut, zu stinkenden Haaren? Daniel schlief immer nackt.

Wenn er sich zu ihr drehte, zog er ihr sofort alles aus. Nachher schlief sie ein, schön warm neben ihm, bis er sich im Schlaf umdrehte und die Decke zu sich hinüberzog und sie mit der kalten Nacht auf der Haut aufwachte.

Sie stieg ins Bett und wickelte sich gut in die Decke ein, um sich so gegen die Kälte zu wappnen. Die Leintücher waren steif und kalt. Wenn Daniel sich nur beeilen würde. Er war jetzt auf der Treppe.

»Brrr«, machte er und kletterte ins Bett und rückte näher zu ihr. Das war gut, ihr Körper an seinem warmen Körper, nichts dazwischen. Sie zog die Beine ein wenig an, und er drückte seine Knie in ihre Kniekehlen. So würden sie einschlafen, aneinander geschmiegt. Sie spürte, dass er sie begehrte, aber er unternahm nichts weiter, und das hatte sie gern. Nicht anzufangen, war die richtige Art anzufangen. So konnte man sie mühelos herumkriegen. Sie presste sich gegen ihn, er drang in sie ein, und zusammen bewegten sie sich in der dunklen kalten Nacht.

»Unsere Haare und unsere Haut riechen nach Rauch«, sagte Daniel.

»Wir wechseln morgen die Betttücher und waschen noch eine Maschine voll«, erwiderte Deena.

»Ich fand's toll. Du auch?«

»Ja.«

»Hast du mich tanzen sehen? Ich hatte am Schluss das Gefühl, den Dreh doch noch rauszukriegen.«

»Es sah gut aus«, sagte Deena. »Tanzen ist einfacher, wenn man nicht daran denkt.«

»Du warst Spitze. Jill sagt, du tanzt sehr temperamentvoll. Das ist dein chassidisches Blut, hab ich ihr erklärt. Ich finde, wir sollten Tanzstunden nehmen, Gesellschaftstanz. Was meinst du?«

»Hmm«, sagte Deena. »Gute Idee. Wir sprechen morgen darüber. Ich schlaf gleich ein. Gute Nacht.«

Aber sie hatte erst ein paar Minuten geschlafen, als etwas sie weckte. Sie zog Leintuch und Decke hoch und ließ sich auf das Kissen zurückfallen. Sie hatte etwas vergessen. Sie blickte im Dunkeln hinauf zur weißen Decke? Die Spinne, wie weit war sie gekommen? Das hatte sie aufgeweckt. Das Spinnennetz über ihren Augen, über Nase und Mund. Ihre Kehle war trocken. Sie hatte vergessen, ein Glas mit Wasser zu füllen. Die Schleimhaut in ihrem Mund war ausgetrocknet, sie hatte keinen Mund. Aber sie würde leichter wieder einschlafen, wenn sie jetzt nicht aufstand. Sie schloss die Augen und schlief ein.

Am nächsten Morgen saß Deena im Büro an ihrem Schreibtisch, die Finger auf den Tasten ihrer stummen schwarzen Panasonic-Schreibmaschine. Sie sollte einen Werbetext verfassen, aber sie war nicht bei der Sache. Hühnchen interessierten sie einen Dreck. Gestern Nacht war sie lebendig gewesen; sie musste einen Weg finden, so zu leben, richtig lebendig zu sein, jeden Tag. Da waren zehn Büros nebeneinander, und in jedem saß ein Mensch, schmorte, hielt sich selbst im Zaum, vertagte das Leben auf den Feierabend. So wurden Leute alt, Tag um Tag hinter sich bringend. Aber sie mussten sich ihren Lebensunterhalt verdienen. Im Schweiße deines Angesichts sollst du dein Brot essen. Adams Fluch.

Wenn sie wenigstens schwitzen würde. Zum Schweiß

gehört das Bewusstsein, dass der Körper lebt; man spürt das Herz arbeiten, die Anstrengung und Belastung von Muskeln und Knochen, das Strömen des Blutes. An ihrem Schreibtisch im Büro schwitzte sie nicht. Da gab es nur das eintönige Summen der Klimaanlage. Wenn der Tag vorüber war, stand sie auf und streckte sich, um ihre Knochen und Muskeln zu spüren, die sich aus Mangel an Bewegung verkrampft hatten. Sie hatte gearbeitet, aber geschwitzt hatte sie nicht. Der Gedanke an die nächsten acht Stunden war unerträglich. Sie konnte die weißen Wände und den verhaltenen Klang gedämpfter Stimmen, der durch sie hindurchdrang, nicht ausstehen. Es war etwas Unnatürliches. Sie war nicht dafür geschaffen. Das war nicht die Art, wie ihre Familie lebte. Besser dasitzen wie ihre Mutter, die geschwollenen Beine auf einem Hocker, dasitzen und Eierfrüchte schälen oder Socken stopfen und sich von Zeit zu Zeit erheben, um die Suppe umzurühren und zu probieren. Besser den Tag so verbringen, wie es ihr Vater und ihre Brüder taten, mit Lernen und Beten, inbrünstig und mit großem Eifer. Wie hielten sie den Druck aus, tagein, tagaus? Es gab Geschichten von chassidischen Asketen, die ihre Körper in Eiswasser tauchten und barfuß über glühende Kohlen gingen. Es war der Schmerz, der sie wach und lebendig hielt. Sie wollte laufen gehen. Sie wollte etwas tun gegen dieses halb tote Leben. Sie machte früh Feierabend.

Auf dem Weg zum und vom Zug, als sie den blauen Himmel und die Bäume sah und spürte, wie ihre Beine sich bewegten, fühlte sie sich besser. Zu Hause zog sie ihre Arbeitskleider aus. Sie hasste diese Kleider, den Rock, der ihr den Schritt verkürzte, die Jacke, die sie in ihren Bewegungen einschränkte. Sie hatte überschüssige Energie, und die wollte sich nicht eindämmen lassen. Sie machte sich gleich auf zum Laufen, mit einem freien, starken Körper. Sie hatte nur fünf Stunden geschlafen, aber wenn sie wirklich lebte, brauchte sie weniger Schlaf. Mit einem lebendigen Körper konnte sie alles. Sie würde ihre Tage ändern, sie würde ihren Tagen die Verheißung der Nächte geben.

Sie lief durch den Park, die Bäume über ihr spendeten Schatten, und die Brise trocknete ihre Haut. Sie war gesund und stark, nicht das kränkliche Kind, das ihre Eltern aufgezogen hatten. Sie machte längere Schritte, holte weiter aus. Sie würde ihre Beine länger werden lassen, würde ihr Wachsen erzwingen. Ihre Schultern dehnten sich bereits; ihr Hals reichte höher. Sie hatte ihren Lauf beendet, bevor sie es spürte: Sie war nicht müde. Sie war überrascht, am Ziel zu sein. War sie all die Meilen überhaupt gelaufen?

»Was für Vorsätze hast du gefasst?«, fragte Deena Daniel vor der Nacht von Jom Kippur.

»Keine. Versprich nichts und brich nichts«, sagte er.

»Du machst dir nicht einmal Gedanken darüber?«

Er schüttelte den Kopf.

»Auch nicht im Januar?«, fragte Deena.

»Ich weiß gar nicht, warum dich das so beschäftigt. Man nimmt sich jeden Tag im Jahr etwas vor. Jeder Tag im Leben ist Jom Kippur. Warum kannst du nicht einfach leben? Das wäre ein guter Vorsatz.«

Deena nickte zustimmend. Der Zweck des Lebens ist zu leben. Das war die Antwort auf den Brief ihres Vaters. Sie versuchte immer wieder, sich von Grund auf zu ändern. Ein

Leben der Selbstverbesserung. Es blieb nicht viel Zeit zum Leben, wenn man immer wieder von neuem begann.

Am Sonntag strichen sie das kleine Schlafzimmer weiß. Daniel benutzte einen Farbroller für Decke und Wände; Deena arbeitete mit einem Pinsel an den Kanten und in den Ecken. Sie verbrachten fast den ganzen Tag mit Streichen, und das Zimmer war immer noch weiß, keine Veränderung. Frustriert hörten sie auf.

»Wenigstens ist es sauber«, sagte Daniel.

»Komm, wir holen die Fahrräder«, schlug Deena vor.

Sie fuhren zum Forest Park, Daniel im Verkehr voraus, Deena im Wald. Heute wollte sie langsam fahren, die Bäume betrachten, dicke alte Stämme, die man mit den Armen nicht umfangen konnte.

»Komm schon«, sagte Daniel. »Ich bin genug herumgestanden. Ich will mich bewegen.«

Sie fuhren um die Wette. Er hatte Vorsprung. Deena beugte sich tief über die Lenkstange. In dieser Situation war ihre Größe von Vorteil: Sie bot weniger Widerstand. Die Bäume auf beiden Seiten des asphaltierten Weges bildeten einen natürlichen Tunnel, und sie hielt sich genau in der Mitte des Weges, die Kronen der Bäume hoch über ihr. Der Wind fächelte die feinen Härchen auf ihren Armen, ihre Augen tränten. Es raschelte. Laub. Von Daniels Fahrtwind aufgewirbelt, verfingen sich Blätter in den Speichen der Räder, fuhren ein Stück mit ihr und fielen dann wieder ab. Tramper.

Daniel hatte immer noch Vorsprung. Sie hielt den Atem an, versuchte, sich leicht zu machen, senkte Kopf und Schultern tief und überholte ihn. Alles, was sie sah, war das Geflirre seiner Räder, dann war sie vor ihm. Sie richtete sich auf, und der Fahrtwind kühlte ihren Körper. Früher machte man das so auf Pferden, dachte sie. In den Parks sah man damals Pferdebeine davonsprengen, vier dünne, gelenkige Beine, die sich alle gleichzeitig vorwärts zu bewegen schienen.

Sie hörte hinter sich Daniel näher kommen. Er war stark, seine Beine bestanden nur aus sehnigen Muskeln. Sie würde ihn vorbeilassen. Heute genügte es ihr, einach dahinzurollen. Sie konkurrierten immer miteinander. Als Kind, mit fünf Geschwistern, hatte sie nie dieses Bedürfnis verspürt. Seit sie verheiratet war, musste sie immer beweisen, dass sie mithalten konnte. Sie wusste nicht, wie es begonnen hatte. Vielleicht brachten die modernen Ehen das mit sich, wo Paare mehr Freunde als Liebende waren.

Sie erinnerte sich, wie sie Rad fahren gelernt hatte. Der zehnjährige Arye Werner, ein Freund ihres Bruders, hielt den Sattel seines blauen Schwinn-Rades, während sie aufstieg, taumelte, schwankte und merkte, dass sie, wenn sie kräftig genug in die Pedale trat, nicht aus dem Gleichgewicht geriet, sondern sich auf wundersame Art aufrecht und gerade halten konnte. Sie strampelte so wild drauflos, dass Arye nicht mehr mitkam. Er blieb zurück, und sie fuhr weiter, bis sie, aus einer Ahnung heraus, dass er weg war, sich plötzlich umdrehte, um nachzusehen, dabei einen Schwenker machte, wankte und stürzte. Er lief zu ihr, um ihr aufzuhelfen, und bevor sie ihn noch an sein Versprechen erinnern konnte, sie nicht loszulassen, sagte er, er habe noch nie jemanden gesehen, der so schnell Rad fahren gelernt habe. Danach ließ sie ihn nur noch beim Aufsteigen helfen. Er rannte neben ihr her, und sie unterhielten sich, bis nach ein paar Besuchen ihr Bruder eine

Bemerkung über das Spielen mit Mädchen fallen ließ und so seinen Freund wieder für sich reklamierte. Deena borgte sich das Rad weiterhin aus, wenn Arye zu Besuch kam, aber er nickte nur, wenn sie ihn darum bat; er kam nicht mit ihr hinaus. Zwei Sommer später, als sie beinahe zwölf war und es bis zu Aryes Bar-Mizwa kein Jahr mehr dauerte, sahen sie einander nur noch von weitem.

»Rad fahren ist etwas für Jungen«, hatte ihre Mutter gesagt. »Jungen tragen Hosen; darum.«

Fünfzehn Jahre später saß sie in schwarzen Leggings auf einem Fuji-Rad, vor sich Daniel auf seinem alten englischen Raleigh, das er – sonderbar, wie Lebenswege sich manchmal kreuzen – von Deenas Cousin Natan gekauft hatte, kurz bevor Natan mit seiner Familie, den Engels, nach Israel zurückkehrte. Es war denkbar, dass sie im Alter von zwölf Jahren ihren zukünftigen Ehemann schon einmal gesehen hatte. Daniel konnte sich nicht erinnern, ihr begegnet zu sein; er habe nur für das Fahrrad Augen gehabt, erklärte er.

Jahrelang fuhr er überall hin mit seinem Raleigh. Dann kaufte er den Civic, und das Rad blieb im Keller, bis sich Deena zu ihrem fünfundzwanzigsten Geburtstag ein Fahrrad wünschte. Wenn sie zusammen Rad fahren wollten, musste er sein Raleigh aufmöbeln. Deena sollte ihm dabei helfen.

»Ich tu das ja nur, weil du dich plötzlich für Fahrräder interessierst«, meinte er.

»Ich interessiere mich fürs Rad fahren, nicht für Fahrräder«, entgegnete sie.

Doch alles, was Daniel in die Hand nahm, musste perfekt sein. Sein Fahrrad musste überholt, die einzelnen Teile auf den neuesten Stand gebracht werden. Er montierte neue

Gänge, neue Bremsklötze, eine neue Kette und fragte sich, ob er sich nicht besser gleich ein neues Fahrrad angeschafft hätte.

Deena war nicht richtig bei der Sache. In der einen Hand hielt sie eine Zeitschrift, in der anderen, locker herabhängenden, einen Schraubenschlüssel. Als Daniel den Schraubenzieher verlangte, reichte sie ihm den Schraubenschlüssel. Anstatt des Schraubenschlüssels bekam er den Schraubenzieher. Es passierte so oft, dass daraus ein Scherz wurde.

»Skalpell«, sagte er zum Beispiel.

»Skalpell«, wiederholte sie und hielt ihm den Hammer hin. Im College hatten sie sich zusammen *M.A.S.H.* angeschaut.

Es tat gut, auf Rädern zu sitzen. Sie fuhren Wege entlang, machten kehrt, bogen ab und kamen zu einer kurvigen Straße, die sie nicht kannten. Sie folgten ihr und waren erstaunt, eine Art ländliche Straße mitten in der Stadt entdeckt zu haben. Sie fuhren den Hügel hinauf, dann wieder hinunter und hatten plötzlich Wegweiser zur Stadtautobahn vor sich.

»Wir kehren besser um«, meinte Daniel.

Doch sie fuhren weiter, bis sie den Verkehr sahen und den Staub und die Abgase von Tausenden von Wagen einatmeten. Das war immer noch New York City. Als Deena den ostwärts und westwärts fahrenden Autos zuschaute, kam ihr die Wohnung an der Rodney Street in Williamsburg in den Sinn, wo in einem Einschnitt die Brooklyn-Queens-Autobahn vorbeiführte. Zu welchem Fenster man auch hinausblickte, egal, zu welcher Tageszeit, immer rasten Autos mit hundert Stundenkilometern vorbei. »In Amerika gibt es keinen Ruhetag«, hatte ihre Mutter gesagt. »Sogar im Urlaub kommen und gehen die Leute pausenlos.«

Der Rückweg war schneller. Sie traten kräftig in die Pedale. Die Brise wurde stärker, und die Sonne ging langsam unter. Als sie aus dem Park kamen, wollten sie noch nicht anhalten. Sie fuhren eine Straße hinauf, die nächste hinunter. Sie bemerkten ein Schild, das auf einen kleinen Flohmarkt hinwies, und fuhren hinüber zur 101st Street. Unter einem Tisch fand Deena eine alte Gießkanne für drei Dollar. Daniel nahm sie unter den Arm und fuhr einhändig nach Hause, etwas, was Deena immer noch nicht konnte. Sie strampelte hinter ihm her, fürchtete, er könnte die Kanne fallen lassen oder, schlimmer noch, gegen ein Auto oder einen Baum prallen.

Montagmorgen war sie wieder in der Arbeit, an ihrem Schreibtisch, hasste die vier Wände. Als sie die Eingangshalle des schwarzen Glasgebäudes betreten hatte und auf den Lift wartete, dann hinauf zum zweiundzwanzigsten Stockwerk fuhr, war etwas wie Angst über sie gekommen. Sie kannte dieses Gefühl, ein vertrauter Albdruck. Er lastete auf ihren Augenlidern und auf der Haut zwischen den Brauen. Er setzte sich unten im Nacken fest. Sie würde die nächsten acht Stunden eingesperrt in diesem schwarzen Turm verbringen, eine Gefangene unter Gefangenen, die alle versuchten zu arbeiten, eine Gemeinschaft Arbeitender. Am Küchentisch zu Hause arbeitete sie besser. Hier konnte sie durch die Wände ihres kleinen Büros spüren, wie sich im Raum nebenan die Beklemmung breit machte, wie sie die dünne Gipswand durchdrang und hier einsickerte, lebendig, begierig und nur allzu bereit, sich weiter auszubreiten.

Äußerlich gaben sich alle ruhig, freundlich, zuvorkommend. Man steckte den Kopf ins Nachbarbüro, um guten Tag zu sagen. Wenn man dazu aufgefordert wurde, trat man ein und setzte sich, nur für ein paar Minuten, beteuerte man, und blieb dann eine Viertelstunde. Aber die Atmosphäre war irgendwie belastend, und wenn man aufstand, um mit einem Ich-muss-wohl-Seufzer zu gehen, fühlte man sich außer Stande, etwas zu arbeiten, und hoffte weiterhin auf Hilfe, auf den Ansatz einer Idee, und wenn nicht das, dann wenigstens darauf, aufgehalten, gerettet zu werden vor der Öde des Büros, vor dem leeren Blatt Papier, das beschrieben werden musste. Man ging in schlechterer Verfassung zurück zum Schreibtisch, schuldbewusst, weil man Zeit vergeudet, weil man versucht hatte, vor etwas zu fliehen, das man nur selbst erledigen konnte und sollte: seine Arbeit. Auf dem Schreibtisch lag der dünne Durchschlag, der gelbe Arbeitsauftrag. Als er einging, war man erleichtert gewesen. Ein neuer Auftrag bedeutete, dass man in der Firma immer noch gebraucht wurde und seiner Stelle noch für eine Weile sicher war. Aber wenn man die paar Sätze las, die beschrieben, was gewünscht wurde, stellte sich die Arbeit als weniger anspruchsvoll heraus, als man es sich für das nächste Projekt erhofft hatte. Man sah unten auf das Blatt und entdeckte das Datum des Vortags. Diese Arbeit war überfällig. Am oberen Blattrand war der Auftrag um eine Woche rückdatiert worden. Er war also schon mehr als fällig gewesen, noch bevor er auf diesem Schreibtisch landete.

Es gibt nur ein Rezept gegen die Panik vor der Arbeit: sie anpacken. Je länger man wartet, desto schlimmer wird es.

Sie hatte den Tag in der besten Absicht begonnen. Sie verließ das Haus eine halbe Stunde früher, nahm den Zug, holte sich im Schnellimbiss Kaffee und ein Brötchen, ging durch die Drehtür in die Eingangshalle und hoffte, niemandem zu begegnen. Sie war früh dran. Der Lift riss sie nach oben, wollte nicht mehr aufhören zu steigen; er schien mit ihr über ihr Stockwerk hinauszufahren, über das Dach des Gebäudes hinaus, höher und höher, in den offenen Himmel hinein, in die Freiheit. Doch nein, er hielt an, und die Türen schoben sich mit einem Fauchen auf. Sie straffte die Schultern, schritt rasch durch die Halle, deutete der Aushilfe am Empfang ein guten Morgen an. Sie hielt die Schlüssel zu ihrem Büro schon in der Hand, bog in den Korridor ein, ging an zwei offenen Türen vorbei, schloss, weder nach links noch nach rechts blickend, ihre Tür auf und war im Büro. Sie ließ die Tür etwas offen stehen, um ihre Anwesenheit kundzutun, aber nicht allzu weit, um zu signalisieren, dass eine Störung unerwünscht war. Es gab wenigstens eine kleine Freude, die sie an diesem Morgen vor sich hatte: Kaffee. Nach der dreiviertelstündigen Fahrt ins Büro würde sie ihn genießen wie die erste Tasse des Tages. Sie würde ihn schlürfen, das Brötchen essen und dazu die *New York Times* durchblättern – ihre morgendlichen Freuden am Schreibtisch. Ihr Geschichtslehrer in der Highschool hatte sie einmal davor gewarnt, gleichzeitig zu essen und zu lesen, sich zwei Vergnügungen auf einmal hinzugeben. Aber warum sollte es eine Sünde sein, mehr als eine Sache zur gleichen Zeit zu genießen? Das eine lenkte nicht vom anderen ab.

Sie trank ihren Kaffee aus, brauchte aber für ihren ersten Versuch, sich Sätze auszudenken, nochmals eine halbe Tasse.

In der Etagenküche warteten alle, bis die Kanne voll gelaufen war. Sie nörgelten und redeten. Deena wartete mit ihnen. Sie mochte das, das gemeinsame Nörgeln.

»Was würdest du tun, wenn nicht das?« – eine Frage, die sich Werbeleute mindestens einmal am Tag stellen.

»Laufen und schwitzen«, antwortete Deena.

Paul Herz, der Direktor, sah sie an. »Würdest du nicht etwas Akademisches machen, unterrichten, zum Beispiel?«, fragte er. »Etwas, was eher passt zu jemandem, der studiert hat. Etwas Ähnliches wie deine Brüder?«

»Nein«, erwiderte Deena. »Unterrichten wäre das Letzte, was ich tun möchte. Ich habe diese Stelle angenommen, um nicht unterrichten zu müssen, nach Ansicht meines Vaters die ehrenhafteste Tätigkeit der Welt. Ich möchte etwas Unehrenhaftes tun.«

Sie betrachtete Paul, der mit jedem Tag mehr wie ein Professor aussah. Er trug nicht mehr die dunkelblauen oder grauen Anzüge eines Werbemanns. Seit man ihn um sein ehrenamtliches Mitwirken bei den bevorstehenden Feierlichkeiten zum zweihundertjährigen Bestehen der Verfassung angegangen hatte, erschien er zur Arbeit in Braun. Heute trug er einen Tweedanzug mit Wildlederbesätzen an den Ellbogen. Für das Treffen mit Ted Kennedy in Washington musste man ihn bitten, sich umzuziehen, und ein Bote brachte ihm einen Anzug von Brooks Brothers.

»Genau das habe ich mein ganzes Leben geübt«, sagte Paul, »ich habe fünfundzwanzig Jahre lang Werbetexte geschrieben. Ich weiß, wie man komplizierte Konzepte vereinfacht.«

Ihm schwebte vor, der Öffentlichkeit die Verfassung näher

zu bringen: Er wollte die Verfasssung der Vereinigten Staaten neu schreiben.

Das Argument, dass es für die Kompliziertheit des Dokuments und die Mehrdeutigkeiten darin gute Gründe gab, hielt ihn nicht davon ab. Er kam mit Stößen von Büchern aus Bibliotheken und Buchhandlungen, und die Tür zu seinem Büro blieb während Stunden verschlossen. Drinnen las Paul, machte sich Notizen.

»Ich mag und achte dich, deshalb möchte ich dir auch ein Stück vom Kuchen abgeben«, hatte er gesagt. Ihr Auftrag wäre, falls sie mitmachte, Kurzbiografien der Gründerväter zu verfassen, die dann als Buchzeichen gedruckt und an Schulkinder im ganzen Land verteilt werden sollten. Er schenkte ihr ein eigenes Exemplar von *Das Wunder von Philadelphia.*

Deena hatte das Buch bereits zur Hälfte gelesen, fand es zwar ganz interessant, war aber von dem Projekt immer noch nicht begeistert. Eigentlich wollte sie gar nichts damit zu tun haben; nicht weil die Idee, die Verfassung neu zu schreiben, völlig verfehlt war, auch nicht wegen Pauls törichtem Versuch, seine Fähigkeiten als Werbemann für eine sinnvolle Aufgabe einzusetzen. Sie wollte ganz einfach nicht tage- und wochenlang in seinem stickigen Büro sitzen, seinen Geruch einatmen, sich mit ihm über die Erfüllung seines Traums unterhalten. Sie wollte ihn nicht sehen mit seinem verlorenen Blick und wirr vom Kopf abstehenden Haar. Sie fürchtete sich vor diesem Mann, den es so verzweifelt nach einer sinnvollen Aufgabe verlangte.

Und es war auch nicht von Vorteil, als sein Protegé zu gelten. Man hörte Bemerkungen über seine Untauglichkeit als

Creative Director und über seine befremdliche Besessenheit von dem Projekt. Beim Treffen mit Kennedy hatten sich Professoren, die in amerikanischer Geschichte und Rechtswissenschaft promoviert hatten, entsetzt gezeigt von der Idee, die Sprache der Verfassung zu vereinfachen. Es sei in der Angelegenheit beinahe zu Handgreiflichkeiten gekommen, berichtete der Account Executive. All dies war Paul irgendwie entgangen; er arbeitete weiter hinter seiner verschlossenen Tür.

Deena verlangte weiterhin ganz normale Aufträge. Sie war Texterin, das war ihr Beruf. Sie wollte ihre Arbeit tun. Sie wollte leben, ohne sich darüber Gedanken zu machen, wie sie lebte. Jeden Tag traf man Entscheidungen, ohne Gewissheit zu haben, dass es das war, was man wollte, ohne zu merken, dass es überhaupt eine Wahl gab. Auf diese Weise wurde man, Schritt um Schritt, durch eine zufällige Abfolge von Entscheidungen zu dem, was man war.

Und ihre Arbeit war größtenteils gute Arbeit; was sie hier tat, gefiel ihr im Grunde, und die Leute, mit denen zusammen sie es tat, ebenfalls. Sie lachten und stänkerten, aber am nächsten Tag saßen sie wieder an ihren Schreibtischen. Es lag an ihr, mehr aus ihrem Tag zu machen. Eine gelungenen Zeile, und der Tag hatte sich gelohnt.

Sie würde in die richtige Arbeitsstimmung kommen. Man musste einen bestimmten Rhythmus, einen bestimmten Ton für diese Art Sprache finden. Die Sätze mussten kurz bleiben und die Scherze leicht und locker. Kummer und Resignation waren in Werbetexten fehl am Platz. Realität zog keine Käufer an, Optimismus war angesagt. Um zu verkaufen, war nur deine fröhliche Seite gefragt. Alles andere war traurige Privatsache, und man musste ganz allein damit zu Rande kommen. Vielleicht wurde man deshalb besser behandelt als die meisten Angestellten an ihrem Arbeitsplatz. Man hatte ein Büro mit einem Fenster und einer Tür. Man konnte die Tür schließen und das Fenster öffnen und zweiundzwanzig Stockwerke tiefer den Gehsteig betrachten. Jeden Tag konnte man sich aus dem Fenster lehnen und sich Gedanken über die Entfernung hingeben, aber davon konnte man im Werbetext nichts schreiben. Die Konsumenten kauften dein Produkt, um ihrer eigenen Schwerkraft zu entfliehen.

Es war einfacher, sich die nötige Leichtigkeit am Vormittag zu bewahren. An den Nachmittagen war es unmöglich. Vielleicht hatte die schlechte Luftzirkulation etwas damit zu tun. Die geschlossenen Belüftungssysteme in Bürogebäuden wälzten den ganzen Tag die gleiche abgestandene Luft um. Zwei Stunden lang verspürte sie kein anderes Bedürfnis, als zu schlafen. Stattdessen trank sie eine weitere Tasse Kaffee. Heute wollte sie ihre Mittagspause auf halb zwei verlegen und so den Vormittag verlängern. So konnte sie noch drei Stunden arbeiten. Sie tippte.

Volvo, Revolution. Aber ein Volvo revoltiert nicht. Er fährt verlässlich, wird verlässlich gefahren, von einem Fahrer, dem Sicherheit wichtiger ist als revolutionäre Technik. Aber das Thema Verlässlichkeit, selbst verlässliche Sicherheit, war nicht das, was der Kunde in den Vordergrund stellen wollte, nicht bei diesem Produkt, einem alles andere als revolutionären Automobil. Man spricht in der Werbung nicht über eigene Mängel. Wofür stand der Name des Autos? Sie musste sich erkundigen.

Mit einer Vorstellung im Kopf würden ihre Gedanken

nicht den ganzen Tag um das Wort kreisen. Sie würde schreiben. Und so beginnen, wie jeder Werbetext beginnt: mit dem Namen. Volvo 240. Man benennt zuerst das Produkt und kommt immer wieder auf den Namen zurück. Der Kunde sieht es gern, wenn der Name repetiert wird. Wiederholung bringt Produktidentifikation. Die anderen Wörter spielen kaum eine Rolle. Aber der Name muss einst etwas bedeutet haben. Gott schuf das Firmament, und dann nannte er es Himmel. Adam benannte die Tiere, nachdem sie geworden waren, was sie waren. Und als im zehnten Jahrhundert Nachnamen nötig wurden, benannte man die Leute nach dem, was sie taten, nicht nach dem, was sie wurden. Müller den Mann, der Weizen und Gerste mahlte. Rosenberg die Familie, die Rosenhügel bestellte. Die Schuhmacher machten Schuhe. Wenn die Söhne in die Fußstapfen ihrer Väter traten, erfüllten sie eine vorbestimmte Rolle.

Sie erreichte den unteren Blattrand, riss das Blatt aus der Maschine, zerknüllte es und warf es in Richtung Papierkorb unter ihrem Schreibtisch. Das zerknüllte Blatt fiel lautlos auf den Teppich und entfaltete sich wieder, ein Versuch, trotz Deenas Urteilsspruch weiter zu bestehen. Was auf dem Blatt stand, war ja nicht ohne jeden Wert. Es verriet ihre Gedankengänge. Sie verfolgte Ideen, die nur für sie von Interesse waren; sie konzentrierte sich nicht bloß auf die eigentliche Aufgabe, auf das gestellte Problem. Sie schweifte so weit ab, dass es eine Weile dauerte zurückzukommen. Manchmal führte ihr Umherschweifen zu einzigartigen Lösungen, die man originell fand und ihr gewisse Vorteile brachten. In einer Welt, in der es ausschließlich auf neue Ideen, selbst unmögliche Ideen, ankommt, ist der Ruf, ausgefallene Einfälle zu haben, von Nutzen. Für unkonventionelle Lösungen konnte man auf Deena zählen, aber man konnte nicht erwarten, dass sie Termine einhielt.

Wenn sie an ihrem Schreibtisch saß und Texte zu produzieren versuchte, war ihr nur eines bewusst: Falls ihr nichts einfiel, konnte sie sich nicht Werbetexterin nennen. Man musste sich jeden Tag von neuem bewähren. Der gelungene Satz von gestern ist heute nichts mehr wert. Wenn deine Arbeit endlich gedruckt erscheint, sagt Anerkennung dafür nichts darüber aus, wie gut du gerade jetzt bist. Was du eine Woche zuvor geschrieben hast, spiegelt nicht die momentanen Fähigkeiten wider. Du musst dich an den Schreibtisch setzen und ganz neu beginnen. Jeder Tag ist wie der erste Tag.

Sie spannte ein neues Blatt in die Maschine. Revolution – Umwälzung – Umdrehung – die Idee hatte etwas für sich: Volvos waren für ihren engen Wenderadius bekannt. Sie waren in der Lage, eine Dreihundertsechzig-Grad-Drehung mit nur einer Wagenlänge Radius zu machen. Das war etwas. Das bedeutete wendiges Manövrieren und Parken.

Karens Kopf erschien in der Tür. »Mittagessen?«, fragte sie.

»Erst später und nichts Teures«, sagte Deena.

»Das wollte ich auch vorschlagen. Wie wär's mit Suppe und Salat?« Sie schob den Ärmel ihrer Jacke zurück, um auf die Uhr zu schauen. »Ist dir nach ein Uhr recht?«

Deena nickte.

»Ich muss zuvor noch ein wenig herumrennen«, sagte Karen, »in die Montage und dann zu Ron in die Dispo. Ich meld mich wieder.«

Sie lächelte, zog ihren Rock zurecht und ging. Sie war sehr klein, und heute trug sie ziemlich hohe Absätze. Sie spazierte auf diesen Absätzen lange Korridore hinunter, zum Lift und zurück, hinauf und hinab. Aber sie sah gut aus. Ihr Rock war kurz, und sie hatte lange Beine. Sie war fünfunddreißig und immer noch ein Single; sie wollte Aufmerksamkeit auf sich lenken. Sie wollte noch vor vierzig ein Baby haben.

Deena seufzte. Alle wollten etwas. Sie knetete ihren Radiergummi und roch daran. Aus jeder Stadt, die sie besuchte, brachte sie einen Bleistift, einen Radiergummi und ein gewöhnliches Schulheft mit nach Hause. Sie besaß eine ganze Sammlung von Bleistiften und Notizheften. Doch wenn sie wirklich schrieb, tat sie es mit der Maschine. Es hatte Monate gedauert, bis sie ihren Text direkt in die Tasten hämmern konnte. Aber es war wichtig, denn so arbeiteten Werbeleute und Journalisten, hatte Paul gesagt. Und mit der Zeit war ihr die Schreibmaschine ans Herz gewachsen. Sie konnte aufblicken und die Finger arbeiten lassen. Sie konnte den Kopf zum Fenster drehen und den blauen Himmel sehen und wie eine Wolke über die blaue Weite segelte, wie das Licht auf den Ziegelsteinen des Gebäudes gegenüber golden glühte und plötzlich der Schatten eines Vogels über die Backsteinwand schoss; all dies sah sie und sah es doch nicht, denn in ihrem Kopf formten sich die Wörter des nächsten Satzes.

Sie schaute wieder auf die wartende Seite. Egal, wie viele Seiten sie füllte und wegwarf, der Anblick einer neuen Seite in der Maschine ließ immer noch alle Möglichkeiten offen. Auf dieser Seite würde sie sich vielleicht bewähren. Auf dieser Seite würde ihr vielleicht der große Wurf gelingen.

Nach dem Mittagessen ging Deena in ein Geschäft für Mal- und Zeichenbedarf und kaufte sich eine Tube rosa Farbe. Diesen Abend wollte sie mit Tünchen beginnen. Daniel würde länger arbeiten, und gemäß Anleitung war es einfach und rasch gemacht, etwas, das sie allein tun konnte. Sie würde ihn damit überraschen.

Zu Hause ging sie diesmal nicht laufen, sondern zog sich Arbeitskleidung an und mischte einen Klecks Rosa mit einer Tasse weißer Farbe und zwei Tassen Wasser. Zu blass. Sie gab mehr Rosa dazu. Die Mischung war wässrig. Sie las die Gebrauchsanweisung. Da stand: zwei Tassen Wasser. Sie leerte das Gemisch in eine saubere Farbschale, tauchte den Roller ein und begann mit der Arbeit. Rosarote Tropfen spritzten überall hin. Sie hielt erschrocken inne. Etwas stimmte nicht. An der Wand bildeten sich längliche Tropfen, die zum Boden hinunterliefen. Sic griff rasch nach einem Lappen und wischte die Farbe auf. Sie versuchte es mit einem Pinsel. Das ging besser, und jetzt kam sie schnell voran. Das Zimmer um sie herum wurde langsam rosa. Sie stand jetzt im letzten weißen Teil, in einer Ecke gefangen, aber auf eine hübsche, rosarote Weise. Sie musste eine weitere Farbschicht auftragen, doch man konnte bereits erkennen, wie das Zimmer einmal aussehen würde. Heute Abend hatte sie etwas vorzuweisen. Im Waschbecken des Badezimmers wusch und reinigte sie Pinsel und Schale. Dann ging sie zur Tür und sah hinein. Sie trat zurück und lächelte. Rosa zusammen mit Olivgrün, das war wie eine Einladung, die Farben lockten. Sie hätte sich am liebsten selbst umarmt.

Daniel kam mit einem teuren Walkman und zwei Packungen leerer Kassetten nach Hause. Er verbrachte Stunden damit, sich zu überlegen, welche Gruppen und Interpreten gut zusammenpassten, was er auf Seite A respektive B aufnehmen wollte. Er war ganz begeistert, und Deena setzte sich zu ihm, half ihm auszuwählen. Sie machte Vorschläge: die Who zusammen mit den Stones. Die Dead mit Bob Dylan. »Und was geht mit Roy Orbison?«, fragte Daniel.

»Paul McCartney«, schlug Deena vor.

Daniel fand zuerst nein, dann vielleicht doch.

Sie unterhielten sich über Musik. Über den Ausgabestopp sprachen sie nicht. Auch nicht darüber, dass er Walkmen vor einem Jahr noch geringschätzig als einen neuen Fimmel abgetan hatte und fand, sie sei extravagant, weil sie gern einen fürs Laufen gehabt hätte.

Er sah sie an. »Wie du siehst, habe ich mich geändert.«

Deena nickte. Sie würde ihn nicht kritisieren; sie wollte ihn nicht zurückhalten, nicht über Geld reden, solange es auszugeben Freude machte. Es gefiel ihr, wenn Daniel begeistert war. Es machte ihr nichts aus, wenn er sich nicht an seine eigenen Regeln hielt. Jetzt konnte sie ihm auch die weiße Bluse zeigen, die sie sich gekauft hatte, sie hatte sie zur Arbeit getragen, aber er hatte sie noch nicht gesehen.

»Ich möchte dir auch was zeigen«, sagte sie.

»O nein«, entgegnete Daniel. »Was hast du diesmal wieder gekauft?«

»Das meine ich nicht.«

Sie ging ihm voraus zu dem rosaroten Zimmer und atmete den Geruch frischer Farbe ein.

»Es sieht aus wie ein Jungmädchenzimmer«, sagte Daniel. »Aber es ist nicht halb so schlimm wie erwartet.«

Am nächsten Tag kam er mit einem Walkman für Deena

nach Hause und bot ihr an, seine Kassetten zu kopieren. Aber sie wollte nicht noch mehr von seiner Musik. Sie wollte die neuen Frauenstimmen hören, die Sängerinnen, von denen Jill begeistert war: Suzanne Vega, Natalie Merchant, Edie Brickell.

»Ich leihe mir Jills Kassetten aus und überspiele sie für dich«, sagte Daniel.

Mit der Post kam ein Prospekt für Fortbildungskurse: Auch Gesellschaftstanz war auf der Liste. Daniel schrieb sie für den Donnerstagabendkurs ein.

»Wir können dann Freitagabend üben«, sagte er. »Bei so wenig Möbeln haben wir zumindest viel Platz.«

Als sie einander in der ersten Lektion zu halten versuchten, waren sie gar nicht zufrieden.

»Führen Sie mit den Armen!« riet die Lehrerin. Sie fasste Deena, um es zu demonstrieren.

Wieder in Daniels Armen, konnte es Deena schon besser. »Halte mich fester«, sagte sie.

»Ich muss mich konzentrieren«, erwiderte Daniel. »Und hör auf, mich zu drängen.«

Sie ließen resigniert die Arme hängen, und die Lehrerin kam herbei, um zu sehen, was los war.

Deena bemängelte, dass Daniel sie nicht richtig halte, und Daniel sagte, Deena versuche zu führen. Die Lehrerin tanzte mit Daniel, um es ihm zu zeigen.

Am Ende ihrer ersten Stunde freuten sie sich schon auf die nächste. Sie hatten die Grundschritte des Méringue, des Cha-Cha-Cha und des Tango gelernt, und sie konnten es kaum erwarten weiterzumachen. Es war langweilig, immer und immer wieder die Grundschritte zu üben. Sich drehen und wenden, das wäre richtiges Tanzen.

Als sie am nächsten Abend zu Hause übten, wussten sie nicht mehr, welche Schritte zu welchem Tanz gehörten.

In der zweiten Lektion ärgerte sich Deena wieder. Daniel war immer eine Sekunde zu spät; er wartete auf die Musik, statt sich mit ihr zu bewegen.

»Hör auf die Musik«, sagte Deena. »Du hinkst weit hinterher.«

»Bevor man rennen kann, muss man gehen lernen. Du bringst mich ständig aus dem Konzept.«

»Nur weil du nicht im Takt bist. Und wir schleichen, wir gehen nicht.«

Sie versuchten es von neuem. Wieder war Daniel zu spät, wieder drängte ihn Deena. Sie ließen die Arme hängen und verließen die Tanzfläche.

Deena beobachtete die anderen Paare. Man konnte in ihren Gesichtern den stupiden Ausdruck angestrengter Konzentration und die Verunsicherung sehen. Man konnte in ihren Augen lesen, dass sie zählten, lang, lang, kurz, kurz, lang. Dann lang, kurz, kurz. Und so was nannte sich tanzen. Sie sah, wie ein älterer Mann die Hand in den Rücken seiner Partnerin krallte beim Versuch, die Kontrolle nicht zu verlieren; sie drehte sich zu Daniel um, und beide mussten sie lachen. Sie taten das doch bloß zum Vergnügen; sie lernten tanzen. Man sollte es nicht so ernst nehmen.

Doch sie nahmen es ernst, und beim dritten Mal hatte Deena von Daniel die Nase voll. Er schien jeden Schritt vergessen zu haben. Er war schlechter geworden, nicht besser.

Daniel gab ihr die Schuld. Mit ihr konnte er sich nicht konzentrieren.

Auf dem ganzen Heimweg sprachen sie kein Wort miteinander. Deena dachte über die unverheirateten Paare nach. Würde ihnen dieser Kurs zeigen, was fehlte? Gesellschaftstanz als Test für Ehetauglichkeit? Wer zusammen tanzen kann, kann auch zusammen leben. Wenn sie früher versucht hätte, mit Daniel zu tanzen, hätten sie vielleicht nicht geheiratet. Alle orientierten sich an gewissen Zeichen oder Prüfungen. Ihre Mutter, deren Heirat wie schon die ihrer Mutter und Großmutter arrangiert worden war, hatte ganz persönliche Gründe. Sie hatte verschiedene Möglichkeiten gehabt, konnte ja oder nein sagen, und sie hatte sich für den dunklen Waisenknaben entschieden, der als blinder Passagier aus Polen gekommen war.

»Er ist nicht von hier, und er wird dich von hier wegführen«, hatte ihr Vater gesagt. »Er wird dich aus dem Heiligen Land wegschleppen, und du wirst in einem fremden Land sterben.«

Trotz aller Warnungen sagte Gita ja zu dem Mann mit den dunklen Haaren und den blauen Augen. Auf ihren jahrelangen Botengängen über gepflasterte Straßen zur Knabenschule, wo ihre Brüder auf das Mittagessen warteten (wegen dieser Botengänge wurde sie noch vor der fünften Klasse aus der Schule genommen), hatte sie das Pfeifen der Jungen aus dem Viertel gehört, dunkelhäutiger, schwarzhaariger Jungen, und sie wäre gern stehen geblieben, um ihren Ruf zu erwidern. Sie murmelten etwas vor sich hin, und auch wenn Gita nicht verstehen konnte, was sie sagten, schwang in ihrem Ruf eine Verheißung mit, eine Verheißung auf etwas anderes, etwas Neues – das Leben. Doch es wurde bereits geredet, und man behielt sie eine Woche im Haus. Es war jedoch in diesem Mädchen mit Zöpfen und langen, dunklen, manchmal mit einem runden weißen Kragen versehenen Kleidern das Verlangen nach einem Fremden geweckt worden, und sie beharrte darauf, den dunklen Jungen aus Polen zu bekommen, nicht den blassen, rothaarigen Yerushalmi, Bruder einer nur allzu bekannten Größe, den ihr Vater bevorzugte. Es war gerade das Fremde an dem polnischen Jungen, was ihn so anziehend machte. Mit ihm würde ihr Leben anders sein. Sie hatte genug vom Alltäglichen: vormittags Böden schrubben, Frühstück und Abendessen zubereiten, nach dem Abendessen aufräumen.

Zudem, argumentierte sie, sprach vieles für den Jungen: Er lernte fleißig, gehörte zu den besten Schülern seiner Klasse, und er hatte keine Mutter. Er war Waise; er brauchte eine Frau.

Und was ihr Vater befürchtet hatte, traf nicht ein, oder zumindest nicht ganz. Es war der rothaarige Yerushalmi, der schließlich ein amerikanisches Mädchen heiratete und wegzog. Der polnische Junge, der alles riskiert hatte, um ins Heilige Land zu gelangen, blieb dort. Wohl hatten sie ein paar Jahre in Amerika gelebt, aber es war von Anfang an als vorübergehender Umzug gedacht, nur der Thora zuliebe: Er arbeitete zusammen mit einem anderen Gelehrten an einem Gesetzesbuch. Doch selbst dieser vorübergehende Wegzug hatte seinen Preis. Eine Tochter blieb in Amerika.

NOVEMBER

Die Binets kamen, um das Haus zu besichtigen. Sie trafen alle zur gleichen Zeit ein, in zwei Wagen; einer hinter dem anderen waren sie den weiten Weg von Stamford, Connecticut, gefahren, südwärts auf der I-95 über die Whitestone Bridge und die Schnellstraße zur Stadtautobahn und dann links auf die Myrtle Avenue. Mr. und Mrs. B. entstiegen dem einen Auto, Celia und Ben, der sich keine Opern anhören wollte, dem anderen. Sie folgten Daniel und Deena von einem Zimmer ins andere und bewunderten die breiten Türen und weiten Fenster im Wohnzimmer, die Bleiverglasung. Oben lächelten sie über das rosarote Zimmer.

»Das ist so typisch du!«, rief Celia. »Ich kenne niemanden, der ein Zimmer in dieser Farbe streichen würde.«

»Heißt das, du findest es schön oder schrecklich?«, wollte Deena wissen.

Celia zuckte die Schultern. »Ich bin mir selbst nicht ganz sicher«, erwiderte sie. Sie war im letzten Jahr an der Highschool, und es war wichtig, nicht allzu sehr von der Norm abzuweichen. Wenn in diesem Jahr niemand Cord trug, trug auch sie keinen Cord.

»Interessant«, meinte Mrs. B.

Interessant. Ein höfliches Ausweichen. So anders als ihre eigene Mutter, die zu oft zu viel sagte und es dann später bereute. Am Anfang hatte Deena Mrs. Binets Zurückhaltung gefallen. Sie war so höflich. Jetzt fehlte ihr die Unverblümtheit ihrer Mutter, das Kein-Blatt-vor-den-Mund-Nehmen. Bei ihr wusste man immer, woran man war.

»Ich habe versucht, es ihr auszureden«, erklärte Daniel.

»Es ist gewagt«, meinte Mr. B. »Man muss sich einfach daran gewöhnen.«

»Gewagt«, wiederholte Ben und lachte.

»Dad, ich will dir den Keller zeigen«, sagte Daniel.

»Warte auf mich«, sagte Deena.

Sie wollte dabei sein und hören, was Mr. B. zu den weißlichen Ablagerungen an den Kellerwänden sagte, das Gute wie das Schlechte. Daniel würde vor ihr nur das Schlimmste wiederholen. Er klammerte sich an schlechte Nachrichten, als wären sie eine Art Versicherung.

»Keller überlasse ich den Männern«, sagte Mrs. B. »In unserem bin ich seit meinem Ischias nicht mehr gewesen.«

Deena zuckte die Achseln und folgte den Männern die steile Treppe hinunter.

Mr. B. fuhr mit der Hand über die Wände.

»Bei allen alten Fundamenten gibt es Sickerstellen. Mit den Jahren zersetzt sich der Teer. Man kann das nur beheben, wenn man rundherum die Außenmauern freilegt und alles neu teert. Eine Riesenarbeit.«

Daniel überschlug im Kopf, wie viel es wohl kosten würde, jemanden für eine solche Arbeit anzustellen. Sickerschäden verminderten den Wert des Hauses. Es war also doch kein so glänzender Kauf gewesen. Er hatte die ganze Zeit geahnt, dass die Sache einen Haken hatte. Er machte einfach nie das große Geschäft.

Deena betrachtete seine zusammengepressten Lippen, die Sorgenfalten zwischen seinen Augen. Sie konnte fast bildlich sehen, was in seinem Kopf vorging. Sie hätte alles an seiner Stelle sagen, ihm zuvorkommen können, um es nicht von ihm hören zu müssen. Sie konnte seine ständige Besorgnis nicht ausstehen. Warum war sie bloß bei einem Pessimisten gelandet? Wenn er doch mehr seinem Vater nachschlagen würde, einem Mann, der seine Mahlzeiten, seine Musik, seine Holzarbeiten und seine Philosophiebücher genießen konnte.

Sie setzten sich an den Mittagstisch: Bagels, Weichkäse und Räucherlachs, Spinatkuchen aus dem Backofen, Golden's Blinis und Salat.

»Mit diesem Haus seht ihr vielleicht endlich wie ein verheiratetes Paar aus«, sagte Celia.

»Wir sind seit sieben Jahren verheiratet, und man sieht es uns immer noch nicht an?«, fragte Deena.

Celia schüttelte den Kopf. »Verheiratete sehen irgendwie weicher aus. Vielleicht, weil sie nicht so mager sind.«

»Du meinst, sie werden dick«, sagte Daniel. »So häufig wie Deena kocht, besteht da gar keine Gefahr.«

Sie lachten.

»Daniel ist immer ein guter Esser gewesen und dabei schlank geblieben«, sagte Mrs. B. »Warum sollte das jetzt anders sein?«

Daniel spannte seinen Bauch und klatschte darauf. »Straff wie eine Trommel«, meinte er.

Er hatte es gern, wenn man von ihm sprach. Und jetzt, wo sich alle ihm zuwandten, kam er auf das Thema hohe Überschreibungskosten, Versicherungen und Steuern zurück.

»Alles ist teurer geworden«, erklärte Mr. B. »Sogar die Bankgebühren sind gestiegen. Das weiß man doch.«

»Wenn wir schon von Banken sprechen«, sagte Mrs. B., »im *Stamford Journal* kam etwas, was ich dir erzählen wollte. Von wem war es noch? Der Name liegt mir auf der Zunge.«

Sie unterbrach sich, dachte nach.

»Die Geschichte, Ma«, drängte Ben.

»Wo war ich gleich? Ach ja. Union Savings wollten neue Kunden anlocken, und zu diesem Zweck engagierten sie einen Clown zur Unterhaltung der Kinder im Viertel. Die Zeitung hat eine Reportage darüber gebracht, ich kann mich nur nicht mehr an den Namen des Reporters erinnern.«

»Wen interessiert's!«, rief Daniel. »Irgendein lokaler Zeilenschinder, der für das Lokalblatt schreibt.«

»Lass Mutter fertig erzählen«, sagte Mr. B. Er schaute seine Frau großmütig an. »Erzähl deine Geschichte, Mom.«

Er sprach das Wort so aus, wie er es immer tat, die Lippen beim ersten M geschlossen, offen für das O, dann wieder geschlossen, und zuletzt, weiter im Schema, wieder offen. Mom-o.

Mrs. B. erzählte weiter. »An dem Tag war auf dem Titelblatt ein Bild von Kindern, die der Vorstellung beiwohnten, und es waren auch chassidische Kinder darunter.«

Deena blickte sie an. Sie wollte mit der Geschichte auf etwas hinaus.

»Mir ist aufgefallen, wie einfältig die mit ihren offenen Mündern aussahen. Es war wohl das erste Mal, dass sie so etwas sahen, einen Clown, der seine Kunststücke vorführt. Die sind so wohl behütet, dass sie vollkommen hinter dem Mond leben.«

Chassidische Ignoranz und Einfältigkeit. Das hatten weltliche deutsche Juden vor dem Zweiten Weltkrieg gesagt; jetzt sagten es amerikanische Juden: ignorante Chassidim. Sie lesen keine Zeitungen, sie erhalten keine weltliche Bildung, sie sprechen Englisch wie Ausländer, und ihre langen schwarzen Kaftane, ihre schwarzen Hüte, ihre Bärte und Schläfenlocken fallen auf der Straße zu sehr auf. Im zwanzigsten Jahrhundert sehen sie immer noch aus wie ihre Vorfahren aus den Karpaten. Sie sollten in die Berge zurückkehren, wo sie weder gehört noch gesehen werden.

Deena räumte das Geschirr ab und ging in die Küche.

Nach dem Essen schlug Daniel einen kurzen Spaziergang durch das Viertel vor. Anschließend gab es Dessert und Kaffee. Seine Mutter wollte nicht mit. »Es ist kalt draußen«, sagte sie.

Celia blieb auch zu Hause, zwei vornehme Damen, die das Haus hüteten.

»Na schön. Dann sind wir Männer unter uns. Und niemand jammert über Kälte und Dunkelheit.«

»Ich komme mit«, sagte Deena und zog sich eine Jacke an.

»Ah, die kleine Frau kommt also auch«, spöttelte Ben. »Bist du sicher, dass du Schritt halten kannst?«

»Sie läuft sechs Meilen«, warnte Daniel. »Die läuft dir jederzeit davon, Ben.«

Daniel und Deena berieten sich und führten die anderen dann die 112th Street hinauf, an dem weißen Haus mit den Säulen vorbei, von dem es hieß, es habe einmal der Familie John Adams' gehört. Um die Ecke stand der alte Rotahorn, dessen Wurzeln die Schieferplatten des Gehsteigs anhoben, sodass man in einem verrückten Auf und Ab und wieder Auf darüber steigen musste. Deena wies auf das viktorianische Element mit den vielen Türmchen hin. Daniel ging voran, zu Jahn's Eisdiele und dann auf der Myrtle Avenue zurück zum Haus. Sie marschierten zügig. Es war kalt, der Winter war im Anzug; aber dieses Jahr fürchtete Deena die Kälte nicht. Sie würde das Haus zu jeder Jahreszeit kennen lernen. Außerdem war ein Kamin am angenehmsten, wenn es draußen kalt war.

Drinnen hatte sich Mrs. B. eine Decke um die Schultern gelegt.

Deena schlug vor, sie könnten ein Feuer anmachen.

»Wir bleiben nicht mehr sehr lange«, sagte Mrs. B. »Ich weiß nicht, ob es sich noch lohnt.«

Ob es sich noch lohnt – etwas an dieser Bemerkung störte Deena. »Daniel und ich werden noch den ganzen Abend etwas davon haben«, sagte sie und ging, um Wasser für den Kaffee aufzusetzen.

Sie war irritiert. Mrs. B. irritierte sie immer. Sie hatte nichts Unbekümmertes an sich. Wenn sie etwas sagte, dann sagte sie, was sich gehörte. Deena fehlte ihre Mutter, die sich bei ihr weniger oft bedankte, sie direkt kritisierte und ihr trotzdem willkommener gewesen wäre. Während sie wartete, bis das Wasser kochte, sah sie die Küche so, wie ihre Mutter sie sehen würde. Als Erstes würde ihr auffallen, dass es nicht zwei Spülbecken gab, dass man Milchiges nicht von Fleischigem trennte, was bedeutete, dass dies nicht ein einwandfrei koscheres Haus war. Misstrauisch würde sie die beiden Plastikbecken beäugen, die Daniel an Stelle separater Spülbecken benutzte. In der Anrichte würde sie das Material für eine Passah-Küche vorfinden. Sie würde weitergehen zum Esszimmer, einem Raum, mit dem sie etwas anfangen konnte; in Jerusalemer Wohnungen steht in jedem Zimmer ein Tisch. Das Wohnzimmer würde ihr unnötig vorkommen. Es war lang und schmal, und in der Mitte führte ein Kamin, ein gähnendes schwarzes Loch, nach draußen. Wer riskierte schon, in einem Haus ein offenes Feuer anzufachen? Sie würde Deena raten, das Loch mit einem Brett zuzunageln und es weiß zu streichen, passend zu den Wänden. Es wäre auch so noch eine Scheußlichkeit, aber eine, die weniger auffiele.

Am Fuß der Treppe würde sie stehen bleiben, die Hand auf dem Geländer, die Fußspitze auf der ersten Stufe, das Gewicht ihres Körpers immer noch unten. So viele Treppen hinauf und hinunter, da ist man garantiert schon vor Mittag vollkommen erschöpft. »Du weißt noch nicht, was es heißt, schwanger zu sein«, würde sie sagen. »Treppen sind in den letzten Monaten schon schwierig genug; nach der Geburt sind sie noch schlimmer. Du möchtest ein Neugeborenes doch nicht so weit weg von der Küche haben und so viele Treppen hinaufsteigen müssen. Du würdest nicht einmal hören, wenn das Kind weint oder erstickt oder plötzlich aufhört zu atmen. Alles Mögliche kann passieren. Krupp, plötzlicher Kindstod, Gott verhüte es. Dies ist kein Haus für Kinder. Dies ist ein amerikanisches Haus, für ein Paar mit Hund. Vielleicht ein Kind, ein kleines Mädchen, der Augapfel seines Vaters. Ist das alles, was du einmal hinterlassen willst?«

Oben an der Treppe das WC. Rosa? Warum nicht ein sauberes Weiß? Farbe in einem WC sieht wie Schmutz aus.

Das Geschimpfe ihrer Mutter. Wollte sie es wirklich hören?

»Was macht ihr an Thanksgiving?«, hörte Deena Mrs. B. fragen, und sie hielt sich etwas länger in der Küche auf. Sie wollte Daniel die Antwort überlassen. Sie hatten abgemacht, dass er die Eltern anrufen und ihnen mitteilen würde, dass sie nicht kämen.

»Äh, äh«, machte Ben und lachte. Obwohl er älter war als Daniel, bewohnte er immer noch das Dachzimmer, das sich die beiden einst geteilt hatten, und bisher war das Leben keine große Last für ihn gewesen. Da er weder für Miete noch für sein Essen aufkommen musste, legte er sein Geld in Gold- und Silberfutures an und hatte weiterhin gut lachen.

Daniel ließ ein paar Augenblicke verstreichen, bevor er antwortete. Er verstand es, sich zum eigenen Vorteil Zeit zu nehmen. »Wir planen unsere erste große Einladung hier«, sagte er.

»Das klingt ja aufregend«, meinte Mr. B. entgegenkommend. »Das Haus eignet sich gut für Einladungen. Wer kommt alles?«

»Freunde, deren Eltern zu weit weg wohnen; an Thanksgiving kriegt man ja sonst niemand her. Eine Freundin von Deena mit ihrem Freund oder angehendem Verlobten, so genau weiß man das nicht. Und eine Bürokollegin mit ihrer Mitbewohnerin.«

»Unsere liebe Ma ist wütend«, sagte Ben. »Seht mal, was für ein Gesicht sie macht.«

»Natürlich bringt mich das aus der Fassung. Ich habe die Familie gern beisammen an Thanksgiving. Aber ich kann verstehen, dass ihr das neue Haus herzeigen wollt. Es ist ein hübsches Heim.«

Aus ihrer Stimme war Bitterkeit zu hören. Und Unmut,

dachte Deena. Mit neunundzwanzig Jahren verdiente ihr Sohn mehr, als sein Vater je verdient hatte. Er arbeitete in einem Büro, zog sich jeden Morgen gut an, lernte die Geschäftswelt kennen. Und Mutter und Vater wurden älter. Mutters einst schmale Taille, ihr großer Stolz, war breiter geworden. Ihre Hand- und Fußgelenke waren auch nicht mehr so schlank wie früher. Und ihr Mann, ein Lehrer, zählte die Jahre bis zu seiner Pensionierung. Er war ein guter Mann, zufrieden mit dem, was das Leben ihm gegeben hatte. Er hatte sich verliebt, das war doch etwas; nicht allen Menschen passierte das. Und sie war die Mutter seiner Kinder geworden. Jeden Morgen leistete sie ihm am Tisch bei seiner ersten Tasse Kaffee Gesellschaft, auch wenn sie selbst nicht mittrank. Sie goss den Kaffee auf, schenkte ein und sah ihm zu, wie er seine Hände am Becher wärmte. Er war ein sanfter Mann, ein liebender Ehegatte und ein zuverlässiger Vater. Er hatte immer genug für ihren Lebensunterhalt verdient, aber nicht mehr; sie lebten bescheiden, achteten auf jeden Penny, um sich hin und wieder ein Abendessen außer Haus und die Oper leisten zu können. Ihr Sohn hingegen, ihr schlanker, hoch gewachsener, gut aussehender Sohn, machte seinen Weg im Leben, verdiente und kam vorwärts, und obschon sie ihn zur Welt gebracht und großgezogen hatte, heimste eine andere Frau die Früchte ein, seine Ehefrau, nicht seine Mutter. So musste es auch sein; dennoch konnte sie nicht anders, als Unmut darüber zu empfinden.

Während Deena Mrs. B. Kaffee einschenkte, kamen ihr Zweifel, ob ihr Versuch, alles zu durchschauen, klug war. Und sie fragte sich, ob Mr. B. seine Frau immer noch liebte.

Sie kauften einen Truthahn. Daniel bohrte und drückte an verschiedenen herum, bis er sich schließlich für einen tiefgefrorenen Neunpfünder entschied.

Während der Truthahn drei Tage lang im Kühlschrank auftaute, berieten sie, wie sie ihn zubereiten wollten. Daniel hätte ihn gern so wie seine Mutter gemacht, in einem Bratbeutel.

»So kann man ihn nicht begießen, und er wird nie richtig knusprig«, meinte Deena.

»Das ist es ja gerade. Mit einem Bratbeutel braucht man ihn nicht zu begießen. Er schmort in seinem eigenen Saft, und der Ofen wird dabei nicht schmutzig.«

»Über den Ofen müssen wir uns keine Sorgen machen; er ist selbstreinigend. Welcher Koch will denn schon, dass seine Töpfe sauber bleiben? Und überhaupt ist der Truthahn deiner Mutter immer trocken.«

»Ich werd ihr melden, dass du das findest«, erwiderte Daniel. Er war verschnupft. Zuletzt war er damit einverstanden, Deena die Zubereitung zu überlassen. Doch am Morgen von Thanksgiving, als sie dabei war, scharfen Paprika, Salz, Pfeffer und Öl zu mischen, protestierte er.

»Ungarischen Paprika auf einem Truthahn?«

»Mit Paprika wird er würzig und bekommt eine schöne Farbe. Was hast du gegen Paprika?«

»Was verstehst du schon von Truthahn«, erwiderte Daniel. »Du bist keine Amerikanerin. Deine Mutter hat noch nie in ihrem Leben einen Truthahn gemacht.«

»Probier ihn erst einmal. Kümmere dich lieber um die Preiselbeersoße.«

Als der Truthahn im Ofen war, marschierten sie zur

Metropolitan Avenue, um frisches Brot und Blumen zu kaufen. Draußen war es kalt und klar, und der Wind drang durch ihre Pullover. Der Himmel war wolkenlos blau, es herrschte Stille, und aus den Küchen der Häuser drang der Duft von bratendem Fleisch.

Sie kauften zwei Baguettes. Und statt Blumen – es war nichts Rechtes mehr übrig geblieben – eine Tüte glänzend roter Äpfel.

Zu Hause öffnete Daniel die Ofentür.

»Lass meinen Truthahn in Ruhe«, sagte Deena.

»Ich kontrollier ja nur. Wenn wir schon Gäste erwarten, will ich sicher sein, dass er auch gar wird.«

»Der wird schon gar. Du kannst ihn begießen, wenn du willst. Ich nehme die Kuchen aus der Tiefkühltruhe. Dann können wir den Tisch decken.«

Sie legte ein weißes Tischtuch und dunkelrote Servietten bereit. Daniel holte Teller und Besteck aus den Schränken, und sie halfen einander beim Ausbreiten des Tischtuchs, beim Verteilen der Teller, Löffel und Messer.

»Kommst du mit mir laufen?«, fragte Deena.

Daniel schüttelte den Kopf. »Nein. Es ist zu kalt.«

Sie lief den Weg vor dem Haus hinunter und die Myrtle Avenue hinauf, unter den Füßen ein mit nassem Laub bedeckter Boden. Nicht der feste Tritt ihrer Laufschuhe war zu hören, sondern das Rascheln und Rutschen feuchter, immer noch lebendiger Blätter. Auf dem Rückweg wollte sie ein paar davon mitnehmen. Sie würde sie schon irgendwie gebrauchen können.

Auf der Laufpiste setzte sie sich die Kopfhörer auf. »Lone Justice« rockte in ihren Ohren, sie wurde schneller, wechselte zur zweiten Bahn, arbeitete sich zur Mitte vor, eine Bahn um die andere. Auf der innersten Bahn lief man nur, wenn man sprintete. Vor einem Monat, an einem Samstag, hatte sie ein Läufer zu einem Wettlauf herausgefordert, und sie war darauf eingegangen. Es war ein stämmiger Mann, und sie glaubte, sie könnte mithalten, was dann auch der Fall war, bis sie im letzten Teil an den Rhythmus ihrer Beine zu denken begann und dabei aus dem Tritt geriet. Sie hatte an etwas gedacht; während eines Wettlaufs sollte der Kopf leer sein. Aber es war das erste Mal, dass sie sprintete, und sie war sich plötzlich ihrer Beine und Arme bewusst, die wie Maschinen arbeiteten. Es war berauschend, so schnell zu laufen, so völlig automatisch, losgelöst vom Körper, der sich ganz von selbst fortbewegte.

Sie schlug eine weitere Runde vor, und der Mann war einverstanden. Diesmal dachte sie überhaupt nicht ans Laufen. Sie atmete und lief und war zuerst im Ziel. Vom Denken ungehindertes Leben. Leben ohne Bewusstsein.

Sie unterlag in der dritten Runde; ihre Beine schmerzten. »Das ist ungewöhnlich«, sagte sie. »Ich laufe doch ständig.«

»Beim Sprinten werden andere Muskeln beansprucht«, erklärte der Mann. »Sie haben sich aber gut geschlagen«, meinte er und lächelte; es fiel ihm leicht, freundlich zu sein, denn er hatte ja gewonnen. Später fragte sich Deena, ob er sie wohl absichtlich die zweite Runde hatte gewinnen lassen.

Von nun an sprintete sie bei jedem Lauf zwei Runden. Sollte sie ihm wieder begegnen, würde sie vorbereitet sein. Aber bisher hatte sie ihn nicht wieder gesehen. Er hatte den Bauch eines Wochenendläufers, fiel ihr ein, und gegen so jemanden zu verlieren war schlimmer.

Die Musik spornte sie an, und sie sprintete so schnell sie nur konnte auf der innersten Bahn, dann, auf dem Weg hinaus, verlangsamte sie das Tempo. Es war schwierig, die Übersicht zu behalten, wenn man im Kreis herumlief. Jede Runde war eine Viertelmeile; um drei Meilen zu laufen, musste sie zwölf Runden drehen. Nach jeder Runde in die nächste innere Bahn zu wechseln, machte es einfacher. Wenn sie vergaß zu wechseln, zählte sie die Runde nicht, und sie musste nochmals eine laufen. Zur Bahn und zurück war es eine Meile. An Samstagen, wenn sie viel Zeit hatte, lief sie den langen Weg durch den Park nach Hause, ein Sechsmeilenlauf.

Heute war ihre Zeit begrenzt, sie lief nur, um sich vor dem ausgedehnten Mahl noch zu bewegen. Jill war vermutlich im Moment gerade im Fitnesscenter. Sie und Ann kamen. Karen brachte Greg mit, mit dem sie entweder schon verlobt war oder im Sinn hatte, sich zu verloben. Alle zusammen würden sie sechs sein, was genau der Anzahl Stühle entsprach, die sie besaßen.

Daniel war unter der Dusche, als Deena hereinkam. Sie wusch die Spinatblätter und legte sie zum Trocknen aus. Dann säuberte sie die Blätter, die sie auf dem Heimweg aufgelesen hatte.

Er kam in Jeans und einem neuen Flanellhemd herunter, wie immer mit offenen, flatternden Manschetten.

»Ist das gut so?«, fragte er.

»Perfekt«, sagte Deena, während sie die Spinatblätter ausbreitete. »Auf diese Weise dauert es eine Ewigkeit, bis man Salatblätter getrocknet hat«, sagte sie. »Wir brauchen eine Schleuder.«

»Schaff dir eine an«, erwiderte Daniel. »Morgen über Mittag kaufst du dir eine Schleuder.«

Er trat zu ihr und küsste sie auf den Nacken. Sie atmete sein Aftershave ein und mochte es. Und sie mochte ihn, wenn er so war, großzügig und zuversichtlich.

Er übernahm jetzt das Zepter – er war für die Soße verantwortlich –, und Deena ging duschen und sich umziehen. Sie würde die gut aussehende Gastgeberin sein.

Karen und Greg trafen früher ein. Sie kamen mit Karens altem Toyota und brachten eine lange rote Amaryllis mit, genau das Richtige für Thanksgiving. Wenn man Freunde mit Geschmack hat, bekommt man gute Geschenke.

Wie abgemacht, riefen Jill und Ann von der Station aus an, und Daniel fuhr los, um sie abzuholen.

Deena führte durch das Haus, das sich ihrer Ansicht nach an dem Tag aufs Schönste präsentierte. Im Wohnzimmer knisterte ein Feuer, und der Tisch im Esszimmer war gedeckt.

Greg und Karen riefen bewundernd Oh! und Ah!

»So viele Bleiglasfenster«, sagte Greg. »Weißt du, wie wertvoll die sind?«

»Ich weiß, dass es uns teuer zu stehen kommt, wenn zerbrochene Scheiben ersetzt werden müssen«, erwiderte Deena.

In der Anrichte öffnete Karen die Glastür eines Schränkchens. »Die sind wundervoll«, sagte sie. »Und so praktisch, gleich neben dem Esszimmer.«

Deena führte sie in die Küche.

»Was für ein schönes Dunkelblau«, meinte Karen. »Du

hast mir erzählt, dass die Küche renoviert wurde und dass du es schade findest, aber das ist gut gemacht.«

»Es muss ein Vergnügen sein, hier zu kochen«, sagte Greg.

Oben gefiel Karen der rosafarbene Anstrich. »Ein richtig fröhliches Zimmer«, fand sie.

»So was würde ihr gefallen«, meinte Greg. »Rosa ist ihre Lieblingsfarbe. Aber mir gefällt das Grün, es gibt dem Ganzen etwas Würdiges. Es ist ein Ausgleich zum Rosa.«

Beim Anblick der kaugummirosa Badewanne, von der sie gehört hatte, musste Karen lachen. Und sie bewunderte den Brausekopf aus Messing. »Der sieht aus wie eine Sonnenblume«, sagte sie.

Deena zögerte, bevor sie die Tür zum Zimmer öffnete, das sie als Ankleideraum benutzte. All ihre Schuhe standen in einer Reihe an der Wand.

»Das Imelda-Marcos-Zimmer«, kündigte sie an.

Karen lachte. »Du hast wirklich eine Menge Schuhe«, sagte sie, »aber du trägst sie nie.«

Deena hob den Teppich an einer Ecke und zeigte Greg die Spuren der ursprünglichen Raumeinteilung. »Dieses Zimmer soll wieder so werden wie früher«, erklärte sie. »Wir möchten die Schrankräume beseitigen und das Fenster, das hinter den Regalen versteckt ist, wieder freimachen.«

»Ich will auch ein Haus«, sagte Greg.

»Greg verpasst keine einzige Folge von *This Old House*«, sagte Karen. »Er kriegt richtig Stielaugen beim Zusehen.«

Deena lachte. Sie kannte das Gefühl, wenn man sich das Haus von Freunden ansieht, sich selbst eines wünscht, aber alles so unerreichbar, so unmöglich scheint. Bevor sie sich ein Haus kaufen konnten, musste Greg eine bessere Stelle finden,

Karen brauchte eine Gehaltserhöhung, und außerdem hatten sie im Sinn zu heiraten. Aber das Verlangen war schon da, das Verlangen ohne die Möglichkeit.

Deena hörte zu, wie sie miteinander sprachen. Sie klangen wie Bruder und Schwester. Sie hatten sich kennen gelernt, als sie einander gegenüber auf demselben Stockwerk wohnten, wurden Freunde, dann Liebende. Schon von Anfang an war da viel Vertrautheit, aber zu wenig Leidenschaft. Vielleicht passen diese beiden Gefühle einfach nicht zusammen. Gregs erster Antrag wurde abgelehnt, worauf er ins Stadtzentrum zog und Karen die nächsten Monate damit verbrachte, es mit einigen der unverheirateten Männer in der Agentur zu versuchen. Anfänglich sprang auch hin und wieder ein Funke über, aber es ergab sich nichts daraus. Vier Monate später verkündete sie, dass sie und Greg sich verloben wollten. Sie waren schon dabei, den Verlobungsring ihrer Träume zu entwerfen, einen in Gold gefassten Smaragd im Cabochon-Schliff.

Sie hörten den Wagen in der Einfahrt ankommen. Greg horchte auf. »Die beiden Miss Amerika sind da«, sagte er.

»Ich hab ihm davon erzählt«, erklärte Karen.

»Die Miss-Amerika-Aspirantin. Nur eine von beiden will es versuchen, und ihre Chancen sind gar nicht so schlecht. Daniel findet, sie habe das richtige Aussehen, amerikanisches Mittelmaß.«

»Heute Abend bin ich die Jury«, sagte Greg. »Ich zeige mit dem Daumen nach oben oder nach unten.«

Unten nahm Daniel die Mäntel ab, und Jill und Ann wärmten sich am Kaminfeuer. Deena reichte Tassen mit heißem Apfelwein. Daniel bot Whiskey an.

»Das ist's«, sagte Greg. »Apfelwein mit Schuss und ein prasselndes Feuer.«

»Das ideale Wetter dafür«, pflichtete Daniel bei.

»Auch ideal zum Laufen«, meinte Jill. Sie wandte sich zu Deena. »Hast du heute Zeit gehabt?«

Deena nickte. »Nur kurz. Ich bin zu Musik gerannt, das macht Spaß. Je nach Stück rennt man schneller oder langsamer.«

Jill nickte. »Man könnte eine Kassette so zusammenstellen, dass man mit langsamen Stücken beginnt und dann schneller wird. Laufkassetten. Ich probier's aus. Wenn's funktioniert, überspiel ich sie dir.«

»Neben der ganzen Arbeit mit Kochen hast du noch Zeit zum Laufen!«, sagte Karen. »Bei mir hat's schon Stunden gedauert, bis ich heut früh nur aus dem Bett kam.«

»Ich hatte etwas Hilfe«, erwiderte Deena und deutete mit dem Kopf auf Daniel.

In der Küche lag der Truthahn zum Abkühlen auf der Arbeitsplatte, die Kuchen und die Füllung waren im Ofen warm gestellt. Die Soße stand auf dem Herd und der Salat bereit zum Anmachen. Das Brot wollte sie im letzten Moment aufwärmen. Deena überprüfte nochmals alles, las das Rezept durch, um sicher zu sein, dass sie nichts vergessen hatte. Es war Zeit, die Gäste an den Tisch zu bitten. Sie machte den Salat an und ging zurück ins Wohnzimmer.

Jill gab eine Geschichte aus dem Geschäft zum Besten und musste dabei so lachen, dass sie nicht zu Ende erzählen konnte. Daniel tat es für sie. Deena sah die anderen an. Ann und Karen hatten den Blick auf Jill und Daniel gerichtet, doch Greg, der den Arm um Karens Schultern gelegt hatte, beobachtete alles und versuchte, mehr als das Offensichtliche zu entdecken. Sein Blick hatte etwas Nervöses. Er wanderte vom Kamin zur Treppe, dann zu den Fenstern, zurück ins Zimmer und zu den Menschen darin. Deena fing seinen Blick auf, und nach einem Augenblick des Zögerns zeigte sein Daumen weder nach oben noch nach unten, sondern deutete ihr ein Ich-weiß-nicht-so-Recht an.

Sie lächelte, begegnete Karens Blick und nickte. Ein Ich-weiß-nicht-so-Recht traf ungefähr zu.

Sie hörte sich Jills Geschichte an. Über das Büro und den Chef. So was interessierte niemanden, außer die, die dort arbeiteten. Sie wartete, bis Jill fertig war, um dann anzukündigen, dass sie nun den Truthahn essen könnten, dass aber vor dem scharfen Paprika gewarnt werden müsse und dass Paprika nach Daniels Meinung unamerikanisch war.

Jill lachte. »Unamerikanisch. Der klingt ja fast wie Senator McCarthy. Und wenn ich mir's recht überlege, ist er tatsächlich ein kleiner Tyrann. Im Geschäft haben alle ein schlechtes Gewissen, weil er ständig arbeitet. Die Berater bei uns beklagen sich, dass sie neben Daniel alt aussehen. Sie kommen nach einem ausgedehnten Lunch zurück, und er sitzt natürlich bereits wieder an seinem Schreibtisch und arbeitet. Er isst nie auswärts.«

»Nur weil ich koscher esse«, entgegnete Daniel. »Das hat nichts mit der Arbeit zu tun.«

Dann kamen sie wieder auf das Thema Truthahn zu sprechen. Daniel erzählte von der Bratbeutelmethode seiner Mutter, die keine Gnade gefunden hatte. Das war das Stichwort für weitere Zubereitungsarten.

Anns Mutter legte den Truthahn während vierundzwanzig Stunden in Salzlake.

Jills Mutter gab Butterstückchen unter die Haut und stopfte den Bauch mit einer Füllung aus Mais und Brot, nach Südstaatenart.

Gregs Mutter hatte einen besonderen Gittereinsatz, sodass der Truthahn nicht direkt auf dem Pfannenboden lag und gebraten wurde, statt zu schmoren.

Karens Mutter, die in Kalifornien lebte, grillte den Truthahn an einem Drehspieß im Freien; so wurde der Vogel richtig gebraten, war rundum braun und knusprig und innen schön saftig.

Karen schwor, dass sie nie einen besseren Truthahn gegessen habe. Deena glaubte ihr das ohne weiteres. »Alles Gegrillte ist Spitze«, sagte sie.

»Mike ist da gleicher Meinung«, sagte Ann. »Er liebt alles Gegrillte.«

So viele Arten, einen Truthahn zuzubereiten. Angesichts solcher Kochkünste schien Paprika etwas zu simpel. Das Fleisch hatte eine schöne Farbe bekommen, so viel konnte Deena feststellen. Sie hoffte, dass es dank dem Öl schön saftig geblieben war.

»Also, bring deinen ungarischen Truthahn schon mal rein, wir sind gespannt«, sagte Greg.

»Ich hab das Gefühl, die Methode deiner Mutter unterliegt«, sagte Jill.

Daniel schien es nichts auszumachen zu verlieren. Der Whiskey und Jills Neckerei ließen ihn alle Loyalität zu seiner Mutter vergessen. Er holte den Truthahn.

Rosenkohl, mit Curry gewürzte Süßkartoffeln, Bratkartoffeln, Salat und Brot machten auf dem Tisch die Runde, doch aller Augen waren auf Daniel gerichtet, der das Messer wetzte und die Gelegenheit genoss, sich in Szene setzen zu können. Er schnitt den Truthahn auf, folgte dabei geschickt dem Knochen, so wie es ihm sein Vater, der Sohn eines Metzgers, beigebracht hatte.

Eine Platte mit aufgeschnittenem weißen und dunklen Fleisch wurde herumgereicht, dazu Füllung und Soße. Dann war minutenlang nur das Geräusch von Besteck auf Tellern zu vernehmen.

»Mmm«, sagte Karen, »ich glaube, Gulasch macht das Rennen.«

»Ich habe Truthahn nie pikant gegessen«, sagte Greg. »Schmeckt sehr gut.«

»Der kommt sogar an einen aus den Südstaaten ran«, meinte Jill.

»Ich muss meiner Mutter mitteilen, dass der Truthahn ihrer Schwiegertochter besser schmeckt als ihr eigener«, sagte Daniel.

»Lass deine Mutter aus dem Spiel«, erwiderte Deena.

»Find ich auch«, meinte Jill.

Stapel von Tellern, Schüsseln und Platten, voll von verkrustetem Saft von Truthahn, Süßkartoffeln und Apfelkuchen, türmten sich auf den Arbeitsflächen und im Spülbecken. Es gab auch Reste. Daniel schnitt das übrig gebliebene Fleisch auf, um es wegzustellen. Sie würden noch tagelang Truthahnsandwiches essen. Deena hielt die Teller kurz unter laufendes Wasser und stellte sie dann in den Geschirrspüler. Es war besser, am anderen Morgen lange zu schlafen und dafür eine aufgeräumte Küche vorzufinden, als jetzt sofort ins Bett zu gehen, was sie eigentlich am liebsten getan hätte.

»Alles hat wunderbar geklappt«, sagte Daniel. »Und der Truthahn war fantastisch. Wenn noch Platz wäre, würde ich gleich jetzt noch ein Stück davon essen.«

Deena fühlte sich gut. Sie hatte sich nicht überessen. Sie war zu sehr mit den Gästen beschäftigt gewesen, und von den Speisen war auch am nächsten und übernächsten Tag noch genug da.

Endlich stand nichts mehr auf dem Tisch und den Arbeitsflächen herum; der riesige Kühlschrank war voll. Sie löschten das Licht und gingen die Treppe hinauf zu Bett.

Es war zwei Uhr. Zeit zu schlafen. Deena hörte, wie der Geschirrspüler zur nächsten Waschstufe wechselte. Daniel sagte etwas, doch sie war schon am Einschlafen. Sie gab kaum mehr Antwort, sagte nur »mmm« und »ja« und drehte sich um und sank tief in die Matratze. Er redete immer noch, er war hellwach, und obwohl sie ihn neben sich spürte, hörte sie ihn nur wie aus der Ferne. Sie fühlte, hörte aber nichts. Sie spürte die Mitte des Hauses und alle Zimmer darum herum. Ihre Glieder wuchsen, die Treppe hinunter zu den Fenstern und zu den Wänden, wo das Haus aufhörte. Anders als in ihrer alten Mietwohnung musste sie hier wachsen, um den Raum auszufüllen.

DEZEMBER

Es war warm für Dezember, und im Geschäftsviertel waren über Mittag alle draußen, spazierten herum und verspeisten ihren Lunch. Am späten Nachmittag rief Daniel an.

»Es ist ein Prachttag«, sagte er. »Wir könnten doch den Abend in der Stadt verbringen.«

»Aber du magst doch abends nie gern deinen Anzug tragen«, erwiderte Deena.

»Heute möcht ich mal was anderes machen.«

Deena zögerte. Aber warum sagte sie denn nicht ja? Jahrelang hätte sie doch gern nach der Arbeit etwas unternommen.

»Also gut«, sagte sie. »Ich arbeite bis sechs. Komm um halb sieben.«

Eine Dreiviertelstunde später erschien er; es war erst zwanzig nach fünf, und Karen hielt sich noch in Deenas Büro auf. Sie verzogen sich den Gang hinunter in Karens Büro, um Bilanz zu ziehen und zu planen, wie es am nächsten Morgen weitergehen sollte.

Sie hatten drei Vorschläge, alle drei führten zu nichts. Karen fixierte die ersten Entwürfe an der Wand, und sie saßen da und betrachteten sie. Der zündende Einfall blieb aus. Sie hatte den ganzen Tag nichts Brauchbares zu Stande gebracht. Sie verdiente es nicht, am Abend auszugehen.

»Einmal richtig darüber schlafen, und alles sieht besser aus«, beschwichtigte sie Karen. »Man kann nicht Großes leisten, wenn man sich zu sehr verkrampft. Wir brauchen eine Pause.«

Wenn sie sich nur eine Pause gestatten könnte, wenn sie sich von der Entspannung nur etwas verspräche, vielleicht würde das wirklich helfen. Morgen früh wollte sie es nochmals versuchen. Sie würde beim Einschlafen an die Chase Manhattan Bank denken; vielleicht brachte das etwas. Manchmal, nachdem sie sich die ganze Nacht Gedanken gemacht hatte, kam ihr die Idee unter der Dusche.

»Der Mensch verbringt ein Drittel seines Lebens mit Schlafen«, sagte Deena. »Warum also nicht in einem Superbett, einem Himmelbett oder so.«

Karen nickte jetzt begeistert. »Wir könnten herausfinden, wie viel Zeit man unter der Dusche verbringt. Wie viel in der Küche.«

Deena nickte. Die Idee hatte etwas an sich. Zahlen konnte man manipulieren. Sie blickten einander an, dachten angestrengt nach.

»Ich weiß, dass wir schon davon gesprochen haben, aber aus irgendeinem Grund muss ich immer wieder darauf zurückkommen«, sagte Karen. »Die Leute leihen sich nicht gern Geld für Luxus. Sie haben das Gefühl, so was gehört sich nicht.«

»Es ist Verschwendung. Ferien sind nicht unbedingt nötig.«

»Es ist etwas, worüber die Eltern die Stirn runzeln.«

»Oder der Ehemann.«

»Es gibt immer jemand.«

Paul Herz streckte seinen Kopf herein, und die langen dünnen Strähnen, die er über seinen kahlen Schädel gekämmt hatte, fielen nach vorn. Er drückte sie sorgfältig wieder an die richtige Stelle.

»Die Damen«, sagte er, lächelnd. »Macht nur weiter. Karen, wir sehen uns morgen früh. Deena, sieh zu, dass der Auftrag fertig wird, bevor du genug von uns hast und ins chassidische Leben zurückkehrst. Ich bin schon auf dem Weg ins gute alte Yankee-Connecticut, wo ich eigentlich nie richtig hingehört habe.«

»Du siehst aber genau so aus in dieser Tweedjacke«, hänselte ihn Karen.

»Ein Gutsherr«, meinte Deena.

»Findet ihr?«, fragte er und winkte.

Karen schüttelte mit großen Augen den Kopf. »Ich habe Ron und Todd über ihn sprechen hören. Wenn er an dieser Verfassung weitermacht, wird er bald für immer in Connecticut bleiben.«

»Vielleicht will er das ja«, sagte Deena. »Der kriegt bestimmt eine gute Abfindung, und dazu das Arbeitslosengeld. In seiner Position könnte das eine ganz anständige Summe sein.«

»Er will das aber nicht«, sagte Karen. »Er wird in weniger als fünf Jahren pensioniert. Mit seiner Rente käme er doch viel besser weg.«

»Oh«, machte Deena. Über solche Fragen wusste sie nie Bescheid.

Karen stand auf. »Gehen wir zu Daniel. Wir haben ihn lange genug allein gelassen.«

Sie schlenderten den Gang hinunter. In allen Büros räumten Leute ihre Schreibtische auf, telefonierten, machten Pläne für den Abend. Auch Daniel war am Telefon, den Rücken der Tür zugekehrt. Aber mit wem sprach er, fragte Deena sich. Das sah ihm gar nicht ähnlich. Es war nicht seine Art, am Telefon zu plaudern. Außer mit Jill.

Daniel saß auf ihrem Stuhl, an ihrem Schreibtisch. Deena setzte sich neben Karen auf einen der Besuchersessel. Es kam ihr komisch vor, auf dieser Seite ihres Schreibtisches zu sitzen. Und sie wand sich innerlich vor Verlegenheit. Sie hoffte, dass man es ihr nicht ansah. Sie hoffte, Karen würde nicht herausfinden, mit wem er sprach, und dass Daniel es ihr nicht sagte. Aber war es denn ungehörig, wenn er mit Jill sprach? Und wenn nicht, warum war sie dann so verlegen?

Daniel sah die beiden und drehte sich weg, zum Fenster hin. Er lehnte sich auf ihrem Stuhl zurück und legte seine Füße auf die Fensterbank, so als befände er sich hier in seinem eigenen Büro. Karen machte große Augen, und Deena fragte sich, wie viel sie wohl wusste. Aber was gab es da überhaupt zu wissen?

Schließlich hängte Daniel ein, drehte sich herum und lehnte sich nach vorn, die Ellbogen auf dem Schreibtisch.

»Das ist angenehm«, sagte er. »Dein eigenes Büro. Im Forschungszentrum haben wir Kabinen, keine Privatsphäre.«

Vermutlich ist es Jill, die ihm Privatsphäre am Arbeitsplatz plötzlich als wünschenswert erscheinen lässt, dachte Deena. Dann war sie überrascht, dass sie auf solche Gedanken kam. Sie hielt den Atem an. Sie hoffte, Daniel würde vor Karen Jill nicht erwähnen. Im Augenblick war es Karen, die redete.

»Wir sind hier in der Werbung«, erklärte sie. »Schöpferische Arbeit erfordert Konzentration. Wir brauchen unsere Ruhe.«

Daniel nickte. »Wenn man das, was ihr macht, als Arbeit bezeichnen kann.«

Karen sah ihn mit noch größeren Augen an.

»Gib keine Antwort«, riet Deena. »Er weiß genau, wie's ist. Oder sollte es zumindest. Aber er bildet sich gern ein, der Einzige auf der Welt zu sein, der richtig arbeitet.«

Karen lachte. »Und, wohin geht ihr zwei heute Abend?«, fragte sie.

Deena schaute zu Daniel. »Ja, wohin gehen wir eigentlich?«

Daniel zuckte die Schultern. »Ich weiß es noch nicht.«

»Also, wenn ihr essen gehen wollt, es gibt ein kleines italienisches Lokal, das Greg und ich mögen.«

»Meinst du das Ägäis?«, fragte Deena.

»Das ist griechisch«, sagte Daniel.

Karen nickte. »Der Name ist griechisch, aber das Essen italienisch. Es ist an der 63rd oder vielleicht an der 64th Street.«

Deena blickte Daniel an. »Möchtest du zu Fuß da hingehen?«

Er schüttelte den Kopf. »Wir gehen später essen. Wahrscheinlich treffen wir uns mit ein paar Leuten aus meinem Büro zum Aperitif.«

Sie warteten auf weitere Informationen, aber er sagte nichts mehr, und schließlich stand Karen auf.

»Schön, ich lass euch zwei allein was ausdenken«, sagte sie. »Viel Vergnügen.«

Deena ließ sich in den frei gewordenen Stuhl fallen.

»Bereit?«, fragte Daniel.

»Wohin?«, fragte Deena.

»Ich weiß noch nicht«, sagte Daniel. »Gehen wir doch einfach.«

»Aber wohin?«, fragte sie nochmals.

Daniel zuckte die Schultern. Er schlüpfte in seinen Mantel. »Komm schon«, sagte er. Deena zog ihre Jacke an.

Auf der Straße bog er nach Westen ab. Er wusste, wohin sie gingen. Deena wusste es auch. Sie marschierten gemeinsam, ohne darüber zu sprechen, was sie wussten.

Deena knüpfte ihren Seidenschal auf. Es war ihr zu warm. Was hatte er vor? Was versuchte er zu verbergen?

»Wohnt nicht Jill hier in der Gegend?«, fragte sie.

»Ja. Ich zeig dir, wo«, erwiderte er.

Sie war ihm entgegengekommen. Sie hatte ihm geholfen. Sie wusste nicht, warum.

Schweigend gingen sie weiter. Jills Haus war ganz in der Nähe der 8th Avenue, für ein Mädchen mit Bühnenträumen gerade nah genug beim Broadway.

Daniel klingelte und wartete. Er klingelte nochmals. Niemand antwortete. »Das ist eigenartig«, sagte er.

»Sie ist vermutlich im Fitnessklub oder beim Laufen«, sagte Deena. »Das macht sie doch gewöhnlich nach der Arbeit. Was soll daran eigenartig sein?«

»Ich hab ihr gesagt, dass wir kommen«, sagte Daniel.

Deena sah ihn an, seine fragend verdutzten Augen. »Du hast es ihr gesagt? Warum hast du es mir denn nicht gesagt? Warum hast du so getan, als wüsstest du nicht, wohin wir gehen?«

Er gab keine Antwort. Er drehte sich zur Klingel und drückte noch mal darauf. Auf der anderen Straßenseite stand eine Telefonzelle. Er fischte einen Vierteldollar aus seiner Tasche und ging hinüber, um anzurufen.

»Keine Antwort«, sagte er.

»Vielleicht ist sie schnell aus dem Haus gegangen«, meinte Deena.

Sie gingen einmal um den Häuserblock. Daniel klingelte von neuem.

Er blickte Deena an und sah weg. Er begriff jetzt. Er war wütend. Er versteifte die Schultern, ging nochmals zur Türklingel, presste den Finger darauf und ließ ihn dort.

Deena hasste ihn. Dann tat er ihr Leid. Dann hasste sie ihn wieder. Wie konnte er es nur wagen, sie mitzunehmen. Es war widerlich, ihn so zu sehen, von einer anderen Frau versetzt.

»Hör auf damit«, sagte sie. »Hör sofort auf damit. Gehen wir essen.«

»Ich bin nicht hungrig«, erwiderte er. Er nahm den Finger von der Klingel und drückte von neuem, fünfmal hintereinander, ununterbrochen. Er trat gegen die Tür.

»Das bringt viel«, sagte Deena und entfernte sich.

Er folgte ihr, und sie gingen schweigend zur 8th Avenue. Deena blieb stehen, um bei Stardust Deli die ausgehängte Speisekarte zu studieren, aber Daniel wandte sich ab.

Es war noch zu früh für das Abendessen, doch sie wollte, dass sie von dieser trostlosen Straße wegkamen. Es war ihr egal, ob er hungrig war oder nicht. Sie würden sich an einen Tisch setzen und etwas bestellen, genauso wie andere Paare auch.

»Was willst du denn eigentlich?«, fragte sie. »Ich habe genug Arbeit. Ich bin vom Büro weg, weil du etwas unternehmen wolltest. Ich will nicht den ganzen Abend einfach nur auf der Straße herumrennen.«

Er winkte ein Taxi herbei. »Bleecker, Ecke MacDougal«, sagte er.

Der Klub. Sie gingen also wieder in dieses Kellerlokal. Sie lehnte sich zurück und schloss die Augen. Sie konnte einen Drink gebrauchen.

Daniel ging voran. Sie würde etwas trinken, aber nach tanzen war ihr nicht zu Mute. Schon gar nicht mit ihm. Sie hätte ihn am liebsten getreten – und zwar kräftig.

Die Jukebox spielte. Etwas Hartes, Schnelles. Das war gut.

Daniel bestellte einen Scotch, Deena einen Schlehen-Ginfizz. Sie tranken rasch und bestellten noch mal eine Runde. Die Band machte sich bereit, die Musik würde gleich einsetzen, und die Drinks kamen. Und das also taten sie an diesem wunderschönen Abend: trinken.

»Komm schon«, sagte Daniel.

Deena sah ihn an. Während Jahren hätte sie gern mit ihm getanzt. Jetzt war er es, der sie fragte.

Sie bahnten sich einen Weg zur Tanzfläche, selbstsicherer als das erste Mal. Oder auch betrunkener, dachte Deena. Sie war nicht im Takt. Sie hörte auf, begann von neuem, und es tat ihr gut, sich zu bewegen. Alles, was sie bedrückte, fiel von ihr ab. Sie war jetzt hier; sie war nicht an ihrem Schreibtisch und rang verzweifelt nach Ideen, musste sich nicht einen lausigen Spruch nach dem anderen ausdenken. Hier bewegte sie sich. Sie tanzte mit voller Konzentration. Sie sah Daniel an und hätte es ihm gern gesagt, hätte ihn gern gepuscht. Genug der Halbherzigkeiten. Wenn er mit Jill eine Affäre haben wollte, sollte er sie doch haben. Es machte ihr jetzt nichts mehr aus. Es würde ihr auch nichts ausmachen, wenn es dabei zum Letzten käme.

Es war noch früh, und auf der Tanzfläche war genug Platz. Als ein langsamer Song gespielt wurde, legte Daniel die Arme um sie, und sie bewegten sich gemeinsam. Sie kannten einander besser als irgendjemand.

Sie trennten sich in der ersten Pause. Deena musste zur Toilette. Daniel ging telefonieren. Als sie zurückkam, lächelte er.

»Jill kommt«, sagte er. »Einer unserer Techniker kommt auch. Er wohnt in Chinatown.«

»Und was war vorher los?«

»Ann hatte Streit mit ihrem Mann, sie weinte, und Jill ließ sich dazu erweichen, mit ihr in den Fitnessklub zu gehen. Sie konnte mich nicht anrufen, weil sie deine Geschäftsnummer nicht hatte.«

»Du solltest sie ihr geben«, sagte Deena.

Daniel nickte. »Jetzt habe ich einen Riesenhunger. Bestellen wir was zu essen.«

Der Techniker kam zuerst. Daniel stellte ihn als Gary vor.

Dann kam auch Jill, mit großen, traurigen Augen. Sie erwähnte nichts von Ann. Sie wiederholte die Entschuldigung nicht. War da überhaupt was Wahres dran?, fragte sich Deena.

Daniel bestellte weitere Drinks. Das Essen kam, und bald lachte Jill wieder. Wenn man sie hörte, konnte man leicht zu der Überzeugung kommen, dass Lachen das einzig Lohnenswerte auf dieser Welt war. Womöglich nahm Daniel die Freundschaft etwas zu ernst, dachte Deena, und wenn das zutraf, dann war Jills Zwiespältigkeit verständlich.

Die Musik setzte wieder ein. Gary bestellte noch ein Bier. »Ich tanze nicht«, erklärte er.

Deena blieb ebenfalls am Tisch. Ihr drehte sich alles. Doch

als Jill mit schwingenden Hüften auf sie zukam, ließ sie sich von ihr mitreißen. Daniel lächelte. Er war glücklich. Die zwei Frauen in seinem Leben waren Freundinnen.

Im Taxi starrte Deena auf die Straße und den Verkehr. Sie kurbelte das Fenster herunter, und die frische Luft tat gut. Aber als der Wagen an einer Verkehrsampel anhielt, konnte sie den Kopf nicht länger oben halten.

»Wenn du unbedingt musst, mach's wenigstens zum Fenster hinaus«, sagte Daniel. »Oder ich bitte den Fahrer anzuhalten.« Er strich ihr das Haar aus der Stirn.

Sie atmete ein. Sie wollte es zurückhalten. Als das Taxi vor ihrem Haus anhielt, sprang sie hinaus, schloss die Tür auf und rannte die Treppe hoch. Daniel bezahlte den Fahrer und beeilte sich, den Alarm auszuschalten.

Deena ließ ein Bad einlaufen. Es war halb drei Uhr morgens, und im Schlafzimmer zupfte Daniel an den Saiten seiner Gitarre und komponierte eine Strophe übers Fischefüttern.

Auf einen gelben Schreibblock skizzierte Deena acht Rechtecke. Sie wollte zügig vorankommen, ohne lange abzuwägen. Jede der Musterseiten sollte mit einem Konzept gefüllt sein, bevor sie aussteigen musste. Brainstorming nannte man das. Oder Bewusstseinsstrom. Manchmal funktionierte es. In fahrenden Zügen war es ihr schon gelungen. Auch in Cafeterias. Jeder andere Ort, so schien es, war besser geeignet als ihr Schreibtisch. Auf dem ganzen Weg zur Arbeit machte sie sich Notizen. Aber heute ging die Reise schnell. Nur um ihr einen Strich durch die Rechnung zu machen, dachte sie. Alle und alles schien sich ihr in den Weg zu stellen bei diesem Chase-

Auftrag. Sollte sie einfach im Zug bleiben, bis zur Endstation und wieder zurückfahren und weiterarbeiten? Im Büro würde sie zu nervös sein, um frei und unbelastet zu denken.

Sie sah auf die Uhr. Bleiben oder aussteigen? Am Tag eines Abgabetermins zu spät zu kommen, würde ihr übel vermerkt, es sei denn, sie brächte ein komplett ausgearbeitetes Inserat mit. Wenn sie im Zug sitzen blieb, konnte sie sich nicht ohne fix und fertigen, perfekten Vorschlag ins Büro wagen. Und dieses Wissen verminderte die Wahrscheinlichkeit, dass ihr etwas Zündendes einfiel. Hätte sie doch gestern länger gearbeitet. Sie hätte nicht ohne ein ausgearbeitetes Inserat ins Bett gehen dürfen. Hätte sie doch und hätte sie nur nicht. Dafür war es jetzt zu spät. Und ihr Kopf schmerzte. Sie brauchte Wasser. Ein Aspirin.

In ihrem Büro saß sie vor der schwarzen Tastatur der eleganten, lautlosen Maschine. Es schien ihr, als seien erst Minuten vergangen, seit sie gestern hier gewesen war, Minuten, seit Daniel hier mit Jill telefoniert hatte. Aber sie wollte jetzt nicht an gestern Abend denken. Sie wollte sich auf ihre Arbeit konzentrieren. Die Menschen verbrachten die meiste Zeit ihres Lebens mit Arbeiten. Es hieß, die Amerikaner hätten am wenigsten Ferien. Durchschnittswerte, Zahlen, die so oder anders interpretiert werden konnten. Ein wunderbares, luxuriöses Bett, da man ja ein Drittel seines Lebens verschlief. Und einen richtig schönen Urlaub, da dieser so kurz war. Die Europäer verstehen es zu leben. Weshalb? Hat es etwas mit ihrer Nähe zur Wiege der Zivilisation zu tun? Wäre die Renaissance in New York, wo die Menschen immer in Eile sind, möglich gewesen? Das war eine Idee. Ein Kredit von Chase, um sich eine oder zwei Wochen der Selbstfindung zu leisten, eine Woche, um sich Gedanken über sich und die Welt zu machen, zu Hause zu bleiben und zu lesen, zu meditieren, zu lernen, ein Renaissancemensch zu werden. Chase Manhattan als Mäzen. Palladio musste finanziell auch unterstützt werden.

Es klopfte an der Tür.

Deena tippte weiter: asdfjkl, asdfjkl; wer immer es war, würde nicht bleiben, wenn sie ununterbrochen weiterschrieb.

»Guten Morgen«, sagte Deena und blickte auf.

»Du bist hier. Und an der Arbeit«, sagte Karen. »Ich muss nur schnell hinunter in die Montage und mein O.K. für ein paar fertige Seiten geben. Bin gleich zurück.«

Deena nickte. »Nimm dir Zeit«, sagte sie.

Gut. Es tat sich etwas in ihrem Kopf. Sie brauchte Zeit für sich. Sie zog das Blatt aus der Maschine, las und unterstrich. Das waren alles erst Ideen. Sie war ein Mensch mit Ideen, hatte ihr ein Lehrer einst gesagt. Aber jemand anders musste sie für sie ausführen.

»Das ist gut«, sagte Karen. »Wir zeigen sie ihnen nach dem Mittagessen. Nach ein paar Drinks sind sie immer besserer Laune.«

Auf dem ersten Bild der Serie würde die Villa Rotonda zu sehen sein. Dazu die Legende: Entworfen von Palladio. Finanziert durch die Medici. Und als Slogan: CHASE FINANZIERT IHRE TRÄUME. Gefolgt vom Logo der Bank. Auf anderen Inseraten in der Serie könnten Gemälde gezeigt werden, alte Manuskripte, irgendetwas. Es war eine langlebige Kampagne.

Je länger sie darüber sprachen, desto besser gefiel ihnen das Konzept. Sie kamen richtig in Fahrt. Zum Lunch holten sie sich Salate im Imbissgeschäft und aßen in Karens Büro. Sie wollten gute Entwürfe anfertigen.

»Sie haben nicht viel Fantasie«, sagte Karen. »Je fertiger es aussieht, desto eher wird es abgesegnet.«

Deena meinte, die Inserate würden entweder spontan oder gar nicht akzeptiert; nichts, was sie oder Karen sagen oder tun könnten, würde das Urteil beeinflussen.

»Ich bin zuversichtlich«, sagte Karen. »Das Konzept ist originell, aber nicht allzu ausgefallen. Und es ist interessant.«

Deena befürchtete, die Idee könnte für den Kunden zu außergewöhnlich sein. Banken waren nicht gerade für einfallsreiche Werbung bekannt. Und gefordert wurde eine knallharte, auf Kreditkosten fokussierte Kampagne. Dass andere Banken in diesem Bereich günstiger waren als Chase, tat dabei nichts zur Sache. Für eine Geschäftsbank waren die Zinssätze niedrig.

»Und was habt ihr gestern Abend gemacht?«, fragte Karen.

»Gestern Abend?«, erwiderte Deena. Einen Moment lang hatte sie nicht mehr präsent, was sich am Abend zuvor abgespielt hatte. »Oh«, sagte sie. »Wir waren tanzen. Du weißt ja, Daniel hat jetzt damit angefangen. Ein paar Leute aus seinem Büro waren auch dabei.«

Konnte man bei zwei Personen von ein paar sprechen? Und Jills Name hatte sie nicht erwähnt, was keine Lüge war, nur eine Auslassung. Karen sah sie ruhig und mit großen Augen an.

»Ihr macht vieles gemeinsam, du und Daniel«, sagte sie. »Ihr habt die gleichen Interessen. Das muss toll sein.«

»Ja, das war's, aber ich hätte vor dem Trinken etwas essen sollen. Mit der Zeit wurde mir übel.«

Karen nickte verständnisvoll. »Du solltest Vitamine nehmen, Alkohol baut Vitamine ab.« Sie erhob sich und griff ins Regal. »Ich habe etwas Ginseng. Das solltest du nach einer langen Nacht jedes Mal trinken.«

Ob Karen wohl je zu viel trank oder aß oder sonst etwas im Übermaß tat?, fragte sich Deena. Sie setzte sich länger, als gut für sie war, der Sonne aus, aber das machte schließlich jede hellhäutige kalifornische Blondine. Kompensierte sie mit ihrer Leidenschaft für Vitamine, Ginseng und psychedelische Musik andere Süchte? Deena verfolgte diesen Gedanken nicht weiter. Sie würde das Fläschchen Ginseng annehmen und trinken. Wenn man an die Wirkung solcher Dinge glaubte, halfen sie womöglich.

Karen öffnete das Fläschchen mit ihrem Papiermesser und reichte es Deena, die den Inhalt in einem Schluck leerte. Es schmeckte nicht schlecht. Süß und zugleich pikant.

Das Telefon klingelte; es war Greg, und Karen las ihm die Slogans vor. Er kam nicht gleich mit, und sie musste sie ihm erklären. Deena kaute an ihren Lippen, die schon ganz wund waren. Die Kampagne würde nicht einschlagen.

»Es ist sehr zurückhaltende Werbung«, sagte Greg. »Nicht wie Banken sie machen. Selbst wenn Paul und Ron ihr O.K. geben, beim Kunden kommt sie bestimmt nicht an.«

Dann sagte er noch etwas; aus der Art, wie Karen kicherte, zu schließen, vermutlich, was für ein super Text-/Grafik-Team sie beide ergäben. Er arbeitete in der Disposition einer auf medizinische Produkte spezialisierten Werbeagentur und versuchte, in die Creative-Abteilung zu wechseln; manchmal sprach er davon, Art Director zu werden, dann wieder Texter, aber er stellte weder für das eine noch das andere je ein Portfolio zusammen.

Karen kicherte wieder. Trotz des Termins war sie unbekümmert, konnte lachen. Es schien wirklich gut zu gehen mit ihr und Greg. Aber von Paaren sagte man das immer; man sagte das auch von Daniel und ihr. Dabei hätte sie ihn am Abend zuvor, als sie vor Jills Wohnung standen, am liebsten verprügelt, ihn getreten, ihn am Boden zertrampelt. In der Wut war sie zu allem fähig. Zwei Stunden später, auf der Tanzfläche, waren sie wieder Freunde.

Paare hatten gute Zeiten. Das war zweifellos so. Und es galt auch für das Leben. Es gab gelegentlich schöne Momente.

Sie legten die Entwürfe vor Paul und Ron auf den Schreibtisch und traten zurück. Deena sah die Inserate verkehrt herum. Jetzt, da sie vor anderen Augen lagen, fühlte sie sich im Stande, sie so zu lesen und zu beurteilen, wie sie es tun würden: kritisch. Sie wusste, das Ganze würde nicht einschlagen.

»Mit verschiedenen Gebäuden oder Kunstwerken könnte man diese Kampagne über längere Zeit weiterführen«, erklärte Karen.

Ron schüttelte den Kopf.

»Das kommt nicht an«, sagte Paul. »Der Kunde verlangt doch nüchterne, konkrete Fakten. Das hier geht in die falsche Richtung.«

Deena sah ihn an. »Wir sollten dem Kunden Vorschläge machen, die uns überzeugen«, sagte sie.

»Das hier überzeugt mich nicht«, sagte Paul.

»Und kannst du mir sagen, warum nicht?«, erwiderte Karen.

»Es ist zu unverbindlich. Es ist weit hergeholt.«

»Es wirkt zu bemüht«, sagte Ron.

Deena drehte sich um und ging hinaus. Ein paar Sekunden später folgte ihr Karen, raschelndes Pauspapier in der Hand. Sie setzten sich und schlossen die Tür.

»Er will es dem Kunden recht machen!«, sagte Deena.

»Er ist ein Stümper«, erwiderte Karen. »Er will Fakten; die kann er haben. In Zukunft sollten wir ihnen immer zuerst unseren zweitbesten Vorschlag präsentieren. So bringen wir die guten Arbeiten durch. Die wollen uns doch einfach schikanieren.«

»Warum eigentlich?«, fragte Deena.

»Ich weiß auch nicht. Weil wir kleiner sind als sie.«

Deena lachte.

»Lach nur. Wenn Charlie und Todd mit dem gleichen Konzept gekommen wären, hätte Paul es gut gefunden, nur weil er vor Todd mit seinen ein Meter neunzig Angst hat.«

»Dann kommen wir eben auf das Himmelbett mit dem Preisschild zurück. Das ist zahlenorientiert.«

Karen begann zu skizzieren. Deena wäre es lieber gewesen, sie hätte aufgehört damit. Wenn sie länger nachdachte, kam vielleicht etwas heraus.

»Fertig geträumt! Für x Dollar im Monat«, sagte Deena.

»Gar nicht so schlecht«, meinte Karen. Sie schrieb die Worte nieder. »Träumen kann verschieden aufgefasst werden.«

»Eine Wortspielerei«, sagte Deena.

»Und es ist glasklar«, meinte Karen. »Paul wird sein O.K. dazu geben.«

»Würdest du es in dein Portfolio aufnehmen?«

Karen hob den Zeichenblock, betrachtete den Satz. »Wenn das Foto dazu gut wäre. Und das Ganze in Topqualität ausgeführt. Aber ich hab das Gefühl, ich muss am Ende noch einen Zeichner engagieren.«

Das Telefon klingelte. »Es ist Scott«, sagte Karen. »Der Kunde drängt. Es muss heute Abend noch etwas in Druck gehen.«

»Sag ihm, dass wir abgeschmettert worden sind.«

Karen hängte auf. »Er kommt herauf.«

Sie sah Deena an. »Wo sind wir stehen geblieben?«

»Wir haben über die Illustration gesprochen; das bringt mich auf eine Idee. Könnten wir etwas mit Bauplänen machen? Das Produkt ist ja im Wesentlichen ein Renovierungskredit.«

»Ja«, sagte Karen, wieder am Skizzieren. »Was meinst du zu: ›Chase finanziert Ihre Pläne‹?«

»Fertig geplant! Für x Dollar im Monat.«

»Spitze«, sagte Karen.

»Wir könnten eine Serie von diesen Bauernfänger-Inseraten machen. Die Seite dritteln mit Skizzen für eine Küchenrenovierung, ein Badezimmer und dazu das Bett. Küche, Bett und Bad von Chase.«

»Das ist gar nicht so schlecht. Hör mal«, sagte Karen. »Diese Kampagne ist nicht das beste Projekt, das du in diesem Leben je haben wirst. Bringen wir's doch einfach hinter uns. Das ist keine Imagewerbung. Die wollen ein Produkt puschen. Die wollen Zahlen, also sollen sie sie haben. Und in schwarzweiß gedruckten Zeitungen machen sich Pläne ja wirklich ganz gut.«

Deena sah Karen beim Skizzieren zu. Bis Scott kam, hatte sie eine ganze Reihe von Entwürfen angefertigt. Sie heftete das Blatt an die Wand. Er stand davor und las.

»Die sind perfekt«, sagte er.

»Zeig ihm unsere erste Wahl«, meinte Deena.

Karen zog die ursprünglichen Entwürfe hervor. Sie betrachteten ihn beim Lesen.

»Sie haben etwas Künstlerisches«, sagte er, »aber die Botschaft ist unklar und nicht eingängig. Diese hier sind einfach und diskret. Wie es der Kunde sich wünscht. Können sie rasch gemacht werden? Ist die Grafik vorhanden, oder brauchen wir einen Zeichner?«

»Paul hat diese hier aber noch nicht gesehen«, sagte Karen.

»Ich hol ihn«, erwiderte Scott und ging los.

»Wir hätten ihm nur die ersten Entwürfe zeigen sollen«, meinte Deena. »Wenn nichts anderes da gewesen wäre, hätte er sie vielleicht gut gefunden.«

Paul kam herein, stellte sich vor das Blatt an der Wand, las rasch und klopfte Scott auf die Schulter. »Voilà, deine Inserate«, sagte er.

Scott erkundigte sich nach einem anderen überfälligen Chase-Projekt, und Paul schlug vor, man könnte doch Karen und Deena zum Chase-Team ernennen.

»Nein, danke«, sagte Deena.

Dann waren die Männer wieder weg.

»Mittelmäßiges findet sofort Anklang«, meinte Deena.

Karen zuckte die Achseln. »Kämpfen wir, wofür es sich zu kämpfen lohnt.«

Zwischen Weihnachten und Neujahr war die Agentur für eine Woche geschlossen, und Deena wollte am Haus arbeiten. Wenn die fehlende Wand zwischen den beiden Schlafzimmern einmal wieder eingebaut war, konnte der obere Stock besser genutzt werden. Gemeinsam würden sie und Daniel die Wand in einem Tag hochziehen.

Daniel hätte die Arbeit gern aufgeschoben.

»Was willst du denn sonst an Weihnachten tun?«, fragte Deena. »Du feierst doch die Festtage nicht.«

Jill besuchte ihre Familie, das wusste sie. Alle anderen waren auf Einkaufsbummel, was auch sie tun könnten, doch Daniel wollte noch warten.

»In einer Woche bekommt man alles zum halben Preis«, sagte er.

Er ließ sich für nichts begeistern. Seit dem Tag, an dem Jill südwärts gefahren war, machte er ein missmutiges Gesicht. Aber Deena hatte die Woche frei, und sie wollte einiges erledigen.

In einem Do-it-yourself-Buch fand sie eine Bauanleitung für Zwischenwände, die ihr nicht allzu schwierig erschien. Zuerst zimmerte man aus Balken einen Rahmen für die Wand zusammen; dann nagelte man Gipsplatten darauf. Das Abdecken der Fugen war der schwierige Teil. Wenn nötig, konnten sie das am Tag darauf tun.

Sie fuhren mit den notierten Maßen zu Martin's Lumber. Deena folgte Daniel zwischen den Regalen. Neben großen Kübeln mit Gips gab es Schalen und Eimer zum Mischen, Büchsen mit Füllstoff, Abdeckband, Nägel und Grundierfarbe. Sie überlegten sich, was sie von all dem brauchten.

In der Holzabteilung verlangte Daniel neun Zehnerbalken, sieben zweieinhalb Meter lange für die Höhe, zwei drei Meter lange für die Länge des Zimmers. Er rechnete aus, dass sie drei ganze Gipsplatten benötigten. Irgendwie mussten sie das alles in ihrem Wagen unterbringen.

Die Rückfahrt mit der offenen Hecktür dauerte. Und bis sie alles ausgeräumt hatten, war es halb eins, und sie hatten Hunger.

Am Küchentisch aßen sie etwas Schnelles.

»Wir sollten den Teppich so lang wie möglich drin lassen«, sagte Deena. »Um das Parkett zu schonen.«

»Den Teppich sollten wir auch schonen«, meinte Daniel. »Wir könnten ihn immer noch im Keller gebrauchen.«

»Schon gut, schon gut. Ich deck ihn mit Plastik ab. Aber jetzt fangen wir an«, erwiderte Deena. »Mit Diskutieren ist überhaupt nichts getan.«

»Zuerst brauch ich noch eine zweite Tasse Kaffee.«

»Nimm deinen Kaffee mit hinauf«, sagte Deena. »Es ist schon eins.«

»Was ist mit dem Schrankraum?«, fragte sie oben.

»Vergiss den Schrankraum«, meinte Daniel. »Es reicht, wenn wir diese Wand einziehen.«

»Wir reißen hier sowieso alles raus. Wenn wir es jetzt tun, ersparen wir uns einen Tag Aufräumen.«

»Ich will das nicht so Hals über Kopf machen. Montag brauch ich einen sauberen Anzug, keinen zerknitterten oder verstaubten. Wir nehmen uns eins nach dem anderen vor.«

Er stand da, musterte das Zimmer und schlürfte seinen Kaffee. Sein Argument hatte etwas für sich. Mit der Wand wäre schon viel erreicht, der Rest konnte warten. Aber wenn er doch nur endlich seine Tasse hinstellen und sich bewegen würde. Sie hatte alles weggeräumt; sie hatte aus dem Keller eine Plane geholt, um den Teppich, den er retten wollte, zu schützen. »Da«, sagte sie und hielt ihm zwei Ecken der Plane hin. Aber er hatte nur eine Hand frei. Er fasste beide Ecken mit einer Hand. Deena nahm die anderen beiden und zog, um die Plane auszubreiten. Daniel konnte sein Ende nur mit Mühe festhalten, und Kaffee spritzte auf den Teppich. Er ließ die Plane los, und Deena fiel rückwärts gegen die Wand.

»Idiot«, sagte sie halblaut.

Daniel lachte.

Er wollte sich das Do-it-yourself-Buch ansehen und stand da und las darin, als würden sie erst in ein paar Tagen mit der Wand beginnen.

»Hättest du das nicht gestern tun können?«, fragte Deena.

»Hör auf damit«, sagte er.

Deena legte einen der Drei-Meter-Balken in Längsrichtung des Zimmers auf den Boden und fing an, ihn festzuhämmern.

»Warte mal«, sagte Daniel. »Hast du kontrolliert, ob es waagrecht ist?«

Er kam, um nachzuprüfen, und es war nicht waagrecht. Mit einem Brecheisen stemmte er den Balken wieder heraus und platzierte ihn richtig. »Hammer«, sagte er und streckte die Hand aus.

Sobald er angefangen hatte, wurde sie zu seiner Assistentin. Warum konnte er den Hammer nicht selbst aufheben? Sie könnte etwas Gescheiteres tun, als bloß den Handlanger zu spielen. Sie könnte zum Beispiel die Schrankwände niederreißen. Aber Daniel behauptete, er brauche sie, dort neben sich. Jemand müsse die Balken festhalten.

Sie dachte, dass er einfach Zuschauer brauchte, jemand, der ihn beobachtete und ihn bewunderte. Im Büro Jill, zu Hause Deena.

An der Decke waren Spuren der ursprünglichen Wand zu erkennen, Vertiefungen, da, wo die Nägel gewesen waren. »Richte dich nach diesen Markierungen«, sagte Daniel. »Das erleichtert die Arbeit. Aber wenn die ursprüngliche Wand krumm war, wird es diese hier auch sein. Nenn es stilgerechte Restaurierung.«

Deena hielt jeden der Zweieinhalb-Meter-Balken fest, während Daniel ihn festnagelte. Dann hielt sie die Gipsplatten. Sie tat nichts anderes, als Dinge halten und reichen – eine Helferin, keine Erschafferin. Er nannte es assistieren; er baute, sie assistierte, und das ärgerte sie. In den nächsten Ferien, wenn Daniel arbeiten musste, würde sie die Schränke herausreißen. Allein etwas aufbauen konnte sie nicht, aber sie konnte zerstören. Sie würde ihm nichts sagen. Sie wollte alles selbst organisieren und ausführen. Wenn er von der Arbeit nach Hause käme, wäre der Schutt in Kehrichtsäcken vor dem Haus und drinnen keine Spur mehr von den Schränken.

Endlich stand die Wand. Deena ließ die Arme sinken.

»Die Feinarbeit dauert immer länger als alles andere«, warnte Daniel. »Ich muss noch die Fugen abdecken und die Nägel zuspachteln. Dann kommt das Grundieren. Du kannst die Dose schon mal öffnen und die Farbe umrühren. Und achte darauf, dass sie vom Boden her gut durchmischt wird.«

»Ich weiß«, entgegnete Deena. »Wir streichen nicht zum ersten Mal, falls du das vergessen hast.«

Sie beobachtete, wie die dicke weiße Farbe in Bewegung geriet und einsank. Sie mochte den Geruch von Farbe.

Sie arbeiteten, jeder auf einer Seite der Wand. Daniel hörte den Roller, Deena den Spachtel. Sie konnten hören und fühlen, wo an der Wand der andere sich gerade befand. Es war seltsam zu fühlen und nicht zu sehen. Sie waren getrennt; sie hatten eine Wand zwischen sich. Er konnte nicht sehen, wie sie ihn hasste. Sie streckte die Zunge heraus. Das tat gut. Sie tat es noch einmal. Es schmerzte, die Zunge so herauszustrecken; und doch konnte sie nicht aufhören damit. Früher war ihr das leichter gefallen. Wenn sie wütend war, drehte sie ihrer Mutter oder der Lehrerin den Rücken zu und streckte die Zunge heraus. Erwischte man sie dabei, wurde sie bestraft. Aber es tat ihr trotzdem nicht Leid. Es war ein befriedigendes Gefühl, sich ausgedrückt zu haben.

Sie lehnte den Roller gegen die Wand und streckte den Kopf zur Tür hinein. Daniel war mit dem Ausbessern beschäftigt. Sie wartete. Als er aufblickte, streckte sie die Zunge heraus und verschwand geschwind.

»Was soll das?«, fragte er.

Deena zuckte die Achseln. Sie wusste es selbst nicht.

JANUAR

Als der erste Schnee des Winters fiel, gingen die Leute früher von der Arbeit nach Hause, nicht etwa aus Vorsicht – der Sturm war angekündigt worden, Schneepflüge waren unterwegs und streuten Sand und Salz –, sondern weil es Freitag war und offenbar niemand länger arbeiten wollte. Deena und Daniel trafen auf dem Heimweg von der Untergrundbahn aufeinander, und gemeinsam sahen sie zum ersten Mal das Walmdach ihres Kolonialstilhauses unter einer Schneekappe.

Sie standen auf der kalten Veranda und sahen zu, wie der Schnee fiel.

»Bleibt er wohl liegen?«, fragte Deena. »Hast du irgendwelche Vorhersagen gehört?«

Daniel nickte. »Da wird ordentlich was runterkommen. Der Schnee bleibt.«

»Wenn es dunkel geworden ist, können wir ja noch einen Spaziergang machen«, schlug sie vor.

Sie saßen am Boden vor dem Feuer, Rücken an Rücken.

»Wollen wir heute Nacht hier schlafen?«, fragte Daniel.

»Ohne Vorhänge?«

»Wie wär's mit getöntem Spiegelglas über die ganze Länge?«, scherzte Daniel. »Da wären wir schön für uns.«

Deena schlürfte von ihrem Sherry, wandte sich um und gab

ihm einen klebrigen Kuss. Sogleich schob sich seine Hand unter ihren Pullover. Heute hatte sie nichts dagegen. Es war etwas Besonderes. Sie lagen nicht im Bett, und es war nicht nach dem Abendessen. Er stellte sein Glas beiseite und drehte sich zu ihr, um ihre unerwartete Bereitschaft zu nutzen.

Sie spürte seine langen Finger tasten und schnell finden, was sie suchten. Er drehte sich zu ihr, um sie richtig zu küssen, und seine Lippen drückten ihren Kopf hinunter in seinen Schoss. Dann lag sie in seinen Armen, reagierte. Er wusste schon, wo und wie sie gern berührt wurde. Sie musste ihm nur Gelegenheit dazu geben.

Danach wollte er ruhig daliegen und die Nacht durch und in den nächsten Tag hinein schlafen. Er schlief immer ein danach. Sie war ruhelos. Sie wollte spazieren gehen. Also zogen sie sich an und marschierten zum Park, wo Kinder und Teenager und auch Männer und Frauen in ihrem Alter den Hügel hinunterrodelten, -schlitterten und -purzelten. Sie sahen ihnen zu und bedauerten es, keinen Schlitten dabeizuhaben.

Oben am Hügel stand eine Frau mit ihrem Schlitten, zögernd, ängstlich.

»Versuchen Sie, bäuchlings hinunterzufahren«, riet ihr Deena. »So können Sie sich mit Armen und Händen festhalten und steuern.«

»Ich trau mich nicht«, sagte die Frau. »Möchten Sie es versuchen?«

Das ließ sich Deena nicht zweimal sagen. Im nächsten Augenblick war sie auf dem Schlitten und sauste hinunter. Es war ein kurzer Hang. Sie kam viel zu schnell unten an, drehte um neunzig Grad und ließ den Schlitten auslaufen.

»Sie können es aber gut«, sagte die Frau. »Möchten Sie es auch versuchen?«, fragte sie Daniel.

»Los, komm«, sagte Daniel zu Deena, lud sie ein, mit ihm zu fahren. Er drehte den Schlitten um, wartete, bis sie aufgesessen war, dann nahm er hinter ihr Platz und drückte sie fest an sich. Nach dem Sex war er immer besonders lieb zu ihr; sie wusste nicht, warum sie sich ihm verweigerte. Wenn es nur die ganze Nacht so bliebe.

Sie zogen den Schlitten den Hang hinauf, völlig begeistert. »Das habe ich seit Ewigkeiten nicht mehr gemacht«, sagte Daniel.

Als er mit Deena das erste Mal seine Familie in Connecticut besucht hatte, war es Winter gewesen. Daniel hatte zwei alte Schlitten unter der Veranda hervorgeholt, und sie schlossen sich den Nachbarskindern auf dem Hügel an. Später stellte seine Mutter Tassen mit heißer Schokolade für sie bereit. Ja, genau das taten junge verliebte Paare: Sie gingen zusammen rodeln, kamen Hand in Hand zurück und wärmten sich mit Tassen heißer Schokolade auf.

Sie gaben den Schlitten seiner Besitzerin zurück und spazierten den Park Drive entlang, atmeten die kalte Luft ein. Auf einer Bank, von der aus man den Park überblickte, stand ein verlassener halber Schneemann.

»Er ist so klein, sieht aus wie ein Mädchen«, sagte Daniel.

»Machen wir eine Schneefrau aus ihm«, schlug Deena vor.

Sie formten und drückten den Schnee fest. Daniel arbeitete an Rumpf, Brüsten und Schultern. Deena modellierte die geschwungene Rückenlinie einer sitzenden Figur. Sie traten zurück, um das Ganze besser betrachten zu können. Die Frau war ungleichmäßig, eine Seite dicker als die andere. Daniel zog die Handschuhe aus und arbeitete mit bloßen Händen. Er formte einen anmutigen Nacken.

»Hilf mir mit den Beinen«, sagte er. »Wenn sie mit geschlossenen Beinen sitzt, ist die Stabilität größer.«

Sie holten mehr Schnee und drückten ihn fest. Daniel kam immer wieder zu den Oberschenkeln zurück. Er kerbte die Linien mit den Fingern ein, in der Mitte ein angedeutetes Dreieck.

»Ihre Beine werden nur bis zu den Knien reichen, bis da, wo die Bank aufhört«, sagte er.

»Dann machen wir ihr auch nur halbe Arme«, sagte Deena. »So sieht sie aus wie die Venusstatue.«

»Wir könnten sie sogar ohne Kopf lassen«, meinte Daniel. »Ein Torso.«

Deena war einverstanden und ließ den schlanken Hals in einer schrägen Fläche enden, unvollendet, als Stumpf.

Sie traten zurück und lachten.

»Sie braucht mehr Bauch, ein paar Rundungen«, meinte Daniel.

Er fügte Schnee hinzu, formte eine kleine Wölbung, arbeitete sorgfältig, eine Hand stützend im Rücken der Figur, um zu verhindern, dass zu großer Druck ihre fragile Venus zerstörte. Mit dem Fingernagel schabte er unten am Hals, bis eine Kehle zu erkennen war.

Deena trat zurück und sah ihm zu. Er arbeitete geschickt; er kannte den Körper einer Frau. So bearbeitete er auch den ihren, eine Hand unter ihrem Kopf, die andere auf ihrer Hüfte. Es war die Art, wie er mit Werkzeug umging: mit Können und Finesse. Er stellte sich gut an. Es war sein Stolz, alles gut zu machen, zum Beispiel bei einem Auto mit Knüppelschaltung ohne den kleinsten Ruck den Gang zu wechseln, weich, perfekt. Das mochte sie an ihm. Sie liebte seine geschickten Hände auf ihrem Körper. Auch wenn es so schien, als wolle er immer nur das eine: sich an ihrem Körper zu schaffen machen. Kaum waren sie allein, sei es in seinem Auto oder im Wohnzimmer seiner Eltern, fingen seine Finger an herumzufummeln. Früher hatte sie dieses Interesse an ihr gemocht, außer in jenen Augenblicken, wenn sie sich auf dem Sofa mit verrutschten Kleidern plötzlich aufrichten und so tun musste, als sei nichts geschehen, als sei sie die ganze Zeit in *Good Houskeeping* vertieft gewesen, um zu erfahren, wie man ein perfektes Brokkolisoufflé macht. Und Daniel neben ihr versteckte das Grinsen auf seinem Gesicht hinter der Zeitschrift *Stereo.* Er genoss es, erwischt zu werden und dann so zu tun, als ob nichts wäre. So musste es doch sein. Seit Hunderten von Jahren platzten Eltern herein, wenn ihre Söhne oder Töchter beim Knutschen waren. Es gehörte zum Spaß, dieses Täuschen und doch niemanden hinters Licht führen.

Als sie erwachten, lag der Schnee fast zwanzig Zentimeter hoch, und sie traten hinaus auf die Veranda und sahen den Nachbarn beim Schneeschaufeln zu. Unter keinen Umständen wollte Daniel vor Sonnenuntergang, bevor der Sabbat vorüber war, die Treppe oder die Einfahrt räumen; sie warteten unruhig.

»Laden wir doch Jill für heute Abend zu uns ein«, sagte Daniel. »Wir könnten ihr unsere Schneelady zeigen.«

Aber er rief sie nicht an, solange es noch hell war. Bis zum Dunkelwerden betete er, las, wanderte auf und ab, aß, las und ging wieder ins Bett. Nachdem die Schneepflüge geräumt hatten, verließ Deena das Haus, um zu laufen. Heute war sie dankbar, laufen zu können. Es war das Einzige, von dem sie sich selbst am Sabbat nicht abhalten ließ. Manchmal duschte sie sich auch und gab damit Daniel noch mehr Grund, sie eine Schickse zu nennen. Wenn es nach ihr gegangen wäre, hätte sie Schnee geschaufelt und Jill angerufen – eine Freiheit, die sich Daniel gern genommen hätte. Gewiss, wenn man ein Gesetz brach, konnte man ebenso gut auch alle anderen brechen. Nicht dass Daniel die Gesetze ganz strikt eingehalten hätte. Aber es brachte nichts, wenn sie ihn darauf hinwies, dass Rodeln oder eine Schneefrau bauen ebenfalls problematisch war. Und wenn man ganz pingelig sein wollte, war es nicht einmal zulässig zu planen, was man nach dem Sabbat tun würde.

Kaum hatte Daniel zwei Sterne am dunkler werdenden Himmel erspäht, wählte er Jills Nummer und hinterließ eine Nachricht. Dann holte er zwei Schaufeln aus dem Keller. Er übernahm die Einfahrt. Deena räumte die Treppe und den Zugang zum Haus. Sie machte eine Pause und horchte auf das Geräusch seiner Schaufel – ein ausgreifendes, volles und breites Schürfen – und auf die lautlosen Sekunden, wenn die volle Schaufel angehoben wurde. Sie konnte die Anstrengung beinahe hören, dann das leise Fallen von Schnee auf Schnee. Sie nahm eine Hand voll und drückte und preßte ihn mit ihren Handschuhen zu einem harten Ball, je härter, desto besser. Sie wollte wehtun. Sie wechselte den Ball von einer Hand in die andere, schätzte die Entfernung, plante. Sie wartete, bis Daniel sich für eine weitere Ladung bückte, und zielte auf seinen Rücken. Sie warf schnell und wandte sich ab.

Als Daniel aufsah, räumte sie geschäftig Schnee. Er sagte nichts, doch das Schürfen seiner Schaufel hatte aufgehört. Er formte einen rächenden Schneeball; dem würde sie ausweichen. Inzwischen presste sie sich eine weitere Hand voll Schnee gegen das Bein, ließ dabei aber unablässig das Geräusch ihrer Schaufel hören. Sie würde bereit sein und werfen, sobald sein Schneeball geflogen kam. Sie schaufelte weiter und passte den Moment ab, in dem sich Daniels Arm zum Wurf heben würde.

Er ließ sich Zeit. Sie wollte sich gerade verraten und auch den zweiten Ball werfen, da sah sie die Bewegung, den ausholenden Arm. Sie warf zu hastig, und ihr Schneeball landete ein paar Meter vor dem Ziel. Daniels Ball knallte wuchtig gegen das Stoppsignal auf der anderen Straßenseite. Er maß die Distanz kritisch. Ja, er zielte immer noch ganz anständig, kein Grund, sich zu schämen. Er begann, einen neuen Schneeball zu formen. Diesmal versuchte er es mit der Straßenlaterne und streifte sie.

Deena kam sich gemein vor; sie hatte zweimal auf ihn gezielt. Dann fühlte sie sich unbeachtet. Er war mehr daran interessiert, seine Zielsicherheit zu vervollkommnen, als es ihr heimzuzahlen. Mit Männern und Bällen hatte es etwas auf sich: Gib ihnen einen Ball in die Hand, und sofort müssen sie die Kraft ihrer Arme erproben.

Er hatte Jill den ganzen Abend und dann wieder am Morgen angerufen und keine Antwort erhalten. Er hinterließ jedes Mal eine Nachricht, aber sie rief nicht zurück.

»Wir könnten auch ohne sie etwas unternehmen«, sagte Deena.

Er nickte verlegen. »Ich hab mir gedacht, wir könnten Eis laufen gehen«, sagte er.

»Das wär toll, wenn's nur nicht eine so lange Fahrt wäre. Aber warum gehen wir eigentlich nicht rodeln? Wir könnten uns an der Metropolitan Avenue einen Schlitten kaufen.«

»Rodeln waren wir schon am Freitagabend«, erwiderte Daniel.

Er wählte von neuem. Diesmal nahm Jill ab. Er schlug ein gemeinsames Mittagessen vor und bekam einen Korb.

»Und wie wär's mit Abendessen?«, hörte Deena ihn fragen.

Er bettelte geradezu darum. Dann verzogen sich seine Mundwinkel nach unten. Offenbar sagte sie nein. Deena wunderte sich über Jill. Was ging in ihrem Kopf vor? Vielleicht gar nichts. Vielleicht nahm Daniel einfach zu viel von ihrer Zeit in Anspruch.

Er ging wieder zurück ins Bett.

»Sehen wir nach, was unsere Schneelady macht«, schlug Deena vor.

»Ich bin zu müde«, sagte Daniel.

»Für einen Spaziergang bist du zu müde, aber für anderes nicht!«, sagte sie, und der Tonfall, mit dem sie es sagte, missfiel ihr.

»Ich bin zu gar nichts aufgelegt«, erklärte er. »Lass mich in Ruhe.«

»So schmoll doch, wenn du willst«, sagte Deena.

Sie zog ihre Stiefel an. Sie konnte auch ohne ihn etwas unternehmen. Sie wollte das sogar.

Daniel seufzte und setzte sich auf. »Schon gut, schon gut«, beschwichtigte er.

FEBRUAR

Es war Daniels Idee, aber Deena organisierte alles. Sie buchte ein Cottage mit zwei Schlafzimmern und einem offenen Kamin, und am Samstag nach Sonnenuntergang beluden sie den Wagen und fuhren nach Manhattan, um Jill und Ann abzuholen. Dann waren sie unterwegs, fuhren irgendwohin.

»Das Tempo ist bestimmt irre«, sagte Daniel.

»Mindestens einmal probier ich alles aus«, erklärte Jill.

So überzeugt und bereitwillig war Ann nicht. »Das wäre nun wirklich das Letzte, wenn ich mir jetzt was brechen würde«, sagte sie. »Mein Leben ist schon so kompliziert genug. Ich zieh nach New York, und dann brech ich mir ein Bein. Mike wartet nur auf so was. Wenn ich hier nicht zur Arbeit kann, müsste ich wohl oder übel zu Hause herumhumpeln.«

Deena hätte gern gewusst, was für eine Abmachung Ann mit ihrem Mann hatte. Es klang so, als sei alles nur geduldet. Wenn irgendetwas schief ging, war sie erledigt.

Daniel war völlig unbekümmert. »Wir sind schon auf dem Weg«, sagte er.

»Zum Zauberer von Oz«, ergänzte Jill.

Aber es herrschte starker Verkehr. Es war ein Feiertagswochenende, und alle Welt schien unterwegs zu sein. Sie krochen den West Side Highway hinauf und über die George-Washington-Brücke. Bis sie die Autobahn erreichten, war es dunkel geworden, und sie hatten alle Hunger.

»Beim ersten Howard-Johnson machen wir Halt«, sagte Daniel.

Was konnte er dort schon essen?, fragte sich Deena. Er hatte koschere Hamburger, Hotdogs und Steaks zum Grillen in eine Kühlbox gepackt, aber sie würden heute zu spät ankommen, um noch zu kochen.

Als sie sich an einen orangefarbenen Kunststofftisch gesetzt hatten, verkündete Daniel, dass Howard-Johnsons Eis ein o-u habe. »Und das bedeutet, dass es koscher ist«, erklärte er Jill und Ann.

»Eigentlich habe ich mir nicht unbedingt Eis als Abendessen vorgestellt«, sagte Deena.

Jill lachte.

»Es ist zu kalt, um auch nur das Wort ›Eis‹ in den Mund zu nehmen«, stöhnte Ann. »Heiße Suppe käme wohl eher hin.«

Daniel und Jill waren guter Laune. Es war ihnen egal, was sie aßen. Daniel scherzte, und Jill neckte ihn. Seine Augen leuchteten, ihre Lippen waren weich. Sie lachte gern, wollte lachen, und Daniel versuchte, sie zum Lachen zu bringen.

»Ich glaube, ich bleib bei Hüttenkäse und Obst«, sagte Jill. »Ich bin heute nicht gelaufen.«

»Das ist eine prima Idee«, meine Daniel. »Es ist nicht anzunehmen, dass in Obst und Frischkäse etwas Unkoscheres ist.«

Deena schlug die Speisekarte auf. Am liebsten hätte sie ein Glas Rotwein und eine Schale heiße Suppe gehabt.

Ann bestellte eine Selleriecremesuppe und einen Salat nach Art des Hauses mit der Soße separat.

»Dito«, sagte Deena, als sie an die Reihe kam. »Suppe und Salat. Und haben Sie auch Wein?«

»Wein in einem Howard-Johnson?«, fragte Daniel. »Und dann wäre er ja auch nicht koscher. Und in dieser Suppe ist ganz bestimmt entweder Rinder- oder Hühnerbrühe, und die würde kein Rabbi gutheißen, weder ein chassidischer noch ein anderer.«

Deena zuckte die Schultern. »Du brauchst sie ja nicht zu essen«, sagte sie.

»Genau«, sagte Jill. »Wir sind im zwanzigsten Jahrhundert. Frauen sind keine Leibeigenen mehr.«

Daniel hob die Hände, um anzuzeigen, dass er niemanden zurückhalten wollte. »Aber Gesetz ist Gesetz«, sagte er. »Koscher ist koscher. Ein bisschen koscher, das gibt es nicht. Entweder ganz oder gar nicht. Aber jetzt sag ich nichts mehr.«

»Gut«, erwiderten Jill und Deena wie aus einem Munde und mussten lachen.

Nach dem Essen waren alle stiller. Daniel saß am Steuer; Deena folgte mit einer Taschenlampe der Wegbeschreibung. Auf dem Rücksitz schienen Ann und Jill eingeschlafen zu sein, und sie rührten sich nicht, bis der Wagen vor dem Hauptgebäude anhielt.

Deena klopfte an die Tür, die unter ungehaltenem Gebrumme geöffnet wurde.

»Es ist beinahe elf«, sagte die Frau. »Die Gäste sind gebeten, vor zehn Uhr einzutreffen.«

»Wir sind in starken Verkehr geraten«, erklärte Deena und entschuldigte sich.

Es war kalt. Sie zogen die Reißverschlüsse ihrer Jacken hoch und stampften mit den Füßen. Halb schlafend taumelten Ann und Jill aus dem Wagen. Daniel und Deena trugen Taschen. Es war frostig, und der Schnee türmte sich hoch.

Drinnen der kalte und feuchte Geruch von unbenutzten Räumen.

»Ein prasselndes Feuer wäre jetzt das Richtige«, meinte Daniel. Er zog seine Lederhandschuhe an und holte drei Scheite vom Holzstoß draußen herein.

»Die werden nicht gut brennen«, sagte er. »Sie sind feucht.«

Er ging hinaus, um nach Anmachholz zu suchen.

Die Frauen sahen sich die zwei Schlafzimmer an, die beide gleich klein waren; in einem gab es ein Doppelbett, im anderen standen zwei einzelne Betten, und man ging ohne Diskussion davon aus, dass Deena und Daniel das Doppelbett nähmen. Zu Hause schliefen sie auf zwei einzelnen Matratzen, und einer von beiden landete immer im Graben. Am Morgen schimpften sie, aber sie hatten sich nie dazu aufgerafft, eine Doppelmatratze zu kaufen.

Zusammengefaltete Leintücher lagen gestapelt auf der Kommode. Ann und Deena machten die Betten. Jill war zu müde; Ann half ihr beim Ausziehen. Sie kicherten, und Deena hätte am liebsten auch in ihrem Zimmer geschlafen.

Als sie im Gemeinschaftsraum vor dem Kaminfeuer standen, hörten Deena und Daniel noch mehr Gekicher. Sie sahen einander an und lächelten. Er schürte das Feuer, stocherte darin herum, zögerte das Zubettgehen hinaus, in der

Hoffnung – worauf? Noch mal einen Blick auf Jill werfen zu können?

»Geh schon mal«, sagte er. »Ich bleib noch ein wenig auf.«

Er würde auch gern bei ihnen schlafen, dachte Deena. Sie zog sich aus und schlüpfte unter die Decke. Sie wollte nicht darüber nachdenken. Sie würde schlafen und in guter Form aufwachen. Sie wälzte sich herum, suchte auf dem Kissen eine angenehmere Stelle, aber vergebens. Überall war es feucht und roch nach Schimmel. Alles in dieser Hütte war feucht.

Als sie die Augen wieder öffnete, war es im Zimmer still und dunkel. Wie spät war es? Und wo war Daniel? Sie kniff sich in den Arm und wusste, dass sie wach war. Die Tür stand halb offen. Sie hörte Schritte, dann kam Daniel herein. Er war immer noch komplett angezogen. Er fing an, sich auszuziehen.

»Du bist noch wach?«, fragte er.

Sie sank auf das Kissen zurück und schloss die Augen.

Am Morgen der Duft von Eiern und Kaffee und Daniels Stimme, tief und rau. Hatte er überhaupt geschlafen?

Am Küchentisch schlürften Jill und Ann Kaffee. Daniel stand am Herd.

»Guten Morgen, Schlafmütze«, sagte er.

Jill und Ann drehten sich nach ihr um und lachten.

Deena strich sich das Haar aus der Stirn.

»Der Kaffee ist fertig«, sagte er.

Sie schenkte sich eine Tasse ein.

Die Sonne schien, und das Thermometer an der Tür zeigte null Grad; es war nicht so kalt wie erwartet.

»Gut, dass sie hier Schnee machen«, sagte Daniel. »Aber

wir sollten uns trotzdem warm anziehen. Auf dem Berg ist es bestimmt kälter.«

»Ich trage Thermoleggings unter meinen Jeans«, sagte Jill.

Deena sah sie an. Selbst mit Thermohosen saßen ihre engen Jeans. Ihre Haare waren frisch gewaschen, geföhnt und gelockt; Ann hatte gerades Haar mit einwärts gedrehten Ponyfransen. Beide trugen ein perfektes Make-up. Frischer roter Lippenstift zierte den Rand ihrer Kaffeetassen. Schon ihr Anblick machte Deena müde.

»Ich brate Eier«, sagte Daniel. »Willst du auch?«

Sie schüttelte den Kopf. »Es ist zu früh für Eier.«

»Die beiden sind schon seit Stunden wach«, sagte er. »Als ich aufstand, waren sie bereits geduscht und angezogen.«

Deena nickte. Ja, das sah man. Sie fröstelte. Es war kalt hier. Sogar mit dem Feuer im Kamin war es kalt.

»Draußen ist es bestimmt wärmer als hier drin«, sagte sie.

Jill nickte. »Deshalb bin ich auch aufgewacht. Es war zu kalt zum Schlafen.«

»Hast du einen Föhn mitgenommen?«, fragte Deena.

»Ann hat einen mit«, sagte Jill. »Er ist im Bad. Du hast es gut. Dein Haar ist bestimmt in zwei Minuten trocken. Wenn ich nicht ein so idiotisch großes Gesicht hätte, würde ich die Haare auch so kurz tragen.«

»Daniel gefallen meine Haare nicht, wenn sie kurz sind«, erwiderte Deena.

»Stimmt gar nicht, dass sie mir nicht gefallen«, sagte Daniel. »Ich mag einfach lieber lange Haare.«

»Es ist zu cool für ihn«, meinte Jill. »Er ist altmodisch.«

»Wenn es draußen kalt ist, weiß man lange Haare zu schätzen. Ich habe mir gestern eine Mütze gekauft«, sagte Deena.

»Aber wenn ich sie anziehe, wird mein Haar völlig zerdrückt.«

»Wir haben auch Mützen mit«, sagte Ann. »Ich zeig sie dir.«

Sie ging in ihr Zimmer und kam mit zwei Mützen mit Pompons zurück. Sie lachten. Deena zeigte ihnen ihre rote Skimütze. Neben den hellblauen und rosaroten Schneeflockenmustern wirkte das Rot grell, aber bei dem schmutzigen Schneematsch auf den Gehsteigen in New York City war ihr Weiß lächerlich erschienen.

»Keine Sorge«, meinte Jill, »wir werden alle komisch aussehen. Ich hätte am liebsten einen Emma-Peel-Anzug gehabt.«

»Wer ist Emma Peel?«, fragte Deena.

»Hast du nie *Mit Schirm, Charme und Melone* gesehen?«, fragte Ann.

Im Skishop holten sie sich Skischuhe, Skier und Stöcke, und Daniel nahm alles auf seine Kreditkarte, Liftkarten und vier Stunden für Anfänger inbegriffen.

»Warum bezahlst du alles?«, fragte Deena.

»Weil ich es so will«, entgegnete er.

»Aber ich nicht«, erwiderte sie.

Er zuckte die Schultern.

Sie zogen ihre Skischuhe an und gingen steifbeinig in den Schnee hinaus.

Jill rutschte aus und fiel hin. Ann ebenfalls. Daniel half ihnen. Sie fielen von neuem hin. Deena klammerte sich an Ann, Daniel hielt Jill fest, dann kam der Skilehrer. Er zeigte ihnen, wie man in die Knie geht, abdreht, langsamer fährt, anhält. Sie übten. Deena sah zu, wie Daniel eine Kurve fuhr. Er konnte es gut. Er drehte zuerst die Hüften, elegant, kontrolliert. Sie versuchte es auch, aber ihre Koordination war schlecht. Sie versuchte es von neuem. Sie übte steuern, anhalten und wenden – gut, diesmal war es ihr gelungen. Als sie sich umdrehte, um zu sagen: »Schaut mal!«, fiel sie ebenfalls hin. Aufstehen war schwierig, die langen Skier hatten sich verheddert; sie brauchte Hilfe. Sie sah sich nach Daniel um, aber der kümmerte sich gerade um Jill; der Skilehrer stand Ann zur Seite. Deena mühte sich ab, bis sie schließlich wieder stand.

Als sie aus dem Skilift stiegen, fielen sie alle hin und rutschten den ersten kleinen Hang auf dem Rücken hinab. Unten rappelten sie sich auf; dann fiel Jill wieder hin. Beim Anblick der herumrudernden Arme geriet Ann ebenfalls aus dem Gleichgewicht und stürzte, hilflos kichernd. Deena half ihr auf. Sie wusste nicht, warum sich Daniel so lange mit Jill abgab. Als Jill wieder zu rutschen begann und Daniel ihren Arm fasste, um sie zu stützen, hielt Deena nicht an. Aber sie fuhr zu schnell. Sie steuerte auf einen Baum zu. Sie hätte bremsen müssen, konnte aber nicht, tat es nicht. Hände voran, fuhr sie gegen den Baum. Sie richtete ihre Skier, schaute zurück und sah, wie die drei sich bei den Händen hielten und nur mit Mühe aufrecht bleiben konnten. Sie wollte nicht warten. Sie wollte üben, etwas lernen. Die Sonne tat gut, und sie war allein. Sie fuhr immer weiter hinunter, zog Bogen. Sie versuchte, aus den Hüften heraus zu schwingen, stürzte, stand auf und versuchte es von neuem.

Eine halbe Stunde später, als Daniel mit Jill und Ann im

Schlepptau eintraf, saß Deena ruhig auf einer Bank, das Gesicht der Sonne zugewandt. Jill, plötzlich verlegen, hörte auf zu kichern.

»Was ist los?«, fragte Daniel.

»Nichts«, erwiderte Deena. »In ein paar Minuten fahre ich wieder hinauf.«

»Warte auf uns. Wir gehen alle zusammen.«

Jill und Ann mussten auf die Toilette. Daniel ging für alle heiße Schokolade holen. Deena blieb in der Sonne sitzen. Was war mit ihr los?

Die beiden kamen mit frisch gebürsteten Haaren und nachgezogenen Lippen von der Toilette zurück. Daniel folgte mit warmen Brezeln und heißer Schokolade.

Sie hatten eine Menge zu erzählen. Bei jedem Sturz fielen sie alle auf einen Haufen, weil sie die ganze Zeit zusammengeblieben waren. Aber es hatte Spaß gemacht. Jill meinte, sie kriege langsam den Dreh raus.

Sie schnallten sich die Skier wieder an und stellten sich am Lift in die Schlange. Jill und Ann fassten sich bei den Händen, schwankten gemeinsam, fielen aber nicht. Der Mann am Lift half ihnen in die Sitze, und dann ging's den Berg hoch. Daniel und Deena nahmen den nächsten Sessel.

»Warum bist du so still?«, fragte er. »Gefällt es dir nicht?«

Deena gab keine Antwort, und es war auch nicht nötig; Jills Stimme rief von weiter oben herab. Deena wäre gern allein gewesen. Sie wusste nicht, was los war, aber sie war schlechter Laune. Sie betrachtete die Hügel. Man sagt gewöhnlich, man fahre einen Berg hinunter, doch von hier oben sah man, dass es nicht *ein* Berg, sondern eine ganze Kette von Bergen war, jeder mit dem nächsten verbunden.

Diesmal war Deena darauf vorbereitet, vom Skilift auszusteigen. Sie hielt ihre Knie leicht gebeugt, die Skier gerade, so, wie man sie angeleitet hatte, und sie schaffte es, ohne zu stürzen vom Lift weg und den Hang hinunterzufahren.

»Warte auf uns!«, rief Daniel.

Sie wartete. Die Situation hatte etwas Komödienhaftes, Daniel in den Händen von zwei Südstaatlerinnen. Er musste ihnen beistehen. Deena beobachtete, wie sie langsam auf sie zufuhren; dann strauchelte Ann. Daniel bückte sich, um ihr zu helfen, dabei wurde Jill mitgezogen, und jetzt glitt auch sie aus. Es war besser, sich von Gruppen fern zu halten. Wenn man sah, wie jemand fiel, geriet man selbst aus dem Gleichgewicht. Sie wandte sich um und fuhr hinunter, doch ihre Füße waren zu weit auseinander, und sie hatte alle Mühe, sie zusammenzubringen. Vor ihr, mitten in der Bahn, lag eine Schar kreischender Kinder auf einem Haufen. Sie fuhr zu schnell, um anhalten zu können. Sie drehte den Kopf und versuchte, auch den Körper nach rechts zu drehen, und es klappte, ihre Ski bogen scharf nach rechts ab. Doch gerade als sie glaubte, sie schaffe es an dem Knäuel gefallener Skifahrer vorbei, stürzte vor ihr ein anderer Junge. Ihre Skier fuhren in seine hinein, und sie kam ebenfalls zu Fall. Der Junge prustete vor Lachen. Sie nicht. Sie hatte sich vor Jill, Ann und Daniel gerettet und war nun bei diesem pickeligen Jungen gelandet. Und er lachte so unbändig, dass sie sich aus dem Durcheinander kaum befreien konnte. Endlich gelang es ihr. Sie richtete sich auf und fiel beinahe über ein anderes Kind.

Auf halbem Weg den Hang hinunter holte Daniel sie ein.

»Das macht Spaß«, sagte er. »Warum wartest du nicht auf uns? Es ist lustiger, wenn wir alle zusammen sind.«

Hinter ihm hielten sich Jill und Ann bei den Händen, fuhren unbeholfen, aber schon sicherer zu Tal. Wenn Daniel etwas Abstand hatte, schienen sie nicht so oft zu stürzen, dachte Deena. Aber er steuerte bereits wieder auf sie zu. »Warte auf uns«, sagte er nochmals. Sie sah einen Augenblick zu, dann ließ sie sich von Skiern und Piste forttragen.

Am Fuß des Hügels stand sie beim Sessellift an, stieg ein und war schon halb oben, als Daniel, Jill und Ann unten ankamen. Sie würde hinunterfahren, dann wieder mit dem Lift hinauf und die anderen vermutlich einholen.

Am späten Nachmittag schlug Daniel eine gemeinsame Abfahrt vor, nur sie beide. Deena wollte nicht; ihr reichte es für heute; sie war müde, die Beine taten ihr weh.

Daniel ließ nicht locker. »Noch einmal rasch hinauf, bevor wir aufbrechen. Du bist doch weiß Gott wie oft rauf und wieder runter! Einmal schaffst du's noch.«

Sie sah ihn an. Er gab sich Mühe, doch es war zu spät. Zu spät wofür?, würde Daniel fragen. Wenn es seinen Zwecken diente, konnte er sehr schwer von Begriff sein.

Ihr Schweigen machte ihn gesprächig. Er plauderte auf dem ganzen Weg nach oben.

Sie fuhren zusammen vom Lift weg, die Senke hinab und um die Kurve, bis sie oben den Pistenanfang erreicht hatten. Beide waren nicht gestürzt. Sie standen da und schauten hinunter. Dann gingen sie in die Knie und fuhren los.

Er bewegte sich elegant. Er schwang um die Kurven der Piste, die langen Beine geschlossen, den Körper gerade richtig nach vorn geneigt. Deena machte zuerst nur steif und widerwillig mit. Doch die Geschwindigkeit und der Wind berauschten sie von neuem, und unten angekommen war sie völlig begeistert und wollte gleich noch einmal hinauf. Sie fuhren noch mal hoch und wieder hinunter. Neben sich spürte sie Daniel erleichtert aufatmen. Für diesmal war ihm vergeben. Die Sonne ging unter, in ihrem orangefarbenen Schein nahm der Schnee ein warmes Weiß an. Es wurde kälter, und ihre Socken waren nass, doch sie konnte sich auf eine heiße Dusche in der Hütte freuen und dazu auf ein gutes Essen. Heute Abend gab es gegrillte Steaks. Sie war hungrig.

Am Morgen regnete es, und Deena wollte aufbrechen. »Bei Regen kann man hier nichts tun«, sagte sie. »Wir fahren besser rechtzeitig los.«

Daniel war anderer Meinung. »Es gibt massenhaft Gründe zu bleiben. Ich habe mich darauf gefreut, zwei Tage weg von der Stadt zu sein, ich bin den ganzen langen Weg hergefahren, und mir gefällt es hier. Wir können heute etwas anderes unternehmen und wie geplant spät zurückfahren. Warum kannst du dich nicht einfach entspannen?«, sagte er.

»Zu Hause kann ich mich viel bequemer entspannen. Wir sind zum Skifahren hergekommen, und bei Regenwetter geht das nicht. Außerdem habe ich für den Moment genug vom Skifahren. Mir tut alles weh.«

Ann streckte die Beine und nickte. »Ich kann weder Beine noch Arme bewegen.«

»Dann fahren wir lieber«, meinte Jill. »Die Rückfahrt wird bestimmt auch lustig, und vielleicht regnet es in der Stadt nicht.«

Im Wagen das monotone Geräusch von Reifen auf nasser Straße, eine endlose Fahrt. Jill und Ann schweigend auf dem

Rücksitz. Ann gähnte, Jill ebenfalls. Sie kicherten. Daniel wechselte von einem Sender zum anderen. Es musste doch irgendwo gute Musik geben. Er war verärgert; er brauchte etwas Hartes. Da war etwas, er drehte am Knopf, um den Sender reinzuholen.

»So«, sagte er und blickte Deena an. »Wer ist das?«

Sie drehte nicht einmal den Kopf. Sie hatte keine Ahnung. Wer war es? Die Stones? Er würde sie nicht nach den Stones fragen. Zu einfach. Jefferson Airplane? Es interessierte sie nicht, wer es war. Aber früher hatte es sie interessiert. In ihrem ersten gemeinsamen Sommer war jede Autofahrt eine Gelegenheit für eine Lektion in Geschichte des Rock and Roll gewesen. Sie hatte ihren ersten Who-Song in diesem Wagen gehört. »Die Who«, hatte Daniel gesagt. »Aber wer ist das«, hatte Deena gefragt. »Die Who«, erwiderte Daniel. »Who, who, who – wer, wer, wer.«

»Also?« Daniel blickte sie herausfordernd an.

»Die Who«, sagte sie.

»Die Who!«, echote er. »Das ist doch was völlig anderes. Du hast es schon tausendmal gehört. Ich habe das Album.«

»Umso besser«, sagte sie.

»Kein Gehör und kein Gefühl für Rhythmus«, sagte er und schüttelte den Kopf. »Wenn sie summt, klingt Rock and Roll wie jüdische Musik, alles Moll-Akkorde. Sie bringt Melodie in den Hard Rock.«

Jill und Ann lachten, und Deena hasste ihn.

Jetzt kam »Mercedes Benz«, und er drehte die Lautstärke auf. »Also, Jill. Wer ist das?«

Deena blickte Jill an, und sie sagten gleichzeitig: »Janis Joplin.«

»Das war zu einfach«, sagte Jill.

»Ich prüf dich bei einem anderen«, sagte er. »Aber zuerst eine kurze Pause. Ich brauch einen Kaffee.«

Sie stiegen aus. Nach Toilette, Kaffee und nochmals Toilette stiegen sie wieder ein. Sie näherten sich Nyack, als Ann bemerkte, dass ihre Tasche nicht mehr da war. Sie geriet in totale Panik. Alle ihre Schlüssel, ihr Ausweis fürs Büro, ihre Brieftasche, ihr Gehaltsscheck, den sie noch nicht hatte einlösen können – alles befand sich in der Tasche.

Daniel hielt vor einer Reggae-Bar an der Main Street an, gleich neben einer Telefonzelle. Ann war in Tränen aufgelöst; sie konnte nicht sprechen. Jill rief an und erhielt die Auskunft, die Serviererin habe die Tasche entdeckt und bei der Polizei abgegeben. Sie sei jetzt unterwegs vom Rastplatz zur Polizeidirektion in Stony Point.

»Wir kehren um«, sagte Daniel.

»Das heißt eine ganze Stunde länger fahren«, erwiderte Deena. »Frag doch, ob sie die Tasche per Nachnahme schicken können.«

»Das ist eine gute Idee«, sagte Daniel. Er wandte sich zu Jill.

Aber Ann wollte nicht ohne ihre Tasche weiterfahren, und Deena wurde überstimmt.

»Weisst du was«, sagte Daniel. »Du könntest doch hier warten. Auf dem Rückweg hol ich dich ab. Nimm einen Drink an der Bar. In nicht mal einer Stunde spielt die Band. Vielleicht fordert dich sogar jemand zum Tanzen auf.«

Deena starrte ihn an. Er meinte es im Ernst. Er wollte, dass sie mit einem anderen Mann tanzte. Wenn sie mit einem anderen Mann tanzte, hätte er ein besseres Gefühl wegen Jill.

»Du bist wohl nicht bei Trost«, sagte Deena.

»Es war bloß eine Idee«, erwiderte Daniel. »Und nicht mal die übelste. Es gibt auch Antiquitätengeschäfte an der Straße.«

»Sonst noch was? Und es regnet und alle sind zu. Halt die Klappe und fahr endlich.«

Er nahm die Autobahn in Richtung Norden und fuhr schnell. Jill und Ann saßen schweigend auf dem Rücksitz.

Sie kamen kurz nach drei Uhr zu Hause an, nachdem sie auf dem West Side Highway nach Manhattan gefahren waren, um Ann und Jill vor der Haustür abzusetzen.

Auch dies machte Deena wütend. Bei ihr hatte Daniel einen Grundsatz: Er fuhr nicht mit dem Auto nach Manhattan. Aber Jill und Ann erhielten Tür-zu-Tür-Service. Es schien ihm nicht einmal einzufallen, dass man sie auch bei der Brücke an der 59th Street hätte absetzen können, sodass sie ohne weiteres im Stande gewesen wären, von dort aus ein Taxi zu nehmen.

Zu Hause schaltete Daniel die Stereoanlage ein.

Deena hatte Kopfschmerzen. Für heute hatte sie schon genug von seiner Musik gehört. Sie ging hinauf und setzte sich aufs Bett, dankbar dafür, dass es ihr eigenes war. Heute Abend konnte sie Daniel ganz für sich allein hassen. Das Einhalten der Menstruationsgesetze hatte etwas für sich. Wenn man mit einem anderen Menschen auf engem Raum zusammenlebte, brauchte es manchmal Trennung. Heute Nacht wäre ein größerer Abstand zwischen den zwei Betten von Vorteil. Sie schob die Betten auseinander. Im Zimmer ihrer Eltern war jedes Bett an einer Wand verankert, der große Raum dazwischen ein Rotes Meer. Wer ging zu wem ins Bett?

Mit dreizehn maß Deena den Zwischenraum, vier lange Abzählschritte, dreieinhalb für ihre Mutter, vermutlich zwei für die langen Beine ihres Vaters.

Auf der Kommode neben ihrem Bett lag ein Brief von ihm. Sie nahm ihn auf, um ihn nochmals zu lesen.

Ein Same kann sich nicht zur Vollkommenheit entwickeln, solange er seine ursprüngliche Form behält, schrieb er. Wachstum erfordert Zersetzung.

Was wohl damit gemeint war? Seine Briefe wurden immer kryptischer, und er zitierte ständig.

Das Wunder von Philadelphia lag auch auf der Kommode. Sie hätte es zum Skifahren mitnehmen sollen. Wenn sie etwas zum Lesen bei sich gehabt hätte, wären ihr der Regen und übrigens auch Daniel oder Jill gleichgültig gewesen. Aber das Buch war berufliche Lektüre, und im letzten Augenblick hatte sie sich entschieden, keine Arbeit mitzunehmen.

Sie öffnete es, las einen Satz, las ihn nochmals. Sie konnte sich nicht konzentrieren. Sie musste etwas Aktives tun, nicht lesen.

Ihr Vater wollte immer wissen, was sie gerade las und dachte; sie würde es ihm mitteilen. Sie war ebenfalls in der Lage, eine Seite mit Zitaten zu füllen. Aus dem Buch schrieb sie eine Notiz von Oliver Ellsworth über die Debatten im Nationalkonvent ab: *Je weiter wir vorankommen, desto skeptischer werden wir. Wenn wir uns nicht bald entscheiden, werden wir außer Stande sein, je zu einem Beschluss zu kommen.* Sie zitierte George Washington: *Demokratische Staaten müssen immer erst spüren, bevor sie erkennen können; – aus diesem Grunde ist ihre Regierung zwar langsam, aber am Ende hat das Volk Recht.* Dann Jefferson, der an Washington schreibt: *Die Umstände, in denen wir uns befinden, verlangen nach neuen Wörtern, neuen Wendungen.* Sie endete mit Kommentaren ausländischer Besucher über den Charakter des Amerikaners: *Er hängt an nichts. Zum entsprechenden Preis würde er sich von seinem Haus, seinem Wagen, seinem Pferd, seinem Gott trennen.*

Sie unterschrieb, klebte den Brief zu, adressierte und frankierte ihn. Ihr Vater konnte sich darüber eine Weile den Kopf zerbrechen.

Sie ging von Zimmer zu Zimmer. Es war zu spät, um noch etwas Sinnvolles zu tun. Das war das Problem, wenn man mitten im Tag von irgendwoher nach Hause kam. Nachdem man so viele Stunden am selben Platz gesessen hatte, kam man müde, aber doch nicht richtig müde wieder zurück; man war zu nichts zu gebrauchen. Man konnte nicht ruhig sitzen und lesen. Es war zu spät, um noch etwas zu unternehmen, und es war zu früh, um sich schlafen zu legen.

Sie ging hinunter. Daniel hüpfte auf einem Bein rückwärts, spielte Luftgitarre. Sie konnte ihn so nicht ausstehen – ein Teenager. Er passte zu Jill.

Sie betrat das Esszimmer, dann die Speisekammer. Sie blieb an der Tür stehen und blickte hinaus auf die Terrasse. Es war zu kalt und zu nass, um draußen zu sitzen. Es regnete wieder, dünn und anhaltend. Unter dem Dachvorsprung des Nachbarhauses suchten Tauben Schutz, die Köpfe ins Gefieder gesteckt, die Schwänze gesträubt. Sie schwankten, verharrten jedoch in ihrer Stellung.

Sie standen immer am Rand. Sie brauchten nicht viel. Der enge Raum zwischen Klimaanlagen und Fenstersimsen war ihr bevorzugter Ort, sich zu paaren. Sie gurrten und klagten, bis man sie verscheuchte. Aber sie fanden immer wieder einen neuen Ort. Sie passten sich an.

Der Zementboden der Terrasse war mit nassem Laub bedeckt. Im Frühjahr wollte sie den Zement aufbrechen und Gras anpflanzen. In diesem Haus gab's für die nächsten fünf Jahre genug Arbeit, doch das interessierte Daniel nicht. Für ihn war jetzt vor allem wichtig, mit Einundzwanzigjährigen zusammenzusein.

Sie ging in die Küche. Auf dem Tisch lag die Sonntagszeitung. Sie blätterte darin, las Schlagzeilen und Inserate und stieß im Lokalteil auf das Chase-Inserat. Sie betrachtete es. Im wirklichen Leben, neben Meldungen über politische Intrigen, Unfälle, Morde und andere Desaster, war die Werbung für einen Barkredit vollkommen deplatziert. Und sie zu sehen, machte ihr kein Vergnügen. Zweifel befielen sie: Dafür also hatte sie so hart gearbeitet?

Sie wählte Karens Nummer.

»Du hast das Inserat gesehen«, sagte Karen. »Es ist wirklich gut platziert. Greg sagt, es sei an einer recht teuren Stelle. Und es sieht auch gut aus.«

Deena erwiderte nichts darauf. Die Platzierung interessierte sie nicht, nicht einmal die Aufmachung. Ihr ging es um den Text.

»Was ist los?«, fragte Karen. »Haben sie etwas am Text geändert oder was?«

»Nein, nein. Die Anzeige ist schon in Ordnung. Es liegt an mir. Vermutlich das Wetter.«

»Ihr seid schon wieder zurück«, fragte Karen. »Wie war's beim Skifahren?«

Karen wusste nicht, dass Jill und Ann auch mitgekommen waren. Deena musste auf der Hut sein, was sie sagte.

»Wir sind früher nach Hause gefahren, weil es heute regnete, aber am Sonntag war es Spitze.«

»Konntet ihr Ski fahren?«, fragte Karen.

»Am Anfang war allein schon das Aussteigen aus dem Skilift eine Riesensache. Man weiß nicht, wohin mit den Skiern. Wir sind beide umgefallen. Nach der ersten Abfahrt war ich froh, heil unten angekommen zu sein. Das zweite Mal gefiel es mir schon besser. Und am Abend genoss ich das Tempo schon richtig.«

»Du scheinst es schnell kapiert zu haben. Und wie ging's Daniel?«

»Er war besser als ich. Er setzt die Hüften richtig ein.«

»Ihr seid beide so geschickt«, sagte Karen. »Ihr seid so sportlich.«

»Ich finde mich nicht besonders sportlich«, erwiderte Deena. »Was habt ihr noch vor, du und Greg?«

»Wir wollten gerade ausgehen und uns mit Freunden zum Kaffee treffen. Greg hat bereits den Mantel an.«

Im Wohnzimmer hatte Daniel die Musik immer noch voll aufgedreht. Deena ging hinein und schaltete die Stereoanlage aus. Daniel drehte sich um, hielt mitten in der Bewegung inne und machte ein fragendes Gesicht. Jetzt hatte sie seine ganze Aufmerksamkeit. Sie sprach.

»Ich will sie nie mehr sehen. Ich will weder Jill noch Ann je wieder sehen.«

»Und warum nicht?«, fragte Daniel. »Was haben sie denn verbrochen?«

»Nichts«, sagte sie. »Es ist dein Benehmen. Wenn du mit Jill eine Affäre haben willst, bitte, tu dir keinen Zwang an. Aber nicht in meinem Haus. Und auch nicht im Auto.«

»Das Auto gehört mir«, sagte Daniel.

»Seit wann?«

»Schon immer. Es ist auf meinen Namen registriert.«

»Schön. Dann lass sie eben in deinem gottverdammten Wagen mitfahren. Aber bring sie nicht hierher.«

»Ich ruf sie an und sag ihr, dass sie verban-net ist.«

Er betonte das Wort übertrieben, wie ein Schauspieler in einem Shakespeare-Stück.

Deena sah ihn an. Er hatte nicht einmal versucht, etwas abzustreiten. Er hatte ihre Anschuldigung gelassen hingenommen, so als ob Ehefrauen ihre Männer jeden Tag auffordern würden, sich keinen Zwang anzutun. Aus seinem Gesicht war sogar Erwartung zu lesen. Das Intrigenspiel gefiel ihm. Er brannte darauf anzurufen.

Sie stand in der Küche und lauschte. Sie hatte sich wieder einmal nützlich gemacht. Sie hatte ihm einen Grund zum Anrufen geliefert. Und wie konnte er es wagen, Jill vor ihr, seiner Frau, anzurufen? So als wäre alles in Ordnung, nur weil sie Bescheid wusste.

Sie ging ins Wohnzimmer. Daniel blickte auf.

»Sag Jill, ich würde diese Woche gern einmal mit ihr zu Abend essen. Ich habe etwas mit ihr zu besprechen. Sie ist eingeladen.«

»Ohne mich?«, fragte Daniel.

»Ohne dich«, erwiderte Deena. »Es wird dich schon nicht umbringen, ein paar Stunden allein zu sein.«

»Aber ich habe gedacht, du wolltest sie nie mehr sehen.«

»Ich habe es mir anders überlegt.«

Daniel gab die Nachricht weiter, dann sah er auf und nickte. »Sie sagt, sie freut sich drauf. Ihr könnt euch ja am Dienstag treffen, wenn ich trainiere. Ich kann euch nachher abholen und Jill nach Hause bringen.«

»Wir sind, glaube ich, ganz gut im Stande, unser Abendessen allein zu planen und selbstständig hin- und zurückzufahren. Mir passt es besser gegen Ende der Woche.«

Daniel meldete dies weiter, lauschte und lachte.

»Jill meint, du hast Recht. Sie sagt, das hätte ich nun davon, dass ich meine Nase in Dinge stecke, die mich nichts angehen.«

Deena ging in die Küche zurück. Er war so selbstbewusst, so sicher, dass er überall gefragt war. Sie wusste, was immer sie Jill auch erzählte, es würde ihm Wort für Wort zugetragen werden. Und Daniel brannte darauf, es zu hören. Die zwei Frauen in seinem Leben sprachen und entschieden über ihn. Für ihn stand außer Frage, dass sie über ihn sprechen würden.

Sie bestellten eine halbe Karaffe Wein, zweimal Schisch Kebab und zweimal Salat.

Daniels Name fiel ganz automatisch, und sie lachten über seine Art, immer Recht haben zu wollen, über die Art, wie er über Musik, übers Autofahren, über einfach alles dozierte.

»Joni Mitchell, der falsche Fuffziger«, zitierte Jill und kicherte.

»Die Talentierten und die Nachäffer«, ahmte ihn Deena nach.

»Und *Die können alle nicht Auto fahren*«, sagte Jill.

»Du hättest ihn hören sollen, als er mir beibrachte, wie man mit Stockschaltung fährt.«

»Das kann ich mir lebhaft vorstellen«, meinte Jill.

In zwei Monaten hatte Jill Daniel vollkommen durchschaut. Es fiel ihr leicht, sich über ihn lustig zu machen. Deena hatte Jahre dazu gebraucht. Sie war mit ihm verheiratet. Wenn sie über ihn lachte und sich lustig machte, was sagte das über sie selbst aus? Sie hatte ihn und ihre Ehe zu ernst genommen; sie nahm alles im Leben ernst. Jill zuzuhören tat gut. Sie war auch anregend. Seit Daniel wusste, dass Jill zweimal am Tag trainierte, ging er täglich, statt nur jeden zweiten Tag laufen. Ob man nun den Miss-Amerika-Titel als bewundernswerte Leistung betrachtete oder nicht, Jill musste man einiges zugute halten. Sie hatte ein Ziel und war diszipliniert. Aus Arbeit wie aus Vergnügen holte sie alles heraus. Man musste sich nicht für das eine oder das andere entscheiden. Man konnte beides haben; man konnte alles haben, man musste es sich nur nehmen.

»Männer«, sagte Jill und schüttelte den Kopf. »Mit ihnen leben ist unmöglich.«

Und wie geht's ohne sie?, hätte Deena gern gefragt. Sie wurde nicht klug aus Jill. Was wollte sie von Daniel? Bei Streitigkeiten ergriff sie Partei für die Frau. Sie stellte sich gegen Mike auf Anns Seite. Sie unterstützte Deena gegen Daniel. Wenn man Jill so ansah, ihre offenen braunen Augen, schien es möglich, ja fast sicher, dass sie es völlig ehrlich meinte: Sie wollte einfach eine gute Freundin sein. Und sie war eine gute Freundin. Es spielte keine Rolle, was Daniel wollte, entschied Deena. Sie wollte keine eifersüchtige Ehefrau sein. Jill war einundzwanzig; sie hätte ihre kleine

Schwester sein können. Man hatte seinen Spaß mit ihr. Auch Daniel genoss es. Sie könnten es doch alle sehr schön miteinander haben, wenn es Deena nur zuließe. Im Leben konnte man glücklich sein oder auch nicht. Man musste sich ganz bewusst für etwas entscheiden, und sie hatte sich soeben entschieden: Sie würde das Leben genießen.

Aber Jill erwartete etwas. Sie blickte sie mit großen Augen an, den Mund halb geöffnet, wartend. Sie schien ein bisschen Angst zu haben: Was hatte Deena zu sagen?

Deena bereute ihr Vorhaben, mit Jill zu reden. Wenn man etwas zu sagen hat, das der Rede wert ist, plant man es nicht im Voraus, man sagt es einfach. Jetzt war die Erwartung zu groß.

Sie begann langsam. »Manchmal weiß man nicht, in was man hineingerät«, sagte sie, und unterbrach sich, um einen Schluck zu nehmen.

Jill sah sie verständnislos an und wartete.

Deena holte Luft und fuhr fort. »Man lässt sich mit anderen Menschen ein und steckt dann plötzlich in einer völlig unerwarteten Situation.«

Jill nickte.

Deena hatte nicht einmal gewusst, dass sie dies hatte sagen wollen. Doch als sie es ausgesprochen hatte, fand sie, es reiche; sie würde nichts mehr hinzufügen.

»Kannst du etwas ausführlicher werden?«, fragte Jill.

Deena schüttelte den Kopf. »Ich bin mir nicht einmal sicher, dass ich weiß, wovon ich überhaupt rede.«

Jill senkte den Blick, ihre Wimpern hoben sich dunkel von der hellen Haut ab. Sie war hübsch. Und unschuldig. Sie flirtete, aber nur so zum Vergnügen. Deena verspürte das Bedürfnis, wie eine ältere Schwester Jill eine Standpauke zu halten. Das Vergnügen hat Konsequenzen. Sie würde etwas über das Anmachen von verheirateten Männern hören. Es war nicht so harmlos wie es schien. Manchmal nahmen sie das Flirten zu ernst. Anfällig – vielleicht weil ihre Ehefrauen sie vernachlässigten –, hängten sie sich etwas zu heftig an jemanden, und ohne jede Absicht war man mitten in eine fremde Ehekrise geraten.

Ohne jede Absicht? War sie wirklich völlig arglos? Deena wusste, dass Jill dieses Gespräch wortwörtlich Daniel erzählen und eine Erklärung verlangen würde. Was hatte das alles zu bedeuten?

Das Ganze war verrückt. Sie warnte Jill aus einem bestimmten Grund. Sie wollte Hilfe von Jill. Sie wollte, dass Jill für eine Weile ihre Rolle übernahm, dass sie Daniel am Hals hatte.

Daniel wartete, bis Deena zu Bett ging. Dann machte er seinen Anruf.

Deena saß auf dem Bett und lauschte. Obwohl im Hintergrund Johnny Carson zu vernehmen war – Daniel hatte die Lautstärke des Fernsehers aufgedreht –, hörte sie seine Stimme, doch sie konnte die Worte nicht verstehen. Sie erhob sich vom Bett, um sich oben an die Treppe zu stellen, und sie hasste sich selbst dafür. Sie wollte hören, was er sagte, und er wollte wissen, was sie gesagt hatte; sie beide mussten wissen, was gesprochen wurde, aber miteinander hätten sie nicht geredet. Sie waren verheiratet, sie waren Mann und Frau, aber es gab Dinge, über die sie nicht sprechen konnten. Das Intrigenspiel war unreif, Highschoolniveau. Sie schlich hinunter, bis an den Fuß der Treppe, und noch immer konnte sie nicht verstehen, was gesprochen wurde. Er hatte das Kabel des Apparats entrollt, sodass es bis ins Esszimmer reichte. Sie sollte entweder direkt hineingehen oder es ganz bleiben lassen. Was tat sie da eigentlich, hinter der Tür? Sie stapfte geräuschvoll über den Wohnzimmerboden ins Esszimmer und schaltete im Vorbeigehen den Fernseher aus.

Daniel sah auf und funkelte sie an. Deena stützte die Hand in die Hüfte und funkelte zurück.

»Einen Augenblick«, sagte er zu Jill.

Er legte die Hand über die Sprechmuschel. »Würde es dir etwas ausmachen, mich einen Moment allein zu lassen?«

»Ja, es würde mir was ausmachen.«

Daniel nahm die Hand von der Muschel. »Ich kann jetzt nicht sprechen. Ich seh dich morgen im Büro.«

Er hängte auf. »Zufrieden?«, fragte er höhnisch und ging aus dem Zimmer.

Nein, sie war nicht zufrieden. Das hier war ihr Haus. Er benahm sich, als hätte er alles Recht auf Jill, als würden tagtäglich Ehemänner ihre Frauen bitten, sie allein zu lassen, während sie mit der anderen Frau plauderten.

Sie folgte ihm ins Wohnzimmer. »Gib's doch zu«, sagte sie. »Du bist verliebt in Jill.«

Er sah sie an. »Ich mag sie sehr. Ist das eine Sünde?«

Am anderen Tag rief Daniel sie im Büro an, um sie daran zu erinnern, dass sie am Abend Tanzkurs hatten. Deena verspürte keine Lust, mit ihm zu tanzen, von seinen untreuen Armen umfangen zu werden. Am liebsten hätte sie gesagt, geh doch mit Jill, das möchtest du doch. Aber sie sagte es nicht.

Sie standen einander gegenüber, warteten, bis die Musik einsetzte, und Daniel lächelte. Deena schluckte und würgte etwas hinunter. So ist es für Frauen, die ausharren. Sie sagen nichts. Sie nehmen hin und schlucken, und bald gibt es nichts mehr zu sagen. Aber sie hassen, und wie. Und dennoch harren sie aus. Irgendwie harren sie aus.

Die Musik setzte ein, und sie bewegten sich zusammen. Eins, zwei, drei, eins, zwei, drei. Daniel hob den Arm und tat einen Schritt zur Seite; steif vollführte Deena die Drehung. Die Wut machte sie steif – gut für ihre Tanzhaltung. Daniel kam wieder zurück in die Ausgangsstellung, und weiter ging es, eins, zwei, drei. Sie bewegten sich jetzt harmonisch, und wenn sie sich so bewegten, als Team, gehörten sie zusammen.

Nach dem Kurs gingen sie ins Kebab-Restaurant essen. Deena lehnte sich zurück, streckte ihre müden Beine aus und nippte an ihrem Glas. Ihr gegenüber nippte Daniel an seinem Glas. Er betrachtete sie auf seltsame Weise, kritisch, dachte Deena.

»Du solltest dir einen kurzen Lederrock zum Tanzen kaufen«, sagte er schließlich langsam.

»Ich hab gemeint, du magst keine kurzen Röcke«, sagte sie. »Und auch kein Leder.«

Er zuckte die Schultern. »War nur so eine Idee. Du könntest wenigstens einen anprobieren und mal sehen.«

Deena dachte, sie sehe klar genug. Jill besaß einen Lederrock.

Die Woche darauf, als Deena von der Arbeit zurückkam, brannte im Haus noch kein Licht, was ihr merkwürdig erschien. Gewöhnlich war Daniel vor ihr da. Auf dem Beantworter war eine Nachricht von seiner Mutter, die sagte, sie habe lange nichts von ihnen gehört und hoffe, dass alles in Ordnung sei.

Deena zog sich die Kleider zum Laufen an. Sie war schon am Morgen gelaufen, doch wenn sie jetzt nochmals ging, konnte sie am nächsten Tag länger schlafen.

Für die Bahn war es zu dunkel; sie lief auf den Schiefergehsteigen, und das hohle Geräusch ihrer Schritte klang wie das Klopfen an einem Grab, um die Toten zu wecken, Saul, der Samuel fragt, was der nächste Tag bringen werde.

Sie lief am alten weißen Bauernhaus vorbei, drehte eine Runde um den Häuserblock, kam zum alten viktorianischen Türmchenhaus, dann zu den Bahngleisen und zurück zur Straße mit dem alten knorrigen Baum. Sie lief an ihrem Haus vorbei und versuchte, es mit den Augen einer Passantin, nicht einer Besitzerin, zu sehen. Ein altes Walmdach aus den Zwanzigerjahren. Nur das Licht am Eingang brannte; Daniel war noch nicht zu Hause. Sie lief weiter, dann blieb sie stehen. Sie wusste genau, wo er war. Sie wusste, wo er war und mit wem. Sie wusste und war jetzt hellwach.

So fühlen wohl Propheten. Man weiß etwas mit solcher Gewissheit, dass man es spüren kann. Sie spürte, dass Daniel mit Jill auf ein paar Drinks gegangen war. Sie machte kehrt und rannte ins Haus. Sie war außer Atem, aber das kam nicht vom Laufen. Sie wählte die Nummer. Keine Antwort. Aber in seinem Büro war immer jemand, der länger arbeitete. Andrew oder einer der anderen Berater. Sie ließ das Telefon klingeln und klingeln. Irgendwann würde jemand abnehmen, sie würde erfahren, dass sie Recht hatte, würde es definitiv wissen.

Endlich nahm Andrew ab. »Daniel ist schon weg«, sagte er.

»Und warum sind Sie immer noch dort?«, wollte Deena wissen.

»Ich bin gerade am Zusammenpacken«, sagte er.

Sie konnte sein Zögern hören.

»Dann ist er also auf dem Heimweg?«, fragte sie.

»Ich weiß es nicht. Er ist mit ein paar Leuten essen gegangen. Er sagte, er komme noch vorbei.«

Deena zögerte. Sie hätte gern gefragt, ob Jill dabeisei, doch Andrew war es ohnehin schon peinlich. Er wusste etwas. Vermutlich wussten es alle im Büro, und das machte Deena wütend. Daniel könnte wenigstens diskret sein. Sie wollte auf keinen Fall als die Frau dastehen, deren Mann in die Sekretärin verknallt war. Das würde ihr nicht passieren. Eher würde sie nicht mehr seine Frau sein.

Sie hängte ein und drehte die Rolodex-Kartei, fand Jills Nummer und wählte. Keine Antwort. Wenn Jill mit Daniel zusammen war, wo war dann Ann?

Sie ging von Zimmer zu Zimmer. Sie besaßen dieses Haus; sie hatten es sich beide gewünscht. Sie hatten hart dafür gearbeitet. Sie hatten mühsam gespart, und jetzt, wo es ihnen besser ging, kam Daniel nicht nach Hause. Sie ging nach oben. Sie kam wieder herunter. Sie war rastlos. Sie würde weiter laufen.

Sie ließ die Tür unverschlossen und rannte schnell und verbissen die Straße hinauf, in den Park. Es war dunkel, doch heute brauchte sie die Gefahr. Ihr Herz hämmerte ohnehin schon. Sie lief auf die Bahn. Das war bereits ihre dritte Meile; sie würde noch eine vierte, vielleicht eine fünfte machen. Sie könnte für ewig weiterrennen. Sie spürte keinen Schmerz in den Beinen, nur etwas wie einen Stein in der Brust, etwas wie Heimweh, wie wenn man im Sommerlager war und die Mutter nicht anrufen konnte.

Sie lief im Kreis herum, das passte zu dem, was in ihrem Kopf vorging. Sie beschleunigte das Tempo und lief ohne Anstrengung, vollautomatisch. Sie lief und lief im Kreis, eine sitzen gelassene Frau. Sitzen gelassen. Ein Wort, das man las, aber nie brauchte. Sie erlebte das Wort. Beinahe siebenundzwanzig, erfuhr sie, wie man sich fühlt, wenn man sitzen gelassen wird, aber der Ausdruck war übertrieben, unwirklich. Zufällig. Wie sich verlieben oder entlieben.

Eine Stunde später rannte sie heimwärts, mit angespannten Muskeln und leerem Körper. So zu laufen, zu laufen, bis jeder Knochen schmerzte, bis kein Quäntchen Kraft mehr übrig blieb, war reinigend, wie ein Fasttag. Man interessierte sich für nichts als für das nächste Glas Wasser. Das letzte Stück ging sie. Daniel stand unter der Tür und hielt nach ihr Ausschau. Er folgte ihr in die Küche.

»Du bist wohl verrückt, so spät abends noch zu laufen. Noch fünf Minuten, und ich hätte die Polizei angerufen. Du warst auf der Bahn, nicht? Und die Tür hast du auch nicht abgeschlossen.«

Sie gab keine Antwort. Sie trank, und es war, als würde sie etwas in einen Rumpf ohne Hals hineingießen. Nach dem zweiten Glas machte sie eine Pause. Aber er war fertig, er hatte ausgeredet; jetzt steckte sein Kopf im Kühlschrank. Wenn man nach Fragen lange genug wartet, erübrigt sich eine Antwort.

Sie ging hinauf, um zu duschen.

Eine halbe Stunde später kam sie in einem seidenen Morgenrock wieder herunter, der Luxus von Seide ein Statement. Sie würde Gleichgültigkeit vortäuschen. Sie würde ihn nicht mit ihrem Wissen konfrontieren. Sie war zu müde.

Aus der Küche der Geruch von schmorendem Huhn. Er hatte noch nicht zu Abend gegessen. Er hatte nur ein paar Drinks gehabt. Es war kein Verbrechen, nach der Arbeit einzukehren. Auch sie ging manchmal auf ein Glas. Sie schob eine Platte in den CD-Spieler und drückte auf Play.

Eine Kerze und eine Flasche Wein standen auf dem Tisch. Was wollte er damit, seine Sünden sühnen?

»Essen wir im Esszimmer«, schlug sie vor. »So hören wir die Musik besser. Ich mache Spaghetti.«

»Das Huhn ist in zehn Minuten fertig«, sagte Daniel.

»Ich setze heißes Wasser auf.«

Eine Viertelstunde später war das Abendessen auf dem Tisch, aber sie war mehr durstig als hungrig. Sie trank ein paar Schlucke Wasser, dann Wein. Sie hörte der Musik zu. Wenn sie sich bis zur Erschöpfung verausgabte, war das, was folgte, besser. Um das Leben zu erfahren, musste man sich ausleben.

»Wie ist es Jill beim Vorsprechen ergangen?«, fragte Deena und brachte damit das Gespräch ausgerechnet auf das Thema, das sie sich vorgenommen hatte, nicht zu erwähnen.

Daniel gab bereitwillig, mit leuchtenden Augen Auskunft. Er wollte über Jill sprechen. »Sie hofft, dass man sie wenigstens anruft«, sagte er. »Bis jetzt hat sie nichts gehört.«

»Ist sie beunruhigt?«, fragte Deena.

Daniel nickte. »Aber sie hat keinen Grund dazu. Sie ist erst seit drei Monaten dabei und bereits besser als die meisten. Ihr Schauspiellehrer hat sie letzthin für ihren Monolog gelobt. Und vor der Jury muss sie ohnehin nur das können.«

»Sie ist jung«, sagte Deena. »Und jedes Vorsprechen ist Praxis.«

»Gutes Argument«, meinte Daniel. »Das solltest du ihr selbst sagen. Sie sieht zu dir auf; was du sagst, ist wichtig für sie. Ich glaube, sie muss einfach durchhalten. Man sagt, dass Durchhalten neunzig Prozent des Erfolgs ausmacht.«

Deena sah ihn an. Er glaubte an Jills Erfolg. Ihr eigener war ihm nie so wichtig gewesen. Aber es sind immer Fremde, die einen von der besten Seite kennen lernen.

Daniel musterte sie. »Woran denkst du?«

»An nichts«, sagte sie. »Ich höre zu. Wie ging's heute in der Arbeit?«

»Hektisch«, sagte er, »aber gut. Wir hatten ein Hardwareproblem, an dem sich die Techniker die Zähne ausbissen. Die haben stundenlang herumgedoktert, bis ich dann auf eine Softwarelösung gekommen bin. Wir haben da einige modifizierte Geräte, aber das ist eben die Gefahr: Sobald man an der Hardware herumbastelt, passen die Gerätetreiber nicht mehr, und alles läuft schief. Zuletzt haben wir entschieden, die Treiber ebenfalls zu modifizieren und – es funktionierte. Gott sei Dank.«

Deena, die nur mit halbem Ohr zuhörte, blickte ihm in die Augen und nickte. Sie hatte die Frage gestellt, also musste sie auch Interesse zeigen. Aber wenn er einmal beim Thema Computer war, hörte er nicht mehr auf. Er wechselte von einem Detail zum andern, verlor sich ins Uferlose und kam nie zum Anfang zurück. Sie musste sich einfach alle paar

Minuten neu einklinken, um dabeizubleiben, doch heute war sie nicht einmal dazu bereit.

Sie unterbrach ihn mitten im Satz. »Ich rufe Jill an, wenn du aufräumst«, sagte sie und schob ihren Stuhl zurück.

»Gemacht«, sagte er und ließ so ohne weiteres vom Thema ab, wie er damit begonnen hatte.

Sie langweilte ihn auch, das wusste sie. Er nannte ihr Büro eine Seifenoper. »Der und der oder die und die hat das oder jenes gesagt oder getan«, sagte er. »Ich kann nicht einmal die Namen auseinander halten. Todd und Ron und Sean. Gibt es in der Werbung keine Leute mit richtigen Namen?«

Sie schenkte sich noch ein Glas Wein ein, nahm es mit ins Wohnzimmer und machte es sich auf dem Sofa bequem. Sie war nicht in der Stimmung, sich mit Jill zu unterhalten, aber sie hatte sich bereit erklärt, sie anzurufen. Sie handelte immer gegen sich selbst, wie um sich zu bestrafen.

»Hallo!«, sagte Jill einfach, wie wenn nichts wäre.

»Ich liege hier, mit einem Glas Wein in der Hand und könnte eine Fußmassage gebrauchen. Ich habe einen langen Lauf gemacht.«

»Ich beneide dich«, sagte Jill. »Ich bin so spät nach Hause gekommen, dass ich nicht mehr laufen gehen konnte, und das ist wirklich dumm. So komme ich nie in Form. Und es hat überhaupt keinen Sinn, dass ich hier bin. New York City sollte mich doch eigentlich anregen.«

Sie sagte nicht, warum sie das Laufen verpasst hatte, und Deena, die mehr wusste, als ihr mitgeteilt wurde, empfand wieder diese messerscharfe Klarheit, wie ein Adrenalinstoß bei Gefahr.

»Wie viele Meilen?«, fragte Jill.

»Sechs«, erwiderte Deena.

»Ich muss morgen zweimal laufen«, sagte Jill. »Wir sollten einmal zusammen gehen. Nach der Arbeit oder am Wochenende.«

»Du könntest auch hierher kommen«, sagte Deena zögernd. Sie hatte sich schon oft gewünscht, mit jemanden gemeinsam zu laufen, aber warum musste es ausgerechnet Jill sein? Jill, Jill, Jill, überall Jill.

»Wir können ja abwechseln«, erwiderte Jill. »Diesen Sonntag hier, den nächsten dort.«

»Klingt gut«, sagte Deena. Sie unterbrach sich, um einen Schluck zu nehmen. Nach dem Laufen waren Wein und Kaffee die zwei unbekömmlichsten Getränke, aber sie schmeckten fantastisch.

»Daniel sagt, dass du durcheinander bist wegen dem Vorsprechen«, meinte Deena, der plötzlich einfiel, warum sie überhaupt angerufen hatte.

»Und wie!«, sagte Jill. »Es ist beschissen. Ich glaube langsam, ich sollte für den Teil ›Besondere Begabung‹ gescheiter bei Aerobictanz bleiben. Vielleicht ist das das Einzige, was ich richtig kann.«

»Das glaub ich nicht«, erwiderte Deena. »Aerobic kann jeder. Ein guter Monolog ist die viel größere Leistung. Auch wenn du's nicht ganz perfekt hinkriegst, so beweist es doch einen besonderen Einsatz. Das zählt bestimmt auch.«

»Wahrscheinlich hast du Recht, aber ich glaube nicht, dass ich auf diesem Gebiet sehr begabt bin, und dieser Teil zählt für die Vorprüfung vierzig Prozent. Ich weiß nicht, was ich falsch mache. Es schien alles zu klappen. Ich war sicher, dass ich es intus hatte. Und dieser Schauspielunterricht ist so teuer.«

»Aber wenn du gewinnst, musst du dir über all das keine Sorgen mehr machen. Dann bekommst du Stipendien und kannst dir deine Schauspielschule auswählen. Im Moment musst du dich ganz aufs Gewinnen konzentrieren. Die Jury erwartet keine Schauspielerin mit Shakespeare-Erfahrung. Was für einen Monolog studierst du eigentlich ein?«

»Ich arbeite an verschiedenen. Mein Agent hat mir geraten, etwas Südstaatliches zu nehmen, deshalb versuche ich es mit etwas von Scarlett O'Hara. Auch mit einer kurzen Passage aus *Die Katze auf dem heißen Blechdach.*«

»Das ist interessant«, sagte Deena. »Dann kandidierst du für North Carolina, nicht für New York. Daran hatte ich gar nicht gedacht.«

Sie zog an ihren Zehen. Sie mussten gestreckt werden, nach so viel Krampf, zuerst in normalen, dann in Laufschuhen. Wenn Beine und Arme gestreckt werden mussten, warum nicht auch Zehen? Sie rieb an der rauen Haut ihrer Fußsohlen, hörte dabei mit halbem Ohr zu.

»Es ist ein langer Prozess«, sagte Jill, »und ich bin eine so genannte Spätzünderin. Ich muss erst mal bei einer Bezirksvorausscheidung mitmachen. Wenn ich gewinne, werde ich für die Vorausscheidung im Staat gesponsert; erst dann sponsert mich der Staat für die Teilnahme auf nationaler Ebene. Ein paar erste Ränge von Kleinstadtkonkurrenzen habe ich bereits in der Tasche, das ist von Vorteil. Aber ich muss mich sehr bald entscheiden, wo ich mich anmelden will, und davon hängt dann ab, ob ich in New York bleibe oder nicht.«

Deena überlegte. Wenn Jill zurück nach North Carolina

zog, was dann? Würde alles wieder sein wie vorher? Und wenn sie hier blieb?

Daniel erschien in der Tür. Er stand da und trocknete sich die Hände an einem Geschirrtuch ab, brannte darauf, mit Jill zu sprechen, und Deena wusste, dass sie dies nie vergessen würde. Selbst wenn Jill wieder wegzog und das Ganze sich legte, gewisse Dinge vergisst man nie.

»Da kommt Daniel«, sagte sie.

Sie liefen zusammen im Central Park. Jill trug rosafarbene Leggings mit leuchtend blauen Seitenstreifen, ein passendes Oberteil mit Reißverschluss und eine dazu gehörige Jacke – ein Outfit. Ihr Haar sah so wie immer aus, gelockt und füllig; es war nicht zusammengebunden. Sie hielt auch da Disziplin. Sie bemühte sich, gut auszusehen, und dieses Mühen unterschied sie von andern. Deena glaubte, dass sie Erfolg haben würde, wenn nicht als Miss Amerika, dann als etwas anderes. Was sie selbst betraf, war sich Deena nicht so sicher. Sie strengte sich zu wenig an. Sie hatte sich angezogen und das Haar gerichtet, ohne dabei in den Spiegel zu schauen. Nicht etwa, weil es sie nicht interessierte, wie sie aussah. Es war etwas anderes. Sie war nicht mit dem Bewusstsein aufgewachsen, dass die äußere Erscheinung eine Rolle spielt. Sie behandelte sich selbst nicht so, als verdiene sie das Beste. Wenn schon, neigte sie zu Bestrafung. Offenbar gab es Frauen, die waren Göttinnen auf Podesten, und daneben gab es die anderen: sie und ihre Mutter und vor ihr die Großmütter – Frauen, dazu geboren, Ehefrauen und Mütter zu sein. Man brachte ihnen den Kaffee nicht ans Bett, weil sie vor allen anderen aus dem Bett und auf den Beinen waren. Sie machten Betten, wuschen Kleider und Geschirr, und Wäschekorb und Spülbecken füllten sich wieder, noch bevor sie ganz leer waren. Die Männer mussten zu essen haben. Die Kinder konnten nicht ohne Frühstück zur Schule geschickt werden. Das war Arbeit, und jemand musste sie verrichten. So waren die Frauen, die sie geboren hatten, und sie war dazu bestimmt, wie sie zu sein.

Jill hatte einen Kaugummi im Mund. »Hallo!«, sagte sie und machte eine rosafarbene Blase.

Deena lachte.

»Willst einen?«, fragte Jill und hielt ihr das Päckchen hin.

Deena schüttelte den Kopf. »Nein, danke.«

Jill zuckte die Achseln und wickelte den Kaugummi aus dem Papier, schob ihn zu dem Klumpen, den sie bereits im Mund hatte, und ein Duft von Zimt breitete sich aus.

Deena hatte plötzlich ein schales Gefühl im Mund. Warum keinen Kaugummi? Warum nicht genießen, was ihr angeboten wurde? Von nun an wollte sie ja sagen. Das Wort *nein* tilgen. Jill kannte das wichtigste Wort der englischen Sprache. Sie kannte das Wort *yes.*

»Ich glaub, ich nehme doch einen«, sagte Deena.

Jill lächelte und hielt ihr das Päckchen hin. »Nimm zwei«, sagte sie, »sonst hast du das Gefühl, zu wenig im Mund zu haben.«

Deena zögerte.

»Keine Sorge. Ich habe gestern Abend eine Jumbopackung gekauft. Ann und ich haben letzthin ausgerechnet, dass ich im Durchschnitt auf einen Kaugummi pro Meile komme.«

Deena lachte. »Bei dem Verbrauch hast du am Schluss

einen Klumpen von fünf bis sechs Stück im Mund. Das muss ja Riesenballons geben.«

Sie packte ihre beiden Kaugummis aus und schob sie in den Mund. Würziger Zimtgeschmack. Seit ihrer Highschoolzeit hatte sie keinen Kaugummi mehr gekaut, und damals auch nur, weil die Rektorin der Schule gedroht hatte, dass jedes Mädchen, das mit einem Kaugummi im Mund erwischt werde, von der Schule fliege. Eine widerliche, unschickliche Angewohnheit, hatte sie gepredigt, etwas, was vielleicht Reformjüdinnen oder Schicksen machen, auf der Straße ständig kauen, wie Kühe, die wiederkäuen. Die Rektorin hatte auch ihre Zweifel, dass der Kaugummi koscher war, jedenfalls hatte sie noch nie etwas von koscherem Kaugummi gehört.

Daraufhin planten selbst Mädchen, die sich zuvor nie etwas aus Kaugummi gemacht hatten, heimliche Kaugummitreffs.

Deena und Jill kamen jetzt auf den Rundkurs. Vor und hinter ihnen gingen Leute, liefen oder fuhren Rad. Deenas Augen schweiften umher. Es gab so viel zu sehen. Das Laufen hier war mehr als nur Laufen. Man konnte promenieren, sich Leute angucken. Sie kamen am Metropolitan Museum vorbei, an der Guggenheim-Schnecke, dann am International Center for Photography.

»Ist das dein normales Tempo«, fragte Deena, besorgt, dass Jill mit ihren langen Beinen vielleicht lieber längere Schritte gemacht hätte.

Jill nickte. »Ist es für dich auch gut so? Ich hatte Angst, dass du schneller läufst, weil du kleiner bist.«

Deena lachte, und der Kaugummiklumpen rutschte ihr in den Hals. Sie würgte und hustete und musste anhalten. Jill sah sie besorgt an. Sie klopfte Deena auf den Rücken. Doch der Kaugummi war bereits in ihrem Magen, ein Stein.

»Es geht schon«, sagte sie mit krächzender Stimme.

»Bist du sicher?«, fragte Jill.

Deena nickte. »Es tat weh, aber jetzt geht es. Wir können weiterlaufen.«

»Wollen wir die nächsten paar Minuten gehen?«, schlug Jill vor.

»Ist dir das schon jemals passiert?«, fragte Deena.

Jill schüttelte den Kopf und packte noch einen Kaugummi aus. In ihren Mund gehörten sechs Stück.

MÄRZ

Daniel hielt sich bei einer Tagung in Nashville auf, und Deena war allein. Sie wurde von einer Melodie der Supremes geweckt. »Stop, in the name of…« – so drang es durch die Doppelfenster, wurde leiser und verhallte dann. Deena lag im Bett und hörte die Worte, die fehlten. Sie könnte die Stereoanlage einschalten und den Song fertig abspielen, wenn sie wollte. Sie könnte sich das ganze Album anhören. Es war Samstag; sie hatte keine Besorgungen eingeplant; sie konnte tun und lassen, was sie wollte. Sie musste auf niemanden Rücksicht nehmen. Aber sie mochte noch nicht aufstehen. Sie wollte diesen Augenblick, diesen Tag genießen. Sie lag da und horchte auf die Geräusche des Hauses: auf das Ächzen des Boilers im Keller, auf den Wind, der um die scharfen Ecken des Hauses blies. Dann das dumpfe Aufschlagen der Zeitung auf der Haustreppe. Eine Gittertür ging auf und zu. Morgengeräusche. Der Morgen eines Tages, der ganz ihr gehörte. Sie lag alle viere von sich gestreckt unter der Decke, wollte beide Betten zugleich in Beschlag nehmen. Es war warm, sie fühlte sich wohl. Wenn sie sich nicht bewegte, konnte sie dann diese Momente des Aufwachens hinauszögern, sie anhalten? Aber sie gingen vorbei, die ersten waren schon vergangen; es half nichts, dass sie im Bett liegen blieb. Man konnte in der morgendlichen Stille bereits das

Anschwellen des Verkehrslärms zum normalen täglichen Brummen hören, und das würde so bleiben bis Mitternacht, bis Dunkelheit und Uhrzeit wieder eine Ruhe einkehren ließen. Was wollte sie an diesem grauen, kalten Tag als Erstes tun?

Am Waschbecken im Badezimmer putzte sie sich langsam die Zähne, konzentrierte sich auf jeden einzelnen Zahn. Heute wollte sie alles gemächlich tun. Niemand wartete darauf, dass sie aus dem Bad kam. Sie hatte genug Zeit, um richtig und gründlich zu bürsten, kräftig und mit kreisenden Bewegungen, immer rundherum, so wie man einen Teller wäscht. Zähne sind nichts anderes, hatte ihr Zahnarzt gesagt. Sie sind Gestein, Geologie, was vom Cromagnonmenschen übrig geblieben ist. Sie mussten mit im Grunde genommen primitiven Werkzeugen gescheuert, gereinigt, gebohrt und gefüllt werden. Zahnärzte pickelten an Steinen herum.

Daniels Mutter, die mit dreiundzwanzig Jahren bei einem Sturz ihre Backenzähne verloren hatte, waren sogleich zwei neue nachgewachsen.

»Etwas Außerordentliches bei Menschen«, meinte der Zahnarzt. »Gewöhnlich können nur Tiere mehr als einen Satz zweite Zähne bekommen.«

Deena war überzeugt: Wenn sie ihre Zähne verlöre, das wär's dann wohl gewesen; keine neuen Zähne mehr. Sie waren ohnehin schon schlecht; bei der geringsten Belastung bröckelte die Oberfläche ab. Ihr Mund war bereits voller Metallfüllungen, obwohl sie zeitlebens harte Brezeln, Bonbons und Kaugummi gemieden hatte.

Daniels Zähne waren wie die seiner Mutter, zu lang und zu dicht beieinander, sie stießen gegeneinander und standen übereinander. Zähne eines Fleischfressers. Und sie war mit diesem Mann verheiratet. Aber es war gut, wenn zum Schwachen gegensätzliche Gene kamen. Kleine sollten Große heiraten, Schwache Starke. Und dennoch, wenn er am Morgen aus der Dusche kam und ihm die nassen schwarzen Haare an den Beinen klebten, sah er manchmal wie ein Gorilla aus.

Sie warf einen Morgenrock über und ging hinunter. Ihre Hand fuhr über das glatte Holz des dunklen Geländers, der Morgenrock streifte die Stufen. Es würde ihr nichts ausmachen, allein hier zu wohnen, als alte Jungfer. Sie ging den langen Weg durch das Wohnzimmer, das Esszimmer, die Speisekammer in die Küche. Die Stille, die Kühle und die Geräumigkeit des Hauses waren ideal. Sie wollte das nicht mit Musik zerstören. Sie würde in diesem stillen, leeren Haus die Zeitung lesen.

Sie ging zurück ins Wohnzimmer, über die kalte Veranda und zur Haustür. Die Plastikhülle war bereits mit Frost überzogen. Sie schüttelte das Eis ab, nahm die Zeitung mit in die Küche und tat, was in diesem Augenblick Tausende taten. Ließe sich Heiligkeit in Zahlen ausdrücken, dann wäre die *New York Times* sakral, ein Gebetbuch. Sie las die Zeitung jeden Morgen, nahm ihre Rhythmen und Kadenzen auf, die Pyramidenstruktur der Berichterstattung: zuerst die Fakten, die zogen, dann die weniger wichtigen Fakten, dann die notwendigen Einzelheiten, gefolgt von den weniger notwendigen und weiter bis zur vollständigen Story. Jeder Satz enthielt genug Informationen, um den Leser zum nächsten Satz zu leiten, und auch genug, um weiterführendes Lesen unnötig zu machen.

Deena saß mit Kaffee und Zeitung da, ein Stück Vormittag ohne Tagesprogramm, niemand, der sie unterbrach und fragte, was zu tun sei. Es gab nichts zu tun. Sie hatte unendlich viel Zeit.

Sie räusperte sich, um ihre Stimme zu hören. Sie blickte zum Telefon. Nein, sie würde niemanden anrufen. Sie würde einen Tag der Stille verbringen. Da sie als eines von sechs Kindern in einer lauten achtköpfigen Familie aufgewachsen war, in der jeder von jedem alles wusste und es nichts Privates gab, hatte sie sich immer Ruhe gewünscht. Im College liebte sie die Stille der frühen Morgenstunden im Studentenwohnheim; an den Nachmittagen ging sie in die Bibliothek. In den Hörsälen, vor Beginn der Vorlesungen, herrschte eine andere Art von Stille. Man hörte das Rascheln von Zeitungspapier, das Geräusch von durch Trinkhalme eingesogenem Coca-Cola, vereinzeltes Hüsteln, aber nicht das gemütliche Geplauder von Leuten, die sich kennen. Ihr Leben wurde je länger desto stiller. Wohin führte das noch?

Allein im Haus, hörte sie, wie das Wasser langsam zum Sieden kam, dann das Brodeln des Kaffees. Sie hörte ihre eigenen Geräusche, ihr Atmen, das Knurren ihres Magens. Sie las, während sie aß. Nach einem frühen Mittagessen ging sie laufen. Es war kalt draußen, zu kalt, um sich in die Stadt zu wagen. Außerdem hielt sie sich jeden Tag in der Stadt auf. Heute wollte sie zu Hause bleiben. Sie würde ein Feuer anschüren und vor dem Kamin zu Abend essen. Aber dazu musste sie Holz spalten.

Sie holte Axt und Keil aus dem Keller. Sie hatte oft genug zugesehen, wie Daniel es machte. Das konnte sie auch. Das Entscheidende war, wo man den Keil ansetzte. Sie betrachtete den Holzklotz, suchte die Mitte, hob langsam die Axt, ließ sie fallen und hörte, wie das Holz nachgab. Sie hob erneut die Axt und schlug zu, und diesmal spaltete sich der Klotz, aber nicht sauber. Sie hielt ein, um die Jacke auszuziehen. Jetzt mussten die Hälften in Viertel geteilt werden. Sie setzte den Keil zuerst an einem Ende, dann am anderen an, und es funktionierte; das Holz war gleichmäßiger gespalten.

Sie schwitzte und zog den Pullover aus. Draußen war es zwanzig unter Null, und sie schwitzte in einem baumwollenen T-Shirt. Sie hob die Axt von neuem, die Muskeln ihrer Arme spannten sich. Jeden Tag Holz spalten, und sie würde bald wie Paul Bunyan aussehen, der riesenhafte Holzfäller aus der Sage. Sie hieb mit der Axt auf die andere Hälfte des Klotzes, traf dabei fast ihre Zehe und wusste nun, dass sie auf ihre Füße Acht geben musste. Wenn sie nicht aufpasste, würde sie am Ende ohne Zehen und mit der Gewissheit dastehen, dass es einen Gott gibt und dass es ihm nicht gleichgültig ist, was man am siebten Tag tut. Am Sabbat Holz zu spalten war eine Sünde, wie sie im Buche steht. Gleich würde ein Blitzstrahl niedergehen oder die Erde sich auftun und sie verschlingen.

Sie machte weiter, vorsichtiger nun. Sie spaltete noch zwei Klötze, viertelte sie und hatte für die nächsten drei Abende Holz genug.

Sie trug die Scheite ins Haus, stellte drei zu einer Pyramide auf, stopfte Zeitungspapier darunter und legte Anmachholz obendrauf, dann entfachte sie das Feuer. Sie schürte und stocherte herum, bis das Holz gut brannte.

Draußen ging der Tag in die Dämmerung über. Ein ganzer Tag war vergangen, und sie hatte weder jemanden gesehen noch mit jemandem gesprochen. Sie suchte sich Musik für den Abend aus, Platten, die Daniel nie hören wollte. Steeleye Span. Den neuen Vollenweider, den ihr Karen gegeben hatte. In der Küche wärmte sie sich eine Erbsensuppe aus der Büchse und aß sie vor dem Feuer, den Rücken gegen das Sofa gelehnt, ein Glas Rotwein neben sich. Aber sie war hellwach, voller Energie, wollte etwas tun. Der Schrankraum. Sie könnte die Axt benutzen, um ihn niederzureißen. Zuerst würde sie die Umzugsschränke aus Pappe im Dachboden wieder zusammensetzen und alle ihre Kleider umhängen. Sie drehte die Musik auf und trug das Glas und die Flasche in den oberen Stock. Sie war auf halbem Weg die Treppe hinauf, als das Telefon klingelte.

Es war Daniel, und er klang niedergeschlagen.

»Was ist?«, fragte Deena.

»Ich langweile mich«, sagte er. »Gestern habe ich bis am Abend wie ein Wahnsinniger gearbeitet. Heute bin ich fast den ganzen Tag auf dem Zimmer geblieben. Jill und Pat sind eine Weile hier gewesen. Sie haben Bier mitgebracht.«

»Warum hast du dich nicht in die Sonne gesetzt? Hier ist es zwanzig unter Null.«

»Ich bin doch nicht im Urlaub! Die andern haben hart gearbeitet. Ich wurde aus religiösen Gründen dispensiert, und es erschien mir unpassend, mich einfach in die Sonne zu legen.«

»Und wo sind sie jetzt alle?«

»Sie sind in ein Hummerrestaurant essen gegangen. Ich habe in meinem Zimmer gegessen.«

»Du hättest doch mitgehen und einen Salat bestellen können. Warum musst du immer den Märtyrer spielen?«

»Ich hab dir doch schon erklärt, ein bisschen koscher ist

nicht koscher. Außerdem hat sich das Hotel sogar die Mühe gemacht, mir koschere Mahlzeiten zu besorgen. Die kann ich ja wohl nicht gut stehen lassen. Ich treff mich mit den anderen zu einem Drink in der Hotelhalle.«

»Gut, geh auf einen Drink. Kopf hoch.«

Sie begann mit ihren eigenen Kleidern, trug Berge ineinander verhedderter Kleiderbügel nach oben. Warum besaß sie so viel? Mehr als die Hälfte war ungetragen. Daniels Seite des Schrankraums sah vernünftig aus. Er besaß sechs Anzüge für die Arbeit, einige besser als andere, und ein Dutzend weißer Baumwollhemden. Und für die Freizeit Jeans, T-Shirts und Pullover. Könnten Frauen es sich auch so einfach machen?

Nach halb eins war der Schrankraum endlich leer, und sie war müde. Ihre Schultern schmerzten. Mit dem Niederreißen würde sie morgen früh beginnen. Sie ging zu Bett.

Um sieben Uhr morgens war das Zimmer voller Gipsstaub. Deena öffnete das Fenster und fuhr fort, Sperrholzplatten und Lattenwerk wegzuschlagen. Sie hätte auf dem Sofa sitzen oder liegen und lesen oder, noch besser, gleich im Bett bleiben können. Aber sie hatte nun einmal mit der Sache begonnen und musste sie zu Ende führen.

Um zehn Uhr waren die Wände weg, und es blieb nur noch das Gerüst. Sie schritt hindurch, von Schrankraum zu Schrankraum und wieder zurück ins Zimmer, das jetzt mit seinen wiedergewonnenen ursprünglichen Ausmaßen wie ein richtiges Zimmer aussah. Selbst an diesem grauen Tag machte das zusätzliche Fenster einen Unterschied.

Sie ging nach unten. Es war erst zehn Uhr, aber sie hatte

Hunger. Sie aß ein Sandwich, überflog die Zeitung, und immer noch war es erst elf. Der Tag würde ewig dauern. Wenn sie allein war, schien jede Stunde ganz ausgefüllt. Mit Daniel dauerte es länger, allein schon, bis etwas in Gang kam. Länger, um Entscheidungen zu treffen. Alles dauerte länger, länger, länger.

Nach dem Mittagessen füllte sie fünf Kehrichtsäcke und begutachtete dann das Holzgerüst. Wenn sie weitermachte, hätte sie die Befriedigung, das Ganze zu Ende geführt zu haben. Sie stand da, das Brecheisen in der Hand, zögernd. Schätzt man eine Arbeit ein, nimmt man nur ihre Oberfläche wahr. Packt man sie dann an, versinkt man bis zu den Knien darin und kann das Ende nicht absehen. Man greift sich an den Kopf; man bereut; man arbeitet weiter, und immer noch ist kein Ende abzusehen. Wenn man Glück hat, kann man in dieser ganzen Tyrannei einen gewissen Sinn erkennen. Man macht weiter, die Arbeit dauert und dauert, man muss sich damit abfinden, bis in alle Ewigkeit damit beschäftigt zu sein. Und wenn man sich einmal damit abgefunden hat, wenn man sich nicht mehr um Termine und Ziele schert und es keine Rolle spielt, ob man je damit fertig wird, dann ist es plötzlich so weit. Man betrachtet die getane Arbeit und fragt sich, warum man nicht schon immer gesehen hat, dass etwas Gutes dabei herauskommen würde. Das nächste Mal wüsste man es. Man würde sich daran erinnern. Man würde sich daran erinnern, dass man nur daran glauben muss.

Sie ging auf die Knie. Sie schmerzten. Sie zwängte das flache Ende des Brecheisens unter das Holz, wuchtete es hoch und hörte das befriedigende Krachen, als es nachgab. Sie zog die Nägel heraus. Wenn einmal ein Balken entfernt war, würden auch die andern nachgeben. Doch als sie es beim nächsten versuchte, saß dieser fest. Sie ging zum übernächsten, stellte sich auf das Brecheisen, um ihn loszustemmen, und er löste sich tatsächlich, riss dabei aber ein Stück Boden heraus. Sie brachte etwas in Ordnung, beschädigte dabei aber etwas anderes.

Sie nahm sich den nächsten Nagel vor und arbeitete jetzt sorgfältiger. Sie stemmte einen weiteren Zehnerbalken los und entdeckte, dass die Dielen darunter wegen des Schrankraums entfernt worden waren. Noch so ein vertracktes Problem. Sie mussten alte Dielen finden, um die fehlenden zu ersetzen. Das würde weder einfach noch billig sein.

Am späten Nachmittag klingelte das Telefon. Daniel? Er hatte sich den ganzen Tag nicht gemeldet, und sie hatte schon mit dem Gedanken gespielt, ihn anzurufen.

Es war Daniels Mutter.

»Ich sorge mich, wenn du so ganz allein im Haus bist. Wärst du doch übers Wochenende zu uns gekommen. Hätte ich früher gewusst, dass Daniel das ganze Wochenende weg bleibt, hätte ich darauf bestanden.«

»Mir ging's prima allein. Ich hab einen erholsamen Tag gehabt und vor allem gelesen und geschlafen.«

»Fühlst du dich nicht einsam? Und noch dazu ist es zu kalt, um rauszugehen. Ich bin den ganzen Tag mit einer Strickjacke und einer Decke im Haus geblieben.«

»Versuch's mit Holz spalten. Ich kam sogar kurzärmlig ins Schwitzen.«

»Holz spalten?«, sagte Mrs. B. erstaunt, »Du bist mutig. Und stark. Gib Acht, meine Liebe.«

Bevor Deena zu Bett ging, wählte sie die Nummer von Daniels Zimmer, aber niemand antwortete, und sie hinterließ keine Nachricht. Vermutlich begann er gerade, sich ein wenig zu amüsieren.

Am Montagmorgen rief Daniel an, als sie eben aus dem Haus zur Arbeit gehen wollte. Seine Stimme klang seltsam aufgeregt. Er begann, etwas von Zimmern zu erzählen, und Deena, die zum dritten Mal die Schuhe wechselte und auf die Uhr blickte, hatte Mühe, ihm zu folgen.

»Pat und Jill haben sich eins geteilt?«, fragte sie. »Kann sich deine Firma keine Einzelzimmer leisten?«

»Das war die Abmachung«, erklärte Daniel. »Jill durfte nur mitkommen, wenn sie das Zimmer mit jemandem teilte.«

»Und warum hatte sie denn keinen eigenen Schlüssel?«, fragte Deena. »Wie konnte sie denn ausgesperrt werden?«

»Ich weiß es nicht«, erwiderte Daniel. »Es passierte einfach. Jedenfalls war ich die ganze Nacht auf. Ich bin müde.«

»Aber du klingst besser als gestern. Es scheint dir zu gefallen.«

»Tut es. Wir haben alle zu viel getrunken und zu lange getanzt.«

»Und wie geht's mit den Präsentationen?«

»Ganz gut. Gestern gab's ein paar kleinere Schwierigkeiten, aber im Ganzen ging's gut. Joe bekommt gutes Feedback. Ich bin so müde, und unten erwarten sie mich in zehn Minuten.«

»Trink Kaffee. Ich muss gehen. Ich war schon spät dran, als du angerufen hast, jetzt ist es noch später.«

Er rief am Nachmittag nochmals an, und wieder war dieser Klang in seiner Stimme: Erregung und Angst. Warum war er so aufgekratzt? Wegen der Arbeit sicher nicht. Wieder sprach er von den Zimmern. Pat sei wütend.

»Aber warum ist Pat denn so wütend?«, fragte Deena. »Was ist passiert?«

»Nichts ist passiert. Aber ich muss jetzt sowieso gehen. Ich ruf dich später an.«

Sie stand da, den Hörer in der Hand, bis sie den Summton hörte. Etwas war vorgefallen. Er hatte sie angerufen, um es ihr zu sagen. Er mit Jill. Das war vorgefallen. Er sagte es ihr, aber nicht direkt. Wie war es schließlich so weit gekommen; wessen Kopf näherte sich zuerst dem andern? Sie sah die Bewegung, und dann nichts mehr. Sie konnte die zwei nicht enger zusammenbringen. Sie versuchte, vom Ende her anzufangen: die beiden auf dem großen Hotelbett. Nackt? Sie versuchte es wieder mit dem Anfang, mit Drinks und Tanzen. Jill legte die Arme um Daniels Hals. Daniels Arme umfingen ihre Taille. Ihre Blicke trafen sich, Daniel sah auf Jills halb geöffnete Lippen…

Sie dachte nicht weiter. Warum wollte sie eigentlich mehr wissen? Sie brauchte es gar nicht zu wissen. Er hätte nichts sagen sollen. Konnte er kein Geheimnis für sich behalten? Er war völlig unbedarft; er wollte sie bei jedem Schritt bei sich haben, wollte, dass sie ihn anleitete und ihm im rechten Moment sagte: nur zu. Sie verachtete diese Schwäche von ihm, sein Bedürfnis zu reden.

Abends zu Hause ging sie die Treppe hinauf und hinunter, ließ das Telefon nicht aus den Augen. Wenn sie nichts wissen wollte, warum wartete sie dann auf seinen Anruf? Sie zog den Stecker heraus. Es würde ihr gleichgültig sein. Sie hatte die beiden bisher nicht aufgehalten, warum jetzt? Aber sie konnte nicht stillsitzen. Sie konnte nichts essen. Oben betrachtete sie, was vom Schrankraum übrig geblieben war, was sie noch nicht beseitigt hatte. Sie stieß ein Brecheisen unter den widerspenstigen Balken und riss daran. Der Balken hob sich, und mit ihm löste sich auch der Bodenbelag. Es war ihr jetzt egal. Sie stieß das Brecheisen weiter und weiter vor. Das Holz splitterte und krachte, doch es löste sich. Das befriedigte. Sie riss noch einen Balken heraus und auch den nächsten. Das Geräusch des Splitterns spornte sie an. Sie tat etwas; sie konnte allein arbeiten. Sie konnte alles auseinander reißen, das ganze Haus, wenn sie es wollte.

Um zehn Uhr hörte sie auf. Sie ging hinunter und schenkte sich ein Glas Wein ein. Er versuchte vermutlich, sie anzurufen. Sollte er doch. »Wo warst du?«, würde er wissen wollen. »Und warum war der Beantworter ausgeschaltet?« Fragen. Dabei müsste ja eigentlich sie die Fragen stellen.

Ihr Blick fiel auf den kalten Kamin. Sie war nicht in der Stimmung, ein Feuer anzuzünden. Was wollte sie? Nichts. Es gab auf dieser Welt nichts, was sie wollte. Doch, es gab etwas. Sie wollte ihre Mutter und ihren Vater. Aber sie hatte Daniel geheiratet.

Er rief sie am nächsten Tag im Büro an. »Ich komme mit einem früheren Flug«, sagte er. »Ich nehme am Flughafen ein Taxi und leg mich dann gleich schlafen. Ich bin so müde.«

Ist mir doch egal, hätte Deena am liebsten gesagt, wagte es aber nicht. Und als sie nach Hause kam und Daniel nicht da war, war es ihr überhaupt nicht egal. »Schlafen? Dass ich nicht lache!«, sagte sie.

Auf ihrem Kopfkissen lag ein Geschenk: eine Miniatur-Südstaatenschönheit mit einem Strohhut. Wollte er ihr damit etwas sagen? Sie mochte die Puppe nicht berühren, doch sie sollte auch nicht bleiben, wo sie war. Sie schob sie auf Daniels Kissen hinüber. Dann ging sie zum Laufen.

Sie lief jetzt täglich, keine freien Tage. Sie rannte zu einem Zweck, mit einem Ziel, und ihr Körper sprach darauf an. Sie wurde allmählich schlanker und kräftiger. Das war Heilung für alles. Ein von Überflüssigem befreiter Körper, ein Körper, in dem man ohne Scham leben konnte, machte vieles wett. Sie schied Schlacke aus, wurde, gleich einer Skulptur, aller Rückstände ledig.

Sie lief, versuchte Tempo herauszuholen, sich zu steigern. Ohne die Steigerung glich ein Lauf dem nächsten, der Lauf von gestern wurde zu dem von heute und dem von morgen, ein einziger langer Lauf. Wenn sie nicht eine zusätzliche Meile lief oder eine schnellere, war es kein Kämpfen, nichts Besonderes, war nichts gewonnen. Sie hängte eine Meile dran, dann machte sie sich auf den Nachhauseweg.

Das Haus war immer noch dunkel. Auf dem Beantworter keine Nachrichten. Oben zwei starre Puppenaugen. Sie drehte die Puppe aufs Gesicht, setzte sich aufs Bett. Sie band ihre Laufschuhe auf, zog ihre feuchten Socken aus und rieb sich die beiden großen Zehen, die schmerzten.

Als sie Daniel an der Tür hörte, eilte sie unter die Dusche. Sie wusste nicht, ob sie ihn sehen wollte oder nicht. Sie hatte Angst davor. Was würde er sagen? Sie blieb so lange wie nur möglich unter dem Wasserstrahl, dann zog sie sich langsam an. Er kam nicht nach oben. Hatte auch er Angst?

Als sie nach unten ging, telefonierte er. Sie horchte. Jill.

»Kann nicht eine Minute ohne sie sein«, sagte Deena und verschwand in der Küche.

»Was hast du gesagt?«, fragte er. »Komm her.«

»Komm du doch«, murmelte sie vor sich hin. Jetzt hatte sie seine Aufmerksamkeit.

»Ich muss jetzt aufhören«, sagte er mit gedämpfter Stimme.

Sie machte sich daran, Brot zu toasten. Sie würde sich zum Abendessen ein Tunfischsandwich zubereiten. Er konnte für sich selbst sorgen.

Er sprach immer noch mit der gleichen Stimme; dann hängte er ein. Er kam in die Küche und schaute ihr über die Schulter.

»Ich bin nicht hungrig«, sagte er.

Es war leichtsinnig von ihm, ihr so nahe zu kommen. Sie hatte ein Messer in der Hand. Sie könnte ihn verletzen. Sie drehte sich um und wollte in das schuldbewusste Gesicht eines untreuen Ehemanns sehen. Es war braun, es war gleich und doch anders. Er war jemand anders. Er gehörte nicht zu ihr.

»Was habe ich verbrochen?«, fragte er. »Ich bin eben erst nach Hause gekommen.«

»Du weißt besser als ich, was du verbrochen hast.«

»Ich weiß nicht, wovon du sprichst. Hast du gesehen, was ich dir mitgebracht habe?«

»Ja«, sagte Deena. »War es Jills Idee?«

»Es gefällt dir nicht, stimmt's? Es war meine Idee, und sie fand es süß.«

»Dann schenk's doch ihr.«

Sie öffnete den Kühlschrank. Der Salat war verdorben, die Gurke weich. Da gab es nichts Essbares. Sie warf den Salat und die Gurke weg und stieß die Tür mit einem Tritt zu.

»Ich glaub, es ist höchste Zeit, dass wir zu Waldbaum fahren«, sagte Daniel.

Er stand dicht hinter ihr, stand ihr im Weg. Was wollte er? Vergebung?

»Mach dich nützlich«, sagte Deena. »Öffne eine Flasche Wein.«

»Ich will keinen«, sagte er. »Ich hab den ganzen Tag Kopfschmerzen gehabt. Ich hab zu viel getrunken.«

»Gut. Dann bleibt mehr für mich.«

Sie trug ihren Teller zum Tisch.

»Ich setze mich zu dir«, sagte er und zog den anderen Stuhl heran.

Sie sahen einander an. Er lächelte.

»Wie ich gesehen habe, warst du nicht untätig.«

Sie musterte ihn. Er versuchte, nett zu sein, aber dafür war es jetzt zu spät.

»Ich dachte, du bist müde. Wo warst du?«, fragte sie.

»Im Büro. Ich wollte etwas überprüfen, einen Fehler, den wir stundenlang gesucht haben.«

»Du bist in Jeans ins Büro gegangen?«

Er zuckte die Schultern. »Ich war das ganze Wochenende im Anzug, ich brauchte einen Tag frei. Außerdem bin ich erst spät gegangen und nur für ein paar Stunden.«

Er streckte die Arme über dem Kopf aus. »Ich bin ganz schön müde. Du hättest dabei sein sollen. Die Musik war gut; sogar Pat und Joe tanzten. Stell dir Joe beim Tanzen vor. Ich habe ihm Pat ausgespannt, und darauf hat er mir für den Rest des Abends jede ausgespannt, mit der ich tanzte. Da hab ich Gary zum Tanz aufgefordert. Du weißt, der Techniker, der damals mit uns im Klub war. Er tanzt nie und mit einem

Mann schon gar nicht. Er sperrte sich, aber ich hab ihn überredet, und Joe hat ihn mir tatsächlich ausgespannt. Es war zum Schreien.«

Daniel erzählte begeistert, und die Freude stand ihm ins Gesicht geschrieben. Nachdem er jahrelang nicht einmal zu einem einfachen Walzer zu bewegen gewesen war, konnte er nun plötzlich nicht genug vom Tanzen bekommen.

Als Deena diese Nacht neben ihm lag, verspürte sie den Wunsch, von ihm berührt zu werden; das überraschte sie. Sie konnte sich nicht erinnern, dieses Verlangen verspürt zu haben, nicht mehr seit damals, am Anfang, bevor sie verheiratet waren, als sie ihn Tag und Nacht begehrte.

Sie griff nach seiner Hand. Keine Reaktion. Sie versuchte es noch einmal, und nach einer Pause, so als wollte er nicht, spürte sie seine Finger kundig ihren Körper berühren. Er hielt inne, wie um sicher zu gehen: War sie bereit? Das war neu, dieses Sichvergewissern. Sie lag still da, konzentrierte sich, spürte seine Finger, spürte, wie hart sie waren. Er war grob, er war unachtsam, aber er wusste, was sie mochte. Sie atmete schneller, und dann war es vorbei. Er folgte, einen oder zwei Schritte später. Auch das war neu.

Danach rückte er ein wenig zu rasch von ihr weg, und sie lagen in getrennten Betten, ohne zu sprechen. Sie ging auf die Toilette. Als sie zurückkam, hatte er ihr den Rücken zugekehrt. Sie legte sich auf die Seite, dann auf den Bauch. Aber sie lag immer noch nicht bequem. Sie drehte sich wieder auf die Seite. All die Jahre hindurch war die Begierde gering, die Geborgenheit groß gewesen. Jetzt gab es keine Geborgenheit mehr, nur noch Begierde.

»Kannst du nicht ruhig liegen?«, sagte er. »Ich versuche zu schlafen.«

Sie ging in das Zimmer nebenan, das leer war. Mit den niedergerissenen Schränken war es nicht einmal ein Ankleideraum. Sie setzte sich auf den Boden und versuchte zu lesen. Sie konnte sich nicht konzentrieren. Ihr Gesicht glühte. Zum ersten Mal, seit sie ihn kannte, war er nicht ganz bereit gewesen. Ihr war heiß, sie schwitzte, und es war nicht das reinigende Schwitzen eines ordentlichen Laufs.

Sie wollte es vermeiden, ihn zu begehren. Sie würde nicht mehr neben ihm schlafen. Sie würde ihr Lager hier aufschlagen. Sie brauchte dazu nur ihre Matratze. Sie wollte es gleich tun. Sie ging ins Schlafzimmer und riss ihr Bettzeug herunter.

»Was machst du eigentlich?«, fragte er. »Ich möchte endlich schlafen.«

»Ich ziehe ins andere Zimmer.«

»Kann das nicht bis morgen warten?«

Er fragte weder warum, noch sagte er: »Tu's nicht.«

Sie zerrte und zog an der unförmigen Matratze, einem schweren, sperrigen Ungetüm, schürfte sich den Handrücken am Türrahmen auf, fluchte, und er lag weiterhin einfach da. Sie hievte und schubste und kickte die Matratze schließlich an ihren Platz; dann stand sie wütend da, nicht gewillt, sich von der widerlichen Matratze kleinkriegen zu lassen. Sie zog das Bettzeug über. Sie würde sich hier ihr eigenes Zimmer einrichten. Nach sieben langen Jahren würde sie wieder ihr eigenes Zimmer haben.

Das Telefon klingelte. Sie sah auf die Uhr. Es war nach zwölf. Ihr Vater? Sie rannte nach unten und nahm den Hörer nach dem dritten Klingeln ab.

Daniel stand auf halber Höhe der Treppe.

»Wer war es?«, fragte er.

»Aufgehängt«, sagte Deena.

Er ging zurück ins Bett. Dann klingelte es von neuem.

»Ich geh hin«, sagte er, und Deena hörte seine Stimme, erst besorgt, dann locker und scherzend.

Am Morgen zog er seinen besten Anzug an und fragte, welche Krawatte, diese oder jene.

»Wähl doch selbst«, sagte Deena.

»Ich hab gedacht, du machst das gern.«

»Nicht mehr.«

Ihr Gesicht glühte. Das fragten Ehemänner ihre Frauen jeden Morgen. Auf der ganzen Welt kümmerten sich die Frauen um die Krawattenprobleme ihrer Männer, die mit diesen Krawatten vor ihren Sekretärinnen herumstolzierten. Sie war es satt, Krawattenberaterin zu sein. Dass sie sich bisher dazu hergegeben hatte, widerte sie an.

Sie hörte ein Krachen, dann Stille. Sie ging zum Fuß der Treppe und dann hinauf bis zum ersten Absatz. Er stand im Bad vor dem Spiegel über dem Waschbecken und kämmte sich das lichter werdende Haar. Er drehte den Kopf, sah sie, und der Kamm fiel ins Waschbecken. Er war nervös, er ließ Dinge fallen.

»Ich habe die Flasche mit Mundwasser umgestoßen«, erklärte er.

An der Tür öffnete er seinen Aktenkoffer und sah nach der Kassette in seinem Walkman. Sein Haar, sein Körper, seine Musik – er war jetzt ganz mit sich beschäftigt. Er war attraktiver, wenn er alles etwas lockerer nahm.

Er griff in eine seiner Jackentaschen, dann in die andere. Er stellte den Aktenkoffer ab und suchte in der Innentasche des Mantels.

»Meine Schlüssel, hast du meine Schlüssel gesehen?«

Deena zuckte die Schultern.

Er ließ den Aktenkoffer neben der Tür stehen und sprang die Treppe hoch, jetzt sehr in Eile.

Das war auch so etwas, was Ehefrauen für ihre Männer taten. Heute würde sie ihm nicht helfen, seine Schlüssel zu suchen. Sie würde ihn nicht beachten. Aber schon wanderten ihre Augen zu den üblichen Orten. Zum Fernseher, zum Kaminsims, zum Telefon. Und richtig, da lagen sie, neben dem Telefon, wo er sich am Abend hinbegeben hatte, kaum dass er im Haus war.

Er kam die Treppe herunter, inzwischen gereizt.

»Ich finde meine Schlüssel nicht«, sagte er. Er sah sie vorwurfsvoll an, so als wäre es ihre Schuld, dass er sie verloren hatte.

»Ich hab sie nicht versteckt«, sagte sie. »Sie sind da, wo du sie gestern Abend hingelegt hast.«

Daniel blickte zum Telefon, erinnerte sich jetzt. Ja, er war am Telefon gewesen, er hatte die Schlüssel da hingelegt, warum hatte sie es ihm nicht gleich gesagt? Mit zwei Sätzen war er dort, steckte sie ein und sagte: »Bis später.«

Er rief sie im Büro an.

»Für heute Abend habe ich ein ganz besonderes Abendessen geplant«, sagte er. »Nur für uns beide.«

»Ich muss laufen gehen«, sagte Deena. »Und ich bin müde.«

»Bist du nicht schon am Morgen gelaufen? Aber es spielt keine Rolle. Geh laufen, wenn du willst. Ich kauf alles ein und koche. Und ich stelle den Spieltisch vor dem Kamin auf. Wie findest du das?«

»Meinetwegen«, erwiderte sie. Was hätte sie sonst sagen sollen.

Jemand riet ihm, was er tun sollte, was jetzt angebracht sei, doch es war zu spät. Sie wusste zu viel. Sie schloss die Tür ihres Büros, legte das Gesicht auf das kühle Holz des Schreibtischs. Sie war müde. Die Augen fielen ihr zu. Vielleicht konnte sie ein paar Minuten schlafen. Aber ihr Kopf schmerzte, und das Herz hämmerte, als würde sie laufen. Sie war außer Atem und hellwach. Sie würde nie wieder schlafen können. Sie würde vor Erschöpfung sterben, bis zuletzt schlaflos.

Karen klopfte an die Tür. »Alles in Ordnung?«, fragte sie. »Du siehst müde aus.«

Deena nickte. »Ich hab die letzte Nacht nicht viel geschlafen. Ich glaub, ich gehe früher nach Hause.«

»Geh doch gleich«, sagte Karen. »Es ist vier Uhr. Ich sage Paul, dass dir nicht gut war.«

»Meinst du?«, fragte Deena. »Ich sollte noch diesen Text schreiben. Vielleicht versuch ich, noch eine Stunde zu arbeiten.«

»Bist du sicher?«, sagte Karen. »Willst du ein Aspirin?«

»Gute Idee. Ich hab selbst welche, danke.« Sie zog die Schublade heraus, nahm zwei Tabletten und spülte sie mit Wasser aus der stets auf ihrem Schreibtisch stehenden Flasche hinunter.

»Das hilft bestimmt«, sagte sie. »Danke.«

»Ich lasse die Tür nur einen Spalt offen, damit dich niemand stört«, sagte Karen.

Deena nickte und stürzte noch mehr Wasser hinunter, versteckte sich hinter der Flasche. Mitgefühl war gefährlich. Sie musste sich zusammennehmen, um sich nicht zu verraten.

Er war in der Küche, hatte eine Schürze umgebunden. Auf dem Boden standen Tüten voll Lebensmittel, und auf dem Tisch befanden sich ein Baguette und Wein.

»Hungrig?«, fragte er.

Sie roch Zimt. »Was machst du?«, fragte sie.

»Marokkanischen Lammeintopf mit Rosinen und Aprikosen. Auf Couscous angerichtet. Ich glaube, es wird sehr gut.«

»Ich bin mehr müde als hungrig«, sagte Deena. »Vielleicht überwinde ich den toten Punkt, wenn ich laufen gehe.«

»Lass einen Tag aus«, sagte Daniel. »Nimm stattdessen ein Bad. Schone deine Muskeln ein wenig.«

Sie hätte das Laufen am liebsten ausfallen lassen. Ihre Beine waren müde. Und der Kopf. Draußen war es kalt. Sie hätte ins Bett kriechen und einen Monat lang schlafen können.

Oben zog sie sich um und erfrischte sich das Gesicht mit kaltem Wasser. Ihre Nase war rot, ihre Augen wässrig, und sie füllten sich von neuem, als sie sich im Spiegel erblickte. Sie brauchte den kalten Wind im Gesicht. Sie wollte nicht, dass er sie so sah.

Im Wohnzimmer räusperte sie sich. »Also, ich geh jetzt!«, rief sie.

Sie zog die Tür hinter sich zu und zögerte. Ging er jetzt gleich zum Telefon? Wenn sie die Tür öffnete und wieder hineinginge, würde sie ihn dann am Telefon sagen hören, das Abendessen tue seine Wirkung, sie scheine bereits nicht mehr so wütend zu sein?

Sie drehte acht Runden um den Häuserblock, machte Stretchübungen und war nun reif für ein heißes Bad. Drinnen telefonierte Daniel. Deena blieb vor der Tür stehen und lauschte.

»Rechne nicht damit«, sagte er. »In der Geschichte der Firma hat es noch nie einen jüdischen Abteilungsdirektor gegeben, geschweige denn einen jüdischen Generaldirektor.«

Es war seine Mutter. Er hatte die Einzelheiten über seinen beruflichen Aufstieg, über die Komplimente und die Gratulationen, die er erhalten hatte, für sie aufgespart. Und so sollte es auch sein. Nur eine Mutter hört sich Einzelheiten über die Erfolge ihres Sohns mit ehrlichem Stolz an.

Eine halbe Stunde später nahm Deena am Spieltisch Platz, den er im Wohnzimmer vor dem Kaminfeuer aufgestellt hatte. Daniel richtete das Couscous an.

»Nicht so viel«, sagte Deena. »Ich bin nicht hungrig.«

Er verteilte den Eintopf über dem Couscous, der Geruch von Zimt und Kardamom stieg ihr in die Nase, doch es widerstand ihr. Es war ihr nicht nach süßem Zimt zu Mute. Was sie jetzt gebraucht hätte, waren bittere Kräuter.

Sie starrte ins Feuer, und ihr Blick trübte sich. Sie musste aufhören. Sie senkte die Augen, stocherte mit der Gabel im Essen herum, nahm einen Bissen, brachte ihn aber nur mit Mühe hinunter.

Daniel aß. Was immer auch geschah, er hatte Appetit.

»Das schmeckt herrlich«, sagte er. »Dieses Rezept muss die Spezialität unseres Hauses werden.«

Ihr Haus. Würden sie dieses Haus weiterhin behalten? Sie sah auf die Kerzen. Was taten sie eigentlich hier, mit Kerzen auf dem Tisch zu Abend zu essen wie ein Paar?

Sie nippte am Wein. Der ging hinunter. Sie nahm noch einen Schluck und aß einen weiteren Löffel Couscous.

»Morgen Abend müssen wir zu Waldbaum«, sagte er. »Wir haben nicht einmal mehr das Allernotwendigste im Haus. Seit einem Monat haben wir nicht mehr eingekauft. Jetzt, wo wir eine Speisekammer haben, benutzen wir sie nicht einmal.«

Ihr gemeinsames Leben. Einkaufen, kochen, essen und Geschirr spülen. Sie gähnte. Sie war zu müde, um zu antworten. Sie schlief am Tisch ein, und nichts war gesagt worden; nichts von Belang wurde je gesagt.

»Ich kann kaum mehr die Augen offen halten«, sagte sie.

»Geh schlafen«, entgegnete Daniel. »Ich räume auf.«

Würde er jetzt anrufen, um Bericht zu erstatten? Es war ihr egal. Sie war zu müde, um sich darüber Gedanken zu machen. Sie wollte einfach schlafen. Doch oben war nur das leere Bettgestell, ein gähnendes Loch. Ihre Matratze war im anderen Zimmer. Warum musste eigentlich sie das gemeinsame Zimmer verlassen? Es war ja nicht sie, die sich etwas hatte zu Schulden kommen lassen. Sie schlüpfte in Daniels Bett. Heute Nacht konnte er auf dem Boden schlafen.

Weit weg klingelte ein Telefon und wurde abgenommen. Wieder Jill? Sie stützte sich auf einen Ellbogen und trank ein paar Schlucke Wasser. Ihr war schwindlig. Schon das eine Glas Wein auf den nüchternen Magen war zu viel gewesen.

Sie legte sich wieder hin und schloss die Augen, aber Daniel stand an der Tür und fragte: »Bist du wach?«

»Wer ist es?«

»Dein Vater.«

Sie setzte sich auf. »Ja, ich bin wach.«

Sie ging nach unten. »Hallo!«, sagte sie und fragte sich dann: Begrüßte man so seinen Vater? Doch welche andern Möglichkeiten gab es? Sollte sie am Telefon *Schalom aleichem* sagen?

»A giten uvend«, sagte ihr Vater mit klarer, fester Stimme. Er war nah, er stand hier gleich neben ihr.

»Wo bist du?«, fragte sie. »Du klingst so nah.«

»Ich bin in Jerusalem«, sagte er. »Aber ich bin dein Vater. Ich bin dir nahe, auch wenn ich weit weg bin. Ich denke morgens, mittags und nachts an dich. Erzähl, was gibt's Neues?«

»Es gibt nichts Neues«, erwiderte Deena. »Es ist alles immer gleich.«

»Nichts bleibt immer gleich. Jede Minute bringt Veränderung. Du bist unglücklich«, sagte ihr Vater. »Ich höre aus deiner Stimme, dass du nicht glücklich bist.«

»Ich bin nur müde. Ich habe die letzte Nacht nicht geschlafen.«

»Ich habe deinen Brief erhalten. Skeptischer werden, sich von seinem Haus und von Gott trennen – seltsame Worte. Du bist keine Amerikanerin, auch wenn du mit einem Amerikaner verheiratet bist. Du sagst, es gibt nichts Neues, aber Blut ist dicker als Wasser. Ich spüre, dass etwas nicht stimmt. Ich möchte dich sehen. Mameh möchte dich sehen. Nimm doch das nächste Flugzeug und komm!«

»Es sind Zitate aus einem Buch, das ich berufshalber lese«, erklärte Deena.

»Hör zu«, sagte er. »Deine Arbeit läuft dir nicht davon. Du hast dein ganzes Leben lang Zeit, um zu arbeiten. Mutter und ich werden nicht ewig da sein. Und: Lieber heute als morgen. Wir haben dich schon seit Jahren nicht mehr gesehen.«

»Gib mir mal Mameh. Ist sie da?«

»Es ist für sie zu mühsam, so viele Treppen hochzusteigen. Sie wird schnell müde. Komm, dann kannst du sie sehen und hören.«

Deena hängte auf und starrte in das vor ihren Augen verschwimmende Feuer.

»Was wollen sie diesmal?«, fragte Daniel.

Sie, als ob es sich um Fremde handelte. Sie schaute ihn an. Hatte sie ihr Elternhaus seinetwegen verlassen?

»Ich dachte, du seist müde«, sagte Daniel.

»Ich war müde. Jetzt bin ich wach. Sie möchten, dass ich sie besuche.«

»Das solltest du vielleicht«, erwiderte er und ging wieder Geschirr spülen.

Sie sah seinem sich entfernenden Rücken nach. Das war ein Novum. Er wollte, dass sie ging, er war bereit, sie gehen zu lassen; und das änderte alles. Hätte er sich dagegen gestellt, hätte er wie üblich alle Gründe aufgezählt, warum es nicht möglich sei, dann, dann hätte sie gehen wollen.

Am nächsten Tag bei Waldbaum ging Daniel rasch zwischen den Regalen hindurch. Er wollte den Abend nicht mit dem Einkaufen von Lebensmitteln verbringen. Was immer auch zwischen ihm und Jill vorgefallen war, ein paar positive Auswirkungen hatte es.

Er passierte rasch die Kasse, und nach wenigen Minuten

war alles im Kofferraum verstaut. Er stellte den Motor an und legte den Gang ein. Als Deena merkte, dass es nicht der Rückwärtsgang war, krachte es schon. Sie hatten die Betonsäule vor dem Auto gerammt und saßen durch den Rückstoß vor Schreck wie erstarrt da. Der Motor starb ab und verstummte.

Sie stiegen aus, um den Schaden zu begutachten. Es hätte schlimmer sein können.

»Vielleicht sollte ich fahren«, sagte Deena.

»Nein, ich bin o.k.«, erwiderte Daniel.

Sie legte sich den Sicherheitsgurt um und beobachtete ihn ziemlich beunruhigt. Er war zerstreut. Es war keineswegs gefahrlos für Mitfahrer, wenn er am Steuer saß.

Als sie in die Einfahrt bogen, hörten sie die Alarmanlage des Hauses heulen. Sie sahen sich an. Wie lange war sie wohl diesmal schon an?

Sie ließen den Motor laufen, stiegen aus und gingen ums Haus. Die Haustür und der Hintereingang waren verriegelt, alle Fenster geschlossen. Sie betraten vorsichtig das Haus. Deena tippte die Zahlen ein, und das Heulen hörte abrupt auf, doch in ihren Ohren schrillte es immer noch.

»Sie macht einen Riesenlärm«, sagte Deena, »aber niemand kommt und schaut nach, und die Polizei reagiert auch nicht. Was nutzt sie überhaupt?«

»Ich lasse sie kontrollieren«, sagte Daniel. »Wahrscheinlich muss sie richtig eingestellt werden.«

Als Daniel in die Garage fuhr, verschätzte er sich, und der Spiegel auf der Beifahrerseite brach ab.

»Du solltest nicht fahren«, sagte Deena.

»Ich bin heute nur müde«, entgegnete er.

Sie fragte sich, wie er sich bei der Arbeit machte. Eine weitere Tagung stand bevor, diesmal in San Francisco. War er bloß gedankenverloren? Seit dem Anruf hatte er Jill nicht mehr erwähnt. War das ein Zeichen dafür, dass sich zwischen den beiden mehr tat oder weniger?

Sonntagmorgen. Daniel ging auf und ab. »Wir sind zu viel drinnen. Ich hab das satt«, jammerte er.

»Dann geh doch raus«, erwiderte Deena. »Ich gehe laufen.«

Als sie zurückkam, lag er im Bett, das Gesicht der Wand zugekehrt. Sie stand da und betrachtete ihn.

»Wir könnten ins Kino gehen«, schlug sie vor. »Für etwas anderes ist es zu kalt.«

»Ich hab keine Lust auf Kino.«

»Was willst du dann? Was möchtest du gern tun?«

»Ich weiß es nicht.«

»Wo ist Jill?«

Er drehte sich sofort um, wollte sprechen. »Ich weiß es nicht. Sie ruft mich nicht zurück. Ich weiß nicht, was ich falsch gemacht habe.«

»Vielleicht ist sie weg, auf Familienbesuch oder so.«

Er schüttelte den Kopf. »Sie war erst kürzlich dort unten. Und sie hätte bestimmt im Büro etwas gesagt, wenn sie vorgehabt hätte hinzufahren.«

Er war ein schmachtender Teenager, und sie seine tröstende Mutter. Wie war sie nur dazu gekommen?

»Hast du mit Ann gesprochen?«, fragte Deena. »Sie weiß es bestimmt.«

»Es antwortet niemand.«

Als Deena nach dem Duschen herunterkam, stand er in der Küche und bereitete zwei dickgefüllte Sandwiches zu.

»Sie sind gestern mit der Spätmaschine angekommen, heute Morgen haben sie sich ausgeschlafen, und dann sind sie ins Fitnesscenter gegangen«, erklärte er.

Er setzte sich an den Tisch und nahm einen Riesenbiss von seinem Sandwich.

Deena füllte ein Glas mit Wasser, trank und betrachtete ihn über den Glasrand hinweg. Er war wieder hergestellt, er war wieder glücklich, doch die Anspannung war ihm anzusehen.

»In einer Stunde treffen wir uns mit Jill an der Station. Wir gehen reiten.«

»Draußen hat es mehr als zehn Grad unter Null, und es ist windig«, sagte Deena. »Haben die Ställe überhaupt offen?«

Daniel nickte.

»Was ich jetzt am liebsten täte, ist vor dem Feuer sitzen und lesen«, sagte Deena.

»Du wolltest doch immer etwas unternehmen«, sagte er. »Du hast dich beklagt, weil wir nie irgendwo hingehen. Jetzt, wo wir etwas machen, kneifst du. Und außerdem ist Jill bereits unterwegs. Ann kneift auch.«

Pferde. In ihrem ersten gemeinsamen Sommer hatte Daniel sie zur Monticello-Pferderennbahn mitgenommen. Es war im späten Juni, ihre Haut war gebräunt, und sie trug Weiß. Daniel setzte für sie zwei Dollar auf ein Pferd und ebenfalls zwei für sich selbst. Sie verloren beide. Er blieb bei der nächsten Wette beim selben Pferd; Deena wählte ein anderes und gewann. Beim dritten Mal setzte Daniel sein Geld auch auf ihr Pferd, und sie gewannen beide. »Ich glaube, ich behalte dich immer bei mir«, hatte er gesagt. »Als meine Glücksfee.«

Sieben Jahre später ging sie als Anstandsdame mit, nicht als Glücksfee. Ihre Anwesenheit war nötig, um das Treffen mit Jill zu legitimieren. Und diesmal würde ja Ann nicht dabei sein. Sie hatte keinen Grund mitzugehen. Es war zu kalt draußen, es war lächerlich, reiten zu gehen. Außerdem hatte Ann das Wochenende mit ihrem Mann verbracht und ihn jetzt wieder zurückgelassen. Deena hätte gern gewusst, wie das war, wie sich Ann dabei fühlte.

Deena saß hoch auf einem Pferd, das immer wieder stehen blieb, um zu fressen, und sie zitterte vor Kälte. Der Wind blies, und die Temperatur schien auf minus zwanzig Grad gefallen zu sein. Vor ihr ritten Daniel und Jill Seite an Seite. Die Kälte machte ihnen nichts aus. Sie waren beisammen, das reichte ihnen. Sie redeten und redeten. Zu Hause, selbst wenn sie mit Daniel im selben Zimmer war, konnten Stunden in beinahe vollkommenem Schweigen vergehen. Sie hatten sich alles, was es zu sagen gab, in ihrem ersten Jahr gesagt.

Ihr Pferd blieb wieder stehen; es war hungrig, und sie fiel weiter zurück. Sie beide waren zwei unwillige, unter der Kälte leidende Geschöpfe. Das Pferd hatte keine Wahl, sie hingegen schon. Sie wollte es dahin zurückbringen, wo es hingehörte, in einen warmen Stall mit viel Heu. Sie drückte ihre Absätze in die Flanken und versuchte, das Pferd zu wenden. Es reagierte nicht darauf. Sie trat ihm in die Flanken. Es sah auf und fraß weiter. Daniel und Jill verschwanden um eine Wegbiegung. Es machte sie rasend. Sie holte mit den Beinen weit aus, um genug Wucht zu bekommen, und trat zu. Das Pferd riss ein Maul voll Blätter ab und hob seinen langen Hals. Sie trat es von neuem. Es setzte sich in Bewegung und ging im Trott. Aber sie wollte galoppieren, nicht trotten. Sie wollte kehrtmachen, das Pferd zurück in den Stall bringen und der Geschäftsführung ihre Meinung sagen über die Art, wie sie sich um ihre Tiere kümmerte.

Sie grub ihren linken Absatz in die Flanke des Pferdes und versuchte, es zum Wenden zu bewegen. Es blieb stehen, machte aber nicht kehrt. Es war dressiert, bis zum Ende auf dem Weg geradeaus zu gehen, und nichts in der Welt konnte dieses Schema in seinem Kopf ändern.

Sie kochte vor Wut. Ihre Finger und Zehen waren taub. Sie würde erfrieren, während sie auf dem Pferd saß und wartete, bis es mit Fressen fertig war.

Ein anderer Reiter überholte sie. »Machen Sie dem Pferd klar, was Sie wollen!«, rief er. »Sie müssen kräftig treten, damit es etwas spürt.«

»Ich trete ja«, brummte Deena. Sie hatte genug vom Treten. Ihre Beine schmerzten vom vielen Treten. Und bestimmt tat sie dem Pferd auch weh.

Sie lockerte die Zügel und hämmerte mit den Absätzen heftig und rasch in die Flanken, einmal, zweimal, dreimal. Die Notwendigkeit, derart grausam zu sein, steigerte ihre Wut und reizte sie dazu, noch heftiger zu werden. Sie hätte diesen Gaul umbringen können und war nicht darauf gefasst, dass er plötzlich lospreschte. Sie packte die Zügel, um sich festzuhalten, und das Pferd blieb wieder stehen. Sie brachte es durcheinander. Sie lockerte die Zügel, und das Pferd senkte den Kopf und fraß. Sie trat es. Es bewegte ein Bein vorwärts. Sie zog mit der rechten Hand am Zügel, und es drehte den Kopf nach links.

Sie trat so fest, wie sie nur konnte, und das Pferd fing an zu galoppieren und vom Weg abzugehen. Es sprengte einen Hang hinauf, dann hinunter und wieder hinauf. Sie saß in unbequem schiefer Haltung, zuerst nach vorn geneigt, dann nach hinten. Sie presste die Oberschenkel krampfhaft gegen den Sattel. Das Pferd galoppierte zu scharf, zu schnell für sie, doch jetzt wollte sie es nicht zurückhalten. Sie kamen vorwärts, irgendwohin. Es galoppierte hinauf und hinunter, über Felsen und Hügel, durch Gebüsch und Unterholz; Deena wich den Ästen über ihrem Kopf und dem Gestrüpp zu ihren Füßen aus. Es war erstaunlich, wie zerklüftet dieses Gelände war. Von den asphaltierten Laufbahnen aus schien der Park flach zu sein.

Sie näherten sich einer Straße; sie konnte den Verkehrslärm hören, aber das Pferd rannte weiter, bergauf, bergab und kam, immer noch galoppierend, plötzlich zur Autobahn. Es wurde nicht langsamer. Es steuerte direkt auf die Straße zu, direkt in den Verkehr hinein. Sie würden mit einem Auto zusammenstoßen, die Beine des Pferdes würden einknicken, es würde stürzen, und sie mit ihm. Das Tier war wahnsinnig. Sie geriet in Panik, riss an den Zügeln, und das Pferd warf den Kopf zurück und zur Seite, schnaubte und blieb stehen.

Zwei Minuten später wusste sie, was sie falsch gemacht hatte. Sie saß hoch oben auf dem riesigen Tier und sah den ost- oder westwärts fahrenden Autos zu. Um die Autobahn zu überqueren, hätte das Pferd schnell sein müssen. Der Verkehr floss ununterbrochen, und es kam deshalb auf die Geschwindigkeit an. Man musste innerhalb von Sekunden hinüber sein.

Daniel und Jill waren weit voraus, ritten Seite an Seite. Nahmen sie außer sich selbst noch irgendetwas anderes wahr? Es war vermutlich besser, nichts wahrzunehmen. Besser, die Tiere tun lassen, was ihnen beigebracht worden war.

Deena wartete. Was nun? Sie hörte Stimmen und drehte sich nach ihnen um. Es gab noch andere Reiter an diesem eiskalten Tag. Sie wollte versuchen, zusammen mit ihnen die Straße zu überqueren. Sie richtete sich im Sattel auf und zog die Zügel straff. Das Pferd hob den Kopf. Sie hielt den Atem an und wartete ab, und es funktionierte. Das Pferd reihte sich ein, es war ein guter Mitläufer. Jetzt brauchte sie nichts weiter zu tun. Sie bewegte die Zehen in den Stiefeln hin und her und rieb und krümmte die Finger in den Handschuhen. Sie übte, gerade zu sitzen, und ging mit dem Körper ganz auf die Bewegungen des Tieres ein. Das könnte ihr schon gefallen, so zu reiten. An einem sonnigen Tag würde es sicher sehr angenehm sein. Sie blieb bei der Gruppe, bis sie Jill und Daniel einholten.

»Da bist du ja«, sagte Daniel.

Sie musterte ihn. Seine Beine bogen sich ganz natürlich. Er sah aus, als wäre er auf einem Pferd geboren. Aber kennen gelernt hatte sie ihn hinter dem Lenkrad seines Civic. Er hatte sie immer abgeholt, fuhr ein Stück, parkte dann, und sie blieben, bis sich die Scheiben beschlugen.

»Unser Kokon, nur für uns zwei«, sagte er. Sie stießen überall an: an der Bremse, am Schaltknüppel, am Lenkrad. Eines Abends begann das Auto zu rollen. Daniel sah auf. Irgendetwas stimmte nicht. Sie richtete sich auf, wunderte sich, warum er aufgehört hatte, dann war es ihr klar. Der Wagen rollte direkt auf einen Baum zu. Daniel griff quer über ihre Beine, um die Handbremse zu ziehen, und beide lachten. Schalensitze waren für solche Zwecke nicht geeignet.

Im Civic hatte er sie dann schließlich gefragt. »Ich würde auf die Knie gehen, wenn genug Platz wäre«, sagte er. »Willst du?«

Sie lachte. So hatte sie sich einen Antrag nicht vorgestellt, nicht einmal ausgemalt. Wenn es ernst würde, war es immer so: leicht daneben. Er hatte sie an dem Abend zuerst in den Red Lion ausgeführt, und sie hatte sich gewundert, warum er plötzlich auf die Idee kam, mit ihr in ein besonderes Lokal zu gehen. Sie saßen in einer Nische auf zu weich gepolsterten Sitzen und nippten an ihren Drinks. Sie tranken aus, und immer noch sagte er nichts, was er nicht schon früher gesagt hatte. Dann waren sie wieder im Auto. Er fuhr mit ihr an den Strand, parkte und erklärte ihr, er habe ihr etwas Wichtiges zu sagen, und sie war gespannt, was folgen würde.

Später an dem Abend, wieder allein in ihrem Zimmer, kam sie zu dem Schluss, dass das Auto der genau richtige Ort gewesen war; hier waren sie von Anfang an zusammen gewesen: Daniel am Steuer, sie auf dem Beifahrersitz.

»Solche Dinge liegen mir nicht«, sagte er. »Ich liebe dich. Das weißt du doch.«

Sie lächelte, sie verzieh und sagte ja. Danach nahm alles einfach seinen Lauf. Es gibt immer jemanden, der nur darauf wartet, dass es zu Stande kommt. Mütter, Großmütter, Schwestern, Schwägerinnen – die gesamte Frauenschaft, so schien es – machten gemeinsame Sache mit Partyservices, Floristen und Fotografen, den männlichen Hilfstruppen in dem Geschäft. Wie Diebe arbeiteten sie zusammen. Geld wechselte die Hand. Bestellungen wurden aufgegeben, Einladungen verschickt. Die Dinge kamen rasch ins Rollen und waren dann nicht mehr aufzuhalten. Es hätte genau so viel gekostet, alles rückgängig zu machen. Aber das war nur der ganz normale Bammel vor der Hochzeit. Den hatten alle.

Sie gingen wieder ins Kebab-Restaurant. Sie marschierten durch die Tür und direkt auf ihren Tisch zu, so als wäre dies ihr Zuhause, und der Tisch dort neben dem Fenster, schon gedeckt, bereit für sie.

»Mir gefällt's hier«, sagte Jill, sich erinnernd.

»Das Essen ist immer gleich, aber frisch«, sagte Daniel. »Fast ein bisschen wie bei meiner Mutter. Wir wussten immer, was wir an welchem Abend essen würden: montags Makkaroniauflauf, dienstags Fleischklößchen, mittwochs Roastbeef, donnerstags Spaghetti. Es gab keine Überraschungen.«

»Wir essen zu oft hier«, sagte Deena und rechnete. »Für mich ist es diesen Monat schon das fünfte Mal.«

Sie gaben aus und aus und aus, und nicht für etwas, was wichtig war. Daniel spielte die Rolle des edlen Spenders. Er hatte für Jills Pferd bezahlt, obwohl sie angeboten hatte, es selbst zu tun. Vermutlich würde er auch darauf bestehen, sie zum Abendessen einzuladen. Deena hätte die fünfzehn Dollar für ihr Pferd lieber gespart. Von einem Lippenstift hätte sie mehr gehabt. Sie hätte gern gewusst, was Jill dachte. Geschah es jeden Tag, dass Männer ihr das Abendessen, Drinks und anderes bezahlten? Sie nahm alles mit der größten Selbstverständlichkeit an, so als sei das so üblich und als wären ihre Versuche, selbst zu bezahlen, nichts als bloße Höflichkeit.

Die Serviererin schenkte Wasser ein und machte Anstalten, die Speisekarten zu bringen, aber die kannten sie; sie wussten bereits, was sie bestellen wollten. Dreimal Mixed Grill, drei

Salate und eine Karaffe Wein. Als Häppchen für alle bestellte Daniel Sesampaste und gegrillte Auberginen mit Knoblauch.

Als der Wein kam, lehnte sich Deena zurück und nahm einen Schluck.

»Jetzt will ich mich nicht mehr rühren«, sagte sie. »Ich könnte ewig hier sitzen und keinen Strich tun. Gott, bin ich müde.«

Jill streckte die Beine aus und stöhnte. »Ich weiß, was du meinst.«

Bis das Essen kam, benötigten sie eine weitere Karaffe Wein.

Nach dem Essen brachten sie Jill zur U-Bahn und fuhren dann wortlos nach Hause, was in Deena Wut auslöste. Mit Jill konnte er sich stundenlang unterhalten.

Es war ein langer Tag gewesen; am nächsten Morgen würde eine neue Arbeitswoche beginnen. Deena brauchte Schlaf, doch die Wut würde sie wach halten. Wenn sie mehrere Meilen liefe, wenn sie erschöpft genug wäre, dann könnte sie vielleicht schlafen.

Ihre Leggings und das Sweatshirt lagen auf dem Heizkörper, trocken und steif. Doch ihre Laufschuhe waren innen immer noch feucht, und ihre Socken rochen. Sie zog ein neues Paar an.

»Du bist heute bereits gelaufen«, sagte Daniel. »Hast du das vergessen?«

»Nein«, erwiderte Deena.

»Du bist verrückt. Deine Muskeln brauchen ein wenig Schonung. Du machst dir noch was kaputt.« Er schüttelte den Kopf und schaltete die Sieben-Uhr-Nachrichten ein.

Draußen roch sie Kälte und Dunkelheit. Die Sterne leuchteten, Gefährten hoch oben. Die frische Luft klärte ihren Kopf. Schon fühlte sie sich besser. Sie lief auf den Straßen und Gehsteigen, machte ihre Runden um das Viertel. Ihre Beine schmerzten, sie spürte an ungewohnten Stellen Muskeln, und sie taten weh, aber sie war froh, dass sie wehtaten. Sie roch nach Pferd. Sie wollte nochmals ein heißes Bad nehmen. Wenn sie weiterhin zweimal am Tag laufen ging, durfte sie sich Läuferin nennen. Es würde keine Rolle spielen, was sie den Tag über sonst noch tat, ihre Muskeln würden sich ständig erholen, sich auf den nächsten Lauf vorbereiten. Das Leben war nichts als Wiederholung. Man wiederholte sich ständig und immer wieder. Wieder ein Lauf, wieder eine Dusche, noch eine Mahlzeit. Um das zu finanzieren, war die Arbeit da. War das alles, wofür man lebte?

Am Morgen ging sie wieder laufen. Sie lief zur Bahn, auf der Bahn und zurück nach Hause. Es war noch nicht einmal neun Uhr morgens, und sie war bereits müde. Sie duschte, zog sich an, ging zur Arbeit, saß an ihrem Schreibtisch, mühte sich mit Werbetexten ab, und als der Tag vorüber war, wusste sie nicht, wie die Stunden vergangen waren. Doch als sie am Abend wieder lief, spürte sie jeden Zentimeter Boden unter den Füßen.

Dann war sie zu müde, um zu essen, und zu müde, um zu sprechen. Von der anderen Seite des Tisches hörte sie Daniels ferne Stimme. Sie nahm nicht auf, was er sagte, nur dass er von San Francisco sprach. Ihr kam der Gedanke, dass es gar keine Tagung in Nashville gegeben hatte, dass er und Jill einfach zusammen nach Nashville gefahren waren. Zu viel war darüber gesprochen, zu viel geplant worden, das Ganze war zu raffiniert ausgeheckt gewesen. Wenn er nur aufhören würde, ihr davon zu erzählen.

Sie ging früh schlafen und erwachte früh und drehte wieder ihre Runden auf der Bahn. Unter den Gummisohlen ihrer Laufschuhe war der Gummibelag der Bahn. Gummi auf Gummi. Sie waren dazu bestimmt zusammenzukommen. Magnete. Sie musste sie voneinander losreißen, um ihnen die Möglichkeit zu geben, wieder zusammenzukommen. Sie war die Mittlerin. Sie rang sich eine weitere Runde ab und dann noch eine. Dann war sie in der U-Bahn, im Büro und bald schon wieder in der U-Bahn.

Am Donnerstagabend war sie zu müde für die Tanzstunde, zu müde für irgendetwas. Aber für das Wochenende wollte sie Pläne machen. Am Sonntag würde sie sich mit Karen treffen. Sie würden die Madison Avenue entlangspazieren. Sie würde das Gleiche tun wie andere Frauen. Sie würde einkaufen. Daniel konnte Jill anrufen oder es bleiben lassen. Ihr war es egal. *Sie* würde einkaufen gehen.

»Du könntest doch Samstagabend über Nacht bleiben«, sagte Karen.

»Über Nacht?«

»Wär doch cool.«

»Ich hab das, seit ich zwölf war, nicht mehr gemacht«, sagte Deena.

Sie zögerte. Sie täte es gern, das wusste sie. Und warum sollte sie sich Gedanken machen, was Daniel dazu sagen würde? Er war ein Wochenende weg gewesen, jetzt war sie an der Reihe.

»Und was soll ich mitbringen?«, fragte Deena.

»Nur dich selbst und Kleider zum Wechseln«, sagte Karen.

Als sie am Freitagabend nach Hause kam, war Daniel nicht da. Sie ging laufen und duschte dann. Es war nach Sonnenuntergang, und er war immer noch nicht zurück. Von wegen Charakterfestigkeit. Sie zögerte, zündete dann aber die Kerzen nicht an. Sie telefonierte mit Karen.

»Könnte ich nicht schon heute statt erst morgen bei dir über Nacht bleiben?«, fragte sie.

»Heute ist sogar noch besser«, erwiderte Karen. »Greg arbeitet länger. Und die Madison Avenue ist an Samstagen besser. Schon deshalb, weil mehr Läden offen sind.«

Sie hörte Daniel an der Tür und wünschte, sie wäre schon aus dem Haus gewesen. Mit einer kurzen Notiz hätte sie sich Fragen und Erklärungen ersparen können.

Er eilte in die Küche, drehte den Hahn auf, dann Stille. Er stürzte Wasser hinunter. Er hatte Wein oder Bier getrunken. Sie wartete und lauschte. Als sie ihn zur Treppe gehen hörte, zog sie den Kordelverschluss ihrer voll gepackten Tasche zu. Falls er in die Toilette ging, würde sie hinunterlaufen und sich davonmachen.

Er stand im Türrahmen.

»Wohin gehst du?«, fragte er kühl, distanziert.

Sie betrachtete ihn, wie er so dastand, mit verschränkten Armen, auf Antwort wartend, ein Mann mit Rechten.

»Ich glaube, es wäre eher an mir, Fragen zu stellen«, entgegnete sie.

»Zum Beispiel welche?«, fragte er.

»Zum Beispiel, wo du so lange gewesen bist an einem Freitagabend. Wo du letzte Woche gewesen bist. Und was in Nashville passiert ist.«

Ja, das wollte sie hören, sie wollte wissen, was genau in

Nashville vorgefallen war. Hatten sie Sex gehabt miteinander? Sie wollte, dass er es ihr sagte. Wenn er es zugab, konnte er nicht mehr den Unschuldigen spielen, er konnte nicht mehr mit verschränkten Armen dastehen und Fragen stellen. Er könnte zu leugnen aufhören, und sie würde aufhören, sich zu fragen.

»Ich glaube, dass ich eigentlich ein Recht auf Antwort hätte«, sagte sie.

Er ging hinaus und ins Badezimmer. Sie hörte das Wasser laufen; er duschte. So leicht würde er nicht davonkommen. Sie saß mit der gepackten Tasche oben auf der Treppe. Sie würde warten. Heute würde sie Antwort bekommen. Aber er ließ sich Zeit.

Als er mit einem Frotteetuch um die Hüften herauskam, stellte sie sich ihm in den Weg.

»Wo warst du heute Abend und all die andern Abende? Und seit wann hältst du den Sabbat nicht ein?«

»Geht dich nichts an«, sagte er und drückte sich an ihr vorbei ins Zimmer. Sie folgte ihm und beobachtete ihn.

»Würde es dir etwas ausmachen, mich einen Moment allein zu lassen?«

»Gib Antwort auf meine Fragen«, sagte sie.

»Wir haben in Chinatown spät zu Mittag gegessen«, sagte Daniel. »Was willst du sonst noch wissen?«

»Mit wem?«, fragte Deena.

»Mit Leuten vom Geschäft.«

»Zum Beispiel?«

»Geht dich nichts an«, erwiderte Daniel.

Deena sah ihn an; ein übellauniger Teenager, der ins Verhör genommen wird.

»Schön. Frag mich nichts, und ich frag dich nichts. Ich geh jetzt.«

Er hielt sie an der Tür auf. »Geh nicht«, sagte er. »Meine Verspätung gibt dir kein Recht, nach Sonnenuntergang auszugehen. Ich beantworte dir, was ich kann. Was willst du wissen?«

»Nichts. Es gibt nichts, was ich nicht schon weiß. Affären sind alle gleich.«

»Ich habe keine Affäre.«

Sie trat hinaus.

»Also gut, wir haben uns geküsst. Das ist alles. Wir haben uns an jenem Abend in Nashville geküsst.«

Auf seinem Gesicht lag ein Lächeln; er erlebte den ganzen Kuss noch einmal.

»Du hast mich danach gefragt«, sagte er.

»Auf Wiedersehen«, sagte Deena. Ihre Stimme war leise. Sie hatten sich geküsst. Sie hatte sich tausendmal vorgestellt, wie sie sich küssten; warum war es schlimmer, es tätsächlich zu hören?

Sie schwang sich die Tasche auf den Rücken, zog die Tür hinter sich zu und lief die Eingangstreppe hinunter. Sie war wie benommen. Das war zu einfach, so durch die Tür zu marschieren und wegzugehen. Sie ging die Einfahrt hinunter, bog nach links ab und blickte geradeaus, in die Nacht hinein, in das Dunkel der Bäume. In diesem Moment war es gefährlich, die heimeligen gelben Lichter der andern Häuser zu sehen; sie würde nicht hinschauen.

Daniel folgte ihr. An der Ecke holte er sie ein. Sie gingen schweigend nebeneinander her.

Sie wechselte die Tasche auf die andere Schulter. Sie hatte

zu viel eingepackt, Schuhe und Kleider zum Laufen mitgenommen, und die Tasche wog schwer. Die Riemen schnitten ein. Wenn sie Jill gewesen wäre, hätte Daniel die Tasche getragen. Für Jill öffnete er Türen, bezahlte Rechnungen, tat er alles. Für Deena tat er nichts. Sie war dazu verdammt, ein Packesel zu bleiben.

»Wenn du schon hier bist, kannst du dich auch nützlich machen«, sagte sie und versuchte, ihm die Tasche zu geben.

»Es ist deine Tasche«, sagte er. »Du bist diejenige, die gehen will.«

»Dann folg mir nicht. Ich möchte gern allein gehen.«

»Wir sind hier in einem freien Land«, sagte er.

Bei der nächsten Kreuzung wartete sie, bis sie sah, welchen Weg er nahm, und ging dann in eine andere Richtung. Es gab mehr als einen Weg zur Zugstation. Sie blieb zurück; er ging geradeaus. Sobald er vom Gehsteig getreten war, bog sie nach links ab und ging schneller. Sie sollte laufen; sie nahm die Tasche unter den Arm und rannte.

Er holte sie ein. »Du bist nicht ganz dicht«, sagte er. »Gib mir die Tasche.«

»Ich will dich nicht hier haben«, sagte Deena. »Du verdirbst meinen Spaziergang.«

»Umso mehr Grund zu bleiben«, sagte er. Seine langen Zähne glänzten.

Sie ließ die Tasche auf den Boden fallen und ging weiter.

Er hielt die Tasche vom Körper weg. Er wollte sie sich nicht über die Schulter hängen, und das machte sie ebenfalls wütend. Aber sie waren beinahe am Ziel. Sie wurde schneller.

An der U-Bahn-Station drehte sie sich um und wollte ihre Tasche nehmen, doch er kam mit ihr die Treppe hinunter. Sie hielt ihren Jeton bereit, sie war beim Drehkreuz, und endlich überließ er ihr die Tasche. Ihre Hand streifte die seine, und diese Berührung, warme Haut auf warmer Haut, ließ sie innehalten. Daniel rieb sich die Hand, dann winkte er, ein seltsames Lächeln auf den Lippen.

DANIEL

Er ging im Dunkeln und atmete die kalte Luft ein, die schmerzte. Sie klärte ihm auch den Kopf. Er hatte Angst und war zugleich beschwingt. Heute Abend würde er ohne jede Einschränkung leben. Er nahm seine Jarmulke ab, diese permanente Bedeckung, diesen Deckel, und ging so, barhäuptig, unter dem tintenblauen Himmel, unter den Augen Gottes. Schon fühlte er sich besser. Er rieb seinen Schädel. Mit täglicher Massage und frischer Luft würde sein Haar vielleicht nachwachsen. Er stopfte die Jarmulke in seine Gesäßtasche. Sie war aus Baumwolle, aus feinem Garn, aber auf seinem Kopf wog sie schwer. Also entfernte er sie – und nichts geschah. Kein Donner krachte, kein Blitz fuhr hernieder, der Himmel stürzte nicht ein. Niemand interessierte es, dass Daniel Binet seinen Kopf nicht mehr unterwürfig gesenkt hielt, sondern aufrecht, groß und barhäuptig dastand. Er wuchs drei Zentimeter, dann sieben. Er straffte seine Schultern und schritt selbstbewusst aus, zum ersten Mal seit er drei Jahre alt war und die Mutter ihm seine erste Jarmulke angeheftet hatte.

Sie hatten ihn zuerst zum Frisör gebracht. Er saß hinten im Valiant, auf dem Rücksitz angeschnallt, seine Eltern vorn, und so fuhren sie zu Daddys Frisör an der Main Street.

»Wenn du schön still sitzt, sieht's hinterher besser aus«, sagte seine Mutter.

Es ist bestimmt so wie beim Doktor, der einem eiskaltes Metall auf die Haut legt, dachte er. Er hatte nur ein bisschen Angst.

Aber es tat nicht weh. Es war einfach, stillzusitzen. Zum Schluss hob der Frisör ihn hoch, höher und höher, zum Himmel hinauf, und er flog, und dann landete er auf den Füßen. Sein Vater zerzauste ihm seinen Prinz-Eisenherz-Haarschnitt, und seine Mutter beugte sich zu ihm hinunter, um ihn zu küssen. Sie nannten ihn ihren hübschen Prinzen, und er hielt sie bei den Händen. Er konnte dem Frisör nicht Adieu winken, weil er die Hände nicht frei hatte; er musste seine beiden Eltern zurück zum Auto führen. Dann war er Prinz Eisenherz, der im Valiant nach Hause fuhr. Doch warum sprach seine Mutter in ihrem Babyton mit ihm? Er war kein Baby mehr. »Zu Hause«, erklärte sie ihm, »haben wir die neue gehäkelte Jarmulke, die Grammy für dich gemacht hat. Sie ist wunderhübsch. Weißt du noch, wie sie dir den Kopf abgemessen hat?«

Sie benutzten den Hintereingang, obwohl er ein Prinz war. Dann holte seine Mutter die in Seidenpapier eingewickelte Jarmulke hervor: ein schwarzer Kreis mit einem Ring von weißen hebräischen Buchstaben, den Zeichen für Daniel. Er durfte sich das Käppchen zuerst anschauen, sie benannte die Buchstaben, dann befestigte sie es ihm mit einer Haarklammer auf dem Kopf. Er lief mit der Jarmulke auf dem Kopf im Zimmer herum, zuerst an den Wänden entlang, dann um den Tisch. Er setzte sich auf einen Stuhl und aß ein Erdnussbutter-mit-Konfitüre-Brot, und die ganze Zeit blieb die Jarmulke auf seinem Kopf. Dann wollte er hinaus und mit Teddy spielen gehen, dem an jenem Tag die Haare nicht geschnitten wurden; er war kein Prinz.

Daniel stellte sich vor seine Mutter und wartete, dass sie ihm die Jarmulke abnahm.

»Oh«, sagte sie lachend. »O nein, die trägst du jetzt immer.«

»Aber ich will nach draußen«, erklärte er.

»Geh nur. Die bleibt schon oben.«

Aber sie flatterte, als er und Teddy um die Wette liefen, und er fiel zurück – nie zuvor hatte Teddy Vorsprung gehabt, immer war Daniel der Schnellere gewesen. Also riss er sich die Jarmulke vom Kopf, und, aua, es kam auch ein Haar mit. Er hatte nicht an die Haarklammer gedacht; nur Mädchen tragen Klammern im Haar, was tat ihm seine Mutter an? Er stopfte die Jarmulke und die Haarklammer in die Tasche, holte Teddy ein, überholte ihn, wie immer.

»Du hast deine Jarmulke verloren«, sagte seine Mutter zu ihm, als er heimkam. Aber er hatte sie nicht verloren; sie war in seiner Tasche. Er zog sie heraus, und Sugar Pops klebten daran. Teddys Mutter ließ sie immer eine Hand voll nehmen, aber sie griffen sich meist zwei, eine für später. Mütter sagen immer eins, aber dann erlauben sie zwei, und wenn sie sagen, zwei, meinen sie eigentlich drei.

»Sie ist klebrig«, sagte seine Mutter. »Ich muss sie waschen. Aber warum hast du sie nicht gelassen, wo sie war? Ich habe sie festgesteckt, damit sie nicht herunterfällt. Nächstes Mal nehme ich zwei oder drei Haarklammern. Ein jüdischer Junge zieht seine Jarmulke nie aus.«

Er war ein jüdischer Junge, deshalb. Wäre er ein jüdisches Mädchen, hätte er sie nicht tragen müssen. Aber er wollte kein Mädchen sein. Er war ein Junge wie Teddy, aber Teddy musste keine Jarmulke tragen. Niemand sonst in der Schule musste eine tragen. Sie lachten ihn aus, weil er sie trug. Er wollte wie Teddy sein. Nicht jüdisch. Aber seine Mutter sagte, er sei es, und sie machte die Jarmulke jeden Morgen mit drei Klammern fest, und da blieb sie. Sie erklärte ihm, Daddy trage auch eine unter seinem Hut, und er sei Daddys großer Junge, und auch Mamis, und er müsse sie tragen. Also trug er sie. Er trug sie jeden Tag zur Schule. Und er trug sie das ganze College hindurch, dann bei Vorstellungsgesprächen. Manchmal wurde er von Personalverantwortlichen darauf angesprochen. Jetzt, mit neunundzwanzig Jahren, legte er sie ab, etwas, das er schon vor Jahren hätte tun sollen.

Er kam nach Hause und schaltete die Stereoanlage ein. Scheißsabbat. Er schaltete auch den Fernseher und alle Lichter im Haus an. Leck mich doch die Religion. Sie war dazu gemacht, dich niederzuhalten. Er würde sich vor niemandem rechtfertigen. Er würde sich von niemandem vorschreiben lassen, was er tun durfte und was nicht. Er würde sein, was er sein wollte. Er würde keine Verpflichtungen, kein Judentum, keine Ehe akzeptieren. Es waren Ketten, sie machten einen zum Narren. Er war ein Gefangener mit gefesselten Armen und Beinen und Gedanken gewesen. So viele »du darfst nicht» und »du sollst nicht«. Er würde zu allem nein sagen, nein, nie mehr, fertig.

Er schloss die Gitarre an den Verstärker an, schlug ein paar Akkorde, legte sie beiseite, drehte die Lautstärke auf, schrummte weiter. Heute wollte er alles tun, was er an einem Sabbat nicht tun sollte. Er würde seine Befreiung feiern. Er war amerikanischer Staatsbürger. Er wollte von den Freiheiten Gebrauch machen, die dieses Land gewährte. Keine Regeln mehr, keine Rituale und kein Aberglaube. Die gehörten ins Mittelalter, und dies – das Hier und das Jetzt – war das zwanzigste Jahrhundert.

Er wählte Jills Nummer. Erst als er ihre Stimme hörte, drosselte er mit der Fernbedienung die Lautstärke.

»Was ist denn bei dir los?«, fragte Jill. »Bist du auf einer Party?«

»Man könnte es so nennen«, erwiderte er.

Es folgte eine Pause, und er spürte, dass sie beunruhigt war. Sie war jetzt immer beunruhigt. »Das Ganze muss sich abkühlen«, sagte sie. »Es darf nicht wieder passieren. Distanz hilft bestimmt«, meinte sie. »Und nicht miteinander allein sein.«

Hatte sie eine Ahnung! Es war unmöglich aufzuhalten, was einmal angefangen hatte. Es war passiert, weil sie beide es wollten. Daran konnten sie nichts ändern.

»Wo ist Deena?«, fragte Jill. «Was ist passiert?«

»Nichts ist passiert. Sie bleibt über Nacht bei Karen, du weißt doch, Karen und Greg? Was machst du heute Abend?«

»Ich bin eben vom Fitnesstraining zurückgekommen. Ich muss noch duschen. Ann stellt was fürs Abendessen zusammen.«

»Darf ich mit euch essen?«, fragte Daniel. »Lädst du mich ein?«

Es gab eine Pause. »Allein?«, fragte Jill.

»Ann ist ja dabei. Sag mir, wann.«

»Ich weiß auch nicht. Komm einfach, wenn du soweit bist. An einem Freitagabend brauchst du ungefähr eine Stunde.«

Er schaltete alles aus, stellte den Alarm ein und ging hinaus zum Auto. Er brauchte Bewegung; er war völlig aufgedreht. Er fuhr an einem Sabbat Auto. Seine Mutter wäre schockiert.

Deena auch. Aber er war nicht mehr der kleine Danny. Er hatte eine wunderschöne Frau in den Armen gehalten, er hatte sie geküsst, sie hatte ihn geküsst, er hätte alles mit ihr machen können, sie hätte ihm alles erlaubt, aber er hatte es nicht getan; und jetzt bereute er es. Vielleicht bekam er noch mal eine Chance. Vielleicht war es noch nicht zu spät. Vielleicht, vielleicht. Jeder andere wäre aufs Ganze gegangen. Ohne diese Jarmulke auf dem Kopf hätte auch er es getan. Es war ein Stempel, ein gelber Stern, der ihn als Juden kennzeichnete. Zuerst haben die Juden sich selbst ein Mal aufgedrückt, dann haben es andere für sie getan. Als Gezeichneter musste man mehr sein, als nur man selbst, edler, und das verhinderte das alltägliche, niedrig-schmutzige Leben. Er wollte dem ein Ende setzen. Ohne die Jarmulke war er frei. Es war in dieser großen weiten Welt von geringer Bedeutung, ob er, Daniel Binet, mit einer Frau, die nicht seine Ehefrau war, Sex hatte. Die Welt würde nicht untergehen. Und er hatte guten Grund dazu. Sieben Jahre waren eine lange Zeit, und es war nicht besonders einfach, mit Deena zusammenzuleben. An einem Tag mochte sie ihn, am nächsten nicht. Er wusste nie, was er wieder gesagt oder getan hatte.

Er fuhr in Richtung Brücke. Der dichte Verkehr und die Ampeln auf dem Queens Boulevard verstärkten seine Ungeduld nur noch. Er hätte die Brooklyn Bridge nehmen sollen.

Er fingerte nervös herum, drehte an den Knöpfen des Radios, wechselte von Rock zu Jazz und wieder zu Rock. Als er in die Second Avenue einbog, war er ernüchtert. Er überlegte. Kein Argument würde rechtfertigen, was er tat. Und doch war es das, was er wollte und brauchte. Er konnte nichts dafür; er hatte keine Entschuldigung, er würde ehrlich sein.

Schon als er Jill zum ersten Mal sah, hatte er sie begehrt, und er begehrte sie, weil sie so anders war. Sie war jung, gut drauf und faszinierend. Sie war zugleich naiver und klüger als Frauen aus New York, und diese Kombination war hinreißend. Er liebte alles an ihr. Er würde keine Rechtfertigung suchen; er wollte einfach er selbst sein und handeln und sich keine Gedanken darüber machen, was folgen würde. Das Nachher kam immer, es war schon im Kommen, er würde es seinen Lauf nehmen lassen.

Er schaltete in einen niedrigeren Gang, sauber und exakt, sein Körper im Einklang mit den Rädern auf der Straße. Das beherrschte er. Dies allein machte das Leben aus: die Freude an der Vollkommenheit, ihre Schönheit und das Ringen um sie. Deshalb begehrte er Jill. Er wollte sich bei einer wunderschönen, vollkommenen Frau als ganzer Mann erweisen. Er wollte sehen, wie Jill sich in seinen Armen fühlte. Er würde es ihrem Gesicht, ihrem Mund ansehen, wie er im Vergleich zu anderen Männern abschnitt, wenn er im richtigen Augenblick darauf achtete. Er konnte ein guter Liebhaber sein. Er würde sich als Liebhaber bewähren.

»Ich will, ich will, ich will«, sagte er laut. Die Worte prallten gegen die Scheiben, das Dach, das Armaturenbrett; dann verklangen sie in den gepolsterten Sitzen. Er wiederholte die Wörter und lauschte wieder. Er schnupperte. Der Wagen roch nach Shower to Shower. Jill? Sie benutzte Johnson & Johnson Baby Shampoo für ihr Haar; es war ein Geruch, den er gut kannte. Er liebte ihre schlichten Schulmädchendüfte. Alles, was man in einem Drugstore kaufen konnte, war gut. Ivory, Cashmere Bouquet, Dove, einfache Seifen mit reinen Düften, Produkte, die an gewöhnlichen Leuten mit gewöhnlichen

Nasen ausprobiert worden waren. Früher mochte er Rive Gauche, das Parfüm, das Deena nahm, als sie sich kennen lernten. Als es ihr ausging, kaufte er ihr ein neues Fläschchen, doch unterdessen hätte sie gern etwas anderes gehabt. Sie sagte, Rive Gauche habe sie über, und tauschte das Parfüm gegen ein Fläschchen Chanel ein, etwas Moderneres und Raffinierteres, erklärte sie. Chanel hatte er noch nie gemocht, und Raffinesse stieß ihn ab. Er liebte natürliche Düfte, Mädchenhaftes. Er mochte Jill. Ich kann nichts dafür, sagte er sich. Ich will nicht aufhören, sie zu mögen. Und diesmal würde er dafür Sorge tragen, dass die Liebe hielt. Er war jetzt älter, er würde alles anders machen. Er wusste noch nicht, wie; er wusste nur, dass er alles tun würde, die Liebe zu bewahren. Vielleicht war er dazu auf der Welt: um herauszufinden, ob sie überhaupt von Dauer sein konnte. Wenn er nur nicht so viel grübeln müsste. Wenn er nur aus seinem Körper schlüpfen und ihn zu Hause auf dem Regal stehen lassen könnte. Er wollte sich keine Gedanken machen. Er wollte sich nicht über das Unrechte, die Folgen den Kopf zerbrechen. Er wollte ohne seine Stoppsignalmentalität leben.

Die Ampel wechselte auf Grün, und er fuhr los. Jetzt, wo er einmal hier war, wollte er keine Zeit vergeuden. Er fuhr direkt zum Parkhaus an der 11th Street.

Auf der Straße zu gehen tat gut. Alle Welt schien unterwegs zu sein. Es war Freitagabend, das ganze Wochenende stand noch bevor, und Erwartung lag in der Luft. Er sog die Energie ein. Das war genau das, was er nach einer strengen Woche brauchte. Er musste abschalten können. Er musste mit Freunden ausgehen. Trinken, plaudern, lachen. So sollte der Sabbat-Tag sein. Er hatte genug von der gedämpften Stille der

Freitagabende und den langen, untätigen Samstagen. Er tat nie etwas anderes als lesen und schlafen. Was er brauchte, waren Betrieb, Musik, Unterhaltung und Alkohol. Nach einem Abend in der Stadt konnte er sich um seine Kopfschmerzen kümmern und nachdenken. Aber zuerst kamen der Alkohol und der Lärm. Man brauchte etwas, um sich davon auszuruhen.

Zweiter Teil

Bei der Fulton Street wechselte Deena auf die Lexington-Linie. Vor, neben und hinter ihr eilten Leute durch die langen Gänge. Sie war nur ein Teil einer sich bewegenden Maschine. Sie drängte sich in der Menge vorwärts und atmete die Luft ein, die nach Diesel und Dampf und Menschen roch. Als sie endlich bei der East 86th Street herauskam, war sie erleichtert.

Sie ging die Lexington Avenue entlang, auf der es trotz Kälte und Dunkelheit von Menschen wimmelte. Bei der 93rd Street, Karens Block, bog sie rechts ab und fand sich auf einer bergab führenden Straße. Es war eine Überraschung, in dieser von Menschen errichteten Stadt auf einen Hügel zu treffen.

Karens Name stand als dritter in einer Reihe von Namen, jeder neben einer Klingel, und plötzlich wünschte sich Deena, dass auch der ihre irgendwo an einer Tür in dieser Stadt angebracht wäre. Sie hatte nie allein gewohnt. Ihr Name war immer Anhängsel eines anderen gewesen, der Familie, der Zimmergenossinnen, Daniels.

Sie ging die mit Teppich belegte, ein wenig schiefe Treppe hinauf, und die Schäbigkeit des Ortes gefiel ihr. Was wollte sie eigentlich mit einem Haus an der Myrtle Avenue?

Auf der Theke standen zwei Gläser und eine Flasche Johnny Walker.

»Ich habe Whisky nie pur getrunken«, sagte Deena.

»Möchtest du Eis?«, fragte Karen.

Deena nickte. So ging es vielleicht besser.

Sie setzten sich aufs Sofa und nippten an ihren Drinks.

»Nicht schlecht«, meinte Deena.

Karens Augen strahlten. »Ich muss dir etwas sagen«, erklärte sie. »Ich habe schon lange auf eine Gelegenheit gewartet.«

Deena sah sie an. Es waren gute Neuigkeiten, die sie mitzuteilen hatte.

»Greg und ich«, begann Karen langsam, sprach aber nicht weiter. Deena musterte sie, den Körper nach vorn geneigt, ganz Ohr für das, was sie ihr zu sagen hatte. – »Greg und ich haben beschlossen zusammenzuziehen. So halbieren wir die Kosten. So können wir sparen.«

»Das ist ja toll«, sagte Deena. »Ist seine Wohnung denn groß genug?«

Karen schüttelte ihren blonden Kopf. »Nein, aber wir sind hier im Stadtzentrum. Niemand wohnt in einer ausreichend großen Wohnung. Dieses Wochenende will er einen Kleiderschrank für mich entwerfen. Ist das nicht süß?«

»Er konstruiert gern etwas, besonders wenn's für dich ist.«

Karen nickte. Die Ehe bedeutet letzten Endes einfach, sich häuslich einzurichten. Nachdem Karen ihre romantische Vorstellung aufgegeben hatte, sich Hals über Kopf in einen Creative Director aus dem momentan heißesten Laden zu verlieben, konnte sie sich mit Greg abfinden. Und das war gut so. Er betete sie an. Und sie schien ganz glücklich zu sein; sie war bereit, sich mit ihm zusammenzutun; sie wollten gemeinsam sparen. Deena stellte dieses Zusammenziehen nicht in Frage, riet nicht davon ab. Sie nickte nur und gratulierte.

»Und jetzt erzähl mir mal, was mit dir und Daniel los ist. Ich weiß, dass etwas nicht stimmt, weil du mich an einem Freitagabend anrufst und am Sabbat wegfährst.«

Deena schaute sie an. Es gab nicht viel zu sagen. Ein Kuss. Daniel hatte Jill geküsst. Mehr wusste sie nicht. Hatte dieser Kuss eine oder fünf Minuten gedauert? Saßen sie oder standen sie dabei?

Sie nippte und schluckte.

»Ich weiß nicht, was los ist«, sagte Deena. Sie schüttelte den Kopf. Nein. Das stimmte so nicht. Sie wusste, was los war, aber sie wusste nicht, wie sie es sagen sollte. Es ging nicht darum, was Daniel tat. Es ging darum, was sie empfand. Sie wollte sich davon ja gar nicht berühren lassen. Es sollte sie eigentlich nicht verletzen.

»Wir haben ein paar Probleme.«

»Das hab ich mir fast gedacht«, erwiderte Karen. »Hat Jill damit zu tun?«

Deena gab keine Antwort. Sie schämte sich der banalen Einzelheiten. Die Sekretärin, das Büro.

»Es ist schon komisch«, sagte Karen. »Ich habe immer geglaubt, du und Daniel, ihr führt eine Musterehe. Ich habe versucht, mir eine solche Ehe für mich selbst vorzustellen – du weißt schon, damit es auch bei uns so wird.«

Deena nickte.

Karen schüttelte den Kopf. »Ich kann nicht behaupten, dass mir nicht gewisse Anzeichen aufgefallen sind, wie zum Beispiel, als er dich im Büro besuchte. Ich war überrascht, weil er sonst immer so streng religiös wirkte.«

»Es ist nicht bloß Jill«, sagte Deena. »Es liegt an mir. Ich weiß nicht, was ich will.«

Karen nickte. »Nimm dir Zeit. Lass dich von niemanden drängen. – Ah, übrigens«, sagte sie und schaute auf die Uhr. »Wir sollten gehen, bevor es zu spät ist. Ich hab mir gedacht, wir könnten uns vielleicht einen Film ausleihen. Und ich sollte noch ein paar Sachen für morgen früh besorgen.«

Im Videogeschäft waren sie sich schnell einig. Beide hatten sie die neue Version von *Cousin, Cousine* verpasst. Karen schlug für das Abendessen Popcorn mit Cola vor, und Deena sah sie an. Popcorn zum Abendessen?

Im Laden an der Ecke kauften sie Milch, Cola, Kleenex und Popcorn für die Mikrowelle.

Als sie wieder die Treppe hinaufstiegen, sagte Deena: »Ich glaube, ich sollte mir vorübergehend eine Wohnung nehmen. Wenn du mal irgendwas hörst.«

»Du kannst doch bei mir wohnen«, erwiderte Karen.

»Es könnte aber für eine oder zwei Wochen sein. Ich will mich dir nicht aufdrängen«, meinte Deena.

»Fast immer bin ich über Nacht bei Greg«, sagte Karen, »du hättest die Wohnung also meist für dich. Ich hatte vor, ein Inserat aufzugeben. Bis ich jemanden finde, kannst du sie gern benutzen.«

»Es wäre mir wohler, wenn ich dir etwas dafür bezahlen dürfte«, sagte Deena.

»Das können wir alles später regeln. Ich muss ohnehin hier vorbeikommen, um Kleider zu holen.«

Konnte es sein, dass alles so einfach ging? Sie brauchte bloß auszuziehen, eine Weile wegzubleiben. Sie wollte keine längerfristige Entscheidung treffen. Sie würde nur mit einer

Reisetasche ausziehen. Sie würde immer eine Woche voraus planen. Der Rest des Lebens konnte warten.

Wenn sie mehr mitgenommen hätte, hätte sie nicht mehr zurückgehen müssen. Es würde ihr schwer fallen, das Haus wieder zu verlassen, doch es blieb ihr keine andere Wahl. Heute würde sie hier schlafen, morgen Abend im Haus und Sonntagabend wieder hier. Ihr Leben veränderte sich. Mit dem gewöhnlichen, alltäglichen Leben war es nun vorbei.

Sie schlief unerwartet gut. Und kaum hatte sie am Morgen die Augen geöffnet, war sie hellwach und lebendig. Sie lag auf dem Rücken und beobachtete, wie die Sonne rund und voll über den Gebäuden auf der anderen Straßenseite auftauchte und dann höher stieg. Sie war glücklich; es war schön, hier zu sein. Und es lag noch ein ganzer Morgen vor ihr.

Karens Augen waren geschlossen, und ohne sie zu öffnen griff sie hinter sich nach der Sonnenbrille und setzte sie auf. »Guten Morgen«, sagte sie. »Hast du gut geschlafen?«

»*Mmmm*«, erwiderte Deena. »Es ist wunderschön hier am Morgen.«

»Manchmal ist es zu hell«, sagte Karen und griff nach der Fernbedienung. »Guckst du *Pee Wee?*«

»Nein, aber heute könnte ich ja mal.«

In der Wohnung dominierte die Farbe Weiß. Der Fernseher war ein weißer Sony. Der Anrufbeantworter war ebenfalls weiß, das neue Sony-Modell mit der großen runden Anzeige, wie ein Vollmond.

Karen kicherte über Pee Wees Späße. So fängt man seinen Tag an.

Sie wollten gerade aufbrechen und waren schon an der Tür, als Karen einen Aschenbecher von einem Regal heruntergeholte und sich einen angerauchten Joint, der in einer Zigarettenspitze steckte, anzündete. Sie inhalierte zweimal und reichte ihn dann Deena, die ablehnte.

Deena war überrascht. Sie hätte nicht gedacht, dass Karen Pot rauchte. Und vor fünf Uhr nachmittags kam es ihr gefährlich oder dekadent vor, sie wusste nicht genau, was von beiden. War es genauso schlimm, wie vor Mittag Alkohol zu trinken? Sie wusste nicht viel über Marihuana, aber sie hätte gern erfahren, weshalb Karen es brauchte. War es Langeweile oder etwas, was sie regelmäßig an Samstagen tat?

Auf der Madison Avenue fühlte sich Deena underdressed. Die Frauen hier machten den Eindruck, als wären sie wer. Sie selbst trug ausgebeulte Jeans. In den Schaufenstern lockten günstige Ausverkaufsangbote.

»Eine gute Zeit zum Einkaufen«, meinte Karen.

Deena probierte einen weichen schwarzen Pullover an, der unten ausgestellt war wie ein kurzes Kleid.

»Du solltest dir ein paar Sachen kaufen«, munterte Karen sie auf. »Dann fühlst du dich bestimmt besser. Jede Frau würde das tun. Die Kreditkarten ihres Mannes bis zum Limit belasten.«

Deena zögerte. Mit den Kosten für das Haus und all den Extravaganzen der letzten Zeit war das Limit bereits erreicht. Und außerdem, wenn sie Geld ausgab, würde am Ende sie bezahlen, nicht Daniel. Aber trotzdem, sie wollte einkaufen; sie hatte sich vorgenommen einzukaufen. Sie betrachtete sich im Spiegel. Der Pullover war keine gute Qualität. Er begann bereits zu fusseln und bestand nicht einmal aus hundert Prozent Wolle. In ihrem Schrank zu Hause gab es bereits allzu viele solcher Anschaffungen. Spontankäufe. Sie hatte genug billiges Zeug für ein ganzes Leben. Sie würde warten und etwas kaufen, das sich wirklich lohnte.

Sie gingen weiter. In einem Drugstore erstanden sie zwei kleine Heftchen gepudertes Papier, Made in China.

»Hast du Hunger?«, fragte Karen.

»Einen Riesenhunger«, sagte Deena. Wenn sie jetzt etwas aß, würde sie ein paar Stunden warten müssen, bis sie laufen konnte. Sie war sich nicht sicher, ob und wann sie laufen gehen würde. Sie wusste nicht, wie dieser Tag enden würde.

Sie bestellten Hamburger und Bier. Karen aß schnell und mehr als sonst. Vom Pot hatte sie Appetit bekommen. Nach dem Essen zog sie das Heftchen aus ihrer flachen Tasche, riss ein Blatt heraus und puderte sich damit die Nase.

»Gute Idee«, meinte Deena.

Auf der Rückseite kam nach einem Abschnitt mit chinesischen Zeichen die Überschrift »Gebrauchsanweisung«. Deena las laut: »Gesicht und Hals sanft mit einem aus dem Heftchen gerissenen Blatt einreiben, so wird die Haut von Fett und Öl gereinigt und mit einer dünnen Schicht parfümierten Puders aufgehellt, der die natürliche Schönheit des Teints unterstreicht.«

Sie lachten. Deena puderte sich Nase und Kinn mit einem der Blättchen, und sie sahen einander bleichgesichtig an. Das machte Spaß. Sie konnte sich nicht erinnern, je so viel Spaß gehabt zu haben.

Auf dem Heimweg kamen sie wieder an dem Geschäft vorbei, und Deena überlegte hin und her. Sie hatte sich nichts anderes gekauft. Sollte sie sich den Pullover doch holen?

Brauchte sie ihn? Verdiente sie ihn? Jeder einzelne Kauf machte ihr zu schaffen. Ja, nein, vielleicht. Sie bekam Kopfschmerzen davon. Aber einkaufen ohne Geld auszugeben ist witzlos. Man brauchte den Kick. Doch zuerst musste sie Dinge loswerden. Um von vorn zu beginnen, muss man erst an den Start zurück.

Daniel erwachte mit Kopfschmerzen. Wo war Deena?

Er schloss die Augen. Er brauchte Wasser. Er sah auf den Wecker. Es war schon nach Mittag, und für etwas war es nun zu spät: für das Auto. Es befand sich noch immer im Stadtzentrum. Sie würden ihm dafür einen zusätzlichen Tag berechnen. Alle wollten sein Geld. Sollten sie es haben. Er hätte am liebsten geheult.

Unten suchte er Karens Nummer heraus und wählte. Es meldete sich der Anrufbeantworter. Sie waren ausgegangen. Alle waren gegen ihn; sie hatten sich gegen ihn verschworen; als wäre er allein im Unrecht, als hätte Jill nicht geflirtet, als hätte ihn Deena nicht ermutigt. Sie gaben allein ihm die Schuld. Aber hatte nicht Jills Kopf sich seinem genähert?

Sein Magen knurrte; er war hungrig. Seit dem Mittagessen gestern hatte er nichts Richtiges mehr zu sich genommen. »Vielleicht magst du das nicht besonders«, hatte Jill gesagt, als sie ihm die Tür öffnete. »Wir haben zum Abendessen eine Rohkostplatte bestellt, und Ann ist in der Küche und macht einen Joghurtdip. Wir müssen beide am Montag zum Vorsprechen, also steht für das Wochenende ausschließlich Üben, Diät und viel Schlaf auf dem Programm, das heißt, es darf nicht zu spät werden. Wir gehen nicht aus.«

Er blieb eine Stunde, mampfte Karottenstängel und trank

Mineralwasser. Jill fing an, wie Deena zu reden. Aber irgendwann reichte es ihm. Er nahm ein Taxi in die Innenstadt zum Klub an der MacDougal Street, bestellte einen Scotch und taxierte die Frauen. An diesem Abend waren die gut aussehenden nicht da. Sie waren alle zu Hause und tranken Mineralwasser. Er bestellte noch einen Scotch, goss ihn zu schnell hinunter und beschloss, zu Fuß zu gehen. Er marschierte ostwärts, kehrte für einen weiteren Drink ein. Dann klopfte er eine Bar nach der anderen ab. Das Parkhaus war an der 56th Street; er ging weiter, von Drink zu Drink, bis er schließlich zu betrunken war, um noch ein Auto zu lenken. Er nahm ein Taxi nach Hause und entdeckte zu spät, dass er fünf Dollar zu wenig bei sich hatte. Er entschuldigte sich und bat den Fahrer um seine Adresse, doch der Mann wollte sie ihm nicht geben. Er glaubte ihm nicht, dass er das Geld mit der Post schicken würde. Er fluchte und fuhr mit kreischenden Reifen davon.

Auf Karens Anrufbeantworter waren zwei Nachrichten von Daniel: Das erste Mal sagte er, er nehme den Zug in die Innenstadt und rufe wieder an, wenn er angekommen sei. Das zweite Mal meldete er, er sei jetzt angekommen und versuche es in einer oder zwei Stunden wieder.

Karen kam mit zwei Gläsern Wasser herein.

»Ich glaube, ich mach mich jetzt auf den Weg«, sagte Deena. »Wenn Daniel anruft, sag ihm, ich sei nach Hause gefahren.«

»Du kannst gern hier bleiben, bis er anruft«, sagte Karen.

»Danke, aber ich sollte gehen. Ich rufe dich später am Abend an.«

»Ich bin bei Greg. Ruf mich dort an.«

Deena stopfte ihre Kleider in die Tasche. Sie wollte nicht gehen. Es wäre so viel leichter, einfach zu bleiben. Wenn ihr Auszug doch schon Vergangenheit wäre, eine unverrückbare Tatsache, unwiderruflich, egal, wer was gesagt hatte oder was einmal versprochen worden war.

An der Tür beugten sie sich ein wenig vor, um einander leicht zu berühren, und trennten sich. Wenn es nur so einfach wäre, sich von Daniel zu trennen. Es war eigenartig. Jetzt, da sie im Begriff war, ihn zu verlassen, kamen Karen und Greg zusammen, so als dürften die Leute nur abwechslungsweise verheiratet sein, als müssten in dieser Welt Quoten von Unverheirateten und Paaren eingehalten werden.

Zu Hause leerte sie den Lederkoffer und sah in ihrem Umzugsschrank nach. Es fand sich nichts darin, was sie wirklich wollte, nichts, was ihr besonders gefiel. Sie blickte in den Spiegel. Wie konnte jemand nur so viel besitzen und dabei nichts, das sich zu besitzen lohnte.

Sie betrachtete den Haufen von Kleidern, den sie die Woche über getragen hatte. Wenn sie diesen ganzen Haufen wusch und einpackte, dann hatte sie die Kleidung, die sie wirklich trug; und nichts davon hatte im Schrank gehangen.

Sie packte ihre schwarzen Jeans ein, zwei Blusen und verschiedene T-Shirts. Dazu eine Jacke, die sie zu Besprechungen tragen konnte. Sie faltete ihren langen Regenmantel zusammen. Ihre Sachen zum Laufen, Jogging- und andere Schuhe würde sie in einen Matchsack werfen. Sie ging die Reihe ihrer Schuhe durch und beschloss, nur die braunen geschnürten, die sie jeden Tag trug, mitzunehmen. Sie packte noch einen schwarzen Pullover ein und machte dann den einen noch funktionierenden Schnappverschluss des Koffers zu.

Sie hatte immer noch einen ganzen Abend hinter sich zu bringen. Sie ging laufen. Es begann schon dunkel zu werden, aber das machte nichts. Sie kannte jeden Zentimeter des Weges. Sie wusste, wo es Pfützen gab, wenn es regnete, und wo das Ende einer Röhre gerade so viel vorstand, dass sie mit der Schuhspitze daran hängen bleiben und der Länge nach hinfallen konnte. Sie wusste genau, wo im Betontunnel das Echo ihrer Schritte ertönen und wo es verhallen würde. Sie kam aus dem Tunnel, das Geräusch des Windes im Ohr, zurück ins Zwielicht, dann in offenes Parkgelände. Vor einem Monat hatte sie ausgerechnet, wie viele Tage es noch dauern würde, bis sie auf dieser Bahn die tausendste Meile zurückgelegt hätte. In fünf Monaten war sie über fünfhundert Meilen gelaufen. Wäre sie zweimal am Tag laufen gegangen, hätte sie die tausend schneller geschafft. Jetzt würde sie nicht auf tausend kommen, zumindest nicht hier.

Er hatte den ganzen Tag nichts zu sich genommen, und es war kein Bissen mehr im Haus. Er stand vor dem offenen, leeren Kühlschrank. Nicht einmal ein Joghurt war noch da, um ihm über das Schlimmste hinwegzuhelfen. Sie tat überhaupt nichts. Weder kaufte sie ein, noch kochte oder putzte sie. Sie tat nichts anderes als laufen. Kaum drehte er sich um, war sie schon wieder unterwegs.

Er schaute auf die Uhr. Kaum zu glauben, dass es erst Samstagabend war. So vieles war seit Freitag geschehen.

Es war schon nach sieben. Nur der Koreanermarkt würde noch offen sein. Gestern Karottenstängel zum Abendessen und heute noch mal das Gleiche. Kaninchenfutter. Das war alles, was das Leben ihm zu bieten hatte, Knabberzeug.

Er zog die Jacke an und verließ das Haus. Er ließ seinen Blick in Richtung Park schweifen, aber da war keine Spur von ihr. Es grenzte an Wahnsinn, zweimal am Tag zu laufen.

Er schritt die Regale des Koreanermarkts ab. Lattich, Eichblatt, Kopfsalat. Büschel von Rosmarin, Petersilie, Koreander. Er kaufte Kopfsalat, eine Tomate und zwei Gurken. Er brauchte mehr als das. Er kam bei der Pizzeria an der Ecke vorbei und ging hinein. Ein paar Stücke Pizza wären jetzt genau das Richtige. Mit Pizza war nichts gegen Salat einzuwenden.

Das Lokal sah aus wie eine Bar, roter Backstein und Neonlicht. Er blickte die Straße hinauf und hinunter. Niemand würde ihn sehen. Er griff hinauf, um seine Jarmulke abzunehmen; sie war nicht da. Wenn er ganz aufhören würde, sie zu tragen, müsste er es sich nicht zweimal überlegen, bevor er irgendwo hinging, irgendetwas tat.

Drinnen der Geruch von Peperoni. Der Magen drehte sich ihm um. Aber er musste ja nicht hier essen.

Er bestellte drei Stück zum Mitnehmen.

»Belag?«, fragte der Mann.

Daniel zögerte.

Die Pizza kam frisch aus dem Ofen. Er könnte allein schon drei Stücke essen, und Deena würde auch mindestens eins wollen.

»Geben Sie mir fünf Stücke«, sagte Daniel. »Zwei Knoblauch, zwei Oliven und eins ohne Belag.«

Der Karton in seiner Hand war warm. Er öffnete ihn

auf einer Seite, klaubte ein wenig Käse heraus und kaute. Mmmm. Er war hungrig, und es schmeckte gut. Koscher oder nicht koscher, Pizza war Pizza.

Deena duschte sich, als Daniel zurückkam. Als sie nach unten ging, standen Pizzas und Salat auf dem Tisch. Sie war hungrig.

Er öffnete eine Flasche Wein. Es gab immerhin noch dies: gemeinsam essen und trinken.

»Gute Pizza«, sagte sie.

»Was ist mit dem Koffer oben?«, fragte er.

»Ich ziehe aus.«

»Wohin?«, wollte er wissen.

»Zu Karen, für eine Woche oder so.«

Er nickte. »Das ist vielleicht das Beste. Vermutlich brauchen wir beide etwas Zeit.«

Greg nahm das Telefon ab, als sie anrief, um mitzuteilen, dass sie nun definitiv komme.

»Ich hab's gehört«, sagte er. »Das tut mir Leid. Kann ich irgendetwas für dich tun?«

Er sprach in melodramatischem Tonfall, als sei gerade jemand gestorben. In der Zwischenzeit hatten Daniel und sie gemeinsam zu Abend gegessen. Er war sogar damit einverstanden, dass sie auszog.

»Ich soll dir von Karen ausrichten, dass wir dich am Nachmittag bei dir zu Hause abholen können, wenn das etwas hilft«, sagte Greg.

Deena zögerte. Sie wollte nicht hilflos wirken. »Daniel wird mich hinbringen«, sagte sie.

»Bist du sicher?«, fragte Greg. »Ruf morgen nochmals an, falls du dir's anders überlegst. Ich geb dir jetzt Karen.«

»Wie fühlst du dich?«, fragte Karen dramatisch.

Deena runzelte die Stirn. Sie wollte Diskretion; sie wollte, dass das Ganze ruhig ablief, ohne Drama und viele Diskussionen.

»Daniel hat angerufen, ungefähr eine Stunde nachdem du weg warst. Er hat weiß ich was alles gefragt. Was du gesagt hast, wollte er wissen, und er hat behauptet, es sei nicht alles wahr. Ich hab ihm gesagt, du hättest sehr wenig erzählt, und ich hätte mit allem nichts zu tun, und er solle doch mit dir sprechen. Hat er angerufen?«

»Er ist hier«, sagte Deena. »Wir haben zusammen zu Abend gegessen. Wir sind übereingekommen, es für ein oder zwei Wochen mit dieser Trennung zu versuchen. Er wird ohnehin nicht in New York sein. So bin ich nicht allein im Haus. Es trifft sich eigentlich alles ganz gut.«

Sie erfand Dinge, wie sie ihr gerade einfielen, und gab damit dem Ganzen einen Anstrich von Normalität, so wie Daniels Mutter, die im Stande war, mitten in einer erbitterten Auseinandersetzung mit ihrer Tochter das Telefon abzunehmen und mit größter Höflichkeit zu sprechen, zuzuhören und zu antworten, um sich dann nach einem ruhigen auf Wiederhören umzudrehen und weiter zu streiten.

»Passt dir morgen Vormittag immer noch?«, fragte Deena.

»Natürlich. Greg fand, das Ganze sei eine Art Geschenk des Himmels, weil es uns zwingt, mit dem Umzug vorwärts zu machen. Nur sind die Umstände nicht gerade glücklich. Er war richtig wütend auf Daniel. Du hättest hören sollen, was er ihn alles genannt hat.«

Deena protestierte. »Es ist aber eigentlich nicht so, wie ihr denkt –«

Karen unterbrach sie. »Ich weiß. Das habe ich ihm auch gesagt. Hör mal, wegen der Wohnung. Ich versuche, so viel wie möglich mitzunehmen, damit du im Schrank genügend Platz hast.«

»Ich bring nicht viel mit«, sagte Deena. »Ich habe einen Koffer und einen Matchsack für die Kleider zum Laufen. Du kannst auch alles dalassen, ich hab auf jeden Fall genug Platz.«

Sie konnte nicht schlafen, drehte sich nach links, nach rechts, auf den Bauch und wieder auf den Rücken. Sie setzte sich auf und ließ den Kopf auf die Knie fallen. Sie war müde, sie hatte Kopfschmerzen, aber sie konnte nicht schlafen. Sie ging ins Badezimmer, nahm ein Aspirin, legte sich wieder hin, doch aus dem anderen Zimmer hörte sie Daniels Schnarchen. Sie würde nie einschlafen, solange er schnarchte. Sie schloss die Augen und zählte jede einzelne Minute, die verging. Wenn man wach ist, verdoppeln und verdreifachen sich die Nachtstunden, und man erinnert sich an alle schlaflosen Nächte seines Lebens.

Sie versuchte zu lesen und konnte nicht. Sie ging nach unten und schaltete den Fernseher ein. Das bläuliche Licht und die Stimmen taten ihren Augen und ihrem Kopf weh. Sie schaltete den Fernseher wieder aus, legte den Kopf auf die Armlehne des Sofas und schloss die Augen. Sie war erschöpft. Der Nacken tat ihr weh. Sie fühlte sich steif. Sie begann einzuschlafen, sie war schon fast eingeschlafen, beinahe soweit, dann setzte sie sich auf. Der volle Mond stand vor den nackten Fenstern. Sie ging auf die Veranda und öffnete die

Haustür. Es war kalt. Sie zog sich einen Pullover an und blieb an der Tür stehen, dann trat sie hinaus.

Mondlicht fiel auf die von den Zeitungen geschwärzten Stellen und öligen Flecken an der Tür. Warum hatte sie diese Tür nicht als Allererstes gestrichen? Durch diese Tür hatte sie das Haus in Besitz genommen, am Morgen würde sie das Haus durch sie verlassen, und noch immer war sie schmutzig. Sie wollte das gleich jetzt streichen. Sie würde sie im Mondlicht streichen. Auf der Veranda waren Farbdosen und Pinsel. Sie hatte die Wahl zwischen Leinenweiß und Rosa. Sie entschied sich für Rosa.

Sie öffnete die Dose, rührte die Farbe um, tauchte den Pinsel hinein, zögerte. Wo anfangen? Überall. Irgendwo. Anfangen muss man.

Sie begann unten, mit waagrechten Strichen, von rechts nach links und wieder nach rechts. Sie trat zurück, begutachtete es. Im Mondlicht war es ein Blaurosa. Sie strich weiter, trat wieder zurück. Die Tür wirkte im unteren Teil zu massig, unten Rosa, oben Weiß – eine Frau mit breiten Hüften. Der Pinsel wog schwer. Sie ließ den Arm sinken. Sie war erschöpft, aber sie musste das Ganze zu Ende bringen; sie würde diese Tür ohne Hüften zurücklassen.

Als sie zum Betrachten wieder einen Schritt zurücktrat, ging der Mond langsam unter, und das Licht schwand wie eine Warnung: Ich gehe, gehe – fort!

Sie beeilte sich, tauchte den Pinsel häufig ein und strich mit raschen Bewegungen. Im Dunkel schien die Tür verschleiert, nicht leuchtend rosa wie zu Beginn. Deena blieb noch ein Feld, das letzte. Sie hielt inne. Über den Türen ihres Elternhauses blieb ein großes Viereck immer ungestrichen, sodass man beim Kommen und Gehen unter den Schatten trat, wie es sich für ein Volk im Exil ziemt, hatte ihr Vater gesagt. Seit der Tempel zerstört wurde, konnte und durfte es keine reine, ungetrübte Freude mehr geben.

Sie würde das Feld ungestrichen lassen als Erinnerung an das, was gewesen war.

Sie war müde. Ihre Lider waren schwer. Sie würde endlich schlafen, aber vorher musste der Pinsel ausgewaschen werden. Sie konnte noch nicht schlafen. Sie würde den Pinsel auswaschen und die Dose verschließen. Jetzt schlafwandelte sie bereits. Sie musste vorsichtig durch die Tür gehen, ohne die feuchte Farbe zu berühren. Wenn sie den Pinsel nicht reinigte, würde Daniel wieder etwas über die Bedeutung von Werkzeugen zu sagen haben. Weißer Abschaum, kümmert sich nicht um seine Werkzeuge. Seine Stimme, die Stimme, die den Wert der Dinge kannte, die für ihr Geld arbeitete, die Steuern bezahlte, die wusste und verstand – alles verstand. Er war anständig, er war vollkommen, er hatte Recht. Er war barbarisch in seiner Korrektheit.

Sie ging über den Hof, wickelte den nassen Pinsel in Zeitungspapier und warf ihn neben dem Haus in den Mülleimer der Nachbarn. Kein Pinsel mehr. Kein nachlässig dem Austrocknen überlassener Pinsel mehr.

Drinnen trat sie auf die Farbdose und hörte befriedigt das Klacken des Deckels. Zu. Sie hatte zumindest etwas richtig gemacht. Dann zum Sofa. Sie lehnte sich zurück, zog die gefaltete Wolldecke bis übers Kinn und schlief ein.

Das Geräusch der auf die Eingangstreppe geworfenen Zeitung weckte sie. Wo war sie? Was tat sie auf dem Sofa? War da nicht etwas, das sie heute erledigen musste? Die Zeitung lag vor der Tür. Die Tür. Sie war immer noch feucht. Deena setzte sich auf. Endlich war es Tag geworden; endlich konnte sie ausziehen. Das Ganze erregte sie auf seltsame Weise. Zwei Wochen lang würde sie für sich allein in New York City wohnen. Es würde ein Abenteuer werden. Dann würde sie ins Haus zurückkehren. Sie gab das Haus nicht auf, sie verließ es nur für kurze Zeit.

Sie trank Kaffee, blätterte die Zeitung durch, duschte. Daniel lag immer noch im Bett.

Sie ging ins Schlafzimmer.

»Ich weiß, dass du wach bist«, sagte sie. »Es ist schon nach zehn. Ich möchte in einer halben Stunde hier weg.«

»Und was hab ich damit zu tun?«, fragte er.

»Wenn du nicht fahren willst, fahr ich.«

»Das wirst du nicht«, sagte er. »Es ist mein Auto.«

»Zufällig habe ich auch Schlüssel, falls du das vergessen hast.«

»Okay, okay. Dann steh ich eben auf«, sagte er. »Es ist Sonntag. Ist es hier denn nicht möglich, einmal richtig auszuschlafen?«

Er ließ sich Zeit. Er ging verschiedene Teile der Zeitung durch. Er hatte noch nicht einmal geduscht.

»Wenn du um elf Uhr nicht fertig bist, geh ich ohne dich«, verkündete sie.

Um elf Uhr beschloss sie, ein Taxi zu rufen. Sie war nicht auf seine Gefälligkeit angewiesen. Sie brauchte seinen Wagen nicht.

»Ich hab doch gesagt, dass ich dich fahre!«, brüllte er. »Wozu die Eile? Kannst du nicht laufen gehen oder sonst was?«

Karens weißer Toyota war vor ihrem Haus geparkt, und Greg belud den Kofferraum.

»Man kann nirgends parken«, sagte Daniel. »Und für ein Parkhaus bezahl ich nicht.«

Greg kam, um guten Tag zu sagen. »Ich hab zehn Minuten auf diesen Platz gewartet«, sagte er.

»Ich lade aus«, sagte Deena und stieg aus dem Wagen. Sie klopfte auf die Hecktür, aber Daniel reagierte nicht. Sie ging um das Auto herum auf die Fahrerseite und öffnete die Tür, um hineinzulangen.

»Es ist jetzt offen«, sagte er und griff nach dem Hebel.

Greg nahm den Koffer. Deena hob den Matchsack heraus und schlug die Hecktür zu.

Greg zögerte. »Kommt Daniel auch mit hinauf?«

»Ich glaube nicht«, sagte Deena.

»Weißt du was? Ich schließ das Auto ab und komm mit dir hoch, Karen ist oben und packt.«

Sie folgte Greg die Treppe hinauf, besorgt wegen des schweren Koffers auf seiner Schulter. Sie hätte etwas Leichteres einpacken sollen.

Karen kam ihnen auf halbem Weg entgegen. »Gibt's noch mehr?«, fragte sie und nahm Deena den Matchsack ab.

Greg ging ihnen voraus in die Wohnung und stellte den Koffer vorsichtig ab. »Ist das ein Familienstück oder so was?«, fragte er.

»Er ist wunderschön«, meinte Karen. Sie wandte sich Deena zu. »Wie geht es dir? Wo ist Daniel? Ist er gefahren?«

Deena nickte und spürte Gregs Blick. »Gestern Abend hatte er keine Probleme mit meinem Auszug. Heute Morgen ist er verstimmt. Ich weiß nicht, warum.«

Greg schüttelte den Kopf. »Er wollte nicht einmal die Hecktür öffnen. Er saß einfach da.«

»Er ist verärgert«, sagte Deena.

Greg ging zum Fenster. »Er ist weg«, verkündete er.

»Aber warum ist er denn verärgert?«, fragte Karen. »Dazu hättest doch du allen Grund.«

Deena schüttelte den Kopf. Sie begriffen nichts. Sie selbst ja auch nicht, aber sie wusste, dass Daniel nicht völlig im Unrecht war.

Dritter Teil

An ihrem ersten Arbeitstag als allein stehende Frau kam Deena vierzig Minuten zu spät.

Alles dauerte länger als erwartet. In der Dusche brauchte sie zehn Minuten, um zwei Plastikflamingos zum Leben zu erwecken, die, rosarot und schlaff, dringend aufgeblasen werden mussten. Dann, als sie sich mit Karens übergroßem Badetuch abtrocknete, wischte sie verschiedene Stücke einer Sammlung von Aufziehspielzeug von einem Gestell.

Auf dem Weg zur Arbeit dachte sie über die Bedeutung von Spielzeug nach. Gummigorillas, -eidechsen und -Orang-Utans klebten an Badezimmerwänden. Auf Erwachsenenbetten und Kommoden fand man Plüschbären und Puppen. Selbst an ihren Arbeitsplatz brachten die Leute Spielzeug mit. In ihrem eigenen Büro waren die Wände kahl; ihr Schreibtisch diente nichts anderem als seinem Zweck. War es das, was ihr im Leben fehlte?

Doch als sie in ihrem Büro eintraf, gefielen ihr die kahlen Wände. Heute beruhigte sie das Eintönige. In ihrem Leben hatte sich schon genug verändert. Sie spannte ein sauberes Blatt Papier in die Schreibmaschine und tippte. Es tat gut, diese vorgegebene Arbeit verrichten zu müssen, diesen Werbetext zu schreiben, und sie arbeitete, bis sie stecken blieb. Dann holte sie sich ihre erste Tasse Kaffee.

Aufgespartes – der Kaffee, das Brötchen, das sie auf dem Weg zur Arbeit gekauft hatte – wurde besser. Das könnte ihre Lebensdevise werden: Aufsparen als Taktik.

Sie ging an der Küche vorbei bis zum Ende des Korridors und wieder zurück. Büros sollten lange Flure zum Auf- und Abgehen haben. Könnte man das, ohne dabei jemandem über den Weg zu laufen, würde man in Gedanken über den nächsten Satz hinauskommen.

Karen war in der Küche, um sich auch einen Kaffee zu holen.

»Guten Morgen«, sagte sie mit großen ruhigen Augen. »Ich war beunruhigt, als ich dich heute Morgen nicht am Schreibtisch sah. Konntest du schlafen?«

»Die ganze Nacht durch«, sagte Deena. »Ich hab den Wecker nicht gestellt, weil ich dachte, ich würde ihn nicht brauchen, und habe prompt verschlafen.«

»Das liegt an der Duxmatratze. Seit ich sie gekauft habe, schlafe ich immer gut. Man würde nicht glauben, dass eine Matratze so viel ausmachen kann, aber bei dieser ist es so.«

Deena hörte sich dieses langsame und belanglose Daherreden an. Manchmal regte sie sich über Karens Beschäftigung mit Banalitäten auf; heute gefiel es ihr. Heute gab es nichts Wichtigeres, als gut geschlafen zu haben.

»Deine Wohnung hat etwas Friedliches«, sagte sie. »Vielleicht ist es das viele Weiß. Die Musik.«

Karen nickte. »Ich hör mir ein neues Windham-Hill-Band an. Willst du den Kaffee in meinem Büro trinken?«

»Gern, aber ich bleib nur einen Moment«, sagte Deena, obwohl sie wusste, dass sie eigentlich nicht mitgehen sollte.

»Ich will vor dem Mittagessen noch ein paar Texte fertig machen.«

In Karens Büro war die Musik bereits an, und Deena setzte sich und hörte zu. Es stimmte: Die Musik, die weißen Flächen, sie beruhigten.

»Ich hab dir übrigens zu sagen vergessen, dass du dich im Schrank bedienen kannst«, sagte Karen. »Nimm dir, was du brauchst. Du hast ja nicht viel mitgebracht.«

»Ich wohne in deiner Wohnung. Ich höre mir deine Musik an. Wenn ich auch noch deine Kleider trage, bin ich bald du. Zum Glück bist du blond und ich dunkel.«

Karen lachte. »Keine Sorge. Du bleibst du.«

Nach der Arbeit nieselte es, aber es war das erste Mal, dass sie den ganzen Weg nach Hause zu Fuß gehen konnte. Auf der Straße kaufte sie sich für drei Dollar einen Schirm.

Unterwegs warf sie einen Blick in einige Schaufenster, ging jedoch nirgends hinein. Sie blieb vor North Beach Leather stehen und überlegte. Einen Lederrock? Aber sie genoss den Heimweg; es tat gut, einfach so zu gehen und zu schauen und sonst nichts. An einem anderen Tag würde sie vielleicht mehr unternehmen. Nachdem sie innerhalb von sechs Monaten zweimal gepackt und ausgepackt und das meiste von dem, was sie besaß, zurückgelassen hatte, schien ihr ein Einkauf zu diesem Zeitpunkt wie ein Rückschritt.

An der 93rd Street stieg sie eine schiefe Treppe hinauf, und tatsächlich, hier war die Tür, dies waren die Schlüssel, sie passten – wie seltsam, dass sie Schlüssel zu dieser Wohnung hatte.

Einmal drin, schloss sie die Tür ab und lehnte sich dann

mit dem Rücken gegen sie. Hatte sie hier so gut geschlafen? Jetzt kam es ihr wenig wahrscheinlich vor.

Sie öffnete ihren Matchsack und nahm die Kleider zum Laufen heraus. Es würde ein nasser Lauf werden, und sie hatte müde Füße – sie war vierzig Blocks weit marschiert –, aber sie war schon gestern nicht gelaufen.

Sie lief in Richtung Fifth Avenue, dann südwärts. Sie wusste nicht genau, wo der Eingang zum Park war. Bei der 90th Street fand sie einen Zugang und schlug dann ein mäßiges Tempo an. Das erste Mal allein hier wollte sie sich nicht allzu sehr verausgaben. Sie korrigierte sich. Sie war nicht wirklich allein. Vor und hinter ihr liefen andere, gingen oder fuhren Rad. Sie war unter vielen Menschen, und die Gemeinschaft war angenehm anonym. Schuhe und Socken waren nass, und Wasser rann ihr über die Stirn in die Augen. Und dennoch, als sie den ganzen Rundkurs absolviert hatte, wollte sie noch nicht aufhören. Sie lief eine letzte Runde um das Reservoir.

Auf dem Heimweg kaufte sie bei Gristede ein Steak. Es würde keine große Sache sein, ein Steak zu grillen. Dazu eine Kartoffel aus der Mikrowelle, ein Abendessen für eine Person. Sie besorgte Milch, Getreideflocken und Kaffee fürs Frühstück. Sie kaufte Comet und Windex. Sie holte im Spirituosengeschäft eine Flasche Rotwein und kam schließlich mit zwei vollen Tüten in Karens Wohnung an. Für eine einzige Person hatte sie dreißig Dollar ausgegeben.

Im Badezimmer warf sie die aufgeblasenen Flamingos ins Waschbecken, schrubbte die Badewanne mit Comet, spülte sie aus und ließ Wasser einlaufen. Das heiße Wasser tat ihren schmerzenden Beinen gut. Sie lag mit geschlossenen Augen da und hörte, wie von fern das Telefon klingeln. War es in dieser Wohnung oder in der nebenan? Sie horchte. Eine männliche Stimme – einer von Karens Freunden? Sie entspannte sich weiter im Wasser, das an ihren Lippen und Nasenlöchern leckte. Es würde ihr zweiter Abend allein in dieser Wohnung werden, aber in der City war man nie wirklich allein. Selbst hinter dieser dunklen Tür in diesem braunen Gebäude war sie nicht allein; oben und unten und auf der anderen Seite des Flurs lebten andere. Sie war eine von Millionen in der Gesamtheit der Citybewohner, allein und doch nicht allein.

Sie wickelte sich in ein großes Badetuch. Sie hatte einen schönen Abend vor sich. Sie würde den Backofen einschalten, das Steak zum Grillen vorbereiten, Zwiebeln hacken, die Kartoffel waschen. Aber zuerst wollte sie sich ein Glas Wein einschenken. Sie wollte während des Kochens ein paar Schlucke trinken. Sie sprach in Gedanken mit sich selbst, hielt jeden Augenblick fest, kommentierte alles, was sie tat, Schritt eins, Schritt zwei, Schritt drei. Wenn sie weiterhin allein lebte, könnte dies zur Gewohnheit werden.

Sie nippte am Wein, hackte Zwiebeln, erinnerte sich an den Anruf, ging zum weißen Anrufbeantworter und drückte die Wiedergabetaste. Daniels laute Stimme war zu hören.

»Ich möchte, dass du zurückkommst«, sagte er. »Ich weiß gar nicht, warum du dich so aufregst. Es ist überhaupt nichts passiert. Ich hatte keine Affäre. Ruf mich an, und wir reden darüber. Ich kann dich abholen kommen.«

Reden? Sie fing gerade erst an zu genießen, dass sie nicht reden musste. Und sie war nicht ein Jo-Jo, das er hin und her springen lassen konnte, so als hätte er über ihren Auszug zu bestimmen. Sie war ausgezogen, jetzt würde sie so lange wegbleiben, wie sie wollte. Warum war ihm so sehr daran gelegen, in die City zu fahren und sie abzuholen?

Sie nahm den Hörer ab und legte ihn wieder auf. Sie wollte wie geplant kochen und essen. Es ihm zu sagen hatte Zeit. Sie hackte die halbe Zwiebel, dann beschloss sie, auch den Rest zu verwenden. Sie legte die Zwiebeln auf das Steak und schob es unter den Grill. Grillen war die Zubereitungsart der Alleinstehenden.

Sie begann gerade das Fleisch zu essen, als das Telefon klingelte. Sie kaute und schluckte und wartete, bis sich der Beantworter einschaltete. Wieder Daniels Stimme, die sagte, er gehe jetzt aus dem Haus und werde in einer halben Stunde bei ihr sein. Sie stellte den Teller auf den Boden und nahm den Hörer ab. »Was soll das heißen, du wirst hier sein?«, sagte sie. »Niemand hat dich eingeladen. Ich komm heute Abend nicht zurück. Glaubst du eigentlich, das sei alles nur ein Spielchen?«

»Ich hab doch gewusst, dass du da bist«, sagte Daniel. »Wo solltest du denn sonst sein?«

»Ausgegangen«, erwiderte Deena. »Ich könnte ausgegangen sein, um zu laufen oder mit jemandem ein paar Drinks zu nehmen oder mir einen Film anzusehen. Schon mal von so was gehört?«

»Was hast du mit Abendessen vor?«, fragte er mit plötzlich belegter Stimme. Hatte er geheult?

Sie wartete und betrachtete ihr Steak. Der Saft wurde allmählich kalt.

»Ich lade dich zum Abendessen ein«, sagte er. »Auch wenn du nicht mit mir zurückkommen willst. Ich kann dich in einer halben Stunde abholen. So spät abends ist bestimmt nicht mehr viel Verkehr.«

»Mein Abendessen steht vor mir. Ich habe mir gerade ein Steak gemacht.«

»Dann eben zum Dessert.«

»Nein«, sagte Deena. »Ich bleibe da. Ich bin nicht hierher gezogen, damit ich mit dir ausgehen kann. Außerdem muss ich morgen früher im Büro sein, und es ist bereits nach neun.«

»Warum sind alle so gemein zu mir? Was habe ich getan? Ich versuche nett zu sein. Du bist ausgezogen. Eigentlich müsste ich wütend sein.«

»Was soll denn das wieder heißen? Ich hatte wohl Grund auszuziehen.«

»Wenn es sich so verhält…«, sagte er, jetzt mit klarerer, verärgerter Stimme, »…wenn es sich so verhält, würdest du bitte meine Bankkarte und meine Visakarte entzweischneiden und mir die Teile zusenden? Am besten richtest du dir ein eigenes Bankkonto ein. Und schick mir doch bitte gleich einen Scheck über die Hälfte der fälligen Hypothekenzinsen und der Kreditkartenzahlungen. Wieso soll ich für alles aufkommen?«

»Wieso?«, sagte sie. »Ich kann dir sagen, wieso. Weil wir die meisten Ausgaben dir zu verdanken haben. Du wolltest doch tanzen, Ski fahren, reiten gehen, alles auf einmal, und du hast doch darauf bestanden, Jill und Ann einzuladen. Hast du ihren Anteil schon zurückverlangt?«

»Und was ist mit deinen Kosten?«, fragte Daniel. »Du könntest zumindest für dich selbst bezahlen, Miss Unabhängig. Ich kann die Hypothek und andere Kosten nicht allein bestreiten.«

»Teile die Rechnungen in vier, und ich bezahle ein Viertel. Ich bezahle für mich selbst. Das habe ich immer getan.«

Sie legte auf und ging auf und ab. Zuletzt spricht man nur noch über Geld. Am nächsten Morgen wollte sie als Erstes zur Bank gehen und ihr eigenes Konto eröffnen. Ihr nächstes Gehalt würde nur ihr gehören. Das hätte sie schon vor Jahren tun sollen. Sie hatte ihre eigene American-Express-Karte. Sie wollte eine Visakarte beantragen. Sie wollte allein von dem leben, was sie selbst verdiente. Sie könnte sich diese Wohnung leisten, und für eine Person war sie gut genug. In Jerusalem war sie, zusammen mit fünf Geschwistern, in nur zwei Zimmern und einer Küche aufgewachsen. Es war erstaunlich, wie wenig man im Grunde genommen brauchte. Sie könnte in einem einzigen Zimmer leben. Sie war nur mit einem Koffer und einem Matchsack ausgezogen, und es reichte. Im Haus blieb die Hälfte der Zimmer unbewohnt, die meisten ihrer Kleider waren ungetragen; sie war es satt, an sie zu denken, aber sie schaffte sich ständig neue an. Das würde sich ändern. Sie würde lernen, mit weniger auszukommen.

Das geronnene Fett auf dem Steak ekelte sie. Sie trug den Teller in die Küche, wickelte das Steak in Folie ein und legte es in den Kühlschrank, der schmutzig war. Es überraschte sie, dass Karens Küche und Bad so dreckig waren. Ihr Büro sah so sauber aus.

Deena lehnte sich auf dem Sofa zurück und versuchte, sich auf die Musik zu konzentrieren. Es gelang ihr nicht. Alles in ihrem Kopf drehte sich. Sie stand auf. Sie musste etwas essen, um den Alkohol, den sie getrunken hatte, zu neutralisieren. Sie schaltete das Licht in der Küche an, und Küchenschaben stoben auseinander. Sie löschte das Licht. Sie sah auch so genug. Sie nahm das Steak aus dem Kühlschrank und legte es in den Mikrowellenherd. Diesmal würde sie im Bett essen. Die

Zeitung und verschiedene Zeitschriften warteten dort bereits auf sie. Neben ihrem Kissen lagen die Fernbedienung und ein paar ihrer Bücher. Wenn einem das Bett ganz allein gehörte, nahm man alles mit.

Sie hörte eine Stimme Jiddisch sprechen, was merkwürdig war. Sie hatte schon seit Jahren nicht mehr jiddisch geträumt. Wenn sie es sprach, war ihre Stimme ein paar Oktaven höher und kam quiekend von hoch oben in ihrem Kopf. Warum träumte sie denn jetzt plötzlich auf Jiddisch?

Sie schlief wieder ein, und diesmal war sie ein Kind und vernahm die Stimme ihrer Mutter, die sagte, geh schon ins Bett, morgen ist wieder ein Tag.

Als sie nach der Arbeit aus dem Lift kam, stand Daniel da, in der Hand eine lange rote Rose.

Sie hasste rote Rosen. Man würde eigentlich erwarten, dass er das weiß, dachte sie. Aber sie wusste es erst jetzt.

»Ich möchte mit dir irgendwohin«, sagte er. »In ein ruhiges Lokal.«

»Wozu?«, fragte Deena.

»Um zu reden. Am Telefon hast du einfach aufgelegt.«

»Ich will nirgends hin. Ich will zu Fuß nach Hause und dann laufen gehen.«

»Dann begleite ich dich«, sagte er.

Sie kam sich lächerlich vor mit der Rose in der Hand. »Da«, sagte sie und gab sie ihm zurück. »Ich will sie nicht.«

»Aber ich hab sie für dich gekauft«, sagte er. »Es ist die langstieligste, die sie hatten, die teuerste. Ich hab sie nicht auf der Straße gekauft.«

Die Erwähnung von Geld erinnerte sie an die Rosen, die er ihr nicht gekauft hatte. Und jetzt war es zu spät; jetzt wollte sie nichts mehr von ihm. Wenn er sich doch bloß nicht so bemühen würde. Er tat plötzlich alles, um ihr zu gefallen.

»Nicht so schnell«, sagte er. »Wir haben mehr vom Weg, wenn du langsamer gehst.«

Aber sie konnte nicht langsamer gehen. Sie war zu aufgewühlt.

»Warum musst du in allem so stur sein?«, sagte Daniel. »Vergiss das Laufen für einen Abend. Geh mit mir essen.«

»Hör auf zu drängen. Ich will nicht aufs Laufen verzichten, und für das Abendessen ist es noch zu früh.«

»Dann auf einen Drink?«

Sie kochte. Egal, um was es ging, für alles hatte sie zu bezahlen. Er hatte ihr eine Rose gekauft, und dafür sollte sie ihm nun an einem Tisch gegenübersitzen und ihn ansehen. Es nicht zu tun war gemein. Aber Blumen konnten sie nicht umstimmen. Sie war ausgezogen, weil sie die Trennung brauchten, das hatte er selbst gesagt. Doch wenn er ständig anrief und sie besuchte, war es gar keine Trennung.

»Wo ist Jill?«, fragte sie. »Was läuft mit ihr?«

»Ich hab keine Ahnung«, sagte Daniel mit bebender Stimme. »Sie spricht nicht mit mir. Niemand will mit mir sprechen.«

»Deshalb bist du hier«, sagte Deena.

Er blieb stehen. »Was meinst du mit deshalb?«, fragte er. »Können wir uns nicht einfach für eine halbe Stunde irgendwo hinsetzen? Ich bitte dich nur um eine halbe Stunde deiner Zeit.«

Sie ging voraus in eine Cafeteria. Daniel wehrte sich. »Das Lokal ist zu schmuddelig und zu grell«, sagte er.

Schmuddelig? Sie betrachtete die Theke. Sie trank hier öfter ihren Kaffee. Das Lokal gefiel ihr. Die Theke und das knallige Orange der Hocker gefielen ihr. Cafeterias waren alle gleich, helles Licht und umkomplizierter Service. Daniel wollte schummrige Beleuchtung und halbdunkle Ecken, doch für ein Gespräch, wie sie es sich wünschte, war Neonlicht genau das Richtige. Verliebt sah man alles rosa getönt. Beim Auseinandergehen war der Blick klar, scharf.

Man brachte ihnen zwei Tassen Kaffee zusammen mit der Rechnung.

»Es passt mir nicht, dass du dieses Lokal gewählt hast«, sagte Daniel.

Sie zuckte die Schultern. »Du musst hier ja nicht essen. Du wolltest doch reden.«

»Du gibst uns keine Chance«, erwiderte er.

»Eine Chance für was?«, fragte Deena.

»Du hättest mich ja bremsen können. Du hättest dem Ganzen schon gleich zu Beginn einen Riegel vorschieben können. Aber das hast du nicht. Du hast dich mit ihr angefreundet.«

»Was hätte ich denn tun sollen, ihr die Augen auskratzen? Außerdem hast du dich doch amüsiert dabei. Ich dachte, sie tut dir gut. Und das denke ich immer noch.«

Am Morgen setzte sie sich auf, eine Fünfjährige, die sich wegen der Leintücher und der Matratze Sorgen machte. Aber nur ihr Gesicht und ihr Kissen waren feucht. Sie berührte ihr Gesicht. Es waren Laute zu hören gewesen –

ihre? Wenn man allein schlief, war niemand da, der es einem sagen konnte.

Es war ein guter Tag im Büro gewesen, ohne Störungen. Jill und Daniel sprachen vermutlich wieder miteinander. Der Werbetext für das Volvo-Inserat wurde ohne Änderungen angenommen. Ohne andere Aufträge auf ihrem Schreibtisch fühlte Deena eine ungewöhnliche Unbeschwertheit.

Draußen wurden jetzt die Tage länger, der Frühling kam, endlich war April. In der 66th Street stand Deena zögernd vor North Beach Leather, dann trat sie ein.

Sie nahm die Größen 34 und 36 in die Kabine mit, probierte zuerst Größe 36 und gefiel sich darin. Der Rock war weit genug, um ihr auf den Hüften zu sitzen. Doch als sie aus der Kabine trat, schüttelte die Verkäuferin den Kopf.

»Der sitzt nicht so, wie er sollte«, sagte sie. »Probieren Sie 34.«

In der Kabine zog Deena den Reißverschluss der Größe 34 hoch, knöpfte den Rockbund zu und zog sofort den Bauch ein.

»Viel besser«, meinte die Frau.

»Er ist etwas knapp«, meinte Deena, »ich fühle mich dick darin.«

»Das Leder dehnt sich mit dem Tragen. Größe 34 sieht auch nach einem langen Abend noch gut aus.«

Deena betrachtete sich im dreiteiligen Spiegel. Wenn sie ein paar Pfunde abnähme, würde sie sich in dem Rock wohler fühlen. Wenn sie ein paar Pfunde zunähme, würde sie den Reißverschluss nicht mehr zubringen.

»Tragen Sie ihn eine Zeit lang zu Hause«, riet ihr die Verkäuferin. »So gewöhnen Sie sich an das Gefühl, und das Leder dehnt sich.«

Aber sie hatte sich schon oft genug Lederschuhe gekauft und geglaubt, sie würden sich dehnen.

»Dieses Leder ist viel weicher als bei Schuhen«, erklärte ihr die Frau.

Die nächsten zwanzig Blocks trug sie die Tragetasche von North Beach Leather und fragte sich, wann sie den Rock wohl anziehen würde. Sie ging nicht mehr tanzen; es war nicht ihr Lebensstil.

Zu Hause zog sie die Kleider zum Laufen an, doch sie mochte nicht laufen gehen. Der Marsch von der Innenstadt hatte sie ermüdet. Aber sie hatte einen Rock Größe 34 gekauft. Sie musste laufen.

Anderthalb Stunden später, nach dem Laufen und Duschen, saß, stand und ging sie im Lederrock umher. Er rieb.

Sie aß zu Abend, las, und als sie schließlich der Beengung überdrüssig geworden war, zog sie sich aus und ging zu Bett. Im Bett spürte sie unten am Rücken ein Brennen. Sie stellte sich vor den Spiegel. Unterhalb der Taille war ein roter Kratzer. Die Etikettenmarter. Sie verfluchte den Rock, Daniel und Jill.

Der Donnerstag verlief ruhig, keine Anrufe. Deena arbeitete, ging laufen, aß; der Automatismus des Lebens. Mit oder ohne Daniel blieben sich ihre Tage sehr ähnlich. Vor zwei Wochen noch war ein Leben ohne ihn undenkbar gewesen, heute fiel es ihr schwer, sich ein Leben mit ihm vorzustellen. Sie hatten sieben Jahre zusammengelebt, sie waren sich mit der Zeit sogar äußerlich ähnlich geworden. An manchen Tagen, wenn sie Daniel ins Gesicht schaute und ihr eigenes Gesicht in seinen braunen Augen gespiegelt sah, fiel ihr auf, dass ihre äußeren Augenwinkel auf gleiche Weise nach unten gezogen waren. Man wird zu dem, was man vor Augen hat, wie Jakobs gefleckte Schafe. Eine Evolutionstheorie. Wenn sie weiterhin allein lebte, wem würde sie dann ähnlich werden? Diesmal würde sie vorsichtig sein. Doch sie lebte bereits in Karens Wohnung und trug ihre Kleider. Sie hatte nicht selbst gewählt. Die Wohnung war einfach da gewesen, und sie hatte sie genommen. Es waren eigentlich die Umstände, keine wirkliche Wahl. Das Leben passierte; es war willkürlich. Man stellte sich einfach auf das ein, was sich einem bot.

Am Freitagabend war eine Nachricht von Daniel auf dem Anrufbeantworter. »Ich ruf dich hier an, weil ich im Büro nicht durchgekommen bin«, sagte er. »Hör dir mal das an. Joe offeriert mir als Anerkennung ein Wochenende in Florida, auf Kosten der Firma. Er sagt, ich sehe aus, als hätte ich's nötig. Du bestimmt auch. Ich habe zwei Plätze für einen späten Flug heute Abend gebucht. Ich muss die Reservierung aber noch bestätigen, also ruf mich bitte an, sobald du da bist.«

Sie konnte sich nicht vorstellen, was sie weniger gern getan hätte. Sie ging laufen, obwohl sie eigentlich vorgehabt hatte, sich einen freien Abend zu nehmen.

Als sie zurückkam gab es zwei weitere Nachrichten von Daniel; bei der ersten klang er wütend. »Ich nehme die Zehn-Uhr-Maschine«, sagte er. »Du könntest wenigstens anrufen und ja oder nein sagen, du Miststück.«

Bei der zweiten Meldung entschuldigte er sich und schluchzte.

Sie nahm den Hörer auf, um zu wählen, zögerte, legte ihn wieder hin. Er weinte häufig. Man musste sich um ihn kümmern. Joe hatte Recht. Daniel brauchte Zeit, um sich zu fangen, er brauchte Hilfe, und es sah nicht danach aus, als ob er sie von einer der zwei Frauen in seinem Leben erhalten würde.

Karen rief an, um zu fragen, ob sie nicht zu Greg und ihr zum Brunch kommen wollte.

Deena wollte nicht. Sie fühlte sich in Gesellschaft von Paaren unwohl. Deren Mitleid gab ihr das Gefühl, ein Opfer zu sein.

»Ich möchte den halben Tag im Bett bleiben, mich ausruhen und lesen«, erklärte sie. »Es ist mein erster ganzer Tag hier. Ich habe auch einen schönen, langen Lauf nötig.«

Sie ging aus, um die Zeitung zu kaufen, kam zurück und las sie.

Sie ging aus, um sich etwas zum Mittagessen zu besorgen, kam zurück und aß.

Sie ging laufen, kam zurück und duschte.

Alles, was sie tat, ging zu rasch. Sie begann etwas und beendete es, und immer noch galt es, Stunden zu füllen. Sie hätte den Rundkurs zweimal absolvieren können. Nichts und niemand trieb sie zur Eile, sie tat ja nichts anderes, doch allmählich langweilte sie sich. Die Bahn war neu für sie, es gab viel zu sehen, und dennoch schien es ihr, als würde sie nichts anderes tun als laufen. Das Leben musste doch mehr zu bieten haben. Sie wohnte in New York City.

Sie las, und draußen wurde es dunkel. Sie schaltete die Lampen ein und las weiter. Sie bereitete sich das Abendessen zu, aß und las wieder. Sie zog sich aus, um zu Bett zu gehen. Morgen wollte sie mehr tun. Sie wollte herumkommen, etwas unternehmen.

Sie hörte sich Musik an und schlief beim Gedanken an morgen ein. Dann klingelte das Telefon. Es war nach zwölf; das konnte nur Daniel sein. Er brauchte sie. Das Telefon klingelte wieder, und diesmal nahm sie ab.

»Flieg hierher!«, sagte er im Befehlston, seine Stimme die eines Betrunkenen. »Es gibt einen Flug am frühen Morgen. Du bist vor Mittag hier.«

»Du bist betrunken«, sagte Deena.

»Na wenn schon«, sagte er. »Alkohol täte dir vielleicht auch gut. Kommst du?«

»Ich bin nicht ausgezogen, um mit dir Urlaub zu machen.«

»Miststück«, sagte Daniel.

»Du klingst wirklich überzeugend«, erwiderte Deena. »Eigentlich müssten die Frauen sich um dich reißen.«

»Tun sie doch. Du solltest mich in Aktion sehen – ich bin wirklich gut. Die zwei Frauen an der Bar –«

»Und deswegen hast du mich angerufen?«

»Ich habe dich angerufen, um dich hierher einzuladen«, erwiderte Daniel.

»Und ich sage nein.«

»Warum denn? Was habe ich bloß getan? Ich will es wissen. Ich habe mich zurückgehalten. Zählt das denn gar nichts?«

Es gab eine Unterbrechung. Deena hörte eine weibliche Stimme, dann Daniels Antwort. »Bleib einen Moment dran«, sagte er. Sie legte leise auf.

Zwei Minuten später klingelte das Telefon, und Deena zog den Stecker heraus. Ich bin ein Miststück, dachte sie.

Am Morgen machte sie die Fenster weit auf, streckte ihren Kopf hinaus und atmete tief die feuchte, prickelnde Luft ein. Die Feuchtigkeit tat ihrer vom Winter trockenen Haut gut. Im Park würde der Boden weich sein, und überall würde es vor Menschen wimmeln, Gefangenen des Winters, für einen Tag in Freiheit. Sie wollte sich ihnen anschließen, aber nicht zu Fuß und nicht laufend. Sie wollte Rad fahren. Seit dem Herbst war sie nicht mehr Rad gefahren.

Karens Fahrrad war ein schweres, altes Vehikel. Es holperte und hüpfte die Treppe hinunter. Hinauftragen würde mühsamer sein, aber im Moment schien die Sonne, und es ging abwärts.

Im Rucksack hatte sie einen Skizzenblock und das Buch von Colette, das sie auf Karens Regal gefunden hatte, *Claudine findet zu sich selbst.* War es das, was sie tat? Sie wollte es lesen und herausfinden. Da sie nun allein wohnte, hatte sie für alles Zeit. Sie hatte zu viel Zeit.

Die Reifen waren fast platt, und sie musste die Lexington Avenue hinunter zum Fahrradgeschäft gehen, um sie dort aufzupumpen. Dann strampelte sie zum Park und fuhr hinein. Das Rad war nicht zum schnellen Fahren geeignet, und das war auch gut so. Sie wollte nicht an Bäumen, Fußgängern, der Welt vorbeirasen. Heute hatte sie das Bedürfnis nach einer gemächlichen Fahrt. Sie wollte sehen, wie andere Leute lebten. Sie setzte sich auf eine Bank und beobachtete einen Mann und eine Frau, die flott marschierten und dabei die Arme im Rhythmus der Schritte schwangen. Europäer, dachte sie. Als Sechsjährige hatte sie beschlossen, die Arme nie so heftig und auf so groteske Art zu schwingen wie die Erwachsenen. Kinder bewegten ihre Arme überhaupt nicht, war ihr aufgefallen. Sie gingen einfach. Sie wollte immer so gehen, die Arme nach unten gestreckt und ruhig. Selbst wenn sie einmal Mutter sein würde. Aber heute bewunderte sie die schwingenden Arme des Paars, die Vitalität des Schwungs. Diese Leute waren lebendig, sie gingen entschlossen, sie hatten ein Ziel.

Sie verschwanden, und Deena konzentrierte sich jetzt eine Weile auf jüngere Paare, die langsam daherspazierten, stehen blieben, sich aneinander lehnten. Ihre Trägheit machte sie ungeduldig. Sie selbst hatte auf diese Weise lange genug Zeit vertrödelt. Jetzt wollte sie mit einer ungefähren Vorstellung des Ziels voranschreiten.

Aber es gab für sie kein Ziel. Und niemand, mit dem sie gehen konnte. Wenn sie nicht Rad fuhr oder lief, etwas Aktives tat, fühlte sie sich in der Öffentlichkeit nicht wohl. Als ob alle wüssten, warum sie allein war. Es war absurd. Sie musste sich daran gewöhnen, allein zu sein, aber sie konnte sich nicht dazu aufraffen, in einem Restaurant oder Café einen Einertisch zu nehmen.

Sie fuhr langsam nach Hause. Sie war müde. Sie wollte ein Nickerchen machen. Nachher vielleicht zur Calder-Ausstellung ins Cooper-Hewitt-Design-Museum gehen. Sie bog um die Ecke, fuhr im Leerlauf den halben Weg den Hügel hinunter und sah Daniel an ihre Haustür gelehnt. Sie bremste abrupt, wollte kehrtmachen, aber es war zu spät; er hatte sie gesehen. Ihr Herz pochte. Wovor hatte sie Angst?

»Ich habe mehr als eine Stunde hier gewartet«, sagte er.

Deena zuckte die Achseln. »Ich wusste nicht, dass du kommst«, sagte sie. »Was ist mit Florida?«

»Rad fahren ist eine gute Idee«, sagte er. »Hätt ich doch dran gedacht, mein Fahrrad mitzunehmen. Dein Fuji hätte ich auch bringen können. Wir könnten zusammen im Park herumradeln.«

Doch sie wollte ihr Fuji nicht. Oder vielleicht doch. Sie wusste es selbst nicht recht. Das Radfahren in Gesellschaft hätte mehr Spaß gemacht. Aber warum waren sie dann getrennt? Warum wohnte sie hier?

»Was ist mit Florida?«, fragte sie nochmals.

»Ich fühlte mich einsam.«

»Und all die Frauen an der Bar?«, wollte sie wissen, dann schüttelte sie den Kopf. »Sag nichts. Es interessiert mich nicht. Ich will hinauf und duschen.«

»Lass mich mitkommen und auf dich warten. Ich lade dich zum Mittagessen ein.«

»Nein.«

»Wir haben sieben Jahre zusammengelebt«, sagte er. »Wovor hast du Angst?«

»Ich habe keine Angst«, erwiderte Deena, aber sie hatte Angst. Wenn er mit hinaufkam, wenn er sich ihr näherte, würde sie in der Lage sein, sich zu wehren? Und im Übrigen war es der Zweck dieser Wohnung, nicht mit ihm zusammen zu sein.

»Ich dachte, du möchtest sehen, wie braun ich bin, und etwas über die Meeresfrüchte hören, die ich gegessen habe. Ich habe das erste Mal im Leben Shrimps probiert, und es schmeckte ausgezeichnet.«

Sie sah ihn an. Als sie sich kennen lernten, war er dunkler gewesen als jetzt. Es war Juni, die Vorlesungen waren zu Ende, und sie hätte am liebsten ihre Hand auf seine gebräunte

Haut gelegt. Ein Hemd aus dünner indischer Baumwolle schmiegte sich an seinen Körper, und sie wäre gern dieses Hemd gewesen. Dann lag sie während der Vormittage in der Sonne und versuchte, ebenso braun wie er zu werden. An den Abenden holte er sie in seinem Civic ab, und sie fuhren mit heruntergekurbelten Fenstern, ließen ihre sonnenverbrannte Haut vom Wind kühlen.

Aber auf einem Gehsteig in New York City, am Ende eines langen Winters, war blasse Haut angebracht, sogar schön. Seine Bräune war anstößig. Er sah ordinär aus, dachte sie, ein Playboy. Ohne seine Jarmulke auf dem Kopf mit der sichtbar kahlen Stelle war er würdelos. Er riss an Bars Frauen auf, aß Shrimps. Die Religion hatte ihm Charakter verliehen. Ohne sie war er ein schwacher, unbedeutender Mann. Ihr Vater hatte das schon immer gesagt. Es fehlt ihm an Tiefgang, hatte er gewarnt, an starken Bindungen. Nichts anderes als ein Befolger von Regeln.

Deena sah Daniel mit Widerwillen an, und er erwiderte ihren Blick unglücklich. Unter dem Lack der Begeisterung über seine Bräune, die Shrimps und die Frauen verbarg sich ein schwacher, verwirrter Mann. Er brauchte sie.

»Du kannst ja in einer Cafeteria auf mich warten«, sagte sie einlenkend.

»Ich kann nicht mehr länger warten«, erwiderte er. »Ich brauche etwas Bewegung. Ich mache einen Spaziergang oder gehe irgendwohin. Wenn ich in einer Stunde noch in der Gegend bin, ruf ich dich an.«

Sie nickte. Sie begriff. Er würde Jill anrufen. Wenn sie zu Hause war und gewillt, ihm Gesellschaft zu leisten, würde Deena nichts mehr von ihm hören. Jetzt, wo er es eilig hatte zu gehen, konnte sie den Schlüssel ruhig ins Schloss stecken und allein die Treppe hinaufsteigen. Sie schob das Fahrrad die Stufen hoch.

»Brauchst du Hilfe?«, fragte er und hob das Hinterrad an. Und er hielt ihr die Tür auf, als sie hineinging. Und all dies nur, weil sie nein gesagt hatte. Das brauchte es, um einen Mann dazu zu bringen, einem die Tür aufzuhalten. Sie drehte sich um, um zu sehen, ob er mitkommen wollte, doch er trat zurück und hob die Hand, winkte.

Eine Stunde später hatte er immer noch nicht angerufen, und sie ging ins Cooper-Hewitt.

Calders Drahtskulpturen erinnerten sie an die Eine-Minute-Zeichnungen ihrer Mutter. Bat sie zum Beispiel um eine Ente, bekam sie in einer Minute eine Ente, die aus einer einzigen Linie bestand. Oder eine Blume. Einen Baum. Deena ging mit der Absicht nach Hause, aus einem Drahtkleiderbügel eine Ente zu biegen.

Es waren keine Meldungen auf dem Anrufbeantworter. Sie goss sich ein wenig von Karens Scotch ein, benetzte sich damit die Lippen. Sie könnte sich daran gewöhnen. Sie nippte wieder daran und hörte sich die ersten Klänge von Vollenweiders *Wintersonnenwende* an. Sie hatte noch den ganzen Abend vor sich. Sie hatte spät zu Mittag gegessen; sie war nicht hungrig. Was könnte sie unternehmen?

Daniel hatte gesagt, er fühle sich einsam. Ihr ging es ebenso, was sie überraschte. Als sie mit Daniel zusammenlebte, war ihr Zeit für sich allein immer willkommen gewesen.

Sie schenkte sich Scotch nach, nippte daran und schloss die Augen. So sollte man Musik hören: mit geschlossenen Augen.

Als sie sich wieder erhob, musste sie sich an der Sofalehne festhalten. Sie hatte Durst, sie brauchte Wasser, doch das Leitungswasser kam braun, und sie hatte vergessen, einen Kanister zu kaufen.

Im Kühlschrank waren verschiedene Dosen V8. Die Vitamine würden ihr gut tun. Sie musste nur daran denken, die Dosen zu ersetzen. Die und den Scotch. Sie zog den Verschluss hoch und kippte den Saft hinunter, der nach Metall schmeckte, wie alles aus Dosen. Sie aß die restliche Hälfte des getoasteten Cornedbeef-Käse-Sandwichs, das sie zum Mittagessen gehabt hatte, und versuchte, einen Kleiderbügel zu biegen. Doch der Draht ließ sich nicht so ohne weiteres geradedrücken und neu formen. Sie würde mit feinerem Draht und einer Zange arbeiten müssen.

Es war ihr leicht übel. Kam das vom Scotch? Sie zog sich aus, um ins Bett zu gehen, und ließ ihren Körper tief in die Matratze, den Boden und weiter in die untere Wohnung sinken. Sie konnte sich nicht bewegen, ihre Arme und Beine schmerzten; sie waren steif. Sie lag regungslos da, die Augen geschlossen. Sie schluckte. Sie wollte alles herausschlafen. Was konnte sie sonst tun? Sie würde nie mehr trinken. Das sagt man über das einsame Trinken. Man könne nicht aufhören. Man gehe zu rasch zu weit. Aber bei ihr war es nicht so. Sie wusste, wann es genug war. Es würde nie mehr vorkommen. Wenn ihr nur nicht mehr so übel wäre.

Eine Stunde später erwachte sie schweißgebadet. Ihre Beine und Arme waren weit weg. Wo waren sie, und wie konnten sie aus so großer Distanz derart schmerzen? Was war mit ihr los? Sie hatte Krämpfe. Ihr Bauch schien aufgeschwollen. Sie konnte nicht auf dem Rücken liegen bleiben.

Sie drehte sich um, aber das half nichts. Sie kroch auf den kalten, harten Boden. Das war besser. Sie drückte ihr Gesicht an den Boden. Die Schultern, Ellbogen, Handgelenke, sogar die Finger taten ihr weh. Von den Hüften, Knien, Fußgelenken spürte sie nur die Knochen, da war kein Fleisch. Sie war vergiftet, mit ihrem Körper war es vorbei, sie konnte sich nicht mehr bewegen. So geht es einer Frau, die allein lebt: Sie stirbt, und tagelang weiß niemand etwas davon, vielleicht wochenlang, bis ein übler Geruch sich bemerkbar macht. Aber sie war noch nicht tot. Sie hob ihren Kopf und kroch. Im Badezimmer versuchte sie aufzustehen, konnte aber nicht. Der Magen drehte sich ihr. Sie würgte. Das V8. Und der Scotch. Sie wollte nie mehr trinken. Sie konnte sich nicht bewegen. Sie stützte sich auf das Waschbecken, wusch sich das Gesicht und putzte sich die Zähne. Sie setzte sich auf den Rand der Badewanne und wartete. Es war gescheiter, hier zu bleiben und zu warten. Sie steckte sich den Finger in den Hals. Das war schon besser. Sie putzte sich nochmals die Zähne, ging zurück ins Bett und schlief für einen kurzen Augenblick.

Der Wecker klingelte. Ihr Kopf wog fünfzig Pfund. Sie drückte auf die Schlummertaste und schloss die Augen. Er klingelte wieder, und der Ton schmerzte. Sie stellte den Wecker ab und schlief. Aber es klingelte immer noch etwas. Was war es? Sie musste antworten. Hallo?, wollte sie sagen, doch das war zu schwierig. Sie versuchte es nochmals, hallo, und erwachte vom Klang ihrer Stimme. Sie setzte sich auf und hob die Hände zum Kopf, um ihn zu stützen. Karens Stimme sprach aus dem Anrufbeantworter. Es war kein Traum.

»Es ist elf Uhr«, sagte Karen, »und ich wollte nur sehen,

ob du da bist, ob alles in Ordnung ist.« Deena eilte zum Telefon, nahm den Hörer ab.

»Ich habe geschlafen«, sagte sie. »Mir ist nicht gut. In der Nacht war mir übel. Ich hab mir den Magen verdorben.«

»Möchtest du, dass ich vorbeikomme?«, fragte Karen, ihre Stimme klang warm, besorgt. »Ich könnte Wan-Tan-Suppe mitbringen.«

Deena warf einen Blick auf die zur Hälfte geleerte Whiskyflasche auf dem Boden.

»Nein«, sagte sie. »Nicht gleich jetzt. Im Moment brauche ich einfach Schlaf. Ich ruf dich an, wenn ich wieder auf bin.«

»Gut«, erwiderte Karen. »Ich sag's Helen. Pass auf dich auf! Ruh dich aus.«

Deena nahm ein Aspirin und ging wieder ins Bett. Weshalb schmerzten ihre Arme und Beine immer noch? Und ihr Bauch? Sie schlief, erwachte, schlief und erwachte wieder. Wo war sie? Das Zimmer war weiß, ein Krankenhaus. Selbst mit geschlossenen Augen sah sie weiße Wände, die auf sie zukamen. Sie lag in einem Krankenhausbett, sie konnte nicht aus dem Bett, da war nur dieses Bett, und die Wände kamen näher. Sie konnte nirgendwo hingehen. Sie lag reglos da und spürte, wie die Wände sich ihr entgegenneigten. Sie schloss wieder die Augen, und diesmal wimmelte es von Schaben; sie waren an ihren Seiten, liefen auf ihrem Schädel herum, an ihren Beinen und Füßen entlang. Wenn sie sich bewegte, würden sie unter sie kriechen. Wenn sie sich nach rechts oder links drehte, würden sie von ihr zerdrückt werden und knacken. Sie rührte sich nicht.

Sie glaubte, das Telefon wieder zu hören, und öffnete erschreckt die Augen. Aber es war still. Sie sah nach rechts, dann nach links. Sie hob die Decke. Keine Schaben. Sie betastete die Betttücher – glatte Baumwolle. Sie schloss die Augen, dann öffnete sie eins einen Spalt weit, um zu sehen, wie spät es war. Ein Uhr. Sie wollte aufstehen, Karen anrufen. Sie musste aus dem Haus, um eine kleine Flasche Scotch zu kaufen, gerade genug, um Karens Flasche aufzufüllen.

»Was ist passiert?«, fragte Karen. »Was hast du gegessen?«

»Ich hab ein V8 getrunken«, erwiderte Deena und lachte.

»Doch nicht eine von den Dosen im Kühlschrank?«, sagte Karen. »Die sind uralt. Ich habe sie seit meinem ersten Jahr an der Kunstschule. Die Aufgabe war, eine neue Dose zu entwerfen. Ich hätte sie schon lange wegwerfen sollen. Die sind mindestens fünf Jahre alt.«

Deena ging zum Kühlschrank. Das Verfallsdatum war Mai 1980.

Im Büro gab es Neuigkeiten: Paul Herz hatte die Kündigung erhalten.

»Gestern wollte ich es dir nicht sagen«, erklärte Karen, »weil du krank warst.«

»Ist er heute da?«, fragte Deena.

Karen schüttelte den Kopf. »Er kam gestern spät, machte ein paar Anrufe, packte schon ein paar Sachen zusammen.«

»Wer hat euch informiert?«, fragte Deena.

»Ron«, sagte Karen. »Er ging von Büro zu Büro. Er meinte, wir seien eine starke Mannschaft, und wir würden weiterhin wachsen. Er war zuversichtlich, was die Zukunft betrifft. Genau genommen ist er jetzt der Chef der Abteilung.«

Deena machte sich Sorgen. Ausgerechnet gestern gefehlt

zu haben war denkbar ungünstig. Als eine, die entbehrlich ist, als Überbleibsel der alten Ordnung würde sie ebenfalls dran glauben müssen. Sie konnte es sich nicht leisten, jetzt ihre Arbeit zu verlieren. Sie war auf sich selbst gestellt. Sie musste Miete bezahlen; sie musste leben. Sie hatte bereits zu viel ausgegeben, trotz ihrer Vorsätze, sich auf das Notwendigste zu beschränken. Jeden Tag war etwas gewesen. Der Lederrock, ein einfacher schwarzer Pullover, Leggings zum Laufen, ein Frotteetuch, eine besondere Zahnbürste. Sie musste weiterhin arbeiten.

Nach dem Mittagessen kam Ron in ihr Büro und schloss die Tür. Deena blickte erschrocken auf. War es jetzt soweit? Er setzte sich.

»Du hast es gehört?«, fragte er.

Deena nickte.

»Ich weiß, dass er dir nahe stand, er hat dich damals eingestellt. Es tut mir Leid.«

Er sah sie an. »Ich habe gehört, dass du private Probleme hast«, sagte er langsam. »Lass mich wissen, wenn ich etwas für dich tun kann.«

Sie nickte und hauchte ein »Danke«.

Er war noch nicht fertig; er hatte noch mehr zu sagen. »Ich muss dich aber warnen. Es fällt auf, dass du oft zu spät kommst, und gestern warst du überhaupt nicht da.«

»Ich war krank, ich hatte etwas Verdorbenes gegessen, hat es dir Karen nicht gesagt?«

Er schüttelte den Kopf.

»Ich bin kürzlich umgezogen. Mein Leben war in letzter Zeit ziemlich turbulent.«

Er nickte. »Manchmal ist es gescheiter, wenn man eine

Woche frei nimmt, erledigt, was erledigt werden muss, und dann in besserer Verfassung wieder kommt. Wir müssen eine neue Kundenpräsentation vorbereiten, und ich brauche ein paar Teams, die am Wochenende arbeiten. Nicht dieses, vermutlich das nächste. Bist du dabei?«

»Aber klar«, sagte Deena. »Ich bin froh, wenn ich am Wochenende beschäftigt bin.«

»Gut«, sagte er und stand auf. »Bleib dran.«

An diesem Abend blieb sie bis acht Uhr. Sie ließ die Tür weit offen, das Radio eingeschaltet. Nicht dass sie so viel zu tun gehabt hätte, aber es konnte nicht schaden, am Schreibtisch gesehen zu werden. Am nächsten Morgen wollte sie auf jeden Fall vor neun da sein. Selbst wenn sie die ersten zwei Stunden die Zeitung oder ein Buch las, würde es sich gut machen, vor den anderen am Schreibtisch zu sitzen. Ron war jeden Morgen um acht im Büro.

Sie trank die ganze Woche keinen Alkohol. Sie las, ging früh zu Bett und erwachte um sieben. Sie war gesund; es ging ihr gut. Sie konnte wieder schlafen, und in der Arbeit war es wie so oft langweilig. Sie hasste es, stundenlang untätig am Schreibtisch zu sitzen. Sie hatte keine neuen Aufträge. Jeden Morgen las sie die Zeitung von vorn bis hinten durch. Sie las drei Bücher.

»Viele arbeiten an ihren Portfolios«, flüsterte Karen. »Ich habe Kathleen mit ihrem hinausschleichen sehen. Sie trug ein Kostüm.«

»Ich muss mir unbedingt meins vornehmen«, sagte Deena. »Wenn es Entlassungen gibt, bin ich die Erste, die gehen muss.«

Jeder Artdirector oder Werbetexter hatte hinter der Tür

seines Büros ein schwarzes Portfolio mit seinen besten Arbeiten. Von jedem Auftrag, den man auf den Schreibtisch bekam, erhoffte man sich eines: dass sich daraus etwas ergab, das gut genug für das Portfolio war. Deena schloss die Tür und legte die Mappe auf ihren Schreibtisch; sie wusste ohne hineinzusehen, was drin war und dass nichts davon genügte. Die Scheinkampagnen, die ihr zu dieser Stelle verholfen hatten, waren besser als die Arbeiten, die sie in den drei Jahren hier produziert hatte. Nichts Überragendes. Keine einzige Schlagzeile ließ besonderes Talent erkennen.

Am Sonntagabend klingelte das Telefon. Es war Daniel.

»Komm wieder zurück«, sagte er. »Ich verlange, dass du morgen wieder hier einziehst.«

»Ich nehme keine Befehle entgegen«, erwiderte Deena.

»Ich warne dich!«, sagte er.

»Wovor?«

Er gab keine Antwort.

»Sagtest du nicht, dass du Zeit brauchst?«

»Doch. Ich musste alles überdenken. Jetzt will ich, dass du wieder zurückkommst.«

»Einfach so? Zuerst brauchst du Zeit, dann plötzlich nicht mehr. Ich komme aber nicht zurück, nur weil du einmal mit dem Finger winkst.«

»Nie?«, fragte Daniel.

Sie wusste es nicht. Sie war sich nicht sicher. Es gefiel ihr, allein zu sein, aber sie fühlte sich auch einsam. Sie wünschte sich Gesellschaft, doch nicht unbedingt seine. Um ehrlich zu sein, er fehlte ihr nicht. Ihr fehlte das Haus. Karens braune, dunkle Küche tat weh.

»Weißt du«, sagte sie, »ich hätte dir die ganze Affäre verzeihen können, aber nicht, wie du mich behandelt hast.«

Sie sprach nicht weiter. Sie konnte dies besser sagen, wenn sie wütend war. Sie musste sich gegen ihn abhärten. Sie musste sich an seine Stimme erinnern, wie er »Würde es dir etwas ausmachen« oder »Geht dich nichts an« sagte. Sie musste sich an seine Fahrten nach Manhattan erinnern, die er Jill zuliebe unternahm, an seine Großzügigkeit, an die Türen, die er Jill aufhielt. Und wie lieblos er war, wenn er sich dann ihr zuwandte.

»Dann kommst du also nicht zurück?«, fragte er nochmals.

»Was ist mit Jill?«, fragte Deena.

»Ich weiß es nicht. Sie spricht nicht mit mir. Sie sagt, wir brauchen Distanz.«

Seine Stimme zitterte, und Deena biss sich auf die Lippen. Sie wollte nicht, dass er zu weinen anfing.

»Und deshalb rufst du mich an?«, fragte sie.

»Na und«, erwiderte Daniel. »Ist das so schlimm?«

Am Morgen nahm sie eine Dusche, zog sich an und ging zu Fuß zur U-Bahn. Das wurde ihr jetzt schon zur Gewohnheit; in nur wenigen Wochen konnte man sich an alles gewöhnen. Das Leben bestand nur aus Gewohnheiten.

Auf der Straße ging sie mit federnden Schritten. Die Leute lächelten, und sie lächelte zurück. Die Sonne schien, und alle waren glücklich.

Auf dem Bahnsteig war es ungewöhnlich ruhig, man hörte nur die Klänge eines Saxophons. Die Menschen standen da und lauschten still. Niemand drängte zur Mitte oder zum

Ende des Bahnsteigs, um beim Verlassen des Zugs möglichst nah beim richtigen Ausgang zu sein. Dieses präzise Wissen, in welchen Wagen man steigen musste, unterschied den täglichen Zugfahrer von einem Besucher. Heute waren sie alle Besucher.

Im Büro warteten fünf Nachrichten auf sie. Eine von Daniel, eine von Daniels Mutter, eine von ihrem Vater, der aus Jerusalem angerufen hatte, nochmals eine von Daniel und eine von Jill.

Ihr Vater rief sie hier an? Wie spät war es dort? Und was war los? Er hatte die Nummer von Daniel erhalten. Warum nicht Karens Nummer? Was führte Daniel im Schilde?

Sie wählte zuerst seine Nummer.

»Darauf reagierst du«, sagte er.

»Was meinst du damit?«

»Dein Vater hat gestern Abend angerufen, und ich hab ihm gesagt, wo du bist und warum. Ich war wütend. Bei mir legst du ständig den Hörer auf. Ich wusste nicht, was ich sonst hätte tun sollen.«

»Was hast du ihm gesagt? Dass du eine Affäre hast?«

»Hör auf zu behaupten, ich hätte eine Affäre gehabt. Es ist nicht wahr. Vielleicht würde es dir passen, wenn ich eine hätte. Es gibt Leute, die sagen, dass du nur auf eine Gelegenheit gewartet hast, um mich zu verlassen. Dass du mich schon immer verlassen wolltest.«

»Es gibt Leute«, erwiderte Deena, »zum Beispiel? Deine Mutter?«

»Du hättest es verhindern können. Wenn es dir etwas ausmacht, warum hast du dann nicht um mich gekämpft? Warum dieses Abendessen, bei dem du nichts Vernünftiges gesagt hast?«

»Vielleicht bist du mir keinen Kampf wert.«

»Und warum nicht?«

Deena gab keine Antwort. Sie wusste auch nicht, warum. Weil sie ihn nicht liebte? Weil es zutraf, dass sie ihn verlassen wollte und sich ihr nun die Gelegenheit dazu bot?

»Weißt du, du bist kein sehr guter Mensch. Du verzeihst nicht.«

»Und wer hat das gesagt? Deine Schwester?«

»Ja, wenn du mich schon fragst. Es war Celia. Sie hat gesagt, du seist sehr stolz.«

»Du hättest sie früher konsultieren sollen.«

»Ich hab deinem Vater gesagt, dass ich mich nicht mehr länger für dich verantwortlich fühle. Dass du auf eigenes Risiko in der City wohnst.«

»Seit wann warst du verantwortlich für mich?«

»Du weißt schon, was ich meine. Na, was soll's, ich wusste, dass es keine gute Idee war, ihm so was zu sagen, er ist nie auf meiner Seite gewesen, aber ich wollte ja nur dich in die Bredouille bringen. Ich wollte, dass du für dein Verhalten vor jemandem geradestehen musst.«

»Schön, dann hast du ja erreicht, was du wolltest. Jetzt kannst du noch deiner Mutter sagen, sie soll bitte nicht mich anrufen.«

»Hab ich schon«, erwiderte Daniel. »Sie sagt, du solltest mit jemandem über alles reden können, sie seien doch deine Familie. Sie meint, ich verdiene noch eine Chance.«

»Sag ihr, dass ich meine eigenen Eltern habe. Außerdem ist sie deine Mutter; sie sollte mit dir reden.«

»Das tut sie auch. Sie gibt mir Ratschläge, als ob sie Erfahrung in diesen Dingen hätte. Als ich sie darauf hinwies, dass sie ja nicht unbedingt Expertin sei, hat sie mir eine Geschichte über unseren guten Dad erzählt. Willst du sie hören?«

»Ich bin im Büro. Und ich sollte endlich meinen Vater anrufen. Auf Wiedersehen.«

Zehn Minuten später war sie mit Jerusalem verbunden.

»Kein sehr großer Verlust«, sagte ihr Vater. »Nur einer von vielen, nichts Besonderes, kein Genie. Selbst jetzt kannst du noch was Besseres finden. Lass dich scheiden und komm nach Hause.«

Jemand klopfte an die Tür.

»Ich muss aufhören. Ich bin in der Arbeit.«

»Arbeit, Geld, Amerika. Wozu brauchst du das alles? Verzichte darauf und komm nach Hause.«

Es war Karen. »Was ist los?«, fragte sie und reichte Deena zwei weitere Telefonzettel. »Helen sagt, du bekommst Tausende von Anrufen.«

»Daniel hat es allen erzählt. Seiner Familie und meiner. Ich habe eben mit meinem Vater gesprochen, der ist begeistert. Daniel hat ihm nie gefallen. Daniels Mutter will mit mir über einen zweiten Versuch reden.«

»Weiß sie etwas von Jill?«, fragte Karen.

»Keine Ahnung, was Daniel ihr erzählt hat. Meinem Vater hat er nicht die Wahrheit gesagt.«

»Hör mal«, sagte Karen. »Die haben alle ihre eigenen Vorstellungen. Du musst dir überlegen, was du willst, was für dich das Beste ist.«

Was war das Beste für sie? Wusste denn überhaupt jemand mit Sicherheit, was das Beste für ihn war?

»Ich weiß, dass ich jetzt besser mit der Arbeit weitermache«, sagte Deena.

Karen nickte. »Das hilft bestimmt.«

Helen erschien an der Tür. »Es ist wieder Daniels Mutter. Sie bittet dich inständig, mit ihr zu sprechen.«

Deena seufzte.

»Viel Glück!«, sagte Karen.

Als Deena den Hörer abnahm, waren beide Eltern Daniels am Apparat. Es handelte sich hier um einen Familiennotfall, und sie schritten gemeinsam zur Tat. Doch das Sprechen übernahm Mrs. B.

»Daddy und ich sind uns einig, dass du uns ebenso viel bedeutest wie eines unserer eigenen Kinder. Wir hätten uns gewünscht, dass du dich uns von Anfang an anvertraut hättest. Wir werden alles für dich tun. Wir helfen dir, wo wir nur können.«

»Ich glaube nicht, dass ihr irgendetwas für mich tun könnt«, sagte Deena. »Im Moment habe ich nicht die geringste Lust, Daniel noch eine Chance zu geben. Meinem Vater davon zu erzählen, war kein besonders brillanter Einfall. Wie ihr euch bestimmt vorstellen könnt, empfiehlt er eine schnelle Scheidung.«

»Du hast Recht, das war nicht sehr klug von ihm«, stimmte Mrs. B. zu. »Dein Vater war von Anfang an gegen ihn. Daniel sagt, er habe dir den Gedanken an eine Scheidung schon in den Kopf gesetzt, bevor ihr überhaupt verheiratet wart. Das ist sehr verantwortungslos. Die Taktik der Beeinflussung ist gefährlich. Jede Ehe hat ihre Probleme, mit denen man fertig werden muss. Dein Vater ist ein erwachsener Mann; eigentlich müsste er das besser wissen.«

Jetzt sprach Mr. B. »Du bist bei deiner Heirat mit Daniel auf Widerstand gestoßen. Du solltest dir überlegen, ob du es dir nicht selbst schuldest, mit einer weiteren Anstrengung jenen Kampf zu rechtfertigen. Im Moment bist du wütend und verletzt, das ist verständlich. Daniel ist verwirrt; er weiß nicht, was er tut. Ihr braucht beide etwas Zeit. Inzwischen hoffen Mom und ich, dass du dich vertrauensvoll an uns wendest.«

»Ihr zwei habt euch doch immer so gut verstanden«, sagte Mrs. B. »Wenn man verletzt ist, vergisst man leicht das Gute. Und du musst wissen, dass wir euch beide gleich lieb haben.«

Deena schüttelte den Kopf. Sie hatten dies nicht verdient; sie hatten für ihre Kinder getan, was sie nur konnten. Und es gab nur eins, was sie selbst für sie tun konnte: mit Daniel verheiratet bleiben. Das wünschten sie sich, und deshalb rieten sie ihr auch dazu. Aber es war der Rat ihres eigenen Vaters, der ihr nicht aus dem Kopf wollte. Scheidung. Bis jetzt hatte sie nicht gewagt, das Wort laut auszusprechen, aber ihr Vater hatte es ausgesprochen und es ihr damit ermöglicht.

Als sie schließlich einhängte, legte sie den Kopf auf den Schreibtisch. Was als Privatsache begonnen hatte, war jetzt allgemein bekannt. Zuerst hatten sie es im Büro herausgefunden. Das war schon schlimm genug gewesen. Jetzt war es eine Familienangelegenheit.

Und es gab weitere Komplikationen: Sie wollte, dass Daniel das Haus behielt. Es könnte ja sein, dachte sie, dass sie nach einem oder zwei Jahren der Trennung wieder heiraten wollten und sie zurück ins Haus ziehen würde. Sie erwog eine Scheidung und zog dabei bereits eine Wiederverheiratung in Betracht. Seltsame Gedankengänge, sie wusste es.

Dennoch, sie wollte das Haus nicht an irgendeinen Fremden verkaufen. Wenn Daniel ihren Anteil übernahm, blieb ihr die Möglichkeit, eines Tages vielleicht wieder im Haus zu wohnen. Vielleicht konnte Sergei eine Regelung finden. Er hatte ihre Interessen bei Vertragsabschluss vertreten. Er hatte den Verkäufer in die Enge getrieben und ihnen damit nochmals viertausend Dollar eingespart.

»Nicht sehr viel«, hatte er gesagt und ihr dabei in die Augen geblickt, »aber genug für ein großes Ledersofa. Oder vielleicht ist Samt eher Ihr Stil.«

Sergei. Ein Rumäne, der etwas von einem Zigeuner, einem Juden und allem anderen besaß. Er war in Ungarn, Frankreich und Italien aufgewachsen, wusste, was Grenzen bedeuteten und wie man sie überschritt. Er war ein Anwalt, den man gern auf seiner Seite hatte.

Sie griff nach dem Telefon, um ihn anzurufen, und zögerte. Weshalb rief sie ihn an? Was wollte sie? Nach Vertragsabschluss hatte er ihr die Hand geschüttelt und gesagt, sie solle nicht zögern, ihn anzurufen; und in seinem Blick und dem Druck seiner Hand glaubte sie, mehr zu erkennen als bloß ein Angebot für Rechtsberatung. Und genau deshalb wollte sie ihn jetzt sprechen.

Sie wählte die Nummer, und ja, er sei da, meinte seine Sekretärin. Dann war er am Telefon und sagte: »Ich dachte schon, ich würde nie mehr etwas von Ihnen hören.«

Deena holte tief Atem. Sie wusste nicht, wie sie es sagen sollte, wo anfangen. Sie hätte es sich vor dem Anruf überlegen müssen.

»So schlimm kann es doch gar nicht sein.«

»Daniel und ich trennen uns«, sagte sie.

»Das überrascht mich nicht«, sagte er sanft. »Sie beide sind wie Tag und Nacht. Und was möchten Sie tun?«

»Ich möchte gern, dass Daniel das Haus behält, so viel weiß ich. Über andere Fragen bin ich mir noch nicht im Klaren. Es ist alles noch so neu, ich konnte mir noch gar keine Gedanken darüber machen.«

»Normalerweise befasse ich mich nicht mit Scheidungen«, sagte Sergei, »aber für Sie würde ich's tun, wenn Sie das wollen. Möchten Sie morgen Abend mit mir essen gehen? Ich werde mein Möglichstes tun, Sie gut zu beraten. Es gibt ein paar Vorkehrungen, die Sie schon jetzt treffen können und die dann später zu Ihrem Vorteil sind. Wo kann ich Sie abholen?«

Sie gab ihm ihre Geschäftsadresse, machte sich aber sogleich Sorgen. Was, wenn Daniel auftauchte?

Als hätte er gespürt, dass Deena zu weit ging, rief Daniel an. »Ich möchte dich für morgen Abend zum Essen einladen. Betrachte es als ein Rendezvous.«

»Ich bin für morgen Abend schon zum Essen verabredet«, erwiderte Deena.

»Jemand, den ich kenne?«

»Geschäftlich, aber eigentlich geht es dich nichts an.«

»Ein Mann?«, fragte Daniel.

»Ich beantworte keine weiteren Fragen«, sagte sie.

Als sie die Madison Avenue hinaufging, sah sie sich in einem Schaufenster gespiegelt und blieb stehen. Ihre Frisur. Kein Stil. Von einem Kurzhaarschnitt konnte nicht mehr die Rede sein. Die Haare waren wie wild gewachsen. Sie klingelte beim ersten Damensalon, an dem sie vorbeikam, und ging eine Treppe hinauf.

Sie war nicht angemeldet, und sie kannte keinen Namen. Sie bat die Dame am Empfang, ihr jemanden zu empfehlen. »Wer schneidet Ihnen denn die Haare?«, fragte Deena.

»Burton. Vielleicht kann er Sie zwischen zwei Terminen drannehmen.«

Die Empfangsdame schaute sie an. »Ihr Haar«, sagte sie, sprach aber nicht weiter, um nicht beleidigend zu wirken.

Deena lachte. »Ich weiß. Und es ist mir eben erst aufgefallen.«

Eine Viertelstunde später saß sie in einem Stuhl, trug einen schwarzen Kimono und schlürfte Cappuccino. Dieser Haarschnitt würde sie teuer zu stehen kommen, sie wusste nicht, wie teuer, es gab nirgends eine Preisliste, aber der Cappuccino war ein untrügliches Zeichen. Sie fügte sich Burtons geschickten Händen auf ihrem Kopf. Über den Preis wollte sie nicht nachdenken.

»Haben Sie sich etwas Bestimmtes vorgestellt?«, fragte Burton. »Einen bestimmten Stil?«

Sie hatte sich keine Gedanken darüber gemacht, nicht bis er sie fragte, aber jetzt wusste sie es.

»Ich möchte die Haare gern wieder lang. In der Zwischenzeit irgendetwas, das gut aussieht.«

Er machte Vorschläge, und Deena nickte. Alles würde eine Verbesserung sein. Eine Hilfskraft führte sie zum Waschbecken, und Deena lehnte sich zurück, entspannte Nacken und Kopf und dachte nur an den Luxus, sich das Haar waschen zu lassen.

»Dann haben Sie also gerade mit einem Typen Schluss gemacht?«, fragte Burton.

Deena sah erschrocken auf. »Ist das so offensichtlich?«

Er legte ihr die Hand auf die Schulter und lächelte in den Spiegel. »Keine Sorge. Es ist nur so, dass Frauen zu drastischen Veränderungen neigen, wenn sie mit jemandem Schluss machen. Entweder wollen sie das Haar richtig kurz, oder sie lassen es wachsen. Manchmal ändern sie auch nur die Farbe.«

Deena lachte. »Ich ließ mein Haar vor zwei Jahren kurz schneiden, bevor ich wusste, dass sich etwas ändern würde. Jetzt habe ich das kurze Haar plötzlich satt.«

»Dann haben Sie jemanden kennen gelernt«, meinte er.

Im Geschäft war sie auf einmal gefragt.

Sie ging zusammen mit James und Al, zwei anderen Textern, Mittag essen. Sie nahmen Sandwiches zum East River mit und fragten einander, was nach der Werbung komme. So war es in dieser Branche. Es war eine zeitlich begrenzte Angelegenheit. Es musste noch etwas Besseres geben.

James wollte Drehbücher schreiben. Das tat er bereits in seiner Freizeit. Al dachte an Sitcoms.

»Ich hab genug vom Schreibtisch«, sagte Deena. »Ich möchte etwas mit dem Körper tun. Vielleicht fange ich mit Ballett an.«

James lachte. »Das machst du garantiert nicht.«

»Wart's ab«, erwiderte Deena.

Am Nachmittag kam Gary Ross, der Volvo Account Executive, vorbei, um ihr mitzuteilen, dass dem Kunden ihr Text gefalle. »Er war überrascht, dass die Idee von einer Frau stammt«, sagte Gary. »Und er hat vorgeschlagen, dass ich Sie zum Mittagessen einlade, aber ich glaube, Sie haben mehr davon, wenn Sie selbst bestimmen, mit wem Sie gehen möchten. Schicken Sie mir einfach die Rechnung.«

»Das ist sehr aufmerksam von Ihnen«, sagte Deena. »Danke sehr. Vielleicht gehe ich morgen mit James und Al.«

Er stand an die Wand gelehnt da. »Was würden Sie eigentlich am liebsten tun? Sie sind zu intelligent für hier.«

Deena sah ihn an. »Das letzte Mal hab ich das als Einleitung zu einem Rausschmiss gehört. Ich lese zu viel von dem, was über meinen Schreibtisch geht, hat mein Chef behauptet. Und es war nur eine befristete Sekretärinnenstelle.«

Gary Ross lachte. »Sie waren zu intelligent, und er fühlte sich bedroht. Und dann hatte er vermutlich ein paar Geheimnisse.«

Als Deena nach der Arbeit aus dem Gebäude trat, stand Sergei bereits am Straßenrand, an seinen schwarzen Mercedes gelehnt. Er kam wie ein Gangster auf sie zu, in seinem langen, weit offen hinter ihm herwehenden schwarzen Ledermantel, und küsste sie auf den Mund. Sie hoffte, dass niemand im Büro es gesehen hatte.

Er nahm sie am Arm und führte sie um den Wagen herum zur Beifahrertür, ließ sie dabei innen gehen, nicht auf der Seite zum Verkehr hin, öffnete den Schlag und hielt ihn auf.

Ein Mann, der einem Türen öffnet. War es nicht das, was sie wollte?

Er fuhr bei einem italienischen Restaurant an der Second Avenue vor.

»Wäre das etwas für Sie?«, fragte er. »So früh ist es bestimmt ruhig. Wir können ungestört sprechen.«

Ohne sich die Speisekarte anzusehen, sprach er auf Italienisch mit der Serviererin, die verschwand, um sogleich mit einer Flasche Weißwein, einem Korb noch warmem Brot und einer Glasschale mit gepfeffertem Olivenöl zum Tunken zurückzukommen. Er kannte dieses Lokal; er war schon früher hier gewesen.

Er schenkte Wein ein, hob das Glas und schaute Deena fragend an. »Auf was?«

Deena senkte den Blick und zuckte mit den Schultern. Er brachte sie in Verlegenheit mit seinen langen, tiefen Blicken. Er tat zu romantisch. War es nur, um sie aufzuheitern?

»Auf die Schönheit«, sagte er. »Dunkelhaarige Schönheit.«

Sie sah in seine dunkelblauen Augen. Die Pupillen waren schwarz. Auf die Schönheit? Er war ein verheirateter Mann. Er hatte eine Tochter. Spielte das eine Rolle?

»Nehmen Sie einen Schluck Wein«, sagte er, »und erzählen Sie, was passiert ist.«

Deena trank ein wenig und wartete. Sie nippte noch mal am Glas. »Ich weiß nicht, wo ich anfangen soll«, sagte sie.

»Eines weiß ich bestimmt. Nicht Sie hatten eine Affäre.«

Deena schüttelte den Kopf. »Wie können Sie das wissen?«

Er lachte. »Nichts leichter als das, zum Beispiel, wie Sie heute angezogen sind. Sie tragen ein Jackett, so als wäre das heute eine reine Geschäftssache. Als Sie mich anriefen, wollten Sie mehr, dann bekamen Sie es plötzlich mit der Angst zu tun. Fürchten Sie sich vor mir?«

Deena nickte und blickte auf den großen weißen Teller vor ihr. Sie spielte mit dem Messer herum.

»Und weshalb?«

Die Antipasti kamen, und Sergei machte eine Pause, um zuerst ihren, dann seinen Teller zu füllen. Er aß.

»Mmm«, sagte er.

Erst als er aufgegessen hatte, was auf seinem Teller lag, nahm er das Gespräch wieder auf. »Sagen Sie mir, weshalb Sie Angst vor mir haben.«

»Ich glaube, es ist eher Verlegenheit als Angst. Ich habe Sie gleich im Anschluss an ein paar schwierige Gespräche angerufen. Ich war erregt. Ich wusste nicht, was tun. Vielleicht war es ein Fehler, Sie anzurufen.«

Sergei wischte sich mit der Serviette den Mund ab. »Schön«, sagte er mit einer Stimme, die plötzlich einen geschäftsmäßigen Ton angenommen hatte. »Seither hatten Sie ja etwas Zeit zum Nachdenken. Was wollen Sie jetzt?«

Deena zuckte zusammen. Wenn er sich nüchtern, streng geschäftlich gab, war es schlimmer. Sie bevorzugte seine galante, werbende Art. Sie brauchte jemanden, der nett zu ihr war. Deshalb hatte sie ihn angerufen.

»Ich nehme zurück, was ich gesagt habe. Ich habe Angst und bin verwirrt. Ich weiß nicht, was ich will. Sie scheinen so erfahren zu sein, deshalb machen Sie mir glaube ich Angst.«

Sergei lachte. »Wenn Ihr Mann mehr Erfahrung gehabt hätte, wenn er ein besserer Mann wäre, dann wären Sie jetzt nicht hier und würden über Scheidung sprechen. Sie wollen ihn nicht wegen der Affäre verlassen. Darum geht es nicht. Sie sind verletzt, weil er Sie schlecht behandelt hat. Solange ich zu meiner Frau nett bin, solange ich gut für sie und Isabella sorge, ist sie zufrieden. Mehr will sie gar nicht wissen. Sie sollte es auch nicht wissen.«

»Hat Ihre Frau auch Affären?«

»Mag sein. Ich frage sie nicht. Es ist nicht so wichtig.«

Er streckte seine Beine aus und nippte am Wein. »Sie und ich, wir beide, wir sollten für ein Wochenende auf die Bahamas fliegen. Ich weiß, dass Sie in einem Bikini gut aussehen. Sie haben genau die richtigen Formen. Heute Abend könnten wir tanzen gehen.«

Deena sah an sich hinab.

»Nicht in diesen Kleidern«, sagte er.

Das Essen kam, und sie aßen, doch unter seinen Blicken brachte sie nur sehr wenig hinunter. Wenn sie so weitermachte, mehr trank als aß, würde sie sich im Lederrock besser fühlen.

»Sie haben mir immer noch nichts erzählt«, sagte er.

»Es gibt nicht viel zu erzählen. Und Sie scheinen es ja zu wissen, ohne dass ich etwas sage.«

»Aber ich weiß nicht, was Sie fühlen, was Sie wollen. Das Wesentliche weiß ich nicht.«

Deena sah ihn an. »Sie haben Recht. Was mich am meisten störte, war, wie nett er zu der anderen Frau war.«

Sergei nickte. »Das ist der größte Fehler, den ein Mann machen kann. Er bekommt, was er will, und zu Hause ist er ein Schwein. Das ist charakterlos.«

Die Serviererin kam, um die Teller abzuräumen.

»Sie essen nicht sehr viel«, sagte er. »Möchten Sie einen Cappuccino? Oder einen Espresso?«

»Einen Espresso«, erwiderte Deena, und Sergei sah zur Serviererin auf und bedeutete ihr: *»Due.«*

Nach dem Essen fuhr er stadtauswärts, bog in die 93rd Street ein und parkte in einer Lücke direkt vor ihrem Gebäude. Er war jemand, für den sich Räume auftaten. Und er war es gewohnt, dass alles nach seinen Wünschen lief. Gekonnt parkte er rückwärts ein, stellte den Motor ab, und schon waren sie aus dem Wagen und vor ihrer Haustür. Er nahm ihr den Schlüssel aus der Hand, schloss auf und hielt ihr die Tür auf, dann folgte er ihr die Treppe hoch. Was tat sie da, einen Mann, den sie nicht einmal besonders gut kannte, in Karens Wohnung mitzunehmen? Daniel hatte sie nicht erlaubt hereinzukommen, warum dann Sergei?

Drinnen wartete er nicht, bis sie ihm selbst die Wohnung zeigte; er schritt sie der Länge nach ab, von der Tür zu den Fenstern und von den Fenstern zur Küche und zum Bad. Jetzt wusste er, wo sie wohnte. Deena sah ihm zu.

»Ich bin hier Untermieterin einer Freundin, die zu ihrem Verlobten gezogen ist.« Er nickte, trat hinter sie und half ihr aus der Jacke. Dann trat er einen Schritt zurück, um sie zu betrachten; sie kam sich taxiert vor.

»Das ist schon viel besser. Ich hatte Recht. Sie werden am Strand gut aussehen. Besitzen Sie einen Bikini? Sie brauchen nur die untere Hälfte.«

Sie schüttelte den Kopf. »Ich habe nicht viel eingepackt, nur das Allernotwendigste.«

»Was Sie unter der Jacke tragen ist ganz in Ordnung«, sagte er. »Ein Rock wäre besser. Haben Sie einen?«

Sie nickte.

»Zeigen Sie ihn mir.«

Sie öffnete den Schrankraum, ging hinein und sah sich nach dem Lederrock um. Das Preisschild hing immer noch dran, weil sie hin und her überlegt hatte, ob sie den Rock behalten oder zurückgeben solle. Es gelang ihr, das Schild abzureißen, bevor sie hinaustrat. Er brauchte nicht zu wissen, dass der Rock neu war.

»Perfekt«, sagte er und ließ die Finger über das Leder gleiten. »Zeigen Sie sich mal darin.«

Wollte er, dass sie sich vor ihm aus- und anzog? Sie ließ sich Zeit, suchte nach einem Paar Strümpfen. Hatte Karen welche hier gelassen?

»Komm zu mir«, sagte er und sah ihr dabei in die Augen.

Sie kam, und er nahm ihre Hand und zog sie näher.

»Davor hast du Angst«, sagte er, die Finger auf dem Verschluss ihres Gürtels.

Er ging rasch zu Werke und trat dann zurück.

»Setz dich«, sagte er, und sie setzte sich.

»Mach deine Beine breit«, sagte er, und sie sah ihn an und machte die Beine breit.

»Und jetzt sag mir, was du willst.«

Sie schüttelte den Kopf.

»Sag es«, wiederholte er.

Er schaute sie an, nickte und wartete. Er wollte, dass sie es sagte; er würde sie dahin bringen. »Du willst?«, provozierte er sie.

»Dich«, hauchte sie und blickte in seine blauen Augen.

Er nahm sie bei der Hand und führte sie zum Bett.

Als Sergei gegangen war, drückte sie die Wiedergabetaste des Anrufbeantworters, der die ganze Nacht geblinkt hatte und eine Erklärung verlangte für das, was sie mit Sergei tat, nachdem sie ausgezogen war, weil Daniel eine Affäre hatte.

Es war Daniel. »Du bist nie zu Hause«, beklagte er sich. »Was geht dort eigentlich vor?«

Sie rief nicht zurück, doch was, wenn sie eines Abends mit Sergei nach Hause kam und Daniel auf sie wartete? Er hatte so eine Begabung, im unpassendsten Augenblick aufzukreuzen.

Am nächsten Tag im Büro verbrachte Deena den Vormittag am Telefon und verglich die Preise von Futons. Karen schlief nicht gut auf Gregs Federkernmatratze; sie bekam davon einen steifen Rücken und Nacken. Wenn Deena ebenfalls ein Duxbett kaufte, könnte sie es direkt in Gregs Wohnung liefern lassen, und sie könnten sich die Mühe sparen, Karens Dux in die Innenstadt zu transportieren.

»Mein Dux ist praktisch neu«, sagte Karen. »Ich habe es vor weniger als einem Jahr gekauft, und es wurde nicht sehr häufig benutzt.«

Deena nickte. Das spielte für sie keine Rolle, aber sie wollte gar keine Duxmatratze. Wenn sie sich schon einmal ein Bett anschaffte, wollte sie etwas Besseres als Schaumstoff. Am Mittag nahm sie einen Zug ins Zentrum und probierte verschiedene Futons aus. Sie setzte und legte sich auf Futons von zehn, fünfzehn und zwanzig Zentimeter Dicke. Sie versuchte es mit reiner Baumwolle, mit abwechselnden Lagen von Schaumstoff und Baumwolle und mit einer Kombination von Wolle, Schaumstoff und Baumwolle, was bequemer war als irgendein Bett, in dem sie je geschlafen hatte.

Sie entschied sich für ein Queensize. Innerhalb eines Monats war sie von zwei Einzelbetten über ein französisches (Karens) zu einem Queensize aufgestiegen. Nach siebenundzwanzig Jahren in Einzelbetten würde sie genügend Platz für wen auch immer haben. Ihre Nächte würden nie mehr die gleichen sein. Sie selbst war nicht mehr dieselbe. In letzter Zeit fiel es ihr schwer zu sagen, wer sie war.

Karen war beleidigt. Das Dux hatte einen riesigen Unterschied gemacht, und es hatte weniger gekostet als ein Futon.

»Und warum unbedingt Queensize? Mit einem Queensize musst du das ganze Bettzeug neu kaufen«, sagte sie. »Spielt Geld denn keine Rolle?«

Sie schüttelte missbilligend den Kopf. Deenas Verhalten hatte sich verändert. Sie kam zu spät zur Arbeit, nahm sich zu viel Zeit für das Mittagessen mit den Jungs, und jetzt dieses Bett. Es hätte alles so einfach sein können. Für neunundneunzig Dollar hätte sie ein Dux kaufen können und so beiden die Mühe erspart, Matratzen austauschen zu müssen. Es war rücksichtslos von ihr. Allein zu leben, wirkte sich nicht sehr positiv auf ihren Charakter aus.

Auf dem Heimweg nach der Arbeit kaufte sich Deena eine Garnitur uniweißer Betttücher aus reiner Baumwolle. Eine weitere Ausgabe von neunundsechzig Dollar auf ihrer Kreditkarte. Sie machte sich Sorgen. Karens Gegnerschaft war gefährlich. Der Futon sollte morgen Vormittag geliefert werden, Deena würde zu spät zur Arbeit kommen, und Karen würde sie nicht decken.

Wieder blinkte der Anrufbeantworter.

Daniels Stimme war laut. »Ich dachte, du solltest es wissen«, sagte er. »Ich reiche die Scheidung ein. Ich muss. Du warst die ganze letzte Nacht auswärts und die Nacht zuvor auch. Ich weiß nicht, was ich davon halten soll. Der Rabbi hier empfiehlt eine rasche Scheidung, um die Sünde möglichst zu begrenzen. Jetzt weiß ich, warum du einfach auflegst, warum du nicht zurückkommen willst.«

Eine Scheidung. So einfach ging das. Sie musste sie nicht verlangen. Sie musste nicht darauf warten. Es genügte schon, wenn sie mit einem anderen Mann schlief. Der Rabbi gab

Rat, und Daniel stimmte zu. Er war das Opfer, ein Mann, gegen den sich die Ehefrau versündigt hatte, was nicht geduldet werden konnte. Daniel wollte nicht der Mann einer Frau sein, die mit andern Männern schlief.

Da war auch eine Nachricht von einem Rabbi Hirsch in Brooklyn, der im Auftrag ihres Vaters angerufen hatte. Er gab eine Nummer an und bat darum, ihn zurückzurufen, wenn sie nach Hause komme, auch wenn es sehr spät sei. »Sie können jederzeit, auch in der Nacht, anrufen«, sagte er.

Deena spielte die Nachricht nochmals ab und notierte sich die Nummer. Was konnte sie diesem Rabbi schon sagen? Dass sie mit ihrem Anwalt eine Affäre habe. Außerdem wollte ihr Vater ja eine Scheidung, und es sah ganz danach aus, als müsste sie nicht einmal eine verlangen. So viel konnte sie dem Rabbi mitteilen, und der würde die Nachricht an ihren Vater weiterleiten, der sehr erfreut sein würde.

Eine Frau nahm ab. Die Ehefrau? Dann war Rabbi Hirsch am Apparat, stellte sich vor und sprach mit ruhiger Stimme.

»Es entspricht eigentlich nicht meiner Einstellung, jemanden zu einer Scheidung zu ermutigen«, sagte er, »aber ich habe mich bereit erklärt, Ihrem Vater behilflich zu sein, er ist ein guter Freund von mir und ein ausgezeichneter Gelehrter.«

Deena erklärte, dass offenbar das Verfahren bereits eingeleitet worden sei und vermutlich alles rasch über die Bühne gehen werde.

»Das sind sehr gute Nachrichten«, meinte Rabbi Hirsch. »Ich richte das Ihrem Vater aus. Kann ich sonst noch etwas für Sie tun? Wenn Sie jemanden zum Reden brauchen, rufen Sie bitte an. Vielleicht möchten Sie aber lieber mit meiner

Frau sprechen. Es wäre mir eine große Freude, Ihnen auf irgendeine Weise behilflich sein zu können.«

Der Futon wurde wie versprochen um halb zehn geliefert, und um zehn saß Deena an ihrem Schreibtisch.

»Was ist los?«, fragte Susan und kam herein.

Helen folgte ihr. »Ja, was ist eigentlich los? Du wurdest dreimal verlangt: von Daniels Mutter, von seinem Bruder und von einem Mann mit einem Akzent. Er hat am Telefon geflirtet.«

Deena lächelte.

»Wer ist das?«, fragte Susan.

Karen kam ebenfalls herein. »Wer ist wer?«, fragte sie. »Ist der Futon eingetroffen?«

Deena nickte.

»Warte noch mit den Einzelheiten über den Futon«, sagte Susan. »Erzähl uns zuerst was über diesen Typen.« Sie nahm Helen den rosa Zettel aus der Hand. »Sergei. Klingt echt jüdisch.«

Deena lachte. »Ist er tatsächlich. Er ist der Anwalt, der uns beim Hauskauf beraten hat.«

»Anwalt! Dass ich nicht lache«, sagte Susan. »Wenn du dich im Spiegel sehen könntest, würdest du aufhören zu lügen. Deshalb also das neue Bett.«

Karen musterte sie. »Hoffentlich nimmst du diesen Typen nicht mit in die Wohnung«, sagte sie. »Hoffentlich lässt du dich da nicht auf etwas ein.«

»Er ist Anwalt«, sagte Deena.

»Scheint mir mehr als nur ein Anwalt zu sein«, meinte Susan.

Ron steckte den Kopf ins Zimmer. »Zehn, fünfzehn Minuten Verspätung sind verzeihlich. Eine halbe Stunde nicht.«

»Gib ihr 'ne Chance«, sagte Susan. »Sie hat jemanden kennen gelernt, und heute Morgen wurde ein Bett geliefert. Geht doch irgendwie auf.«

»Ich muss in die Montage runter«, sagte Karen und ging. Deena wunderte sich über sie. Sie trug nicht mehr ihre kurzen Röcke und hohen Absätze. Heute steckte sie in einer schlottrigen khakifarbenen Hose und flachen schwarzen Schuhen.

Das Telefon klingelte. »Würdet ihr bitte gehen?«, bat Deena, die Hand über dem Hörer.

»Wetten, das ist ein Supermann«, frotzelte Susan.

»Diese Frauen«, sagte Ron und ging. Susan und Helen verdrehten die Augen und winkten ihm nach.

Es war Ben, Daniels Bruder.

»Daniel scheint ein bisschen durcheinander«, sagte Ben, »also hab ich mir gedacht, ich ruf dich an. Was ist eigentlich los? Er will die Scheidung einreichen. Ich dachte, ihr würdet versuchen, die Sache wieder einzurenken.«

Er machte eine Pause.

»Es geht mich ja nichts an«, erklärte er, »aber Daniel sagt, dass du in der Gegend rumschläfst. Ich will gar nicht wissen, ob das stimmt oder nicht, aber wenn du es bloß tust, um ihn zurückzubekommen, dann schadest du meiner Meinung nach nur dir selbst. Ich glaube, mein Bruder braucht Hilfe. Ich habe ihm einen Psychiater vorgeschlagen, aber du kennst ja Dumbo, von so was wollte er schon gar nichts wissen. Vielleicht ist es das, was ihr beide braucht, einen Eheberater. Zumindest könntet ihr euch über das Ganze aussprechen, es nochmals versuchen. Ich tu alles, um euch zu helfen.«

»Danke«, sagte Deena, »aber nein danke. Je mehr ich mit ihm zu tun habe, desto weniger mag ich ihn. Ich will mit dem Kerl nicht verheiratet sein. Soll er doch die Scheidung einreichen.«

Am Freitagabend blieb Sergei über Nacht. Am Samstagmorgen weckte sie der Türsummer.

Karen, fiel Deena ein. Karen und Greg waren hier, um die Duxmatratze, auf der Deena und Sergei schliefen, abzuholen. Sie waren zu spät nach Hause gekommen, um das Bett zu wechseln, und der neue Futon lehnte hochkant an der Wand, immer noch in Plastik gehüllt.

»Wie spät ist es?«, fragte Sergei. »So früh klingelt man doch nicht an einem Samstag.«

»Sie sind hier, um das Bett zu holen«, sagte Deena. »Das hab ich ganz vergessen.« Sie zog sich rasch einen Morgenrock über, Karens Morgenrock. Sergei ging ins Badezimmer. Bevor Deena die Leintücher fertig abziehen konnte, war Karen an der Tür und steckte den Schlüssel ins Schloss. Trotz der Miete, die sie von Deena erhielt, war das immer noch ihre Wohnung.

Deena hängte die Kette aus, und da standen die beiden, mit schwarzen Müllsäcken in den Händen.

»Du hast auf den Summer nicht reagiert. Ich dachte, du seist nicht da«, sagte Karen und blickte dabei an Deena vorbei in die Wohnung.

Wenn Sergei nur so klug war, nicht aus dem Badezimmer

zu kommen. Aber sein Anzug, sein Hemd, seine Krawatte und seine Schuhe würden ihn verraten.

»Haben wir dich geweckt?«, fragte Greg. »Wir haben angerufen, bevor wir wegfuhren, aber der Anrufbeantworter war an. Karen meinte, dass du wahrscheinlich gar nicht hier bist.«

»Ich schalte nachts das Klingeln aus«, sagte Deena. »Ich habe nichts gehört.«

»Es ist nach zehn«, meinte Karen mit einem Blick auf ihre Uhr, und Deena kam sich wie ein Faultier vor. Sie verschlief ihr Leben. Sie war auf dem Weg in den Ruin, und es ging schnell abwärts.

Die Badezimmertür ging auf, und Sergei kam heraus, Karens erdbeerfarbenes Badetuch um die Taille geschlungen.

Auf Karens Gesicht zeigte sich reinster Ekel, und Deena hätte alles dafür gegeben, irgendwo, nur nicht hier zu sein. Sie hätte Sergei nie in Karens weiße Wohnung bringen sollen. Doch er war hier, ein nackter Mann, mit einem noch immer schlaftrunkenen Gesicht. Er war nicht zu übersehen.

Deena stellte ihn vor und beobachtete, wie die Männer sich die Hände gaben, Greg angezogen und geschäftig, Sergei in Rosa gewickelt, Brust und Beine unbedeckt. Er sah lächerlich aus.

Karen, die vor dem Schrankraum stand, gab ihm weder die Hand, noch reagierte sie sonst auf die Vorstellung. Sie steckte den Kopf in den Schrankraum.

Deena zog das Bett fertig ab. »Ich bringe diese Betttücher in den Waschsalon und wenn sie gewaschen sind ins Büro«, sagte sie.

»Schon gut«, erwiderte Karen, »ich nehme sie so, wie sie sind. Meine Badetücher und den Morgenrock auch.«

»Kann ich sie nicht zuerst waschen?«, meinte Deena.

Karen schüttelte den Kopf. »Wir sind jetzt mit dem Auto hier.«

Deena nickte. »Wenn es dir recht ist, bezahl ich dir das Waschen.«

Sergei sagte nichts, noch beeilte er sich. Er raffte seine Kleider zusammen, nahm sie mit ins Badezimmer, und dann hörten sie das Wasser in der Dusche laufen. Auf Karens Gesicht zeigte sich ungläubiges Staunen. Er duschte in ihrer Badewanne, benutzte ihr Badetuch. Für Deena war dies schlimmer, als Daniel vor der Tür vorzufinden. Und es wäre zu vermeiden gewesen; da hatte sie nun die Strafe dafür, dass sie keine Duxmatratze gekauft hatte. Aber warum war Karen so aufgebracht? Das Überlassen der Wohnung war ein Entgegenkommen gewesen, aber gratis war es nicht. Nach Abzug der Miete sprangen sogar hundertfünfzig Dollar für sie heraus. Deena glaubte, dass es etwas mit den schlottrigen Hosen und Pullovern zu tun hatte, die Karen jetzt trug. Wo waren alle ihre kurzen Röcke und knappen Oberteile geblieben? Der Smaragdring steckte an ihrem Finger, ihre Fingernägel waren perfekt gepflegt, und trotzdem sah sie hausbacken aus.

Deena wusste, dass sie abends freiberuflich an Projekten arbeitete, um Geld für ein Haus auf die hohe Kante legen zu können. Planten die beiden immer noch eine Hochzeit auf einer Bermuda-Kreuzfahrt, Greg in einem hellen Leinenanzug und Karen in langem Kleid und Hut im Stil der Vierzigerjahre?

»Habt ihr die Reise auf die Bermudas schon fest geplant?«, fragte Deena, bemüht, die Situation zu entspannen.

Die Antwort kam von Greg. »Jetzt, wo wir es unseren Eltern mitgeteilt haben, ist alles komplizierter geworden. Meine Mom möchte, dass wir in Florida Halt machen, damit sie dort einen Empfang geben kann. Sie will Karen all ihren befreundeten Klatschtanten vorstellen. Dann möchte Karens Familie in Kalifornien etwas machen. Es wächst sich zu mehr aus als bloß zu einer romantischen Kreuzfahrt für zwei. Wir hätten durchbrennen sollen.«

»Das könnt ihr immer noch«, meinte Deena und lachte. »Durchbrennen auf einem Kreuzfahrtschiff.«

»Greg«, sagte Karen, »würdest du mir hier bitte mit dem helfen?«

Sergei trat aus dem Badezimmer, angezogen und bereit zum Gehen. Vor Greg und Karen nahm er Deenas Gesicht in beide Hände und drückte seine Lippen auf ihre. »Ich ruf dich an, wenn's geht«, sagte er und schritt, den langen Mantel über die Schulter geworfen, hinaus.

»Macht einen netten Eindruck«, sagte Greg und lächelte.

Karen verzog das Gesicht. »Fang schon mit dem Einladen an«, sagte sie.

Deena schaute auf die Uhr; es war beinahe elf. Sergei war weg. Karen und Greg waren am Aufbrechen. Sie hatte keine Pläne, und der Tag lag lang und leer vor ihr.

Am Montag war Deena um acht Uhr im Büro. Sie wollte die Woche gut beginnen. Sie wollte ihr Leben in Ordnung bringen.

Ron kam herein. Er war immer früh da.

»Ich bin froh, dass du hier bist«, sagte er. »Ich muss mit dir reden, bevor die andern kommen. Du musst wissen, es fällt mir nicht leicht. Ich mag dich. Du bist gescheit. Du bist begabt. Aber ich muss dich ziehen lassen. Ich warte noch zu mit dem formellen Kram, weil ich dir Zeit lassen will. Ich geb dir einen Monat, wenn du so viel brauchst, das heißt, dass die offizielle Kündigung erst in zwei Wochen erfolgt. Ich wollte nicht, dass es für dich ganz unerwartet kommt. Ich möchte, dass du Zeit hast, alles Notwendige in die Wege zu leiten. Das Büro steht zu deiner Verfügung. Mach alle Projekte fertig, an denen du arbeitest. Neue Aufträge bekommst du keine mehr.«

Er sprach nicht weiter, atmete tief durch. Er hatte alles gesagt, was es zu sagen gab. Jetzt wartete er. Würde sie etwas erwidern?

Sie saß sprachlos da. Sie war gewarnt worden, sie hatte sich bemüht, aber zu spät; die Entscheidung, sie zu entlassen, war gefallen, als man Paul gekündigt hatte. Sie war von ihm eingestellt worden, sie war ein Überbleibsel der alten Garde, sie musste gehen. Das begriff sie jetzt. Sie begriff, dass ihre Abwesenheiten und ihr Zuspätkommen den willkommenen Grund geliefert und das Fass zum Überlaufen gebracht hatten. Dass sie drei Jahre lang zuverlässig gearbeitet hatte, zählte nicht. Was zählte, war dieser letzte Monat.

»Kann ich irgendetwas tun, um dich umzustimmen?«, fragte sie.

Er schüttelte den Kopf. »Ich glaube, es ist zu deinem Besten. Du gehörst eigentlich nicht hierher; diese Art Arbeit sagt dir nicht zu. Betrachte es als eine Herausforderung, die dich zwingt, etwas zu suchen, was dich mehr befriedigt. Und wenn ich dir irgendwie behilflich sein kann, sag es mir.« Er stand aufrecht da und zog sich an der Schnalle seines Gürtels die Hose hoch. Ein Mann, der sich die Hose hochzieht. So als hätte er sie unten gehabt und wende sich jetzt wieder den normalen Geschäften des Tages zu.

Zu deinem Besten! So was sagten die Leute, wenn sie dir etwas Unangenehmes mitzuteilen haben, so als ginge es ihnen nur um dich. Was sie jetzt brauchte, war ein sicheres Einkommen, das es ihr ermöglichte, sich allein durchzubringen. Was würde sie machen ohne Gehalt?

Er zog die Tür hinter sich zu, und Deena saß da und starrte auf diese weiße Tür, auf ihren braunen Mantel, der daran hing. Als Nächstes würde Karen hereinkommen und ihr sagen, sie müsse ausziehen. Aber sie hatte die Miete für diesen Monat schon bezahlt; der Scheck war bereits eingelöst worden. Für den Rest des Monats gehörte die Wohnung ihr; dann würde sie sich eine andere suchen, zu der nur sie einen Schlüssel hatte. Sie drehte die Zeitung um. Heute würde sie mit dem Anzeigenteil beginnen. Plötzlich brauchte sie sowohl eine Stelle als auch eine Wohnung. Und sie brauchte Freunde. Im Moment war die ganze Welt gegen sie. Bei diesen Gedanken wurde ihr bewusst, dass sie wie Daniel klang.

Es gab Mietwohnungen im östlichen und im westlichen Teil von Manhattan, auch in der Innenstadt, in Chelsea, im Village. Sie wusste nicht, wo sie anfangen sollte zu suchen. Sie konnte sich nicht konzentrieren. Die Wörter verschwammen. Sie blätterte rückwärts zum redaktionellen Teil, und ihr Blick blieb an einer Werbeanzeige von Tower Air hängen, die einen Zweihundertneunundvierzig-Dollar-Flug nach Tel Aviv mit einem kurzen Zwischenaufenthalt in Paris anpries.

Mit fünfhundert Dollar könnte sie für zehn Tage weg. Sie hatte doch Familie, und die wollte ja, bat sie sogar eindringlich darum, dass sie kam. Es gab einen Ort, wo sie hinkonnte. Sie saß da und betrachtete die 0800er Nummer. Nichts und niemand konnte sie zurückhalten. Keine Stelle, kein Ehemann, und Sergei hatte auch nicht angerufen.

Ein paar Minuten später holte sie ihre American-Express-Karte hervor und tat, was ihr Vater sich von ihr wünschte: Sie buchte den ersten möglichen Flug nach Jerusalem. Sie wollte rasch weg. Nach sieben Jahren Abwesenheit würde sie ohne Ehemann ankommen, und alle Bekannten der Familie würden einen gut aussehenden, reichen und in jeder Beziehung wundervollen Witwer kennen, dessen vier, sechs oder acht Kinder völlig problemlos waren, da die Großeltern bisher nach ihnen geschaut hatten, die älteren würden ohnehin schon sehr bald heiraten und ausziehen und die jüngeren ihr mit ihren – so Gott will – eigenen Babys eine große Hilfe sein.

Wollte sie hier die ganze Woche hinter einer geschlossenen Tür sitzen? Es wäre besser, wenn sie heute Abend schon das Flugzeug besteigen könnte und dieses Büro nicht mehr sehen müsste. Wenn sie für diesen Abend noch einen Flug bekäme, bliebe ihr gerade noch genügend Zeit zum Packen. Sie würde sich das Planen und Einkaufen, die Fragen und Zweifel ersparen. Könnte sie doch einfach ihren Mantel anziehen und ohne ihren Schreibtisch aufzuräumen gehen. Aber die Maschine war ausgebucht, und eine ganze Woche lag vor ihr. An den Abenden würde sie nun einpacken, auspacken und wieder einpacken. Sie würde hin und her überlegen, ob sie nun fliegen wolle oder nicht.

Nur eines musste sie vor der Abreise unbedingt tun: ihr Portfolio in Umlauf bringen. Nach Vorstellungsgesprächen war ihr zwar nicht zu Mute, und es würde ihr auch nichts ausmachen, nie mehr einen Werbetext zu schreiben, aber sie musste sich ihren Lebensunterhalt verdienen. Zwei Portfolios brächten mehr als nur eins. Sie würde Geld ausgeben müssen, um eine weitere Auswahl mittelmäßiger Inserate laminieren zu lassen. Sie musste Headhunter anrufen. Sie starrte aufs Telefon, nahm den Hörer ab. Sie musste es jemandem erzählen: Daniel. Sie wählte die ersten beiden Ziffern, zögerte und legte wieder auf. Warum rief sie ihn an?

Sie hob ihr schwarzes Portfolio auf den Schreibtisch, wählte rasch vom Schlechten das Beste aus, steckte die Inserate in einen großen gelben Umschlag mit Kartonrücken und rief eine Laminierfirma an, die abholte und zustellte. Sie wollte alles so rasch und schmerzlos wie möglich erledigen. Sie brachte den adressierten und verschlossenen Umschlag zum Empfang, und als sie wieder in ihrem Büro war, fühlte sie sich besser.

Das war immerhin ein Anfang. Sie hatte etwas erledigt. Als Nächstes wollte sie einen Headhunter anrufen. Es war erst dreieinhalb Jahre her, seit sie mit ihrer schwarzen Mappe die Agenturen abgeklappert hatte. Es war zu früh, um es schon wieder tun zu müssen, und diesmal lagen die Dinge anders. Sie war nicht mehr die viel versprechende junge Anfängerin. Sie hatte ihre Chance gehabt. Diesmal würde sie sich als Schreiberling wie Scharen anderer mittelmäßiger Schreiberlinge die Füße wund laufen. Mit fünfzig würde sie ein Paul Herz sein. Wenn sie in dreieinhalb Jahren nur so wenig fertig gebracht hatte, warum sollte es in zwanzig oder dreißig Jahren besser sein?

Paul hatte all seine Bücher über die Verfassung mit nach Connecticut genommen. Deena hoffte, dass er sich an einem Schreibtisch eingerichtet hatte und weiterhin las. Vielleicht spielte es gar keine Rolle, dass seine Idee einer Neufassung verfehlt war. In der Zwischenzeit war sein Interesse an dem Thema geweckt worden, und er lernte viel dabei. Sie hoffte, dass er nicht allzu unglücklich war. Sie hätte ihn an seinem letzten Arbeitstag zum Mittagessen einladen sollen; sie hätte öfter bei ihm vorbeischauen sollen. Aber wie alle andern im Büro hatte sie sich fern gehalten. Als ob Pech ansteckend wäre. Sie war undankbar gewesen. Der Mann hatte ihr ihre erste Chance gegeben, er hatte sie eingestellt und war einmal an einem Abend länger geblieben, um ihr beim ersten Auftrag zu helfen. Sie hatten damals lange Gespräche geführt, diskutiert, über die Schriftsteller, die sie beide mochten, und was echtes Schreiben auszeichnet. Er klagte über seinen Sohn, der vom College geflogen war. Auch seine Tochter hatte keinen Abschluss gemacht, und er fragte sich, warum beide Kinder sich so wenig für Bildung interessierten.

»Wie haben es deine Eltern nur geschafft?«, wollte er wissen. »Wie stellten sie es an, drei Söhne großzuziehen, und jeder hat studiert? Selbst du, ob du es wahrhaben willst oder nicht, stehst letztlich in dieser Tradition.«

Sie hörte am Mittag auf, ging laufen, und welche Erleichterung ihr das Laufen brachte. Mochte geschehen, was wollte, das blieb ihr. Sie konnte laufen. Niemand konnte ihr das nehmen. Sie lief den ganzen Rundkurs, umkreiste zweimal das

Reservoir, hielt an, um zu stretchen, und marschierte nach Hause.

Um sechs Uhr lief sie nochmals. Es war verrückt, aber sie wusste nicht, was sie sonst tun sollte. Außerdem war sie es gewohnt, den Tag auf diese Art zu beenden, und zu dieser Tageszeit gab es Jogger auf der Bahn, die zu betrachten es sich lohnte.

Er brachte rosafarbene Tulpen. Es war Frühling, und Sergei brachte rosafarbene Tulpen. Deena ließ Wasser in Karens Glasvase laufen, stellte sie neben ihrem neuen Futon auf den Boden und trat zurück.

»Es sieht aus wie ein Foto aus einer Zeitschrift«, sagte Sergei.

Sie küssten und küssten sich immer wieder. Sie hatte in zwei Wochen mehr geküsst als in all den Jahren zuvor. Mit Sergei war sie zur Küsserin geworden.

Sie erzählte ihm von ihrer Reise, aber nichts von ihrer Stelle. Arbeitslos war sie höchstens ein Risiko.

»Zehn Tage sind eine lange Zeit«, sagte er. »Du wirst mir fehlen.«

Deena sah ihn an, zufrieden, dass einmal sie es war, die wegging. Sie wollte, dass er empfand, was sie empfand, wenn er ging. Er fehlte ihr mehr, als gut war. Wenn er kam, war er ein paar Stunden bei ihr, dann verschwand er für mehrere Tage aus ihrem Leben. Und sie wusste nicht, wann er wieder kommen würde. Er kam, wenn er kam.

Zwei Stunden später gingen sie zu einem frühen Abendessen aus dem Haus.

Nach dem Essen begleitete Sergei sie die Treppe hinauf bis

zur Tür und sagte dann auf Wiedersehen. Deena stand am Fenster, sah ihm nach und blieb weiter stehen, den Blick auf die dunkle Straße gerichtet. Sie drehte sich wieder dem Raum zu, aber es gab nichts, was sie in dem Moment tun wollte. Es war erst neun, und hier stand das Sofa, dort das Bett, der Stuhl am Schreibtisch, aber sie wollte sich weder setzen noch hinlegen. Sie ging im Zimmer auf und ab. Er fuhr ostwärts, er bog auf die Brücke ein, nahm dann die Long-Island-Schnellstraße. Er fuhr nach Hause zu Frau und Kind. Heute Abend würde er Vater und Ehemann sein. Würde er mit ihnen noch mal essen? Würden sie nach dem Essen gemeinsam die Nachrichten sehen und, wenn es Zeit war, die Tochter ins Bett bringen? Las er ihr vor? Nein, das tat bestimmt seine Frau. Seine Frau aus Paris. War sie dunkelhaarig, wie Sergei, oder blond? Ein Foto seiner Tochter würde etwas über seine Frau verraten.

Sie musste sechs Tage und sechs Nächte überstehen. Dann den Flug und zehn Tage in Jerusalem, wo sie nicht die Möglichkeit hatte, ihn zu sehen. Und auch keine Erwartungen. Sie würde auch nie allein sein und nur wenig Zeit haben, an ihn zu denken. Was alles leichter machte. Es lag nur an ihrer Einsamkeit, dass er ihr so sehr fehlte, dachte sie manchmal.

In den Nächten hörte sie jetzt die Geräusche der alten Stadt und spürte die warmen Pflastersteine unter ihren nackten, staubigen Füßen. Ohne das Flugzeug bestiegen und den Atlantik überquert zu haben, war sie dort. Wenn sie die Augen schloss, sah sie sich die lange steinerne Treppe zur Wohnung ihrer Eltern hinaufsteigen. Sie stieg und stieg – es waren immer zu viele Treppen gewesen – und erwachte, bevor sie den Treppenabsatz und die Wohnungstür erreicht hatte.

Sie musste zur Tür und eintreten. Sie schloss die Augen wieder und trat durch die Tür ins erste Zimmer, das kühl und dunkel und groß war. Sie berührte das Wachstuch auf dem Tisch in der Mitte des Zimmers, und ihre Finger folgten der feuchten Spur, die von einem nassen Schwamm hinterlassen worden war. Die Art ihrer Mutter zu wischen. Eine Schüssel mit Salzheringen stand auf dem Tisch, wie immer. Es war nach Mittag, die Mahlzeit war vorüber, und alle schliefen im Zimmer nebenan. Sie konnte ihr Atmen hören. Sie ging um den Tisch herum und auf die Tür zu und erwachte noch während des Gehens.

Ihr Portfolio ging zu DDB Needham, einem Laden, der einst für seine Originalität bekannt war. Jetzt kannte man ihn nur noch wegen seiner Größe.

»Die hohen Gehälter werden in den großen Läden bezahlt«, hatte der Headhunter gesagt. »Auf Ihrem Niveau müssen Sie versuchen, das Gehalt hochzupuschen. Aber ich will Sie nicht einfach irgendwohin vermitteln. Der Creative Director bei DDB hat vor, eine heiße Truppe von jungen Textern und Grafikern zusammenzustellen. Er meint, auch in seinem großen, durchorganisierten Büro sei Platz für eine kreative Nische. Wenn Sie eine Grafikerin kennen, mit der Sie gern zusammenarbeiten, sagen Sie ihr, sie soll mir ihr Portfolio senden, und ich bringe Sie als Team unter.«

Karen konnte sie nicht fragen. Und es gab niemanden sonst, mit dem sie zusammenarbeiten wollte.

Mittwochnacht stieg sie wieder Steintreppen hinauf, kam bis zum dritten Treppenabsatz und ging an Nachbarstüren vorbei. Es gab mehr, als sie in Erinnerung hatte, und sie waren alle geschlossen. Die Stühle neben den Türen waren leer. Warum saß niemand draußen? Wo war ihre Mutter?

Ron schlug Deena vor, ihren zehntägigen Aufenthalt in Jerusalem mit einer internen Mitteilung anzukündigen.

»Du kommst bestimmt nicht zurück«, sagte er. »Wenn du einmal dort bist, fragst du dich, warum du überhaupt hier lebst.«

Susan, Helen, James und andere pflichteten ihm bei. »Warum hier bleiben, wenn du in Jerusalem leben kannst?«

Deena schüttelte den Kopf. Was wussten die schon? Was wussten sie über das Leben einer Frau im chassidischen Jerusalem?

»Ruf uns an, wenn du dich entschieden hast zu bleiben«, sagte Susan. »Du kannst ein R-Gespräch verlangen. Die Firma bezahlt.«

Ron verdrehte die Augen.

»Wenn nötig, können wir dein Zeug packen und es dir nachschicken«, bot Karen an.

Warum gaben alle sie so schnell auf? Warum waren sie so eifrig bemüht?

Sie brauchte den langen schwarzen Rock, den sie im Haus zurückgelassen hatte. Schwarze Strümpfe. Noch ein Paar Schuhe.

Sergei bot ihr an, sie dort am frühen Freitagnachmittag zu treffen; er riet ihr, so viel wie möglich mitzunehmen. Danach würden sie irgendwo zu Abend essen, und dann –. »Wer weiß«, sagte er, als gebe es unendlich viele Möglichkeiten.

Bevor sie losfuhr, rief sie im Haus an, um sicherzugehen, dass Daniel nicht dort war. Besser wäre vielleicht gewesen, ihn im Geschäft anzurufen, doch das wollte sie nicht.

Auf der Linie 4 in Richtung City begegnete ihr Paul Herz, gerade so, als hätte ihn ihr Denken an ihn heraufbeschworen. Er sah müde und alt aus. Er arbeite als Headhunter, erklärte er ihr und gab ihr seine Visitenkarte.

»Send mir dein Portfolio, wenn du mal wechseln willst«, sagte Paul.

Deena steckte die Karte ein, froh, seine Adresse zu haben. Sie wollte ihm ein paar Zeilen schreiben und sagen, was sie während all der Monate nicht gesagt hatte. Sie würde ihm von ihrer Reise nach Jerusalem erzählen. Vielleicht überließ sie ihm ihr zweites Portfolio.

»Lass wieder mal was von dir hören«, sagte Paul.

»Das werde ich«, versprach Deena. Sie hätte gern mehr gesagt, doch Paul hatte es eilig zu gehen. Er schien verlegen zu sein.

An der Fulton Street stieg sie in den J-Zug um, der den U-Bahntunnel verließ, die Williamsburg Bridge überquerte und dann als Hochbahn ostwärts fuhr. Diese Fahrt durch Straßen, die sie gekannt hatte, fehlte ihr: Keap, Hooper und Rodney. Dann Hewes, Havemeyer, Rutledge. Sie war weggezogen, als sie ins College ging, dann zog ihre Familie wieder zurück nach Jerusalem, doch mit dem Kauf des Hauses war sie zur alten J- und M-Linie zurückgekehrt.

Nach Williamsburg bogen die Gleise in einer scharfen Linkskurve auf die Metropolitan Avenue ein, und die Gebäude wechselten von Backstein und braunem Sandstein zu Holz und Schindeln, von zusammengebaut zu freistehend, von kleinen zu größeren Grundstücken. Und es war, als käme man nach einer langen Reise nach Hause. Alles schien ihr vertraut und doch wieder nicht. Sergeis schwarzer Mercedes an der Ecke war es bestimmt nicht. Als er sie sah, stieg er aus und kam auf sie zu.

Deena schaute nervös zum Haus. Sie wollte keine Konfrontation.

Er legte den Arm um sie. »Komm schon«, sagte er. »Hast du eine Liste von dem, was du mitnehmen willst?«

Deena schüttelte den Kopf. »Ich brauch keine Liste. Ich nehme nur, was mir gehört.«

»Alles gehört dir«, erwiderte Sergei. »Heute kannst du keine Möbel transportieren; du solltest deshalb die Stereoanlage nehmen, das Silber, alles, was du haben willst. Ich kann dir nur immer wieder sagen: Bei der endgültigen Auseinandersetzung ist der im Vorteil, der im Besitz einer Sache ist. Es ist einfacher zu behalten, was man bereits hat.«

»Wenn ich die Stereoanlage nehme, wird er wütend«, sagte Deena. »Das ist etwas, was ich nicht anrühre.«

»Solltest du aber. Habt ihr sie nicht gemeinsam angeschafft? Überleg dir, was du in deinem neuen Leben brauchst, und nimm's dir.«

Deena blickte ihn an und schüttelte den Kopf. Er begriff nicht. Sie wollte das Haus nicht ausräumen; sie wollte Daniel nicht alles wegnehmen. Sie wollte ihre Ehe nicht auf diese Weise beenden. Sie wollte sie beenden, nur das.

Sergei sah sie an, der Blick seiner blauen Augen war hart, habgierig. »Ich bin dein Anwalt«, sagte er, »und ich muss dich beraten. Wenn du nicht alles nimmst, was du kannst, wirst du es später bereuen. Das hab ich schon zu oft erlebt.«

»Ich kann das Zeug ja nirgends unterbringen«, sagte Deena. »Und ich werde bald wieder umziehen. Außerdem gibt's noch weitere Gelegenheiten. Im Moment will ich nur das, was ich für die Reise brauche. Und vielleicht ein paar von meinen Büchern.«

»Dann wollen wir es so rasch wie möglich hinter uns bringen«, sagte er. »Hast du die Schlüssel?«

Deena tastete in ihrer Tasche nach den Schlüsseln. Sie hatte sie bei sich; sie waren an ihrem Schlüsselbund, zusammen mit ihren Büro- und den Autoschlüsseln. Haus, Auto, Stelle. Alle drei hatte sie verloren, auch wenn sie die Schlüssel noch für eine Weile besaß. Nur allzu bald würde man sie bitten, sie auszuhändigen, was ihr nicht leicht fallen würde. Gib den ganzen Unsinn auf und komm heim, hatte ihr Vater geschrieben. Doch sie hatte keine Wahl mehr. Es gab nichts, was sie aufgeben konnte. Man hatte sie aufgefressen und ausgespuckt.

Das Auto war ihr egal. Den Civic hatte sie ohnehin kaum gefahren. Sie hatte aufgehört, regelmäßig selbst zu fahren, nachdem sie ihre alte Kiste, den Le Car, aufgegeben hatte. Aber der fehlte ihr. Sie würde gern wieder mit offenen Fenstern und voll aufgedrehtem Radio herumfahren, die Straßen auf und ab kreuzen, ohne ein Ziel, einfach fahren. Sie wusste nie, wie die Fahrt enden würde. Einmal schob sie Kenny, der Mechaniker, nach Hause. Ein andermal schleppte er sie ab. Immer war irgendetwas nicht in Ordnung, und immer kam es sie teuer zu stehen. Einmal wurde der Benzintank leck. Ein andermal der Kühler. An kalten Morgen war die Batterie leer.

Auf jeder Autobahn war sie mindestens einmal stecken geblieben.

»Stecken bleiben ist auch ein Erlebnis«, sagte ihr Vater. »Betrachte es auf diese Weise, dann regst du dich nicht derart auf. Du verspätest dich um ein paar Stunden, aber die Welt geht deswegen nicht unter. Es gibt einen Grund für alles, was auf dieser Welt geschieht.« Er erzählte wieder die alte Geschichte von seinem Vater, der von Beamten zurückgehalten wurde, weil er Jude war, deshalb den Morgenzug nach Lugoj verpasste und so einem schweren Eisenbahnunglück entging. »Das«, sagte ihr Vater, »sollte jeden davon überzeugen, dass es einen göttlichen Plan gibt.«

Und dass sie hier mit Sergei vor dem Haus stand, war das auch vorausbestimmt? Musste ihr Anruf in seinem Büro und alles, was folgte, geschehen und war deshalb verzeihlich? Wo kam der freie Wille hinzu?

»Also«, sagte Sergei und sah sie an, »packen wir's an?«

Deena nickte und ging zur Haustür, die nicht rosafarben war. Sie hatte einen neuen Anstrich, ein hellglänzendes Weiß. Sie nahm es Daniel nicht direkt übel, aber wozu die Eile? Das Haus würde ihm bald genug allein gehören. Sie wusste plötzlich, dass er auch das rosafarbene Zimmer neu streichen würde. Er würde jede Spur von ihr tilgen. Er würde seine Farben aus der Kolonialstil-Broschüre auswählen. Die Täfelung würde backsteinbraun sein, die Wände sahnebeige. Er würde das Haus zu seinem machen.

Sie blieb vor der Tür stehen und atmete tief durch. Ihre Rippen schmerzten. Sie vergaß zu atmen.

»Beruhige dich«, sagte Sergei und legte ihr seine große Hand in den Nacken.

Sie entspannte die Schultern. Es war gut, ihn dabeizuhaben.

Sie drehte den Schlüssel im Schloss und wollte rasch den Alarm ausschalten, doch das rote Licht blieb an. Sie versuchte es noch mal: 3-5-9-7, die Telefonnummer ihres Studentenzimmers, unter der sie und Daniel stundenlange Gespräche geführt hatten. Es war auch der Pincode für seine Bankkarte. Der Alarm heulte, und er war laut. Sergei stand dicht hinter ihr.

»Er hat den Code geändert«, sagte Deena.

Sie stand da und überlegte, den Zeigefinger bereit: 6-9-6-9. Der Alarm verstummte. Dann, für ein paar Sekunden, war die Stille ebenso unerträglich, wie es der Lärm gewesen war.

Sie drehte den Kopf. Sie hatte es gewusst, irgendwie hatte sie es gewusst.

Sergei sah sie fragend an.

»Er hat von meiner Nummer auf die Jills gewechselt.«

Sonntagnacht ging sie in den Straßen von Jerusalem laufen, auf Pflastersteinen und auf Naturpfaden.

»Wovor läufst du davon und wohin?«, fragte sie die Stimme ihrer Mutter. »Du bewegst dich im Kreis. Wenn du herumrennen willst, geb ich dir gern was zu tun. Die Wäsche muss aufgehängt werden, die Backbleche zu den Öfen gebracht. Aber zieh dir zuerst ein Paar Schuhe an.«

Deena öffnete die Augen und sah, dass es stimmte: Sie war barfuß. Ihre Laufschuhe waren da, wo sie sie am Abend zuvor hingestellt hatte. Sie war erschöpft, jeder Muskel schmerzte, sie lief zu viel, sie war dem Wahnsinn nahe. Trotzdem wollte sie es diesen Vormittag wieder tun, was in Ordnung war, würde sie doch in den nächsten zehn Tagen nicht laufen. Ihre Laufschuhe blieben hier. Irgendwie musste sie mit dieser Verrücktheit aufhören.

Sie lief den Rundkurs zweimal, dehnte diesen letzten Lauf aus, dann stretchte sie in der Sonne – und wie gut es tat, an der Sonne zu sein. Sie verharrte unbeweglich, und während langer Minuten war alles unwichtig. Sie blieb in der Sonne. Wenn diese nur stehen bliebe und sie diesen Tag, diesen Moment festhalten könnte.

Daniel rief sie an. »Ich habe gehört, dass du verreist«, sagte er.

»Wo hast du das gehört?«, fragte Deena.

»Ich wollte dich im Büro anrufen. Du warst nicht dort, also habe ich Karen verlangt.«

»Pech«, sagte Deena. »Noch ein paar Stunden, und du hättest mich nicht mehr erreicht.«

»Bin ich dir vollkommen gleichgültig?«, fragte er. »Ich war letztes Wochenende in North Carolina. Ich habe Jill besucht und ihre Familie kennen gelernt.«

»Jill ist wieder nach Hause gezogen?«

»Das scheint dich zu überraschen«, sagte Daniel. »Mich nicht. Ann ist zu Mike zurückgekehrt, und Jill wollte nicht allein hier bleiben. Außerdem hat sie jetzt einen anderen Agenten, die Miss-Amerika-Ambitionen hat sie aufgegeben und will es jetzt beim Film versuchen. Sie hat vor, nach Kalifornien zu ziehen. Jedenfalls habe ich ihre ganze Familie kennen gelernt. Die leben in einer Wohnwagensiedlung. Ich bin mir wie in einem Pennerfilm oder so ähnlich vorgekommen.«

»Interessant«, sagte Deena. »Und Jill wird gelobt, weil sie versucht, mehr aus sich zu machen.«

»Genau«, erwiderte Daniel. »Und du reist jetzt also wirklich?«

»Ja, ich reise wirklich.«

»Schön, grüß deinen alten Herrn von mir. Und wenn du zurück bist, kannst du mich ja mal anrufen.«

Sergei kam zum Flughafen, trug ihr die Tasche und führte sie in den VIP-Warteraum. Er bestellte zwei Gläser Wein, prostete ihr zu, und sie tranken.

»Als du das erste Mal mit deinem unwürdigen Ehemann in mein Büro kamst, hattest du einen kurzen Rock und keine Strümpfe an, und ich wünschte mir nichts sehnlicher, als die Haut deiner Beine zu berühren. Ich wär am liebsten sofort mit dir auf die Bermudas geflogen. Darf ich das einmal?«

»Was genau? Die Haut oder die Bermudas?«, fragte Deena und lachte. Langsam durchschaute sie seine Art, sein Flirten und seine Komplimente. Sie waren unverbindlich, sie kamen rasch, sie hätten irgendjemandem gelten können. Und trotzdem taten sie ihr wohl. Er verstand es, das Richtige im richtigen Moment zu sagen.

»Beides«, erwiderte Sergei. »Aber ich warte, bis du zurück bist.«

Sie hatte wie gewünscht einen Fensterplatz und hoffte, die zwei Sitze neben ihr würden leer bleiben. Doch das Flugzeug füllte sich. Eine Frau mit einem Kind auf dem Arm ging an ihr vorbei, Deena musste den Atem nicht mehr länger anhalten. Dann kam ein chassidischer Mann den Gang entlang und nahm drei Reihen hinter ihr Platz. Gerade als es so aussah, als hätte sie alle drei Sitze für sich, blieb ein gepflegter Mann stehen, schaute auf den Abschnitt in seiner Hand und lächelte entschuldigend. Er sah gut aus; er war in Ordnung, vor allem, wenn er den Sitz außen nahm und der Platz zwischen ihnen frei blieb. Ein Franzose, dachte sie, als sie seine goldenen Manschettenknöpfe und seine Uhr sah. Weniger auffällig als Sergei, aber eindeutig Europäer.

Er blätterte in seiner Zeitung, und Deena bemerkte seine zu kleinen Hände. Sie sah auf seine Schuhe; ebenfalls zu klein. Er war normal groß, vielleicht einsachtzig, aber er hatte die Hände und Füße einer kleineren Person. Er spürte ihren Blick auf sich und schaute auf.

»Fliegen Sie geschäftlich oder zum Vergnügen nach Paris?«, fragte er.

»Keins von beiden«, erwiderte sie. »Ich nehme einen Anschlussflug nach Israel. Ich besuche meine Familie.«

»Israel«, sagte er interessiert.

»Waren Sie schon dort?«, fragte Deena.

Er schüttelte den Kopf. »Nein, aber es könnte sein, dass ich bald einmal hinkomme.« Er machte eine Pause, so als wollte er ihr Zeit geben, die Information zu verarbeiten. »Ich bin im Weinhandel tätig, und ich habe von der Carmelrebe gehört, die dort angebaut wird. Keine Spitzenqualität, jedenfalls vorläufig noch nicht, aber das Klima scheint das richtige zu sein. Gut möglich, dass sie eines Tages etwas ganz Anständiges hervorbringen. Trinken Sie Wein?«

Deena nickte. »Zu viel«, sagte sie.

Er hob den Finger. »Man trinkt nicht zu viel«, erklärte er, »nur zu schnell. Haben Sie lieber Roten oder Weißen?«

»Roten.«

Er nickte. »In dem Fall habe ich etwas für Sie.«

Er zog seine Brieftasche hervor und fand, was er suchte.

Wollte er ihr seine Geschäftskarte geben? Sie streckte etwas zögernd die Hand aus, aber er reichte sie ihr nicht, noch nicht. Sie las seinen Namen, der ihr nicht französisch vorkam. Peter Thrippen. Holländer vielleicht. Er drehte die Karte um, neigte sich zu ihr hinüber, um sie ihr zu zeigen, und sie atmete sein Aftershave ein, das nicht unangenehm roch.

»Auf dieser Tabelle können Sie ablesen, welches die besten Jahrgänge für einen bestimmten Wein sind. Wenn Sie zum Beispiel Weine aus dem Rhonetal mögen, dann schauen Sie hier nach, und Sie sehen, dass 1978 dort ein ganz ausgezeichnetes Jahr war. Jetzt wissen Sie, dass es sich lohnt, für einen Rhonewein mit Jahrgang 78 ein bisschen mehr zu bezahlen, nicht aber für eine Flasche 75er, der sehr schlecht war. Sehen Sie, er ist nur mit einer Vier eingestuft.«

»Das ist sehr praktisch«, sagte Deena, erleichtert, dass es mehr war als bloß eine Geschäftskarte.

»Ja«, bestätigte er und legte ihr die Karte in die Hand.

»Danke schön.« Sie drehte die Karte, betrachtete die Vorderseite und fragte: »Sind Sie Peter Thrippen?«

Er nickte.

»Sind Sie Pariser?«

»Ursprünglich nicht. Ich komme aus Luxemburg, aber jetzt wohne und arbeite ich in Paris. Und Sie? Woher kommen Sie?«

Sie blieb bei den simplen Fakten: in Jerusalem geboren, mit zwölf nach Brooklyn umgezogen, ihre Familie aber inzwischen wieder zurück in Jerusalem. Hätte sie ihm die ganze Wahrheit sagen wollen, dann hätte sie sich umgedreht und auf den Chassid ein paar Reihen weiter hinten gezeigt. Aber das würde weitere Fragen aufwerfen. Das Flugzeug war noch nicht gestartet. Würden sie die nächsten sieben Stunden mit Smalltalk verbringen?

Sie blätterte eine Seite der Zeitschrift auf ihrem Schoß um, und Peter Thrippen wandte sich sofort wieder seiner Zeitung zu. Er hatte den Wink verstanden. Deena hoffte, ihn nicht beleidigt zu haben.

Nach einer Wartezeit von zwanzig Minuten auf dem Runway heulten die Triebwerke endlich auf; sie waren bereit zum Take-off. Der Chassid betete vermutlich. Mit ihm an Bord würden sie einen sicheren Flug haben. Sie wurden jetzt schneller, die Triebwerke legten zu, die Maschine hob ab, und Deena merkte, wie sie sich in Gedanken leicht machte, wie sie dachte, dass jeder Passagier im Flugzeug sein Möglichstes tat, um das Abheben vom Boden zu erleichtern, und dass es Flugzeuge in Wirklichkeit vielleicht nur so schafften, in den Himmel aufzusteigen: dank der Kraft des kollektiven Willens.

Eine Stunde später wurde das Abendessen serviert, und Deena bemerkte, dass Peter Thrippen sich nicht zu schade war, den an Bord angebotenen Wein aus der Flasche mit Schraubverschluss zu trinken, obwohl er ein Kenner erlesener Weine war.

»Wie finden Sie ihn?«, fragte er.

»Gar nicht so schlecht«, sagte sie.

Er nickte. »Er ist aus Kalifornien. Für einen günstigen Wein ist er gut.«

Nach dem Abendessen lief der Film *Die unglaubliche Reise in einem verrückten Flugzeug,* den sie schon einmal gesehen hatte. Das gab es nur bei Tower, dass so ein Film an Bord gezeigt wurde. Sie lehnte die Kopfhörer dankend ab. Julie Hagertys Fragilität und Hilflosigkeit mit anzusehen, war ihr schon das erste Mal schwer genug gefallen. Sie las.

Im Flugzeug wurde es ruhiger; die Leute sahen sich den Film an oder schliefen. Deena stand auf, um sich die Beine zu vertreten und auf die Toilette zu gehen. Sie kontrollierte den Chassid: Hatte er alles, was er brauchte?

Um wieder zu ihrem Sitz zu gelangen, musste sie Peter Thrippen wecken. Es war, als ob man auf der Wandseite schlief; in der Nacht musste man über den anderen hinwegklettern. Sie zögerte. Wie sollte sie ihn wecken? Peter Thrippen stand auf, um sie durchzulassen; er hatte gar nicht geschlafen.

Er bot ihr eine Wolldecke aus dem Fach über den Sitzen an. Sie nahm sie, klappte die Armlehne zu ihrer Rechten hoch, zog die Knie an und hoffte, eine Weile in dieser Position bleiben zu können. Sie würde versuchen, nicht herumzurutschen. Sie schloss die Augen und glaubte, nicht zu schlafen, aber eine Bewegung neben ihr weckte sie. Peter Thrippen griff hinauf nach einem Kissen. Er holte zwei herunter, und als er bemerkte, dass sie die Augen offen hatte, beugte er sich über sie, ein Kissen in der Hand. Sie hob den Kopf, und er schob es darunter, dann zog er die Decke straffer um ihre Schultern und blickte ihr in die Augen. Würde er sie küssen? Er war ein Fremder; sie kannte ihn nicht. Er hatte nichts anderes getan, als ihr eine Decke und ein Kissen gegeben. Und eine Geschäftskarte.

Er lächelte und zog sich zurück, und Deena schloss die Augen. Was war los mit ihr? Zuerst Sergei, jetzt Peter Thrippen. Nach Jahren der Treue schienen alle Dämme gebrochen. Sie war bereit, jeden zu küssen, der gut zu ihr war. Wenn man ein paar Stunden lang neben einem Fremden sitzt, isst, trinkt, liest und dann Seite an Seite einschläft, stellt sich eine gewisse Vertrautheit ein. Das war gar nicht so anders, als verheiratet zu sein. Man lebt mit einem Menschen zusammen, in seiner Nähe, er wird Teil des eigenen Lebens. Jede Veränderung dieses Musters, eine Trennung, und sei sie nur für kurze Zeit, macht einen sogleich wieder zu Fremden. Schon wenige Tage nach ihrer Trennung von Daniel war es für sie unvorstellbar gewesen, je wieder mit ihm zusammenzuleben. Einige wenige Abende mit Sergei, und er war für sie wichtiger geworden als Daniel. Intimität schien bloß das Resultat physischer Nähe zu sein. Wenn sie und Peter ein paar Tage hintereinander so zusammenleben würden, wenn sie im Schlaf ihren Arm um ihn legen würde und beim Erwachen er es wäre, der ihr immer noch schlaftrunkenes Gesicht sah, dann würden sie sich mit der Zeit wie verheiratet vorkommen.

Nach dem Film kam Bewegung in die Leute. Peter Thrippen stand auf, um sich die Beine zu vertreten, und Deena ergriff die Gelegenheit, um ebenfalls aufzustehen. Sie reihte sich ein, um die Zähne zu putzen und das Gesicht zu waschen, so als hätte der Flug schon acht Stunden gedauert und als wäre es bereits Morgen. Als sie zu ihrem Sitz zurückkam, machte Peter Thrippen ihr Platz, aber sie blieben beide stehen. Sie würden sich bald genug wieder setzen müssen. Deena sah auf die Uhr. Sie waren nun fünf Stunden in der Luft, aber es schienen Tage vergangen zu sein. Alle an Bord waren unruhig, die Plätze waren leer, die Gänge überfüllt. Dann wurden die Servierwagen mit Erdnüssen und Getränken durch den Gang geschoben, und die Passagiere, plötzlich fügsam, kehrten auf ihre Plätze zurück. Ein paar Minuten später knabberten alle Erdnüsse, ein Massen-Snack-in, ein Picknick über den Wolken. Deena strich die leere Tüte glatt und las die Zutatenangabe. Es gab keinen Hinweis, dass die Erdnüsse koscher waren. Der Chassid aß sie bestimmt nicht, er ließ sich nicht durch Essen manipulieren. Koscher zu essen hatte politische Vorteile: Man entzog sich gewissen Einflüssen, etwas, was Könige, Pharaonen, Duodezfürsten und Despoten jeglicher Art während Jahrhunderten wussten und fürchteten.

Nachdem abgeräumt war, wurden zollfreie Waren zum Kauf angeboten. Deena sah auf die Uhr. Erst eine Stunde war vergangen, seit sie das letzte Mal darauf geschaut hatte. Peter Thrippen schlug wieder seine *New York Times* auf. Der Chassid ging an ihnen vorbei in den vorderen Teil des Flugzeugs, dann wieder zurück. Vermutlich, um sich ein wenig Bewegung zu verschaffen. Waren sie die Einzigen in diesem Flugzeug, die nach Jerusalem weiterflogen? Es würde ihr schwer fallen, wieder zu sitzen. Zwischen den beiden Flügen war eine Stunde Wartezeit; sie wollte auf jeden Fall die ganze Stunde lang stehen und herumgehen. Sie würde Peter Thrippen auf Wiedersehen sagen müssen. Er fehlte ihr bereits. Und sie trauerte dem Beginn des Flugs nach, als er ihr endlos erschienen, als das Leben auf der Erde eingestellt war und nichts eine Rolle spielte. Sie war nicht mehr in Amerika; sie hatte ihre Verankerung dort aufgegeben. Aber sie war auch nicht in Jerusalem. Sie trieb inmitten des Nirgendwo, in der

Vorhölle, dort, wo Dante Abraham, Isaak und Jakob ansiedelt. Es wäre schön, ein wenig verweilen zu können, nicht hier noch dort, weder im Osten noch im Westen. Hier oben waren die Möglichkeiten eindeutiger, ein Entweder-Oder: Peter Thrippen oder der schwarzbehutete Sonderling ein paar Reihen weiter hinten.

Als sie die Augen schloss, versank sie im kalten Atlantik. Auf einem meilenweit entfernten Schiff waren Daniel, Karen, Susan, Paul, Ron und, ja, Sergei und Peter. Alle. Sie winkten ihr zum Abschied, und die Maschinen stampften, das Horn ertönte, *au revoir*, auf Wiedersehen. Warum verließen sie sie?

»Wartet!«, schrie sie. »Wartet auf mich.« Doch sie hatten bereits abgedreht, sie fuhren zurück nach New York. Sie versuchte es noch mal, schrie aus voller Lunge, fuchtelte mit den Armen. Sie winkte so wild, dass sie die Schultergelenke schmerzten. Jemand drehte sich um und winkte, und sie winkte zurück; sie riefen auf Wiedersehen und nochmals auf Wiedersehen, wechselten sich ab, so wie es auslaufende Schiffe tun, die tuten und zurücktuten, einmal, dann wieder, die wehmütig tuten, und sich dabei immer weiter entfernen. Als der Abschiedsruf noch einmal ertönte, diesmal aus großer Ferne, antwortete sie mit einem müden Tuten, ein Schiff, das Antwort gibt. Sie war heiser; sie hatte keine Stimme mehr. Sie musste ihre Kräfte schonen und lernen, im Wasser zu leben. Sie würde zu einem Fisch werden. Sie schaukelte im Kielwasser des Schiffs, dann in den Kräuselwellen, und fragte sich: Was nun?

Die Stimme der Stewardess antwortete: »Kaffee oder Tee?«

»Kaffee«, sagte Peter Thrippen.

Deena setzte sich auf, klappte ihr Tischchen herunter und bekam eine Tasse schwarzen Kaffee. Dann folgte das Frühstück. War überhaupt jemand hungrig? Es kam ihr vor, als würden sie jede Stunde gefüttert.

»Ist es Morgen?«, fragte Deena.

»In Paris schon«, sagte Peter Thrippen. »Wir werden in einer Stunde landen. Konnten Sie schlafen?«

Deena nickte. »Und träumen«, sagte sie.

»Das ist gut«, sagte Peter Thrippen. »So fühlen Sie sich bestimmt den ganzen Tag besser.«

Deena warf einen Blick auf ihre Uhr. Es war zwei Uhr morgens amerikanischer Ostküstenzeit; sie hatte nur eine oder zwei Stunden geschlafen, aber sie fühlte sich gut. Vielleicht würden eine oder zwei Stunden pro Nacht vollkommen genügen; der Rest ist reiner Luxus. Sie schob das Rollo an ihrem Fenster hoch und entdeckte nur Wolken. Bald würde sie Land sehen, dann wieder Himmel und Wolken. Stundenlang fliegen, essen, schlafen und wieder fliegen. Sie betrachtete Peter Thrippen. Wer würde seinen Platz einnehmen?

»Falls Sie sich einmal in Paris aufhalten sollten, könnten Sie mich anrufen. Meine Telefonnummer steht auf der Karte. Ich kann Sie ein bisschen herumführen.«

»Das tät ich gern«, sagte Deena. »Ich hätte besser planen sollen und ein paar Tage in Paris bleiben können.«

»Vielleicht können Sie das immer noch. Wenn Sie möchten, kann ich mich nach der Landung für Sie erkundigen. Vermutlich gibt es Ende der Woche noch einen Flug nach Jerusalem. Sie können bei den Zollbehörden ein Dreitagevisum beantragen. Sie müssen sagen, es handle sich um einen Notfall, Sie seien krank.«

Deena nickte. Nicht sie musste sich entscheiden; der Flugplan würde bestimmen, ob sie in Paris einen Zwischenstopp machen würde oder nicht.

Als das Flugzeug gelandet war, ging sie neben Peter Thrippen durch die langen Korridore. Er passierte rasch den Zoll und begab sich sogleich zum Informationsschalter.

Man gab ihr ein Dreitagevisum; sie konnte bleiben oder gehen; sie konnte tun, was ihr beliebte. Niemand würde ja oder nein sagen; in Jerusalem wussten sie nicht, dass sie bereits unterwegs war, sie wurde nirgends erwartet, sie war frei.

Und Peter Thrippen? Würde er von ihr eine Gegenleistung erwarten? Er hatte ihr angeboten, sie ins Stadtzentrum zu bringen. Kannte er vielleicht ein Hotel, in dem sie ohne Reservierung wohnen konnte? Etwas weiter vor sich sah sie den schwarzen Rücken des Chassid, der mit festen, sicheren Schritten voranmarschierte. Er wusste, wohin er ging; er hatte keine Fragen und keine Zweifel. In der Hand trug er die unvermeidliche samtene Reisetasche mit seinem Gebetbuch, einem Psalmenbuch und der kleineren Stofftasche mit Reißverschluss, in der sich die Gebetsriemen befanden. Wenn sie ihm die langen Korridore hinab bis zum Ausgang folgte, ihm immer weiter folgte, würde sie zuletzt da sein, wo sie angefangen hatte, wo sie geboren wurde. Einmal verloren, ging man die eigene Spur rückwärts und kehrte zum Anfang zurück. Sie wollte weiter hinter ihm gehen, seinen Rücken vor Augen, sonst nichts. Sie beschleunigte ihr Tempo, um mit dem schwarzen Rücken Schritt zu halten. Bis zum Abflug dauerte es noch eine Stunde, warum diese Eile? Er bog scharf nach links ab und verschwand durch eine Tür.

Die Männertoilette. Darum.

Sie blieb stehen und sah Peter Thrippen mit einem Lächeln auf sie zukommen. Er hatte gute Nachrichten für sie. Sie ging ihm entgegen. Entweder folgte sie einem Mann oder ging auf einen zu, es schien bloß davon abzuhängen, wer gerade da war.

»Es gibt jeden Nachmittag einen Flug nach Jerusalem, außer am jüdischen Sabbat, aber das wissen Sie ja wohl schon«, sagte er. Deena nickte.

»Sie müssen sich beim Reservierungsschalter erkundigen, ob Ihr Flugticket eine Umbuchung erlaubt. Was es kostet, weiß ich nicht«, sagte Peter Thrippen. »Unterdessen hol ich im Parkhaus meinen Wagen.«

Deena nickte wieder und ging zum Schalter. Es standen bereits andere Leute an, ebenfalls Amerikaner mit Fragen.

Sie hatte plötzlich Angst.

»Wir werden älter«, pflegte ihr Vater zu sagen. »Man wird uns nicht ewig besuchen können.«

Die Stimme ihrer Mutter hatte sie seit Monaten nicht mehr gehört.

»Sie will nicht über Draht mit dir sprechen«, sagte ihr Vater. »Sie will dich wieder an ihrem Tisch sehen. Sie will ungezählte Stunden mit dir sprechen, nicht abgezählte Minuten. Es sind jetzt sieben Jahre.«

Drei Monate vor der Hochzeit hatte Deena für zehn Tage ihre Eltern besucht, und als sie zurückkam, erwartete sie Daniel am Flughafen und sagte, sie habe ihm gefehlt. Er küsste sie, und sie fühlte, dass es richtig war, dieses neue Leben hier, so weit weg von ihrer Familie.

Sieben Jahre später kam sie wieder auf Besuch, und wieder ohne Daniel. Aber sie verschwendete ihre Zeit. Ihr Leben war eine einzige lange Zeitverschwendung gewesen. Sieben Jahre Daniel. Einige Wochen mit Sergei. Stunden mit Peter. Was würde als Nächstes kommen: Minuten mit einem anderen Fremden? Es gab nicht nur einen Mann für sie. Es gab eine Vielzahl von Männern, jeder anders, und jeder lehrte sie etwas Neues. Kurzzeitbeziehungen, nicht dazu bestimmt, von Dauer zu sein.

»Für jede Seele, die geboren wird, ist eine andere vorgesehen«, sagte ihr Vater. »Eva wurde für Adam geschaffen; Adam für Eva. Es gibt jemanden auf dieser Welt, der für dich bestimmt ist. Aber ihn zu finden, ist keine leichte Aufgabe. Du musst darum beten.«

Der Chassid trat aus der Männertoilette, bog nach links und ging in Richtung ihres Ausgangs. Wozu stand sie eigentlich hier an? Sie musste ebenfalls ein Flugzeug erreichen. Sie nahm ihre Tasche und rannte, um den sich fortbewegenden schwarzen Rücken einzuholen.

DANIEL

Sie rief nicht an.

Zwei Wochen verstrichen, und er hatte immer noch nichts gehört. Er rief in ihrem Büro an und sprach mit Karen, die sagte, dass sie sich auch langsam wunderten.

Offenbar sei Deena noch vor ihrer Abreise gekündigt worden, erklärte sie. Ron habe es ihnen vor einer Woche mitgeteilt.

»Das erklärt, warum sie so plötzlich abgereist ist«, sagte Daniel.

Es vergingen zwei weitere Wochen, und Deena war immer noch nicht zurück. Karen rief Daniel an, um ihn zu fragen, ob er damit einverstanden sei, Deenas Sachen im Haus aufzubewahren. »Die Firma bezahlt für den Transport«, sagte sie, »aber wir brauchen eine Adresse, wo wir sie hinsenden können.«

»Was für Sachen?«, wollte Daniel wissen.

Im Büro waren noch ihre Schreibmaschine und ihre Bücher. In der Wohnung der alte Koffer voll mit Kleidern und ihre Laufschuhe, was überraschte. »Warum sie die wohl nicht mitgenommen hat«, wunderte sich Karen.

Auf dieses Stichwort hin hätte er sagen müssen, was er gehört hatte, aber er hatte nichts hinzuzufügen. Deena hatte ihn nicht angerufen.

»Der neue Futon kann in meiner Wohnung bleiben«, sagte Karen. »Meine jetzige Mieterin benutzt ihn.«

»Deena hat sich einen Futon gekauft?« Schon wieder etwas von ihr, was er nicht wusste.

»Das ist eine lange Geschichte«, sagte Karen.

Daniel glaubte, aus ihrer Stimme etwas herauszuhören. Zwischen den beiden war etwas vorgefallen.

Sie hatte noch mehr zu erzählen. »Ungefähr vor zwei Wochen hat Ron eine Postkarte erhalten mit der Mitteilung, sie bleibe länger als vorgesehen. Seither hat er nichts mehr von ihr gehört. Aber es sind Anrufe von einem Headhunter gekommen; Deena hat ihm ihr Portfolio geschickt, als habe sie vor zurückzukommen. Außerdem soll ich dir von Helen ausrichten, dass euer Anwalt angerufen hat.«

»Sergei Traub«, sagte Daniel. »Was der wohl will? Ich ruf ihn an.«

»Und wie geht's dir?«, fragte Karen.

»Ganz gut. Ich treff mich mit jemandem, sie heißt Sabrina, und wir verstehen uns gut, aber sie zweifelt bereits an der Ernsthaftigkeit meiner Absichten. Seid ihr zwei schon verheiratet, Greg und du?«

Karen lachte. »Noch nicht«, sagte sie. »Die Bermudas haben auch was abgekriegt von dem Hurrikan, der in der Karibik gewütet hat. Wir haben gehört, dass die Gegend übel zugerichtet ist, also haben wird das Ganze auf den Herbst verschoben. Es drängt ja auch nicht. Im Sommer ist es wunderschön hier, und wir mieten wieder das Zimmer in East Hampton; wir wollen einfach ausspannen.«

Daniel lachte. »Ihr plant bestimmt in zehn Jahren noch eure Hochzeit.«

»Das sagen alle«, erwiderte Karen. »Aber auch wenn's so wäre, hieße das ja, dass wir es immer noch im Sinn haben, und das wär' doch gut, oder etwa nicht?«

»Ich glaub schon«, sagte Daniel zerstreut. So sind Frauen eben, dachte er. Wenn sie dich erst einmal rumgekriegt hatten, waren sie plötzlich nicht mehr so furchtbar scharf darauf. Noch vor einem Jahr, als Karen fünfunddreißig wurde, hatte sie nichts anderes im Kopf als heiraten. Jetzt, wo sie ihren Verlobungsring besaß, schien es mit der Hochzeit nicht mehr so zu eilen. Vielleicht brauchten Frauen nur das: den handfesten Beweis, dass sie sich einen Mann geschnappt hatten.

Aber Deena hatte nie einen Ring gewollt. Seine Mutter hatte darauf bestanden, dass er ihr einen kaufte. Er war damals noch so jung, sie beide waren jung; das war ein großer Teil des Problems gewesen. Was würde jetzt aus ihr werden? Die jüdischen Scheidungspapiere waren an die Adresse ihrer Eltern in Jerusalem geschickt worden. Sie war jetzt im Grunde genommen wieder ledig. Würde sie diesmal einen Chassid heiraten? Das wollte ihr Vater doch, und der war beharrlich; er konnte jeden mürbe machen. Aber es war schwierig, sich Deena als chassidische Ehefrau vorzustellen oder dass sie ihn wegen eines Chassid verlassen hätte. Das wäre etwa so, als ob dich deine Frau wegen einer anderen Frau verlassen würde. Man könnte die andere Person nicht als Rivalen betrachten.

Das Ganze war irgendwie merkwürdig, wie sie zurückgegangen war und blieb. Wurde sie gegen ihren Willen festgehalten? Wenn sie doch nur schriebe oder anriefe. Er würde ihr helfen, falls es nötig wäre. Er wollte ihr helfen.

Vierter Teil

Die Schale mit den Sonnenblumenkernen machte wieder die Runde. Sie war dreimal frisch gefüllt worden, und immer noch saßen alle da und knackten *Papites* auf, nicht weil sie hungrig waren, sondern weil man so die Mahlzeit ausdehnen konnte. Vor jedem lag ein Haufen fachmännisch aufgeknackter Schalen. Sogar die Kinder verstanden sich gut darauf.

Deenas Haufen war klein und unordentlich. Sie hatte es verlernt, den Inhalt sauber herauszulösen, ohne ihn zu zerquetschen. Ihre Mutter stieß sie in die Seite und machte es ihr vor. Deena nickte. Sie wusste, wie man die Kerne zwischen den vorderen Zähnen hielt, sie wusste, dass man nur wenig Druck ausüben durfte, doch irgendwie biss sie dann doch zu fest zu und musste an der gesalzenen Schale saugen, um die zerbrochenen Hälften herauszuholen.

»Gebt ihr eine Woche Zeit, und sie ist so gut wie wir«, sagte ihre Schwester.

Ihr Vater knackte eine Hand voll Schalen und reichte ihr die ganzen Kerne. »Du isst nicht genug. Eine Frau braucht etwas Fett.«

»Man könnte meinen, in Amerika gäb's nicht genug zu essen«, sagte ihre Mutter.

»In Amerika müsste ich meinem Aussehen nach zehn

Pfund abnehmen«, erwiderte Deena. »Ich trainiere jeden Tag, und trotzdem bin ich nicht dünn genug.«

»Mit der schwarzen Kohle um die Augen siehst du aus wie eine, die Hunger leidet«, sagte ihre Mutter. »Eigentlich solltest du gescheiter sein. Hier brauchst du keine *Cosmetica.* Es macht niemandem Eindruck.«

»Sie muss nur mal richtig ausschlafen, das ist alles«, meinte ihr Vater.

»Was trainierst du denn?«, fragte sie ihre ältere Schwester.

»Ich laufe«, erwiderte Deena und nickte bestätigend dazu. Sie starrten sie an.

»Auf der Straße?«, fragte ihre Mutter. »Und die Leute schauen dich nicht an?«

»Ich laufe im Park. Hunderte von Leuten laufen dort. Es ist völlig normal.«

»Wie weit?«, fragte ihr Bruder.

»Fünf, manchmal sechs Meilen.«

»Wie viele Kilometer sind das?«

Deena zuckte die Schultern. Ihr Vater rechnete. »Das ist eine lange Strecke«, sagte er. »Es dauert bestimmt mehr als eine Stunde. Aber du warst ein schwächliches Kind, du brauchst frische Luft. Es ist auf jeden Fall besser, als die stickige Luft eines Gymnasions einzuatmen.«

Gymnasion. Er benutzte das griechische Wort, was fremder und reizvoller klang als die gewöhnliche Turnhalle oder das Fitnessstudio.

»Historisch gesehen«, fuhr er fort, »könnte man sagen, dass das Gymnasion die größte Bedrohung für den jüdischen Glauben darstellte. Die Juden stammen von Jakob ab, einem Mann, der in Zelten wohnte, nicht im Freien. Gegründet von

Menschen, denen eine Nation vorschwebte, die ihr Land bearbeitet und verteidigt, legt der Staat Israel größten Wert auf körperliche Ertüchtigung. Und das bedeutet, dass der Lebensstil im Kibbuz eigentlich eine Bedrohung des jüdischen Charakters ist. Kook und seine Leute versuchten, uns unsere Kinder zu nehmen und sie in junge, gesunde Edomiter zu verwandeln, in behaarte Esaus mit rotbackigen Gesichtern.«

Deena betrachtete ihren Vater, die körperliche Erscheinung dieses Mannes, den sie sieben Jahre lang nicht mehr gesehen hatte. Er sah älter und schwächer aus, als sie ihn in Erinnerung hatte; sein Bart war weiß geworden.

Auch ihre Mutter machte einen zerbrechlichen Eindruck. Ihre Schwestern, die erst Mitte zwanzig bis Anfang dreißig waren, sahen aus, als wären sie über vierzig. In der Zeit des Kindergebärens hatten sie milchschwere Brüste, eben geschrumpfte oder sich wieder ausdehnende Bäuche. Sie lachten über sich selbst, darüber, wie dick sie geworden waren; aber was kann man schon dagegen machen, wir sind nur Menschen, und so geht es halt, wenn man Leben in die Welt setzt. Was gibt es sonst? Wofür arbeitet man? Für das Vergnügen, mit der Familie um den Tisch zu sitzen und bis spät in die Nacht *Papites* zu knacken. Sie waren keine Sklaven des nächsten Tages, sie waren frei. Der nächste Tag würde früh genug kommen. Am Morgen würden die Hähne im Hof sie wecken, und sie würden müde sein, doch sie würden aufstehen, die Kinder zur Schule schicken, das Mittagessen vorbereiten. Der Tag würde mit dem Sonnenuntergang zu Ende gehen, und es würde eine neue Nacht zum Schlafen kommen.

Ihre Brüder sahen wie ihr Vater aus, die Bärte lang gewachsen und spitz, die Augenlider geschwollen vom zu vielen Lernen und zu wenigen Schlafen.

Sie war ebenfalls müde. Sie schaute auf die an die Wände des Zimmers geschobenen Betten. Sie hätte auf der Stelle einschlafen können. Trotz allen Redens und Lachens hätte sie schlafen können. Aber da gab es keine Privatsphäre, kein eigenes Zimmer. Sie konnte sich nicht ausziehen und unter die Decke kriechen. Sie musste warten, bis der Tisch abgeräumt und zusammengeklappt und das Zimmer für die Nacht hergerichtet war. Bei nur zwei Zimmern und einer Küche diente jeder Raum mehreren Zwecken. Während der nächsten zehn Tage würde sie keine Minute allein sein.

Sie fragten sie über das Haus aus, und sie zeigte die Bilder herum, die sie mitgebracht hatte.

»Sie trägt Bilder von ihrem Haus mit sich herum wie eine Mutter Bilder von ihren Kindern«, bemerkte eine Tante lachend.

»Sei froh, dass sie nicht Fotos von ihrem Hund oder der Katze herumzeigt«, erwiderte Deenas Mutter.

Ein typisch amerikanisches Haus, fanden die Schwestern. Kleine, zweckbestimmte Zimmer. Eine separate Eingangshalle, dann ein Zimmer, in dem man sitzt, ohne Tische, ohne Betten, nur ein Salon, der mit großen weißen Sofas und Sesseln gefüllt ist. Sie nennen es Wohnzimmer, wie wenn man in den andern Zimmern nicht wohnen würde. Da gibt es ein Esszimmer für die Abendmahlzeit. Für das Frühstück ein anderes. Die Küche ist gewöhnlich klein. Im oberen Stock sind noch mehr Zimmer. Ein Zimmer zum Schlafen und eines, wo man sich ankleidet, sogar für ihre Kleider gibt es spezielle Räume. Da ist ein Babyzimmer für das einzige Kind und ein

Gästezimmer. Im Keller hat es eine Waschküche und manchmal auch einen besonderen Raum für alles und jedes, als wäre für das Alles-und-Jedes nicht ohnehin genügend Platz.

Sie lachten. Niemand hat so viele Stunden am Tag, um auch nur die Hälfte dieser Räume zu benutzen.

Jetzt sprach ihr Vater. »Von einem Haus kann man viel über das Leben und die Familie lernen. Erstens einmal braucht es ein gutes, festes Fundament. Ohne ein sicheres Fundament fängt man nicht zu bauen an. Der übrige Bau kann nur so gut sein wie das Fundament darunter. Eines hängt vom anderen ab. Zerbricht das Fundament, fällt der Bau zusammen; wenn der Bau zusammenfällt, stürzt auch das Dach ein. Eines kann nicht ohne das andere überleben. Bei den Menschen ist es genauso; wir sind abhängige Geschöpfe, wir brauchen einander. Ein Mann braucht eine Ehefrau, eine Frau benötigt einen Ehemann; Kinder müssen wie Gerüste solide verankert sein. Junge Eltern sind auf die Großeltern angewiesen und so weiter. Die Thora ist das große Vorbild. Vor dem ersten Menschen hat Gott die Welt erschaffen. Vor der Frau den Mann. Wenn Mann und Frau ein Haus bauen, versuchen sie es mit ihrer eigenen kleinen, unvollkommenen Version der Schöpfung. Doch die Menschen machen Fehler, sie begehen Sünden. Nach dem Schmerz bereut man und versucht es von neuem ...«

Seine Stimme tönte weiter, und Deena lächelte. Das war es, weshalb sie gekommen war. Und das war es auch, was es ihr ermöglichte, in ihr eigenes Leben zurückzukehren.

Ihre Mutter zuckte die Schultern und erwiderte ihr Lächeln. Ihre Brüder und Schwestern nickten. Ja, er war wieder in seinem Element. Doch wenn er aufhörte zu reden, müssten sie sich Sorgen machen. Wenn er in seinen Briefen nicht mehr belehrte und zitierte, wäre das für Deena ein Zeichen, dass etwas nicht stimmte.

Als sie elf war, wuchsen ihre Beine plötzlich, und sie schmerzten. »Von allen Schmerzen, die es gibt, sind das die besten«, hatte ihr Vater gesagt.

Es gab andere, für die man ebenfalls belohnt wurde. Wenn ihre Schwestern Leben schenkten, litten sie auch. Bevor er zu einem großen und gesegneten Volk werden konnte, musste Abraham sein Land, seine Verwandten und das Haus seines Vaters verlassen. »Gehe, gehe für dich allein, gehe in dich«, sagte Gott und richtete sich dabei an alle Menschen.

Sie war gegangen, und sie begann, sich selbst zu erkennen, und sie wollte in dieser Erkenntnis voranschreiten.

Und auf der Rückreise würde sie vielleicht einen Halt in Paris machen.

DANKSAGUNG

Dank schulde ich vielen: meiner Lektorin Cindy Spiegel, ohne die dieses Buch unvollendet geblieben wäre; Patricia Chao, Cassandra Garbus, Stephanie Grant und Mona Simpson, den ersten Leserinnen des Manuskripts; meiner Agentur Georges Borchardt, die mir dieses Schriftstellerdasein ermöglicht; meiner Mitabenteurerin und guten Freundin Margaret Van Sicklen; Stephen Spewock für seine Liebe und gelegentliche Gönnerschaft. Und meinem jüngsten Bruder, dessen Weisheit immer hilfreich ist.